dtv

»Wir haben zwar immer geredet, aber es ging nie um was.« Das stört Louise viel mehr als die Gelegenheitsdiebstähle ihres Mannes, Tiny Darling, und so setzt sie ihn schließlich nach sieben Jahren Ehe vor die Tür. Sie beginnt eine Affäre mit Dan Norman, dem örtlichen Sheriff, dem die Machenschaften Darlings schon lange ein Dorn im Auge sind. Dan ist ein einfacher Mann mit starken Prinzipien, zu handeln allerdings fällt ihm schwer. Sein Job ist aufreibend, und Louise entpuppt sich als undurchschaubar, aber es gibt noch mehr Gründe, die ihm den Schlaf rauben. Und eines Tages steht Dan vor einer schweren Entscheidung …

Tom Drury, geboren 1956 in Iowa, zählt zu den wichtigsten amerikanischen Schriftstellern seiner Generation. Seine Romane und Erzählungen gelten schon jetzt als moderne Klassiker. Drury arbeitete zunächst als Journalist, bevor seine Erzählungen im ›New Yorker‹ und anderen renommierten Magazinen veröffentlicht wurden. Drury lebt in Los Angeles, arbeitet am Los Angeles County Museum Of Art und unterrichtet an verschiedenen Universitäten Creative Writing.

Tom Drury

Das Ende des Vandalismus

Roman

Aus dem Amerikanischen
von Gerhard Falkner und Nora Matocza

Klett-Cotta
Deutscher Taschenbuch Verlag

Von Tom Drury ist
im Deutschen Taschenbuch Verlag erschienen:
Die Traumjäger (13878)

MIX
Papier aus verantwortungsvollen Quellen
FSC® C019821

2012
Deutscher Taschenbuch Verlag GmbH & Co. KG,
München
Die amerikanische Originalausgabe erschien
unter dem Titel ›The End of Vandalism‹
bei Houghton Mifflin Company, New York

Umschlagkonzept: Balk & Brumshagen
Umschlagfoto: plainpicture/Design Pics
Druck und Bindung: Druckerei C. H. Beck, Nördlingen
Gedruckt auf säurefreiem, chlorfrei gebleichtem Papier
Printed in Germany · ISBN 978-3-423-14086-7

Für Christian

Ich bedanke mich bei Robert Gottlieb, Sam Lawrence, Sarah Chalfant, Hilary Liftin, Deb Garrison und Dusty Mortimer Maddox. Mein besonderer Dank gilt Veronika Geng, die mich von Anfang an mit gutem Rat und viel Esprit unterstützte.

GROUSE COUNTY

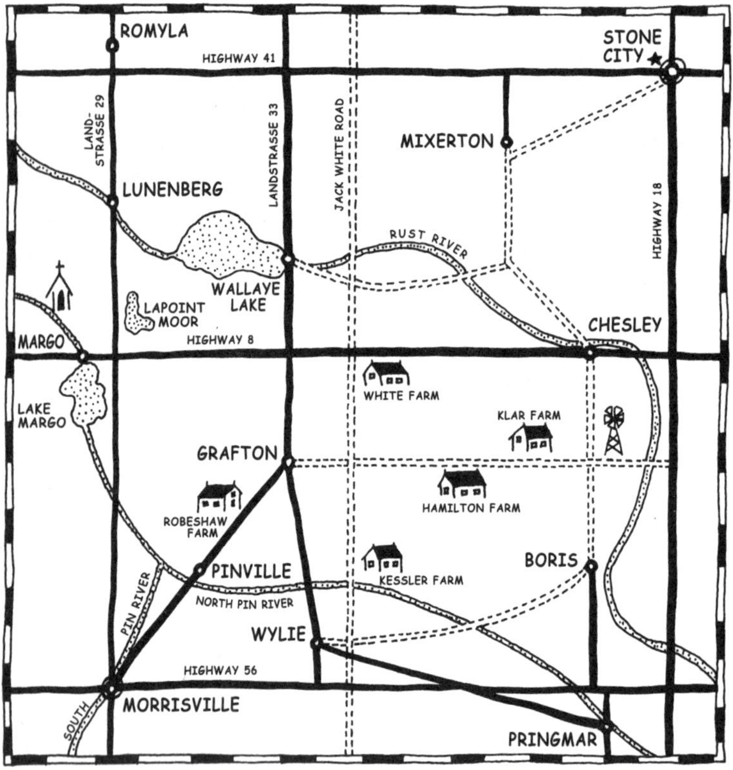

TEERSTRASSE

SCHOTTERSTRASSE

FLUSS

Inhalt

»Wenn Sie auch nicht zum
Glück gelangen, so seien
Sie doch stets eingedenk,
dass Sie auf dem richtigen
Wege sind, und bemühen
Sie sich, nicht von ihm
abzuweichen.«

Der Starez Sossima,
Die Brüder Karamasow

VERSTÖRTE WELT

Eins

Eines Herbstes fand die alljährliche Blutspendeaktion im Geräteschuppen der Feuerwehr von Grafton statt. Der Sheriff Dan Norman war eigentlich nur aus Leutseligkeit dazugestoßen, aber dann kam eine der Krankenschwestern nicht rechtzeitig, und Dan erklärte sich bereit, jedem Blutspender einen Wattebausch in die Armbeuge zu drücken. »Und ich danke Ihnen«, sagte er dann jedes Mal.

Am frühen Nachmittag kam Louise Darling herein. Dan kannte sie flüchtig. Tiny Darling war auch dabei – ihr Ehemann. Dan nahm an, dass Tiny ein paar Einbrüche in Westey's Farm Home an der Bundesstraße 18 begangen habe. Es gab dafür aber keine stichhaltigen Beweise.

Louise trug ein rotes Tuch über dem Haar. Sie zog ihre Uniformjacke aus, damit man ihr Blut abnehmen konnte; darunter trug sie ein dunkelgrünes T-Shirt mit Brusttasche. Dan bewunderte insgeheim ihre schmalen weißen Handgelenke, während er ihr den Wattebausch gegen die Schlagader drückte.

»Ich danke Ihnen, Mrs. Darling«, sagte er.

Dann kam Tiny dran. Er hatte rote Haare und auf einem Handrücken eine Eule tätowiert. »Ihr solltet das Blut nach Port Gaspar schicken«, sagte er.

»Wohin?«, fragte Dan.

»Nach Port Gaspar«, wiederholte Tiny. »Die Marine hat den Eskimos dort nämlich eine Ladung tiefgefrorenen Lachs verkauft, und es hat sich herausgestellt, dass der vergiftet war. Deswegen sind die jetzt alle krank. Sie haben Blutvergiftung. Und raten Sie mal, was die Marine macht. Die schickt natürlich ein paar Anwälte hin, um die Eskimogemeinde einzuschüchtern.«

»Wo liegt denn Port Gaspar?«, fragte Dan.

»Im Südpol oder so«, sagte Louise. Sie hatte große grüne Augen und ganz zarte Sommersprossen. »Wir haben einen Bericht darüber in den Nachrichten gehört. Vielleicht war es ja auch gar nicht die Marine, aber sie sind jedenfalls mit Schiffen von der Marine gekommen.«

»Als Beobachter«, sagte Tiny. »Sie sind an Deck hingefahren, in einem eigenen kleinen Bereich, der mit Absperrseilen abgesperrt war. Jetzt müssen die Eskimos alle ihr Blut austauschen lassen.«

Sheriff Dan Norman ließ Tinys Arm los und wandte sich an Schwester Barbara Jones. »Wo geht dieses Blut denn nun wirklich hin? Alles ans Rote Kreuz?«

»Genau«, sagte sie. »Aber ich will Ihnen was sagen. Meine Großcousine hatte mal eine Blutvergiftung. Damit ist nicht zu spaßen. Dan, die kennen Sie doch – meine Cousine Mary.«

»Mary Ross«, sagte Dan.

»Mary Jewell«, sagte die Schwester. »Also, ihre Mutter war eine Ross, Viola Ross. Sie war eine Cousine ersten Grades von Kenny Ross, der dann nach Korea gegangen ist. Also, sie schaffte es damals nicht mal mehr vom Bett bis zum Tisch.«

Louise Darling zog sich die Jacke glatt und warf den Kopf zur Seite. »Ich bin gar nicht sicher, ob es wirklich Eskimos waren«, sagte sie.

»Es war dort jedenfalls so kalt, dass es Eskimos gewesen sein könnten«, sagte Tiny. »Diese Anwälte haben nämlich gesagt: ›Noch eine einzige Beschwerde, und wir machen die ganze Stadt mit dem Schneepflug platt.‹«

»Die Häuser von denen waren also aus Schnee«, sagte Dan.

»Sieht so aus«, sagte Tiny.

Das nächste Mal traf Dan Norman mit Tiny Darling zusammen, als es eines Sonntagabends zu einer Schlägerei im *Kalkeimer* kam. Kneipenschlägereien waren Dan besonders zuwider, seit er einmal mit einem Billardqueue am Rücken erwischt worden war und daraufhin den Sommer bei einem Chiropraktiker verbringen musste, statt draußen sein zu können. Der Chiropraktiker hatte eine Flasche Wodka auf dem großen Safe hinter seinem Schreibtisch stehen und legte Wert darauf, Dr. Young Jim genannt zu werden, weil sein verstorbener Vater, wie er sagte, als Dr. Old Jim bekannt gewesen sei. Bei der jetzigen Schlägerei hielt Tiny Bob Becker an der Kapuze seines roten Sweatshirt fest und stieß ihn mit dem Kopf immer wieder gegen die Griffe des Kickertischs.

Dan schnappte sich Tiny und zerrte ihn nach draußen. Es fiel gerade der erste Schnee, und sie sahen ihn schräg auf die leere Straße niedersinken. Tiny war schon ziemlich betrunken, aber noch ganz munter. So viel Dan mitbekommen hatte, war es bei dem Streit darum gegangen, ob die Country-Sängerin Tanya Tucker abgewirtschaftet habe, und Tiny war nicht dieser Ansicht gewesen.

Im Streifenwagen des Sheriffs fuhren Dan und Tiny auf der Straße von Pinville Richtung Südwesten zum Gefängnis von Morrisville. Auf halbem Weg versuchte Tiny, Dan einen Schwinger zu versetzen, und Dan musste anhalten, Tiny aussteigen lassen, ihm Handschellen anlegen und ihn in den hinteren Teil des Streifenwagens verfrachten.

»Ich dachte immer, du bist gescheit«, sagte Dan durch das Gitter. »Sieht aber so aus, als hätte ich mich da leider getäuscht.«

»Gleich kugelt es mir die Arme aus«, sagte Tiny.

»Das nächste Mal kannst du ja deinen eigenen Kopf gegen die Griffe knallen«, sagte Dan.

Es folgte ein langes Schweigen. »Sie haben Schnee auf der Mütze«, sagte Tiny.

Dan bremste für einen Waschbären, der gerade über die Straße tapste. »Wir wissen, dass du das warst, das mit den Einbrüchen bei Westey's«, sagte Dan. »Übrigens, mit der Tür dort hast du dich ja ziemlich blöd angestellt. Aber das spielt keine Rolle, weil wir es nicht weiter verfolgen, also, ich weiß gar nicht, warum ich überhaupt damit anfange.«

Tiny lachte. »Wie hoch ist dieser Streifenwagen eigentlich?«, fragte er. »Fünfzig Zentimeter?«

Im Gefängnis von Morrisville war es dämmerig, und drinnen projizierten die beiden Hilfssheriffs gerade zusammen mit ein paar Freunden Dias von nackten Frauen auf eine Karte des Bezirks. »Wäre das schön, wenn ich heute Abend auf der Farm von Floyd Coffee sein könnte«, sagte Hilfssheriff Earl Kellogg Junior soeben. Dan befahl ihnen, sofort damit aufzuhören und sich um Tiny Darling zu kümmern und ihn in eine Zelle zu stecken. Dann setzte er sich, um den Schreibkram zu erledigen.

»Da draußen gibt es eine Menge Dealer, die Dope unter die Leute bringen«, sagte Tiny. »Irgendeiner hat kürzlich ja sogar diesen Typen im Durchgang hinter der Bank niedergestochen. Und ausgerechnet ich hock jetzt hier – wo ich doch sogar Blut gespendet habe.«

»Wie heißt du eigentlich richtig, Tiny?«, fragte Dan.

»Charles«, sagte Tiny. »Ich arbeite als Klempner.«

»Glatte Lüge«, sagte Earl Kellog. »Dan, die Tochter von Ted Jewell hat angerufen. Ich hab ihren Namen vergessen.«

»Das kann Shea oder Antonia sein«, sagte Ed Aiken, der zweite Hilfssheriff.

»Ach ja, genau«, sagte Earl. »Die vorletzte Klasse in Morrisville-Wylie veranstaltet einen Tanzabend gegen Vandalismus, und diese Shea Jewell hat gesagt, sie hätten gerne, dass du die Schirmherrschaft übernimmst. Eigentlich sollte das Rollie Wilson von den Rettungssanitätern machen, aber du weißt ja, bei Wilson hat es gebrannt.«

»Mal sehen«, sagte Dan.

»Es ist nur halb offiziell «, sagte Earl.

Dan zog den Stecker des Projektors, steckte die Dias ein und ging. Es schneite noch immer. Er nahm einen Umweg zurück nach Grafton und ertappte sich dabei, dass er am Haus von Tiny und Louise vorbeikam. Das Hoflicht schimmerte durch die Bäume. Tiny und Louise hatten das weiße Farmhaus gemietet, in dem früher Harvey und Iris Klar gewohnt hatten und das jetzt Jean, der Tochter der Klars, gehörte, die 50 Kilometer entfernt in Reinbeck wohnte und irgendwie bei der dortigen Ziegelei beschäftigt war.

Dan fuhr in die Einfahrt und stieg aus. Ein weißer Hund mit quadratischem Kopf tauchte aus dem Werkzeugschuppen auf und kam über die dünne bläuliche Schneedecke gesprungen. Der Hund gab fast keinen Laut von sich, und Dan redete ihm zu, dass er wieder in den Schuppen gehen solle. Inzwischen hatte Louise Darling die Vordertür geöffnet. Dan ging zum Haus. Jemand hatte Heuballen rings um das Fundament gelegt. Das fand er gut. Louise trug Jeans und ein weißes Sweatshirt. Dan trat ein, schloss die Tür und bemerkte dabei, dass Louise weder Schuhe noch Socken anhatte. Im Wohnzimmer war es dunkel, bis auf das violette Licht des Fernsehers.

Louise schaltete eine Tischlampe ein. »Wo ist Tiny?«, fragte sie. Sie hatte langes, volles braunes Haar, das sie seitlich gescheitelt trug. In der Ecke stand ein Stativ mit einer Kamera darauf. Louise arbeitete für das Fotostudio Kleeborg in Stone City.

»Tiny hatte im *Kalkeimer* eine Schlägerei mit Bob Becker«, sagte Dan. »Ihm geht es gut, aber er ist betrunken, deswegen habe ich ihn für heute Nacht in Morrisville ins Gefängnis gesteckt.«

»Er ist aber nicht verletzt?«, sagte Louise.

»Nein«, sagte Dan. »Wie gesagt, er hat den Kampf gewonnen.«

»Was für eine Anklage wird es geben?«, fragte Louise.

»Ich habe nicht vor, etwas zu unternehmen«, sagte Dan. »Ich wasche meine Hände in Unschuld. Was schauen Sie sich denn gerade an?«

»Was soll das denn heißen«, sagte Louise, »Sie waschen Ihre Hände in Unschuld?«

Dan schaute die ganze Zeit auf den Fernseher. »Er kommt morgen früh wieder raus«, sagte er. »Um acht Uhr früh lassen sie ihn frei, wenn die Nachtschicht zu Ende ist.«

Louise ging an den Tisch und trank etwas Bernsteinfarbenes aus einem kleinen Glas. »Verdammt noch mal«, sagte sie. »Warum können die Leute Tiny nicht einfach mal in Ruhe lassen?«

Dan setzte sich auf die Armlehne eines Sessels. »Louise«, sagte er, »um ganz ehrlich zu sein, das könnte man Tiny auch fragen. Er kann ganz schön unangenehm werden.«

Louise griff nach einer Schachtel Zigaretten und setzte sich auf die Couch. »Das stimmt«, sagte sie.

»Was ist das denn nun?«, fragte Dan und wies auf den Fernseher.

»KROX *Comix Classix*«, sagte Louise. »Das da ist so ein Pfarrer, der ist gerade schrecklich müde, und diese Mücke in seinem Zimmer macht ihn ganz wahnsinnig. Der Pfarrer war nämlich den ganzen Tag mit dem Fahrrad im Gebirge unterwegs.« Louise zündete sich eine Zigarette an.

»Aha«, sagte Dan.

»Das ist eine Komödie aus Italien«, sagte Louise.

Sie schauten kurz zu. Dan nahm die Mütze ab und hängte sie sich übers Knie.

»Ich kann schon nicht mehr vor Lachen«, sagte Louise.

Dan fuhr mit seinem Streifenwagen nach Hause. Er aß ein Sandwich mit Spiegelei und trank eine Flasche Bier. Er wohnte in einem türkisgrün und weiß gestrichenen Wohnmobil am Rande von Grafton. Er warf einen Blick auf die Aktdias, aber sie waren zu klein.

Louise lackierte sich die Zehennägel – das hatte Dan bemerkt. Sie lackierte sich die Zehennägel dunkelrot. Er stellte sich vor, wie sie sich in einem leeren Zimmer in diesem zugigen Farmhaus den Lack abtupfte.

Im Februar begann eine Serie von ungewöhnlichen Diebstählen. Es lagen noch immer Schneewehen über dem Land. Die gestohlenen Sachen waren alle riesengroß – Mähdrescher, Futterlaster, sogar eine gelbe Planierraupe aus der Maschinenhalle des Bezirks, am Ortsrand von Wylie – und schienen sich einfach in Luft aufzulösen. Bald hörte man, dass möglicherweise eine Gang daran beteiligt sei, die man die »Schlepper« nannte. Es wurde viel darüber diskutiert, aber ohne Ergebnis.

Dem alten Henry Hamilton wurde dabei ein Traktor aus seinem Maschinenschuppen gestohlen. Als Dan dort erschien, um den Diebstahl aufzunehmen, war Louise Darling ebenfalls gerade anwesend. Es war an einem Sonntagvormittag. Louise trug blaue Ohrenschützer. Henry hielt Hühner, und Louise hatte einen grauen Eierkarton in die Armbeuge geklemmt.

Sie gingen alle drei in den Maschinenschuppen, gefolgt von Mike, Henrys Schäferhund-Mischling. Der Schuppen hatte Wände aus Blech und ein Dach aus transparentem grünem Wellkunststoff. Drinnen waren ein blauer Chevy-Pickup, eine uralte silbrige Maispflückmaschine und die Stelle, wo der Traktor gestanden hatte. Es war still. Henry kam gleich auf die »Schlepper« zu sprechen.

»Es heißt, dass sie alles heimlich mit Eisenbahnwaggons nach Texas schaffen«, sagte er. »Meiner war ein Allis-Chalmers, orangerot, mit Radio. Im Sommer hab ich immer einen Schirm dran festgemacht, um Schatten zu haben. Der war jetzt natürlich nicht dran.«

»Hatten Sie den Schuppen abgesperrt?«, fragte Dan.

»Ich hab nie irgendwas abgesperrt«, sagte Henry. »Meine ganzen Schlüssel liegen völlig durcheinander irgendwo in einer Schublade.«

»Vielleicht sollten Sie da mal was dran ändern«, sagte Dan.

»Ich möchte ja wissen, ob das wirklich diese ›Schlepper‹ waren«, sagte Louise.

Dan ging im Schuppen umher und scharrte immer wieder mit dem Schuh auf dem ungepflasterten Boden. »Diese ganze Geschichte ist zum größten Teil ein Märchen«, sagte er.

»Wie bitte?«, sagte Louise und nahm das blaue Pelzchen von dem einen Ohr.

»Meiner Ansicht nach ist das Ganze total aufgeblasen«, sagte Dan.

»Nicht, wenn man diesem Typen vom Landwirtschaftsamt glaubt«, sagte Henry. »Er sagt, man kann natürlich so manches übersehen, aber doch nicht, wenn man mit der Nase darauf gestoßen wird. Weiter wollte er sich nicht äußern. Also, sollte da nicht einfach mal jemand zum Rangierbahnhof rübermarschieren und die Leute dort ein bisschen ausfragen?«

»Ich dachte, die wollten nur so richtig große Dinger?«, sagte Dan.

Henry zündete seine Pfeife an und wedelte das Zündholz aus. »Meiner war aber auch ein ganz schön großer Traktor«, sagte er.

Mike hob langsam den Kopf und blaffte ein einziges Mal zu dem kalkfarbenen Licht hinauf, das durch die Decke fiel.

»Mike will uns wohl sagen, dass es Außerirdische waren«, sagte Louise.

»Nein, Mike sieht die Schwalbe, die da oben ihren Kopf rausstreckt«, sagte Henry.

Louise und Dan verließen den Schuppen und gingen zu dem Schweinepferch auf der Vorderseite von Henrys Farm hinüber. Es war kalt. Louise hatte rote Backen. Sie steckte die Schuhspitze durch das Geländer, und ein paar Schweine kamen herüber, um daran zu knabbern.

»Bei Ihnen fehlt hoffentlich nichts«, sagte Dan.

Louise nahm die Ohrenschützer ab, und die blauen Polster rollten sich zusammen. »Gestern Abend waren Lichter zu sehen«, sagte sie. »Sonst war nichts. Ich dachte, das ist vielleicht Tiny – das mit diesen Lichtern, die an der Tapete rauf und runter wandern. Tiny und ich haben uns nämlich getrennt, und da kam mir der Gedanke, dass er deswegen vielleicht sauer ist.«

»Sie und Tiny?«, sagte Dan. »Echt wahr?«

Louise wischte sich die Nase mit dem Handschuh. »Uns hat eigentlich nichts verbunden«, sagte sie. »Wir haben zwar immer geredet, aber es ging nie um irgendwas.«

»Warum glauben Sie, dass er sauer sein könnte?«, fragte Dan.

»Wer wäre das nicht?«, sagte Louise. »Es waren immerhin praktisch sieben Jahre. Man fragt sich irgendwann, was man sich eigentlich die ganze Zeit dabei gedacht hat.«

»Hat er Sie jemals bedroht oder geschlagen?«, fragte Dan.

»Nein«, sagte Louise. »Er hat vielleicht hie und da mal hingelangt, aber es hat nie wirklich weh getan.«

»Es gibt nämlich keinen Grund, warum Sie jetzt dasitzen und Angst haben müssten«, sagte Dan. »Das muss absolut nicht sein.«

»So ist er aber nicht, wenn er sauer ist«, sagte Louise. »Tiny würde niemals gezielt auf jemanden losgehen. Das ist mehr so eine frustrierte Art von sauer.«

»Aber Sie wohnen noch auf der Farm«, sagte Dan.

»Ja, stimmt«, sagte Louise. »Tiny ist zu seinem Bruder Jerry Tate nach Pringmar gezogen. Das ist gut, und zwar, weil Jerry hat am Neujahrsabend seinen Motorschlitten platt gemacht. Er hatte einen Schal um, und der hat sich in diesem Treibriemen verfangen.«

»Ach verflucht«, sagte Dan.

Louise klappte den Eierkarton auf und zu. »Jerry hat Glück, dass er noch lebt«, sagte sie. »Das ist erst mal eine Trennung auf Probe.«

»Wir könnten Ihnen eine sogenannte ›besondere Aufmerksamkeit‹ anbieten«, sagte Dan. »Wir können auf jeder unserer Runden kurz bei Ihnen vorbeischauen. Das ist zwar nicht gerade das Nonplusultra an Sicherheit, aber es ist besser als nichts.«

»Ich habe doch nur diesen verrosteten Vega«, sagte Louise. »Bei dem fällt demnächst sowieso der ganze Boden ab. Den können die von mir aus auf der Stelle ›schleppen‹.«

»Aber wissen Sie«, sagte Dan, »manchmal kommt man ja an so einem Pickup vorbei, der da irgendwie am Straßenrand angehalten hat, und das Licht ist noch an. Und da liegen jetzt meinetwegen lauter Heuballen auf der Straße herum, und dann vielleicht ein Mann, oder eine Frau, und die heben die Heuballen gerade wieder auf. Also, man sieht gleich, was passiert ist. Aber da ist es dann zu spät, die richtig festzubinden, logisch.«

»Okay, ich seh's ein«, sagte Louise und blinzelte. Dan schwieg einen Augenblick. Fast glaubte er, ihre Augenlider zu hören – *pling, pling.*

»Wenn nämlich die Heuballen schon runtergefallen sind«, sagte er.

Henry kam mit einem Eimer in der Hand um die Ecke. »Ach ja, du wolltest ja Eier haben«, sagte er. Er führte die beiden in den niedrigen roten Hühnerstall. Der Raum war warm und dunstig und voller Stroh. Die Hühner schlugen mit den Flügeln und rannten wie verrückt in alle Richtungen davon.

Dan hatte Paul Francis, den Piloten des Sprühflugzeugs von Chesley, dafür gewinnen können, mit ihm eine Runde zu drehen, um nach den gestohlenen landwirtschaftlichen Maschinen Ausschau zu halten. Sie starteten auf dem Flughafen von Stone City und flogen Richtung Süden. Der Bezirk trug seine Winterfarben – grau und rindenbraun mit Streifen von blassem Weiß dazwischen. Nach einer Weile schlug Paul vor – wie alle Sportflugzeugpiloten, die Dan kannte –, dass Dan doch mal den Steuerknüppel übernehmen solle.

»Schau nach links«, sagte Paul. »Schau nach rechts. Schau nach oben. Man muss auch nach oben schauen.«

Die Sonne kam durch. »Wo würdest du wohl eine Planierraupe abstellen?«, fragte Dan.

»Die Augen immer in Bewegung halten«, sagte Paul. »Wo glaubst du, wo du im Notfall landen könntest?«

»In dem Fall würde ich einfach dich wieder ranlassen, sagte Dan.

Das kleine Flugzeug dröhnte in die blaue Luft hinein. Der Motor röhrte und die Heizung blies, aber die Kälte lag wie ein funkelnder Vorhang ringsum. Als Dan ein wenig ausprobieren wollte, was man mit dem Steuerknüppel alles machen konnte, neigte sich auch schon der eine Flügel, und das Flugzeug schoss in den wässerigen Raum über ihnen.

»Geradeaus, geradeaus«, sagte Paul. Dan inspizierte eine Reihe von schwarzen Instrumenten, die zu einer Medaille in Rot und Gold führten, auf der stand: »Der Himmel gehört Dir, oh Herr.«

»Du schaust ja gar nicht«, sagte Paul. »Lass doch jetzt mal diese Armaturen. Ich kleb dir die Anzeigen gleich mit Klebeband zu.«

»Ich mag das nicht«, sagte Dan. »Ich will gar nicht Pilot spielen. Dazu bist doch du da, und wie wäre es, wenn du mich jetzt mal nach Martins Woods hinüberfliegen würdest. Ich mein es ernst. Unterrichtsstunde vorbei.«

»In Ordnung«, sagte Paul.

Eine Weile sagten sie nichts. Dan betrachtete die verschneiten Felder, die glänzenden Bachläufe, die Autos auf dem glatten Asphalt.

»Hast du schon mal daran gedacht, unserem methodistischen Gebetskreis beizutreten?«, fragte Paul.

»Nein«, sagte Dan.

Sie flogen noch eine Stunde lang herum. Als Paul in Stone City zur Landung ansetzte, war er mit dem Winkel der Tragflächen nicht ganz glücklich, deshalb zog er noch einmal hoch und drehte eine weitere Runde. Sie flogen direkt der Sonne entgegen, und Dan bedeckte die Augen mit der Hand. Paul gefiel der Winkel auch beim zweiten Versuch nicht so besonders, aber er setzte doch holpernd auf der Landebahn auf. Dan knallte mit dem Ohr gegen die Tür des Flugzeugs.

Dan traf sich gegen Ende des Tages mit Louise im Fotostudio Kleeborg. Sie fuhren mit dem Streifenwagen zu einem *Tuxedo*-Laden an der alten Bundesstraße 18. Auf dem Parkplatz stand ein einziges grünes Auto.

»Sieht aus, als wäre da zu«, sagte Dan.

»Nein, heute ist Donnerstag, und donnerstags haben die Läden alle bis neun Uhr auf«, sagte Louise. »Ist das jetzt eigentlich ein Date?«

»Ist was ein Date?«

»Das hier.«

»Ich weiß nicht. Mehr oder weniger.«

Dan stieg aus, und Louise trat zu ihm auf den Gehsteig, wo sie stehenblieben und sich die langen Reihen der glänzenden Jacketts ansahen. »Du wirst mir doch nicht einreden wollen, dass dieser Laden nicht geschlossen hat«, sagte Dan.

Aber als er gegen die Tür drückte, ging sie auf. Ein kleiner Mann in Jeans, mit einem gewaltigen Brustkasten, spitz zulaufenden Koteletten und winzigen Cowboystiefeln stand da und schaute auf einen Leibgurt. »Die Verkäuferin ist fort«, sagte er. »Vor einer Weile war eine Dame hier, aber jetzt ist sie fort.«

»Sind das Schlaghosen?«, fragte Louise und zeigte auf die Aufschläge seiner Jeans.

»Das sind Bootcuts«, sagte er, und schon war er zur Tür draußen.

Louise sah ihm nach, wie er in dem grünen Auto davonfuhr. »Bootcuts, so ein Quatsch«, sagte sie.

Dan guckte in einen kleinen Raum am hinteren Ende des Ladens. »Hallo?« sagte er. Auf einer grünen Couch aus Vinyl lag eine Frau mit geschlossenen Augen.

»Ist sie tot?«, fragte Louise.

Dan schüttelte den Kopf. »Ihre Brust bewegt sich«, sagte er. »Ich glaube, sie schläft.«

»Ja, und was machen wir jetzt?«, fragte Louise.

»Also, eine schwarze Jacke habe ich«, sagte Dan, »Und schwarze Hosen auch. Das einzige, was ich ziemlich dringend brauche, ist eine Fliege.« Er nahm eine schmale, rot karierte Schleife, hielt sie sich unters Kinn und räusperte sich.

»Moment«, sagte Louise. Sie brachte ein weißes, in Cellophan verpacktes Hemd und drückte es ihm gegen die Brust. »Ich glaube ja nicht, dass du Schottenkaro tragen musst, außer es ist wirklich der Tartan deines Clans.«

»Vergiss nicht, das ist nur halb offiziell«, sagte Dan.

»Das stand im *National Geographic*«, sagte Louise. »Da hatten sie eine ganze Ausgabe nur über Schottland.«

»Ich habe schlicht vergessen, was für einen Tartan mein Clan gewählt hat«, sagte Dan.

»Nimm das Hemd doch auch«, sagte Louise. Sie ging weiter und probierte ein taubenblaues Jackett mit geschwungenem Revers an. Ihre Fingerspitzen sahen gerade noch aus den Ärmelaufschlägen heraus, während sie sich vor einem dreiflügeligen Spiegel drehte. »Schau dir mal dieses Ätzteil an«, sagte sie.

Dan steckte die Fliege ein und kam auf sie zu. Louise schaute in die Spiegelscheiben, das Haar noch vom Kragen des Jacketts bedeckt. Dan zog Louises Haar heraus und legte es ihr wie ein Tuch um die Schultern. Im Spiegel sah er eine ganze Reihe von Louisen. Sie schmiegte den Nacken in seine Hände. Ihre Augen gingen zu und wieder auf – *pling*.

»Du hast dich am Ohr verletzt«, sagte sie. Sie küssten sich.

Beim Tanzabend *Das Ende des Vandalismus*, der in der Turnhalle von Grafton stattfand, postierte sich Dan am Buffet, um achtzugeben, dass kein Alkohol in die Getränke gegossen wurde. Er unterhielt sich mit Mrs. Thorsen, der Lehrerin für Naturwissenschaften, einer kleinen Frau mit seltsam hoher Taille. Eine Band namens *Brian Davis und der Schlackenhaufen* spielte eigene Lieder sowie Cover-Versionen, die sie dem Thema des Abends entsprechend verändert hatte. Gelegentlich ging Dan nach draußen, um die betrunkenen Jugendlichen zu verscheuchen, die in ihren Autos herumhingen.

Bis auf die Bühnenbeleuchtung war es in der Turnhalle dunkel, und die Musik schepperte durch den Raum wie lauter Blechplatten. Wenn schnell getanzt wurde, fühlte sich Dan an den Pony-Tanz von Chubbie Checker erinnert, und bei langsamen Tänzen musste er an Menschen denken, die sich durch bittere Kälte schleppen. Mitten auf der Tanzfläche hatte die Betriebswirtschaftsklasse ein merkwürdiges Gebilde aufgebaut. Und zwar eine Reihe von langen, oben spitzen Holzlatten mit einem dazwischen eingebauten Doppelfenster und einem blinkenden gelben Alarmlicht auf der einen Seite.

»Das ist so eine Art Installation aus unterschiedlichen Sachen, die dem Vandalismus oft zum Opfer fallen«, sagte Mrs. Thorsen. Sie trug ein gelbes Kleid und hatte sich die Augen mit Maskara stark betont. »Also Zaun, Fensterscheibe und Baulampe. Eigentlich wollten sie noch eine zweite Installation davon machen und bei der dann die Scheibe einschlagen und den Zaun besprühen, um das Vorher – Nachher zu zeigen. Ich weiß nicht, warum sie's dann doch nicht gemacht haben, das wäre wahrscheinlich besser gewesen.«

»Ja, wahrscheinlich«, sagte Dan.

»Aber ich will da gar nichts zu sagen«, sagte Mrs. Thorsen, »denn die Betriebswirtschaftsklasse macht immer so einen totalen Scheiß. Ein Tanzabend ist wie der andere. Sie hätten *Stairway to Heaven* von denen mal sehen sollen.«

Nach der Pause kam *Brian Davis mit dem Schlackenhaufen* wieder zurück und spielte »Rikki Don't Throw That Lumber«. Mrs. Thorsen begann Dan von den Chinchillas zu erzählen, die sie zusammen mit ihrem Ehemann züchtete. Sie musste dabei fast schreien. Irgendetwas klappte nicht mit den Chinchillas, Dan verstand aber nicht genau, was. Etwa zu diesem Zeitpunkt tauchte Tiny mit einer blauen Brechstange in der Turnhalle auf. Später sagten alle, es sei wie in einem Musikvideo gewesen, weil die Tänzer sich wie in Hypnose zurückzogen und die Band dazu »China Grove« spielte. Dan stand gerade mit dem Rücken zum Geschehen, aber Mrs. Thorsen in ihrem gelben Kleid sah, wie Tiny an dem aufgebauten Buffettisch vorüberging. Er schlenderte unauffällig auf die Installation gegen den Vandalismus zu und schlug mit der Brechstange die Fensterscheibe ein, wobei die Glassplitter bis zur Bühne flogen. Er ließ die gelbe Lampe zersplittern und zertrümmerte die Zaunlatten. Dann war Dan bei ihm und versuchte, ihn festzuhalten. Die Band sang »Whoa, whoa, China Grove«. Tiny straffte die Schultern und riss sich aus Dans Griff los. Irgendwie wurde Dan von der Brechstange an der Schläfe erwischt. Das war aber vermutlich keine Absicht gewesen, dieser kleine Schlag an die Schläfe. Dan fiel rückwärts gegen den Zaun, und Tiny rannte hinaus.

Bis das Glas und das übriges Durcheinander aufgekehrt waren und Dan Mrs. Thorsen überredet hatte, mit dem Tanzabend weiterzumachen, war Tiny über alle Berge, und die betrunkenen Jugendlichen hatten ihre Autos aus strategischen Gründen bei der Glitzerkugel auf der anderen Straßenseite abgestellt. Dan zog sein Jackett an und stieg vorsichtig in den Streifenwagen. Er wusste, dass er am Kopf verletzt war, hielt das aber für nicht weiter schlimm. Er wollte eine Funkmeldung zum Geschehen durchgeben, doch als er am Knopf drehte, um die Frequenz einzustellen, ging auf der Anzeige das Lämpchen aus.

Er fuhr auf der Schotterstraße nach Osten zu Louises Haus und fand sie am Küchentisch sitzend, vor sich ordentlich aufgereiht die Einzelteile einer zerlegten Kamera.

»Ich muss übersinnliche Kräfte besitzen«, sagte sie. »Gerade habe ich eine Sendung über die Polizei gesehen, und schon bist du hier in meiner Küche.«

»War Tiny da?«

»Vor ein paar Tagen«, sagte Louise. »Das war ganz komisch, was er da wollte. Er wollte so ein altes Glas, das er sich einmal im *Sands Hotel* in Las Vegas aus so einem Automaten geschossen hatte. ›Wo ist mein kleines Glas von *Sands*?‹, hat er gefragt. ›Wo ist mein kleines Glas von *Sands*?‹ Ich hatte keine Ahnung, was er meinte. Ich also: ›Was für ein Glas, Tiny? Ein Glas mit Sand drin?‹ Aber er musste unbedingt dieses Glas haben.«

»Wofür wollte er es denn?«, fragte Dan.

Sie zuckte mit den Schultern und betrachtete einen Schraubenzieher mit rotem Griff, den sie in der Hand drehte. »Wahrscheinlich, um daraus zu trinken«, sagte sie. »Er wollte auch noch ein paar andere Gläser. Ich denke, sein Bruder Jerry hat nicht viel Zeug für die Küche.«

»Bei dir alles in Ordnung?«, fragte Dan.

Louise nickte. »Bis auf diese Kamera«, sagte sie.

Dan blickte auf die Kamerateile auf dem karierten Tischtuch: Federn und Spiegel und Stifte.

»Gib mir die Hand«, sagte er. Das tat sie. Ihre Finger waren kräftig und warm. »Danke«, sagte er. Sie hielten über den Tisch hinweg Händchen.

»Bitte«, sagte Louise.

Dan rief von Louises Telefon aus den Hilfssheriff Ed Aiken an und machte mit ihm aus, sich am Haus von Tinys Bruder in Pringmar zu treffen. Jerry Tate wohnte in einem grauen Bungalow auf einem Grundstück, das von der Straße aus abfiel. Dichtes Gebüsch umgab das Haus, und in den Fenstern brannte immer noch die Weihnachtsbeleuchtung. Jerry Tate bat sie herein und ließ sie Platz nehmen, sagte aber, er könne keinen Kaffee machen, weil er sich nach neun Uhr abends nicht mehr bewegen solle.

»Ich hatte da so einen Zusammenstoß mit einem Schneemobil«, sagte Jerry. »Sieben kleine Wirbel sind ein bisschen lädiert. Vielleicht werd ich nie mehr hundertprozentig gesund. Aber der Arzt sagt, dass das meine Pläne wahrscheinlich nicht zunichte machen würde.«

»Was für Pläne denn?«, fragte Dan.

»Das ist nur so eine Redensart«, sagte Jerry.

Also machte Ed Aiken den Kaffee. Sie tranken ihn, und nach einiger Zeit sagte Jerry, dass es ihn ja nichts angehe, aber er könne sich vorstellen, dass Tiny gar nicht erst hereinkomme, wenn er die Streifenwagen vor dem Haus stehen sehe. Dan und Ed gingen hinaus, um ihre Autos ein Stück weiter weg zu fahren und dabei auch die Lage zu besprechen, und als sie zurückkamen, hatte Jerry die Tür zugesperrt und die Lichter gelöscht.

Zwei

Louise ließ sich im Frühjahr von Tiny scheiden und stellte fest, dass ihr das Fernsehen gar keinen richtigen Spaß mehr machte. Sie konnte einfach bei keiner Sendung bleiben, sondern musste ständig umschalten. Wenn sie die Quizsendung *Jeopardy* sah, begann sie, sobald sie eine Antwort nicht wusste, blindlings zu raten – »Fidschi? Was sind die Fidschi-Inseln?« – und wechselte lieber zu einem dieser unsinnigen Krimis, bei dem sie dann aber auch nicht lange blieb.

Am Sonntagnachmittag sah sie sich eine Weile ein Basketballspiel an, dann *Angeln mit André* und *Wie Stahl gemacht wird*, dann fuhr sie die etwa sieben Kilometer bis nach Grafton, um ihre Mutter zu besuchen. Auf dem Beifahrersitz stand eine Tasche mit Lebensmitteln, die Straße war weithin leer, und im Radio kamen drei Songs von Evelyn »Champagner« King hintereinander.

Mary Montrose wohnte im Westen der Stadt in einem grünen Haus mit Fensterläden und einem L-förmigen Grundriss. Louise fuhr die Einfahrt hinauf und sah einen orangeroten Plastikeimer neben dem Stamm der Weide stehen. Sie ging auf das Haus zu und sang dabei »Get loose, get funky tonight«.

Louise trat durch die Vordertür und durchquerte die Diele, und gerade, als sie ins Wohnzimmer kam, wurde der ganze Raum in grünes Licht getaucht, weil die Sonne durch die grünen Vorhänge brach. Louise nahm die Einkaufstasche von der einen Hand in die andere. »Ich mach dir überbackene Spaghetti«, sagte sie.

Mary Montrose lag mit einem Buch auf der Couch. Sie legte ein Lesezeichen ein und setzte sich auf, eine große Frau mit silbergrauem Haar, das von einem Netzwerk aus Spangen zusammengehalten wurde. »Ich hab mir doch gedacht, dass ich jemanden in der Einfahrt gehört habe«, sagte sie.

»Was liest du denn da?«, fragte Louise.

»Ach, nur so einen Krimi«, sagte Mary. »Hab ich mir aus dem Buchmobil geholt. Ich weiß noch nicht, ob er mir gefällt. Es wird schrecklich viel gemordet. Gerade sind ein paar Leute bei einem Picknick umgebracht worden.«

»Das ist doch Quatsch«, sagte Louise. Sie schaffte die Esswaren in die Küche und räumte sie weg. Im Kühlschrank war Wodka, und sie machte sich einen Preiselbeersaft mit Wodka und kehrte ins Wohnzimmer zurück.

»Sieht gut aus, dein Drink«, sagte Mary.

»Nennt sich ›Twister‹«, sagte Louise. »Möchtest du auch einen?«

»Weißt du, was ich gern hätte?«, sagte Mary. »Ein Kleid in diesem Farbton.«

Louise nippte an ihrem Glas. »Und weißt du, was ich gern hätte?«, sagte sie. »Dass ich Rocksängerin wäre. Mein voller Ernst. Das würde ich gerne sein.«

»Du singst ja auch ganz gut«, sagte Mary.

»Vielleicht sollte ich auf Tournee gehen«, sagte Louise. »Sag mal, was macht denn dieser Eimer da draußen im Garten?«

»Wo soll denn da ein Eimer sein«, sagte Mary. Sie stand auf und ging zum Fenster. »Also wirklich!«, sagte sie. Dann warf sie einen prüfenden Blick auf den Thermostat und kehrte auf die Couch zurück.

Louise setzte sich ihrer Mutter gegenüber in einen Sessel. Er hatte eine verstellbare Rückenlehne, also verstellte Louise die Rückenlehne. Sie zupfte an den dunklen, gezackten Blättern herum, die neben der Armlehne des Sessels rankten. »Meinst du nicht, du solltest den mal zurückschneiden?«, fragte sie. »Schau nur, was er mit der Armlehne von diesem Sessel macht. Und beim Sofa genauso, schau nur. Ich sag ja nicht, dass du ihn wegwerfen sollst. Ich finde nur, dass du ein bisschen was abschneiden solltest. Schau dir das an. Die Armlehne von diesem Sessel verwandelt sich ja praktisch in Erde.«

Mary schaute traurig auf den prachtvollen Efeu, der sich vom Kaffeetisch aus durch den ganzen Raum rankte. »Das bring ich nicht übers Herz«, sagte sie.

»Oh Gott«, sagte Louise. »Das schaffst du schon, Mom. Das schaffst du schon. Möchtest du jetzt überbackene Spaghetti, oder was?«

»Also, bevor die in dem Buch alle ermordet wurden, haben sie bei ihrem Picknick gerade Hamburger gegrillt«, sagte Mary, »und ich hab richtig Appetit auf Hamburger gekriegt. Könnten wir nicht zum See fahren und uns im *Leuchtturm* Hamburger holen?«

»Ich könnte Hackfleisch in die Spaghetti tun«, schlug Louise vor.

»Ich komm hier nie raus«, sagte Mary. »Wenn wir kurz mal zum See fahren, davon geht die Welt doch nicht unter. Dein Problem ist, dass du da draußen auf dieser Farm sitzt, da bist du von aller Welt abgeschnitten. Doch doch, du kapselst dich ab.«

»Ich kapsele mich überhaupt nicht ab«, sagte Louise.

»Ich wüsste nicht, wie man das sonst nennen sollte«, sagte Mary.

»Da gibt es gar nichts zu nennen«, sagte Louise.

»Außerdem«, sagte Mary, »glaubst du nicht, dass Jean Klar früher oder später mal heiratet und dann vielleicht wieder in diesem Haus wohnen will? Du bist nur die Mieterin, meine Liebe. Du wohnst da nur zur Miete.«

»Ich weiß, dass ich da zur Miete wohne«, sagte Louise. »Ich bin mir dessen vollkommen bewusst.«

»Das Haus von Jimmy Coates ist zu verkaufen«, sagte Mary. »Die verlangen Achttausendfünfhundert, aber ich wette, dass man sie auf Sechstausend herunterhandeln könnte.«

»Das Problem bei dem Haus von Jimmy Coates ist, dass es nach Jimmy Coates riechen würde«, sagte Louise. »Und ich hab auch keine 6000 Dollar.«

Mary seufzte. Sie ging in die Diele und brachte einen hell lackierten Gehstock herein. Louise stellte ihren Stuhl aufrecht und trank den Twister aus. »Wo hast du den denn her?«, fragte sie.

Mary reichte Louise den Stock; auf dem Griff war ein Schlangenkopf eingebrannt. »Von Hans Cook«, sagte sie. Sie schlüpfte in eine kastanienrote Jacke und zog den Reißverschluss bis zum Kinn zu. »Er war mit seinem Lastwagen auf dem Rückweg von Ohio, und da hat er einen Zwischenstopp gemacht und irgendwelche Höhlen besichtigt. Die hatten dort ein Museum und so kleine Hütten, in denen man Szenen aus dem Leben der Indianer sehen konnte.«

Louise sah sich den Stock genauer an. »Was willst du denn mit einem Stock? Sobald das Telefon klingelt, saust du doch wie ein Wiesel durchs Zimmer.«

»Das Telefon klingelt ja nie.«

In Wirklichkeit klingelte das Telefon bei Mary recht häufig. Sie hatte im Stadtrat von Grafton den sogenannten Witwensitz inne. Der war natürlich nicht ausschließlich für Witwen bestimmt. Doch Marys Vorgängerin im Stadtrat war Dorothy Frails gewesen, deren Mann durch einen elektrischen Schlag ums Leben gekommen war, als er ein Kabel auf der Veranda verlegen wollte – eine seiner Meinung nach ganz simple Aufgabe. Und vor Dorothy Frails hatte ebenfalls eine Witwe dieses Amt innegehabt, obwohl sich nicht mehr viele Einwohner erinnern konnten, wer das war und woran ihr Mann gestorben war. (Es war Susan Jewell, deren Gatte Howard am 4. Oktober 1962 auf dem Dachboden inmitten der Krüge seiner Krugsammlung einen Mittagsschlaf gehalten hatte und nicht mehr aufgewacht war.) Mary war jetzt schon seit neun Jahren im Stadtrat. Sie befasste sich vor allem mit Angelegenheiten, die Hunde betrafen, und hatte einmal bei einer Tagung in Moline einen Diavortrag über die Entwicklung der Hundeschnauze gehalten.

Louise und ihre Mutter traten nach draußen. Mary ging zielstrebig auf die Weide zu, spießte den orangeroten Eimer mit ihrem Gehstock auf und warf ihn über die Hecke in den Garten von Heinz und Ranae Miller.

»Ich dachte, das ist dein Eimer«, sagte Louise.

»Nein, ich glaube, der gehört Heinz«, sagte Mary.

Sie fuhren auf der Landstraße 33 nach Walleye Lake. Louises Vega machte einen Höllenlärm. Am Auspuff hing ein Stück Blech lose. Louise wusste das, denn sie hatte sich hingekniet und nachgeschaut, aber davon wurde die Sache auch nicht besser. Bis zum Sommer war es noch mehr als einen Monat hin, und der Himmel zeigte eine ängstliche Blässe. Mary stemmte während der ganzen Fahrt die eine Hand gegen das Armaturenbrett und klammerte sich mit der anderen am Sitz fest. Louise drückte eine Zigarette im Aschenbecher aus.

»Wie geht es Hans Cook denn?«, fragte sie.

»Ach, Hans Cook geht es ganz gut«, sagte ihre Mutter. »Aber ich sag dir was, wir waren zusammen in Stone City im Kino, na, so vor zwei oder drei Wochen, und wie er da gelacht hat, also das war mir wirklich peinlich. Der Film galt ja als ganz witzig. Das weiß ich. Aber irgendwie muss man sich doch auch wieder einkriegen.«

»Was war es denn für ein Film?«, fragte Louise.

»Ach, einer mit Carol Burnett«, sagte Mary. »*Annie*. Ich wäre am liebsten auf allen Vieren den Gang hinuntergekrochen und hätte mich verdrückt. Andererseits, ich weiß ja, dass er Drogen nimmt.«

»Ach wirklich?«, sagte Louise.

»Also, er nimmt LSD«, sagte Mary.

Louise sah sie ungläubig an. »Hans Cook nimmt LSD?«, fragte sie. »Der dicke große Hans?«

Mary zeigte auf die Windschutzscheibe. »Schon gut. Schau auf die Straße.«

»Mach ich doch«, sagte Louise. »Ist das dein Ernst mit Hans Cook?«

»Er hat Probleme mit seinem Hals«, sagte Mary. »Er fährt ja ständig in der Gegend herum, und er sagt, dass ihm der Kopf irgendwie auf den Hals drückt. Irgendwas stimmt bei ihm nicht. Er hat einen Wirbel zu viel. Oder was weiß ich, irgendwas hat er zu viel. Sagt er jedenfalls. Er behauptet, dass das LSD gut für seinen Hals ist.«

»Und was nimmt er dann bei Kopfweh, Crack oder was?«

Mary nahm die Brille ab und säuberte sie mit einem Papiertuch. Die Brille hatte quadratische Gläser und dramatisch geschwungene Bügel, und ohne sie sahen Marys Augen klein und müde aus. »Nein, ich glaube nicht, dass er Crack nimmt«, sagte sie.

»Vielleicht tut er dir immer was in die Bowle«, sagte Louise, und Mary antwortete nicht, deshalb fuhr Louise fort: »Mein Gott, du nimmst das Zeug doch nicht auch, oder?«

Mary blickte auf ein Windrad, das am Fenster vorbeizog. »Ich habe keinen Zweifel, dass Hans mir welches geben würde«, sagte sie. »Aber ich würde es nicht nehmen, und das weiß Hans auch. Diese Droge ist aus Papier. Das wäre, als würde man einen Kassenzettel kauen.«

Sie fuhren in die Stadt Walleye Lake ein. Auf der Gegenfahrbahn wollte eine Frau in einem Kombi gerade abbiegen, trat aber auf die Bremse, als Louise hupte.

»So ist es gut, Herzchen«, sagte Louise. »Ich fahre nämlich geradeaus.«

Der *Leuchtturm* lag in der Stadt gegenüber dem *Café Mondblick*. Es war ein Drive-In-Restaurant, das um einen Turm in ausgeblichtem Orange gebaut war. Eine grüne Neonröhre drehte sich auf dem Turm, und es brannte Licht, obwohl die Dunkelheit noch nicht hereingebrochen war. In der Hochsaison gingen Kellnerinnen in weißen Matrosenmützen zwischen den Autos herum, aber jetzt im Frühling mussten sich die Kunden an der Theke unter dem Turm anstellen, und an diesem Abend war die Schlange lang. Direkt vor Louise und Mary standen ein Vater und seine kleine Tochter, die ein Plüschpferd im Arm trug. Das Mädchen hatte sehr hellblaue Augen und lange braune Haare. Mary begrüßte es und fragte, wie das Pferd heiße.

»Nicht anfassen«, sagte das Mädchen. »Das geht hammermäßig ab.«

»Hammermäßig – na so ein wildes Pferd!«, sagte Mary. »Ich hatte früher auch ein Pferd, das hieß Velvet. Doch doch, so eine riesige alte Dame wie ich. Ich durfte als Einzige von allen Mädchen aus allen Reitvereinen mit meiner Stute Velvet an der Eröffnungsfeier bei der großen Jahresschau in Iowa teilnehmen. Ich hatte weiße Lederhandschuhe an, die ganz weit die Arme rauf gingen, und was glaubst du, wer auf dem Pferd neben mir saß? Kein anderer als Tim Thompson. Er war der beste Tonnenrennreiter des Landes, und er kam aus Kalifornien.«

Der Vater hatte sich herumgedreht, um zuzuhören. Er trug eine Strickjacke mit einem aufgestickten Kegel und hatte dieselben gespenstischen Augen wie seine Tochter. Beide erinnerten sie Louise an die friedlichen, verlorenen Aliens aus dem Weltall, die man in Serien wie *Outer Limits* zu sehen bekam. Die Kleine knabberte am Hals des Plüschpferds, dann hob sie den Kopf. »Was ist ein Tonnenrennreiter?«, fragte sie.

»Das ist einer, der bei einem Rennen um Tonnen herum reitet, wie früher im Wilden Westen«, sagte Mary, die sich nachdenklich auf ihren Stock stützte. »Jedenfalls, dieser Tim Thompson …«

»Warum sind sie um die Tonnen herum geritten?«, fragte das Mädchen.

»Also, mein Schätzchen, ich nehme an, weil die Tonnen ihnen im Weg waren«, sagte Mary. »Aber auf die Tonnen kommt es jetzt überhaupt nicht an. Die spielen in dieser Geschichte eigentlich gar keine Rolle. Jedenfalls kannte jeder Tim Thompson. Wir reiten also mitten über den Festplatz und dann auf die Rennbahn, und als wir zur Haupttribüne kommen, dreht sich Tim Thompson zu mir um und sagt: »Mary, du reitest besser als die Frauen in Kalifornien. Du reitest viel besser.« Weißt du, meine Art zu reiten hat ihm einfach gefallen, und er hat gesagt, er schenkt mir was. Aber dann ging das Programm los, und es gab ein Rodeo, bei dem er mitmachen musste, und er vergaß das mit dem Geschenk. Also, ich hab es nicht vergessen, aber ich war auf der Heimfahrt sowieso im siebten Himmel. Ich hab ja sonst nie etwas anderes gemacht als Bohnen jäten. Und viel später brachte so ein junger Kerl vom Paketdienst ein Päckchen auf unsere Farm. Dieser Junge hat bei Supersweet in Grafton gearbeitet, und er hieß Leon Felly, und sein Gesicht war über und über voll mit Sommersprossen. Er hat mir eine Pappschachtel überreicht, und wie ich sie aufmache, ist drin ein Efeu von Tim Thompson.«

»Hast du das gehört?«, sagte der Vater. »Die Dame hat ihr Geschenk doch noch gekriegt.« Er rieb sich geistesabwesend die Stirn, und bald darauf drehte er seine Tochter und sich selbst wieder von Mary weg.

»Sie hat eine Krücke«, sagte das Mädchen.

Louise warf einen Seitenblick auf Mary. »Dieser Efeu ist doch von deiner Mutter«, sagte sie.

Mary runzelte die Stirn. »Welcher Efeu?«, fragte sie. »Du bildest dir immer gleich ein, dass du weißt, wovon ich spreche. Es gibt sehr viel Efeu auf der Welt, Louise. Den von Tim Thompson hast du überhaupt nie gesehen. Er ist gleich in dem ersten Winter eingegangen – in dem Winter nach dem Herbst, in dem ich bei der Jahresschau mitreiten durfte. Das war einer der schlimmsten Winter, die wir je hatten, damals kam ein gewaltiger Frost, der sämtliche Malven und sämtliche Efeupflanzen dahinraffte, einschließlich dem Efeu, den mir Tim Thompson geschenkt hatte.«

»Der hat dir doch niemals einen Efeu geschenkt«, sagte Louise.

Mary lachte bitter. »In dem Jahr konnten wir direkt aus dem Fenster steigen, weil der Schnee so hoch lag«, sagte sie.

»Ihr seid doch niemals aus dem Fenster gestiegen«, sagte Louise.

In der Zwischenzeit war vorn ein Tumult entstanden. Der Farmer nahm seine Tochter auf den Arm, und Mary und Louise traten ein Stück aus der Schlange, um besser zu sehen. Ein Kunde, der eine rote Lederjacke mit der in weißen Stoffbuchstaben aufgenähten Aufschrift »Kampfsportschule Geoff Lollard« trug, schrie gerade den Mann hinter der Theke an. Dieser Kunde, ein großer Kerl mit kurz geschorenen Haaren, schlug immer wieder mit der Faust auf die Theke. Dem Mann hinter der Theke, der jung und dicklich war und eine grüne Schürze trug, war das Gesicht zu einem ängstlichen Lächeln erstarrt.

»Du steckst echt in der Scheiße, du grinsender Hurensohn«, schrie der Kunde. »Ich weiß, wo du wohnst! Ich weiß, wann hier geschlossen wird! Ich weiß auch, wo du arbeitest! Du arbeitest nämlich hier! Hör auf zu grinsen, verdammt noch mal! Ich stech dich ab. Ich schwör's, das mach ich.«

»Mann, Pete«, sagte der Angestellte. Er hatte eine hohl klingende, traurige, singende Stimme, die den Mann in der roten Kampfsportjacke rasend zu machen schien. »Also wirklich, Pete, beruhige dich doch.«

Pete verfluchte den Angestellten weiter. Er packte einen glänzenden Serviettenspender und verfolgte damit den Angestellten die ganze Theke entlang.

»Das ist doch nicht dein Ernst, Pete«, rief der Angestellte, und Pete schleuderte den Serviettenspender mit einer wilden Bewegung auf ihn. Der Angestellte duckte sich, und der Serviettenspender riss einen Frittierkorb von seinem Aufhänger an der Wand hinter der Theke.

Der Angestellte erhob sich wieder. »So, super, Pete, den hast du jetzt kaputtgemacht«, sagte er. »Ich hoffe, du bist zufrieden, der ist kaputt.«

Aber Pete war schon von der Theke verschwunden und stürmte gerade die Kundenschlange entlang, warf dabei den Kopf zurück und verfluchte Gott und die Welt. Augen, Nase und Mund lagen bei ihm ganz niedlich in die Mitte seines großen Gesichts eingebettet, und über dem einen Auge klebte ein Pflaster. Als er an Louise und Mary vorbeirannte, geriet er zu nahe heran und stieß mit dem Schuh gegen das untere Ende von Marys Gehstock. Der Stock wurde Mary aus der Hand geschlagen und während sie einen Schritt nach hinten machte und gegen den blauäugigen Vater und seine Tochter prallte, schienen Pete und der Stock einen kurzen Kampf auszutragen, worauf sie beide auf den Asphalt stürzten. Offensichtlich hatte Pete sich die Handflächen aufgeschürft, und die Leute in der Schlange sogen die Luft ein und griffen reflexhaft an die eigenen Hände. Pete kämpfte sich auf die Füße und rannte davon, als wäre der Stock hinter ihm her. Er erreichte einen orangeroten VW-Bus, der unter der Werbung für ein Pflanzenschutzmittel geparkt war, stieg ein und fuhr davon.

»Geht's?«, fragte der Mann mit den blauen Augen. Seine Stimme klang gequetscht, weil seine Tochter ihm die Arme so fest um den Hals gelegt hatte. »Wahrscheinlich hat der versucht, Süßigkeiten zu klauen. Ich glaube, er hat eine Tüte Bonbons eingesteckt.«

»Er und der andere Typ müssen sich kennen«, sagte Louise.

»Ganz bestimmt!«, sagte der Mann. »Ich bin sicher, die kennen sich schon ewig. Ich vermute, dieser Typ, dieser Pete, hat gedacht, der andere stellt sich blind, wenn er mit den Bonbons abhaut.«

Mary nahm ihre Spangen aus dem Haar, kämmte sich und steckte sie wieder fest. »Sie glauben also, dass dieser Typ in Rot«, sagte sie und wies dabei in Richtung Herbizidwerbung, »den Koch schon vorher kannte?«

Louise nahm ihr Zigarettenetui, klappte es auf und beugte sich vor, um eine Zigarette anzuzünden. »Das hat er doch gerade gesagt, Ma«, sagte sie.

»Oh ja!«, sagte der Mann. »Keine Frage, dass die sich kennen. Lass jetzt mal los, meine Kleine. Du erwürgst deinen Vater ja. Ich würde auf alle Fälle die Polizei rufen, wenn ich der Typ wäre. Ich versteh nicht, warum er die nicht auf der Stelle ruft. Also ich würde das machen. Da können Sie Gift drauf nehmen, dass ich das machen würde.«

»Aber wissen Sie«, sagte Mary, »der Typ ist mit den Süßigkeiten doch sowieso schon verschwunden.«

Der Mann nickte. »Ja, Pete ist weg«, sagte er.

»Moment mal«, sagte Mary. »Pete, oder der in der roten Jacke?«

»Pete *ist* doch der in der roten Jacke«, sagte der Mann.

»Ja, Pete ist in den Lieferwagen gestiegen«, sagte Louise.

Der Mann nickte. »Richtig«, sagte er. »Pete ist in den VW-Bus gestiegen.«

»Hör doch auf mit diesem Pete!«, sagte die Kleine. Sie legte die Hand an ihre Stirn. »Mir ist schlecht.«

»Das kann doch gar nicht sein«, sagte der Vater.

»Kleb mir ein Pflaster über das Auge«, sagte das Mädchen.

Louise und Mary bestellten California Hamburger und Pommes und zwei Krüge Root-Bier. Louise gab dem Mann an der Theke eine Zigarette und streckte die Hand über den Tresen, um sie ihm anzuzünden. Seine Finger zitterten, während er Louises

Feuerzeug abschirmte. Dann stellte er zwei rotweiß gemusterte Pappschachteln für die Pommes hin. Louise und Mary aßen im Auto, brachten die schweren Glaskrüge wieder zur Theke und fuhren zu Marys Haus zurück. Sie sahen sich einen Fernsehfilm an, bei dem es um einen Mord ging. Louise bemerkte eine gewaltige Unstimmigkeit in der Handlung, und Mary trank ein Glas Milch und setzte sich auf die Couch. Während der Werbung blickte Louise nach der Uhr an der Wand und wandte sich dann Mary zu.

»Findest du wirklich, dass ich mich dermaßen abkapsele?«, fragte sie.

Mary sah sie völlig ausdruckslos an, als wäre sie plötzlich im tiefsten Innern von etwas berührt worden. Sie ging in die Diele und sprach aus der Dunkelheit zu Louise.

»Ich bin ohne meinen Gehstock nach Hause gekommen«, sagte sie.

Am nächsten Tag half Louise dem Porträtfotografen Kleeborg, die Absolventen der Highschool zu fotografieren. Sie trug Make-up auf, drehte und justierte Lampen, legte Filmkassetten in Kleeborgs alte Hände. Der Tag verlief ganz normal, bis ein Mädchen an die Reihe kam, das von Anfang an einen merkwürdigen Eindruck machte. Sie hatte kurze, glatte blonde Haare, aber ihre Augen waren gerötet und ihre Kleidung war zerdrückt. Ihr Foto sollte vor der Kulisse für »Draußen« gemacht werden. Die befand sich in einer Ecke des Studios und bestand aus einem Stück Zaun mit etwas Blattwerk aus Plastik und einem grünen Hintergrund. Doch während Louise versuchte, der Schülerin ein paar Augentropfen zu verabreichen, sank diese mit dem Rücken gegen den Zaun in sich zusammen und stöhnte.

»Ich möchte nicht weg von hier auf die Uni«, sagte sie. Etwas von den Augentropfen lief ihr aus dem Augenwinkel die Wange hinunter. »Ich möchte nicht weg von hier auf die Uni. Und ich hab so einen Kater. Ich rühre in meinem ganzen Leben nie wieder ein Glas Wein an.«

»Warum sitzt sie denn auf dem Fußboden?«, rief Kleeborg. Er kam unter dem schwarzen Tuch hervor und blieb neben der Kamera stehen. »Du hast noch das ganze Leben vor dir!«, sagte er. Er hatte diesen Ausdruck schon die ganze Woche über benutzt, aber jetzt klang es wie eine Drohung. Louise half dem Mädchen auf die Beine, brachte sie zur Toilette und holte ihr ein Alka-Seltzer. Das Mädchen hieß Maren Staley, und es stellte sich heraus, dass sie an der Universität von Oregon angenommen worden war, aber nicht hingehen und ihren Freund Loren hier zurücklassen wollte. Ihre Mutter jedoch, die Loren inbrünstig hasste, hatte sich nun einmal Oregon in den Kopf gesetzt und war so weit gegangen, dass sie begeisterte Briefe an die Uni verfasst und mit Marens Namen unterschrieben hatte.

Maren legte den Kopf in den Nacken und trank das Wasser mit dem Alka-Seltzer. Sie stellte das Glas auf den Spülkasten der Toilette und sagte leicht keuchend: »Es ist ja nur, weil ich nicht von hier weg auf die Uni will.«

Louise legte ihr den Arm um die Schultern. »Vielleicht wird es ja gar nicht so schlimm«, sagte sie.

Sie gingen in den Flur hinaus. Hier stand ein Metallbett, das in einer Werbung für das Kaufhaus Brown benutzt worden war, und Maren streckte sich darauf aus. Dann stand sie wieder auf, ging zur Toilette und übergab sich. Als sie zurückkam, trocknete sie sich das Gesicht mit einem Handtuch ab und legte sich wieder hin. »Wie bin ich bloß auf die Idee gekommen, ich könnte trinken«, sagte sie. »Wie bin ich bloß jemals in meinem Leben auf die Idee gekommen, ich könnte trinken.« Louise kannte die Art von Kater, die das Mädchen jetzt hatte. Dabei verspürte man das Bedürfnis, immer alles mehrmals zu sagen. Bald schlief Maren ein, und erst ungefähr zweieinhalb Stunden später wachte sie wieder auf, ging nach draußen und radelte langsam davon.

Am Mittwochnachmittag fuhr Louise nach der Arbeit nach Walleye Lake, um den Gehstock ihrer Mutter abzuholen, den jemand vom *Leuchtturm* neben dem Regal »Fundsachen« an die Theke gelehnt hatte. Louise fand den Stock hässlich, sie warf ihn hinten ins Auto und deckte ihn mit altem Zeitungspapier zu. Sie beschloss, unterwegs noch am See vorbeizuschauen. Die Straße zum See war schmal und führte an Bars, einem Friseurladen, einem kleinen Park und einem Versandhandel mit einer zerbrochenen Fensterscheibe vorbei. Ein paar alte Männer mit Anglermützen schauten auf, und einer winkte, als er Louises Auto hörte; Louise hatte den Eindruck, er sei zahnlos, obwohl sie es nicht so genau sehen konnte.

Sie parkte und ging zum öffentlichen Strand hinunter. Das Wasser war bewegt und grau, und Louise flatterte das Haar ums Gesicht. Sie ging direkt ans Wasser und machte sich die Hände nass. Das Seeufer war dünn besiedelt und ziemlich unberührt, und man hatte das Gefühl, es könnte jederzeit ein Team von Fernsehwissenschaftlern eintreffen und hier vielleicht blinde urzeitliche Fische finden. Der Sand war mit schwarzem Tang und winzigen grauen Kieseln bedeckt. Weiter oben am Ufer rief sie plötzlich jemand beim Namen und winkte ihr vom Rand der steinernen Picknickhütte aus zu. Es war Johnny White, der 1974 zusammen mit Louise an der Highschool in Grafton den Abschluss gemacht hatte.

Louise hatte ihn seither noch ein paar Mal gesehen. Einmal an einer Autowaschanlage, wo er gerade ein Wischtuch aus einem Münzautomaten zu zerren versuchte. Einmal hatte sie ihn in Grafton auf einer Bank sitzen sehen, einen großen schwarzen Afghanen neben sich. Sie und Johnny waren in der Highschool eine Weile zusammen gewesen. Sie erinnerte sich, wie sie hinten im Publikum gesessen hatte, als er in dem Abschlussstück der Klasse auftrat, einem Musical über einen Arbeiteraufstand in Kalifornien. Er hatte eine Ballade zu singen, die »Pfirsiche (Such mir ein Mädchen)« hieß. Er breitete seine kräftigen Arme weit aus. »Pfirsiche! Pfirsiche! Diese zwei Arme sind erschöpft von den ewigen Pfirsichen.« Louise hatte vor der Aufführung ein paar Gläser Wild Irish Rose getrunken, und ihr fiel jetzt ein, dass sie damals gedacht hatte, keinen anderen Menschen zu kennen, der den Höllenmut besessen hätte, sich einfach hinzustellen und dieses Lied zu singen. Johnny hatte eine etwas glatte Tenorstimme, die Louise völlig falsch vorkam, aber irgendwie schmälerte das seine Leistung nicht. Jetzt arbeitete Johnny in der Bezirksverwaltung, und er trug eine knielange Jeansjacke über einem grünen Hemd und gelblichbraunen Hosen. Auf der Highschool hatte sein Gesicht noch einen knabenhaften Reiz besessen, aber jetzt wirkte er recht massig, und auf dem Kopf trug er eine bauschige Ledermütze, wie manche Rockstars, wenn sie kahl werden. Aber seine Augen waren immer noch irgendwie hübsch.

Louise und Johnny setzten sich unter die hölzernen Dachsparren der Picknickhütte. Es stellte sich heraus, dass Johnny zurzeit in der ehemaligen Ersten Baptistischen Kirche in Pinville wohnte. (Pinville war eine sehr kleine Stadt an einer Nebenstraße zwischen Grafton und Morrisville.) Diese Kirche hatte Johnnys Vater, ein Farmer und abgebrühter Geschäftsmann, von dem es hieß, er sei »auf dem Papier reich«, schon vor Jahren den Baptisten abgekauft.

»Dad wollte daraus eigentlich einen Luxusnachtclub machen«, sagte Johnny. »Das würde auch jetzt noch gehen. Obwohl, wahrscheinlich eher nicht. Er hat gerade erst einem Typen in Sioux City einen ganzen Schuppen voller Einzelteile zu Brunnenbohrern abgekauft. Er dachte, die könnte er schnell wieder loswerden. Aber mit denen stimmt irgendwas nicht. Ich weiß nicht genau was. Kann sein, dass sie gepfändet sind.«

»Ach wirklich«, sagte Louise.

»Das ist genau wie damals, als ich nach Cleveland gegangen bin«, sagte Johnny. »Da waren Lisa und ich gerade ein Jahr lang verheiratet. Wir sind zur Miete in das Haus ihres Onkels in Cleveland gezogen und haben versucht, ein Restaurant hochzuziehen. Wir haben eine Esso-Tankstelle übernommen und daraus ein Restaurant gemacht. Aber bald gab es viel übles Gerede. Es hieß, dass unsere Hotdogs nach Benzin schmeckten.«

»Davon hab ich, glaub ich, mal was gehört«, sagte Louise. »Hat es da nicht eine Explosion oder so etwas gegeben?«

»Nein, es hat überhaupt keine Explosion gegeben«, sagte Johnny. »Damals war doch dort überhaupt kein Benzin mehr vorhanden. Wir hatten die Tanks ja geleert, von der Bezirksverwaltung war jemand gekommen und hatte zugesehen, wie wir sie ausleerten. Aber dieses Gerücht mit dem Benzin hat uns ruiniert, denn die Hotdogs waren sozusagen das Standbein des Lokals, Hotdogs und Frankfurter.«

»Das tut mir leid für dich«, sagte Louise.

»Wenn wir nicht Pleite gemacht hätten, dann wären Lisa und ich immer noch verheiratet, darauf würde ich wetten«, sagte Johnny. »Einmal hab ich aus Versehen die Hand auf den Grill gelegt, und sie hat nur zugesehen. Bei dem Licht hier siehst du die Narbe wahrscheinlich gar nicht. Moment. Schau, da. Irgendwie kommt es einem vor, als wäre die ganze Hand eine einzige Narbe. Ach, ich weiß auch nicht. Wir haben zwei Kinder, Megan und Stefan, und ich kann nur sagen, mir fehlen die Kinder sehr, verdammt noch mal.«

»Sind sie in Cleveland geblieben?«, fragte Louise.

»Na ja, in Parma«, sagte Johnny. »Aber das ist das Gleiche.«

Louise und Johnny unterhielten sich noch eine Weile, und dann ließ Louise ihn allein unter dem Dach der Picknickhütte sitzen und ging zu ihrem Auto. Als sie Walleye Lake verließ, schaltete sie das Radio ein. Johnny Cash sang gerade von einem Automechaniker, der sich selber ein Auto zusammenbaut, aus lauter Teilen, die er im Laufe der Jahre aus der Fabrik geschmuggelt hat.

Der Zigarettenanzünder sprang vor und Louise steckte sich eine Zigarette in den Mund. »Das Auto nehm ich«, sagte sie.

Der Stadtrat hielt seine Sitzungen in der Mensa der ehemaligen Schule von Grafton, einem Ziegelbau von 1916, der seit 1979, als die Schule von Grafton mit der von Morrisville-Wylie zusammengelegt worden war, weitgehend leer stand. Offiziell hieß der Einzugsbereich der Schule, der dadurch entstanden war, Morrisville-Wylie-Grafton, aber das war zu lang, und obwohl es Vorschläge gegeben hatte, die ersten Buchstaben aller drei Städte zu nehmen und das Gebiet Mo-Wy-Gra zu nennen, war das schlicht albern, deshalb hieß es jetzt Morrisville-Wylie, als wäre Grafton von der Landkarte verschwunden. Als Louise, die nur angehalten hatte, um ihrer Mutter den Gehstock zurückzugeben, in den Versammlungsraum kam, hatten gerade vier Männer von der Feuerwehr einen Antrag auf neue Äxte gestellt. Sie hatten ein paar von den alten mitgebracht, um deren altersschwachen Zustand vorzuführen, aber der Stadtrat sagte, sie müssten warten, bis Geld vom Staat komme. Worauf der Vorsitzende Howard LaMott sagte: »Was für Geld vom Staat denn? Es gibt kein Geld vom Staat. Ich bin jetzt hier seit vier Jahren Vorsitzender, und raten Sie mal, wie viel Geld vom Staat es in der Zeit gegeben hat? Null.« Die vier Feuerwehrmänner ergriffen ihre Äxte und gingen hinaus, wobei sie so enttäuscht aussahen, dass man hätte meinen können, sie würden ihre Äxte nehmen und draußen auf der Stelle etwas zerhacken.

Louise sah ihnen nach und entdeckte dabei Hans Cook, der zwei Reihen weiter hinten saß. Die Stühle waren klein, vor allem im Verhältnis zu Hans. Er trug einen Tirolerhut und rauchte eine Tiparillo, deren Asche er jedes Mal im Aufschlag seiner grauen Hose versenkte. Es sah aus, als würde er mit seinem Stuhl leicht kippeln. Der nächste Punkt auf der Tagesordnung war, dass Alvin Gettys Hund Nan Jewell gebissen hatte.

Nan Jewell war über achtzig Jahre alt und ging in einem dunkelblauen Kleid mit weißem Spitzenkragen nach vorn – einem schönen Kleid, genau dem Kleid, das eine Jewell tragen *musste.* Alvin Getty blieb zwischen den Stühlen stehen, seinen deutschen Schäferhund King an der Leine. King trug ein rotes Halstuch, hielt den Kopf gesenkt und wedelte mit dem Schwanz einen Stuhl zur Seite.

»King ist kein bissiger Hund«, sagte Alvin Getty. »Er hat Sie dieses eine Mal gebissen. Okay, das stimmt. Aber schließlich waren Sie ja auch in seinem Garten. Mir macht das nichts aus, aber er ist schließlich ein Hund. Nicht okay, nein, das war natürlich nicht okay. Deswegen bin ich auch bereit, das sage ich jetzt schon den ganzen Abend, seit halb sieben, und jetzt ist es halb zehn, nämlich, ich baue ihm einen prima Zwinger, einen großen, da steck ich ihn rein.«

»Das ist doch gar kein Garten«, sagte Nan Jewell. »Es ist einfach nur ein leeres Grundstück, und überall liegen Autoreifen herum. Ich würde doch in einem solchen Durcheinander gar nicht herumlaufen. Ich halte mich immer in der Mitte vom Gehsteig, sonst könnte mir nämlich schwindlig werden und ich würde hinfallen. Und das weiß jeder.«

»Also, wenn Sie mir auf diesem Grundstück einen einzigen Autoreifen zeigen können, dann fress ich den auf«, sagte Alvin Getty.

Hans Cook lachte herzlich. Louises Mutter stand auf. Sie trug einen schwarzen Rollkragenpullover und darüber einen grünen Jumper mit großen Taschen. »Danke«, sagte sie. »Mit einem deutschen Schäferhund, der beißt, kann man nur eines machen, und was, das liegt, glaube ich, auf der Hand. Der Vorschlag mit dem Zwinger überzeugt mich nicht. Der Hund der Jaspersons sollte auch in einem Zwinger gehalten werden, und wie das ausging, wissen wir alle. So wie wir King heute Abend vor uns sehen, mit seinem hübschen Halstuch, würden wir ihm natürlich alle am liebsten den Kopf kraulen. Aber ich bin der Meinung: Lassen Sie ihn einschläfern. Wer stimmt mir zu?«

»Moment«, sagte Alvin. »Ich habe eine Zeugin. Mrs. Spees ist die Besitzerin der Zoohandlung in Stone City. Und der Laden hat auch eine gute Auswahl. Bitte, Mrs. Spees.«

Doch bevor Mrs. Spees etwas sagen konnte, stand Louise auf und hob die Hand.

»Was gibt es denn, Liebling?«, fragte Mary.

»Das Wort hat Louise Montrose«, sagte Alvin Getty.

»Darling«, sagte Louise. »Louise Darling. Mom, ich hab deinen Stock vom See mitgebracht.«

»Oh, danke schön«, sagte Mary. »Lass ihn einfach an der Tür stehen. Es geht nur um meinen Gehstock, damit Sie alle Bescheid wissen.«

»Ich möchte auch etwas zum Thema sagen«, sagte Louise. »Ich finde, du solltest das mit dem Zwinger versuchen lassen. Ich glaube nicht, dass der Vergleich mit dem Hund von den Jaspersons fair ist, weil die ja nie einen ernsthaften Versuch gemacht haben.«

»Dank dir für deine Meinung«, sagte Mary. »Niemand würde sich mehr als ich freuen, wenn das mit dem Zwinger funktionieren würde.«

Louise fuhr nach Hause und machte sich Spaghetti und Spargel zum Abendessen. Sie nahm ein Bad, schaltete den Fernseher an, der auf ihrer Kommode stand, und legte sich ins Bett. Wind kam auf, so stark, dass er fast die Fenster aus den Rahmen hob. Louise schlief ein und träumte, dass sie von Efeu überwuchert werde. Als sie aufwachte, war es zu jener späten Stunde, in der die seltsamsten Werbungen laufen. Gerade kam eine mit einer gebührenfreien Nummer, die man wählen konnte, wenn man mit Schwerkranken sprechen wollte. Auf dem Bildschirm eine wunderschöne junge Frau, in eine Decke gewickelt und mit einem Telefon auf dem Schoß. Louise stand auf und schaltete den Fernseher aus. Sie legte sich wieder hin. Der Wind blies, das Haus ließ wieder einmal sein rätselhaftes Knacken hören, und das Telefon klingelte.

»Ich hab versucht zu schlafen«, sagte ihre Mutter. »Ich kann aber nicht, und daran bist du schuld. Ich weiß ja, dass ich meine Fehler habe, aber sag mir doch bitte mal, was dich dazu bringt, vor allen Leuten aufzustehen und zu sagen, dass ich im Unrecht bin.«

»Na ja«, sagte Louise, »du warst so gemein zu diesem Hund.«

»Dir liegt mehr an einem Hund als an deiner eigenen Mutter«, sagte Mary. »Warum stehst du nicht zu mir? Ich stell mich dort ganz allein hin, und das Einzige, was dich kümmert, ist ein Hund.«

»Aber es ging doch um den Hund.«

»Du lässt mich da vor wildfremden Menschen auflaufen«, sagte Mary.

»Aber ich steh doch zu dir, Mom«, sagte Louise. »Ich steh wirklich zu dir. Was ist denn jetzt mit King passiert?«

»Genau das meine ich«, sagte Mary. »King, King, King, King, King.«

»Mach dir doch einen Drink und beruhige dich«, sagte Louise.

»Was mit dem allmächtigen King passiert ist …«, sagte Mary.

»Mach dir doch jetzt mal einen Drink«, sagte Louise.

Mary seufzte. Dann schwieg sie so lange, dass Louise sich schon fragte, ob sie den Hörer hingelegt habe und weggegangen sei.

»Diese Frau aus der Zoohandlung hat eine volle Stunde lang geredet«, sagte Mary. »Sie mussten meinen Antrag verschieben und sich vertagen, nur um sie loszuwerden.«

Drei

Eines Samstags kniete Sheriff Dan Norman gerade auf dem Dach seines Wohnmobils und versuchte, eine rostige Stelle abzudichten, durch die es hereinzuregnen drohte, als eine Frau von einer Sekte vorbeikam. Sie hatte goldgelbes Haar, das zu einem dicken Zopf geflochten war. Ihre weiße Bibel hielt sie in beiden Händen wie ein großes Sandwich.

»Lebt Jesus in diesem Haus?«, fragte sie.

»Wie bitte?«, sagte Dan. Er stand auf. In den Händen hatte er einen Spachtel und eine Dose mit einem orangefarbenen Dichtungsmittel namens »Mendo«, das er im Big Bear gekauft hatte.

»Ist Ihnen klar, dass Jesus in diesem Wohnmobil leben könnte?«, sagte die Frau. »Denn das kann er. Wenn Sie ihn als Ihren ganz persönlichen Retter annehmen, ist er morgen hier.«

»Mir geht es ganz gut mit meinem eigenen Glauben«, sagte Dan.

»Und – was ist das für einer?«, fragte die Frau.

»Sagen wir einfach, ich habe einen«, sagte Dan, »und belassen es dabei.«

»Gut, in Ordnung«, sagte die Frau. Sie schob sich die Bibel unter den Arm und stieg die Aluminiumleiter herauf, die am Wohnmobil lehnte. Sie trat aufs Dach und hielt Dan die Hand hin. »Ich heiße Joan Gower«, sagte sie. »Ich bin eigentlich aus Chicago, wohne aber schon seit sieben Jahren hier in der Gegend.«

Der Himmel war so tiefblau wie ein See. Joan Gower nahm

Dan Norman den Spachtel aus der Hand. Einen Augenblick dachte er, sie wolle ihm helfen, aber das war nur ein ganz kurzer Gedanke, denn sie schleuderte den Spachtel auf die Erde.

Sie seufzte. »Wäre es nicht wie ein Wunder, wenn wir unsere Sünden genauso leicht von uns werfen könnten?«, fragte sie. »Mein Gott, was wäre das für ein Wunder.« Sie blickte traurig auf den Spachtel hinunter, und Dan kam es so vor, als denke sie dabei an ganz bestimmte Sünden an einem ganz bestimmten Tag.

»Schauen Sie sich das an«, sagte Dan: Der Spachtel steckte senkrecht im Boden wie ein Straßenschild. Er stieg hinunter, um ihn wieder an sich zu nehmen, aber da klingelte das Telefon, und er ging nach drinnen und ließ Joan Gower auf dem Dach des Wohnmobils stehen.

Am Telefon sagte ein Mann zu Dan, er solle doch mal in einen Einkaufswagen des Hy-Vee-Supermarktes schauen. Er sagte nicht, in welchem Hy-Vee. Er sagte nicht, was in dem Einkaufswagen sei. Er sagte, er rufe Dan zu Hause an, damit der Anruf nicht zurückverfolgt werden könne. Auf anonyme Anrufer reagierte Dan normalerweise so ungezwungen wie möglich, um sie zum Reden zu bringen, deshalb sagte er jetzt: »Ach wissen Sie, auch vom Büro aus verfolgen wir grundsätzlich keine Anrufe zurück. Das ist eine schwierige Sache, und die Telefongesellschaft hat es auch nicht gern. Sie tun es natürlich schon, ich will nicht sagen, dass sie es überhaupt nie machen, aber sie tun es eigentlich nicht, wenn sie nicht unbedingt müssen. Manchmal kriegt man ja so einen Rufnummernspeicher, aber dazu braucht man eine Bevollmächtigung, und eine Bevollmächtigung ist auch schwer zu bekommen. Hier in diesem Bezirk jedenfalls, so viel weiß ich. Mir kommt's so vor, als hätten die Richter alle Angst, sie könnten deswegen später mal darüber zu Fall kommen, verstehen Sie?«

»Wiederhören«, sagte der Mann.

»Halt, Moment mal«, sagte Dan. »In welchem Hy-Vee?« Aber es war zu spät.

Dan legte auf, zog seine Uniformjacke an und ging wieder nach draußen. Joan Gower war vom Dach gestiegen, lehnte an einem Sägebock und rauchte eine Zigarette, die wie ein Schilfstängel aussah. Dan zog die Leiter ein, trug sie in den Schuppen hinter dem Wohnmobil und erklärte der Frau, dass er gehen müsse.

»Kann ich noch einen Bibelvers mit Ihnen lesen?«, fragte Joan Gower.

»Na gut, einen«, sagte Dan.

Sie richtete sich auf, legte die Zigarette auf das Rückgrat des Sägebocks und schlug die Bibel an einer Stelle auf, die mit einem dünnen roten Band gekennzeichnet war.

»Setze mich wie ein Siegel auf dein Herz«, las sie, »und wie ein Siegel auf deinen Arm. Denn Liebe ist stark wie der Tod, und ihr Eifer ist fest wie die Hölle. Ihre Glut ist feurig und eine Flamme des Herrn, dass auch viele Wasser nicht mögen die Liebe auslöschen, noch die Ströme sie ertränken. Wenn einer alles Gut in seinem Hause um die Liebe geben wollte, so gölte es alles nichts.«

Joan Gower griff wieder nach ihrer Zigarette und nahm einen Zug. »Das Hohelied Salomos, 8: Vers 6 und 7«, sagte sie. »Was sagt Ihnen das?«

»Ich weiß nicht«, sagte Dan. »Dass die Liebe mächtig ist vielleicht.«

Joan nickte. »Gut«, sagte sie. »Salomo schlägt sich ständig mit Gedanken über die Liebe herum.«

Auf dem Highway schaltete Dan das Blaulicht an, und den Hy-Vee in Chesley erreichte er sehr schnell, entdeckte aber in keinem der Einkaufswagen etwas Ungewöhnliches. In der Abteilung für Milchprodukte sah er Lenore Wells. Sie hatte Antidepressiva genommen, wie immer, und lächelte ihr kleines, einsames Lächeln. Ihr Vater hatte sich im Keller der Bank von Morrisville erhängt, und ihr Bruder saß für fünfzehn Jahre in Anamosa, weil er einen Postlaster gestohlen hatte. Traurige Familie. Lenore erzählte Dan, dass am Morgen zwei Kraniche über ihr Haus geflogen seien, und Dan dachte schon, sie werde anfangen, zu weinen, aber stattdessen schüttelte sie nur den Kopf und griff zu den Käsesticks hinunter.

Es gab noch zwei weitere Hy-Vees im Bezirk, einen in Morrisville und einen in Margo. Aus dem in Morrisville wurde einem das Gemüse von Ladenjungen bis ans Auto gebracht, und deshalb standen wie immer etliche Autos am Straßenrand, aber es gab keinen einzigen Einkaufswagen auf dem Parkplatz.

Der Laden lag am Ende eines kleinen Einkaufszentrums, und Dan trat durch einen breiten Gang ein, in dem gerade mindestens hundert Mädchen vom Landjugendclub eine etwas verwirrende Veranstaltung zu den Folgen der Bodenerosion durchführten. Auf einem langen, schmalen Tisch hatten sie eine Miniaturlandschaft aufgebaut und mit Sand bedeckt, und jetzt attackierten sie den Sand mit Ventilatoren, Wasserpistolen und sogar mit den bloßen Händen, obwohl die Hände ja keine der Erosionskräfte darstellten, von denen sie gelernt hatten, und damit eigentlich gegen die Regeln verstießen. Die Mädchen trugen weiße Overalls mit grünen Schärpen, waren von Kopf bis Fuß mit Sand und Wasser verdreckt, und rund um den Tisch herrschte Chaos, bis auf das eine Ende, wo die älteren Mädchen in aller Ruhe den Vorsitz über einen Bereich führten, über dem »Pflügen entlang der Höhenlinien« stand. Dan war froh, als er den Hy-Vee erreicht hatte, aber als er sich die herumstehenden Einkaufswagen ansah, entdeckte er darin nichts als abgerissene Salatblätter. Er verließ den Hy-Vee von Morrisville und fuhr zu dem in Margo.

Dort fand er einen Einkaufswagen mit einem Karton darin. Der Wagen stand in der nordwestlichen Ecke des Parkplatzes neben einem gelben Abfalleimer mit einer Werbung für Goodwill. Dan sah sich den Karton an, der ursprünglich einen Kasten Hamm's Bier enthalten hatte. Der Deckel war zu, so dass eine Lasche die andere überlappte. Dan hörte Weinen. Er hob die Laschen und fand ein Baby, das in ein blaues Flanellhemd gewickelt war. Eine Notiz war daran festgemacht: »Ich heiße Quinn. Bitte passen Sie auf mich auf.« Das Baby hatte dunkle Augen und dichtes dunkles Haar und gab ein lautes, durchdringendes Geschrei von sich. Dan nahm den Hamm's-Karton und stellte ihn auf den Beifahrersitz des Streifenwagens. Er befestigte den Sicherheitsgurt rings um den Karton, so gut er konnte. Das Baby brüllte kräftig, doch sobald das Auto sich in Bewegung setzte, sah es sich um, machte ein Bäuerchen und schlief ein.

Dan startete Richtung Rotkreuz-Krankenhaus in Stone City, doch schon fünf Kilometer hinter Margo bekam er einen Funkruf von Hilfssheriff Ed Aiken. Ein paar Jugendliche befänden sich oben auf dem Wasserturm von Pinville, und Ed könne sie nicht dazu bringen herabzusteigen.

»Versuch's doch mit dem Megafon«, sagte Dan.

»Hab ich schon«, sagte Ed.

»Sag, du holst ihre Eltern«, sagte Dan.

»Hab ich auch schon.«

»Dann wirst du wahrscheinlich zu ihnen hinaufklettern müssen.«

»No, Sir«, sagte Ed, für den es nahezu unmöglich war zu klettern, seit er einmal mit etwa zehn Jahren um ein Haar vom Dach einer Scheune gefallen wäre.

»Mein Gott, Ed«, sagte Dan, »das musst du doch mal überwinden.«

»Ich steige diese Leiter nicht hinauf«, sagte Ed.

»Na schön, aber ich habe ein Baby dabei«, sagte Dan. »Ich habe vor dem Hy-Vee in Margo ein Baby gefunden.«

»Vielleicht gehört es jemandem«, sagte Ed.

»Ja, das nehme ich mal stark an«, sagte Dan.

Der Wasserturm in Pinville lag neben den Geleisen. Er war noch einer von den alten silberfarbenen, mit einer roten Mütze, einer Leiter und einem oben umlaufenden Gang, der allen, die Graffiti sprühen wollten, eine gute Standfläche bot. Im Gras um den Fuß des Turmes hatte sich eine kleine Menschenmenge versammelt. Einige waren mit einer Kiste Tomaten vorbeigekommen, und viele der Leute kauten Tomaten und schauten unverwandt zur Spitze des Wasserturms hinauf. Als Dan heranfuhr, kam Ed Aiken an die Beifahrerseite des Streifenwagens. Ed war mager, und was einem praktisch täglich an ihm auffiel, war die Tatsache, dass er sich offenbar nicht anständig rasieren konnte. Jetzt zum Beispiel flatterte ihm ein Stückchen Toilettenpapier unter dem Kinn, als er die Autotür aufmachte. Das Baby fing wieder an zu schreien.

»Ooh«, sagte Ed, »lass mich den kleinen Süßen mal nehmen.«

Er hob das Baby aus dem Karton, wobei das blaue Hemd herunterhing wie eine Decke. »Magst du deinen Onkel Ed?« fragte er. »Na sag mal, du magst ihn doch bestimmt ganz furchtbar gern.«

Dan versuchte es seinerseits mit dem Megafon, hatte aber auch kein Glück und stieg deshalb auf den Wasserturm hinauf. Ein Käfig aus Metallreifen schützte die Leiter, aber man hatte den Eindruck, dass die hauptsächliche Funktion dieser Reifen die wäre, einem den Kopf abzurasieren, wenn man ausrutschte und stürzte. Dan verspürte eine Leere im Unterleib, als er losstieg. Er schaute auf die Leute, die die Tomaten aßen, und als er die Tomaten nicht mehr einzeln erkennen konnte, schaute er nicht mehr nach unten. Die Übeltäter waren drei Jungen in ärmellosen schwarzen Shirts und Jeans mit zerrissenen Knien. Sie hatten sich professionell eingerichtet, mit Mützen, Lappen, einem Eimer voll roter Farbe, einem Tablett, etwas Terpentin und einem Farbroller, den sie an einem Stock befestigt hatten. In groben Schreibschriftbuchstaben hatten sie geschrieben: »Armageddon« und »Tina rules «.

»Wer ist denn diese Tina?«, fragte Dan.

»Tina von den Talking Heads«, sagte Errol Thomas.

»Was habt ihr euch eigentlich dabei gedacht, hier an einem Samstagnachmittag am helllichten Tag hochzuklettern?«, fragte Dan. »Habt ihr euch auch nur eine Sekunde lang eingebildet, ihr werdet nicht erwischt?«

»Wir wollen ja, dass die Leute es mitkriegen«, sagte Albert Robeshaw.

»Wir wollen, dass die Menschen aufwachen«, sagte Dane Marquardt. Er legte sich die Hände wie einen Trichter um den Mund und schrie »Wacht auf!« zu den Leuten am Boden hinunter. »Schaut sie euch doch an, wie klein sie alle sind.«

»Wir spielen in einer Band«, sagte Errol Thomas.

»Wer hätte das gedacht«, sagte Dan.

Die Jungen packten alle ihre Sachen in einen Jutesack und stiegen mit Dan zusammen die Leiter hinunter. Ed Aiken ließ Quinn an seiner Schulter ruhen, tätschelte ihn und schaukelte ihn sacht.

»Wie geht es ihm?«, fragte Dan.

Ed zog die Brauen hoch und flüsterte: »Er schläft gerade ein.«

Die nächsten zwei Wochen regnete es fast ununterbrochen. Es war der lange graue Herbstregen, bei dem sich die Menschen im Grouse County jedes Jahr fragten, ob ihr Leben noch rechtzeitig vor Einbruch des Winters einen Sinn bekommen werde. Das Regenwasser füllte die Gräben, überflutete die Keller und hinderte die Farmer daran, auf ihre Felder und Wiesen zu gehen, aber es hielt keinen davon ab, mit Spenden für das bei dem Hy-Vee-Supermarkt gefundene Baby in das Büro des Sheriffs von Morrisville zu kommen. Natürlich war das Baby nie im Büro des Sheriffs gewesen, aber der Sheriff hatte es gefunden, und so tauchten immer wieder Leute dort auf, reckten die Hälse und spähten in den Gang hinter dem Schreibtisch, als erwarteten sie, den verlassenen Quinn in einer der Zellen liegen zu sehen oder womöglich auf dem Fußboden. Die Besucher waren zum größten Teil Farmerfrauen; sie schüttelten beim Eintreten das Wasser aus ihren Schultertüchern und brachten Windelpakete, Babynahrung und ganze Berge ausgeblichener Kinderkleidung mit, die – zumindest in einem Fall – seit dem Zweiten Weltkrieg nicht mehr getragen worden war. Helen Plum kam sogar mit einem Auflauf Rindfleisch mit Makkaroni in einer Kasserolle daher, obwohl niemand wusste, wer den essen sollte. Doch Helen Plum reagierte auf fast jede Art von aufregenden Neuigkeiten mit einem Auflauf, und in Fairbault in Minnesota war sie einmal mit einer Pfanne Bratkartoffeln mit Schinken am Ort des Geschehens erschienen, als ein Zwölftonner ausbrannte. Eine wahre Geschichte, erzählt von ihrer Schwiegertochter.

Zunächst versuchten Dan und die Hilfssheriffs, nichts auf der Polizeistation anzunehmen und alle Spenden an das Kinderheim in Stone City zu verweisen. Dort war Quinn jetzt nämlich. Aber offensichtlich konnte man den Leuten nicht klarmachen, dass sie an der falschen Adresse seien – sie wollten es einfach nicht hören. Teilweise geschah dies aus Selbstachtung, teilweise auch deshalb, weil Stone City eine gute halbe Stunde von Morrisville entfernt lag. Wenn Dan also sagte: »Das Baby ist nicht bei uns«, oder Earl Kellogg Junior: »Sie haben das Baby drüben in Stone City«, dann legten die Frauen ihre Geschenke auf die Bank, auf den Fußboden oder lehnten sie gegen die Wand und sagten: »Also, ich hoffe, er kann dieses Lernspielzeug brauchen«, oder: »Gut, dann schauen Sie bitte, dass er diesen Strampelanzug bekommt, den hat schon unser Ted getragen«, und dann drehten sie sich um und gingen wieder zu ihrem Geländewagen in den Regen hinaus. Der Sheriff und seine Hilfssheriffs müssen wohl sechs bis acht Fahrten zum Kinderheim gemacht haben. Sie bekamen Sachen für mindestens zehn Babys, und manchmal sah das Büro des Sheriffs eher wie die Kinderabteilung in einem Kaufhaus aus als eine Bastion des Gesetzes.

Claude Robeshaw und sein Sohn Albert kamen am neunten oder zehnten Regentag, aber sie brachten nichts für Quinn. Claude ging es um den Anteil seines Sohnes – ungefähr 750 Dollar – an den Renovierungskosten für die gemalten Buchstaben am Wasserturm von Pinville. Claude Robeshaw war ein großer Mann mit pflugähnlichen Gesichtszügen. Er war einundsiebzig, Albert fünfzehn. Als Dan selbst noch ein Teenager gewesen war, hatte er für Claude Robeshaw Stroh gebündelt, und er erinnerte sich an einen Sonntag im August, als Claude Robeshaw mit dem Traktor gefahren war und Dan, Willard Schlurholtz und der spätere Reverend Walt Carr auf dem Heuwagen gearbeitet hatten. Es herrschten fast 40° Hitze, und Claude hatte beschlossen, dass nach jeder Runde ein Bier getrunken werden solle, um einer Dehydrierung vorzubeugen. Nach fünf Runden fiel Dan vom Heuwagen.

»Ich steige da rauf und male den Turm selber an«, sagte Claude. »Für so viel Geld, da beleg ich das Scheißteil glatt mit Blattsilber. Das ist mein Ernst. Mein voller Ernst. Großer Gott, da kommt so ein Gangster mit seiner Mannschaft von außerhalb des Bundesstaates, und die verlangen vom Bezirk einfach, was sie wollen.«

»Claude«, sagte Dan, »diese Sache müssen Sie in Wahrheit mit dem Aufsichtsrat ausfechten. Aber so viel ich gehört habe, brauchen die jemanden, der ihnen durch eine Schuldverschreibung Sicherheit gibt. Okay, was heißt das mit der Schuldverschreibung? Na ja, man geht zum Staat, und der Staat erlegt einem eine Schuldverschreibung auf, und wenn Sie mehr darüber herausfinden wollen, müssen Sie zum Staat gehen, nehme ich an. Aber so viel kostet es offenbar, jemanden zu einer Schuldverschreibung zu bringen.«

Claude wandte sich grimmig seinem Sohn zu, der fast genau so groß war wie er, mit kurzem braunen Haar, einer Jeansjacke und einer Brille. »Verstehst du, was der Sheriff sagt?«, fragte er.

»Nein«, sagte Albert.

»Weil das ein Bockmist ist, deswegen verstehst du's nicht«, sagte Claude.

»Sie haben sich drei Kostenvoranschläge machen lassen«, sagte Dan. »Ich kann Ihnen versichern, dass das nicht der niedrigste war. Einer war niedriger, aber der kam von einer Firma, deren Leute haben sich drüben in De Witt zugesoffen und sind dann mit ihrem Laster in den Fluss gefahren, und es war ein Riesending, den da wieder raus zu ziehen. Klar, das ist schon viel Geld. Aber diese Wörter stehen nun mal da oben, und die muss man jetzt wieder wegkriegen. In Pinville sind alle stinksauer, Claude. Sie hatten bisher einen super Wasserturm, und jetzt, wenn man in die Stadt rein fährt, da denkt man, die heißt Armageddon.«

Albert lachte, und das ärgerte Claude. »So wahr mir Gott helfe«, sagte er, »ich prügle dich gleich durch diese Wand hier.«

»Dann wäre ich aber tot«, sagte Albert. »Das ist, wie wenn man sagt: ›So wahr mir Gott helfe, ich schneide dir gleich die Kehle durch.‹ Oder: ›So wahr mir Gott helfe, ich vergifte dir dein Essen.‹«

Claude machte die Bank ein Stück weit frei, indem er eine gelbe Steppdecke zur Seite schob, die an diesem Tag für Quinn abgegeben worden war. Er setzte sich, zog eine Zigarre aus der gläsernen Hülle, schnitt die Spitze mit einem Taschenmesser ab und zündete sie an. »Ich glaube, ich hab dich einfach zu spät bekommen«, sagte Claude. »Ich hatte da schon zwei Töchter und drei Söhne, und vielleicht hätte ich es dabei belassen sollen. Jedenfalls hat es bis heute eine bedauerliche Situation nach der anderen gegeben. Vielleicht sollte ich dem Sheriff mal erzählen, wie du damals beschlossen hast, wegzulaufen und auf einem Baum zu leben.«

»Mach doch«, sagte Albert. »Ich bitte darum.«

Deshalb tat Claude es dann doch nicht. Aber es war keine lange Geschichte, und er hatte sie schon so oft erzählt, um immer wieder unterschiedliche Züge von Alberts Charakter zu unterstreichen, dass so gut wie jeder in und um Grafton sie zumindest in ihren Grundzügen kannte. Mit fünf oder sechs Jahren hatte Albert sich einmal über Claude und Marietta furchtbar geärgert und daraufhin beschlossen, in die Wälder hinter der Farm der Robeshaws zu ziehen. Er nahm eine Dose Bohnen, einen Dosenöffner, eine Gabel und *Die fünf chinesischen Brüder* mit. Er setzte sich also unter eine Tanne, um zu lesen, und bald schon fragte er sich, ob er nicht doch das falsche Buch mitgenommen habe, denn es überlief ihn jedes Mal ein kalter Schauer, wenn er das riesige Gesicht des ersten Bruders sah, der das ganze Wasser des Meeres (das er ausgetrunken hatte) bei sich zu behalten versuchte. Aber er las die Geschichte doch zu Ende, und dann hatte er Hunger, und er schaffte es, die Dose zu öffnen und die Bohnen zu essen. Aber als er auf das kleine Stückchen Schweinefleisch zwischen den Bohnen stieß, wusste er nicht, was das war, und bekam Angst und rannte weinend nach Hause.

Dan wartete, bis Earl Kellogg ihn ablöste, und machte dann Feierabend. Aber draußen war es kalt und regnerisch und es wurde gerade dunkel. Das brachte Dan auf den Gedanken, dass der Winter bald komme, deshalb beschloss er, zum Kinderheim hinüber zu fahren und die gelbe Steppdecke abzugeben, die Marian Hamilton an diesem Tag gebracht hatte und die ja niemandem etwas nützte, wenn sie zusammengefaltet auf der Bank im Büro lag.

Das Kinderheim war ein dunkles Backsteinschlösschen auf einem Hügel. Es hatte schmale Fenster und Blitzableiter und auf dem Dach steinerne Figuren, die die Tugenden Sauberkeit, Gehorsam, Höflichkeit, Zurückhaltung und Schweigen verkörperten. Das Gebäude war 1899 errichtet und neun Jahre später nach einem Feuer neu aufgebaut worden und schien speziell dazu entworfen, die Kinder, die auf ihrem Lebensweg hier durchkamen, daran zu erinnern, dass ihre Lebensumstände tragisch seien. Ursprünglich gehörte eine Farm dazu – siebzig Morgen Land und zwei Ställe, ein großer und ein kleiner, die allmählich verfielen –, und vor langer Zeit war es wohl wirklich so gewesen, dass die Kinder zusammen mit Arbeitern ihr Essen selbst anbauten und sogar ihre eigenen Schuhe herstellten. Jetzt waren die Felder an andere Farmer verpachtet, die Kinder trugen Marine-Tennisschuhe von Kresge's, und die Ställe hatten seit 25 oder 30 Jahren kein Tier mehr gesehen. Dennoch, einst hatte es hier Kühe gegeben, und da es regnete, roch das Gelände nach nassen Kühen, als Dan aus seinem Streifenwagen ausstieg, die Steppdecke unter seine Jacke stopfte und über den Kies auf die Eingangstür zustrebte. In der Einfahrt stand ein weißer Ford Torino mit angeschaltetem Standlicht und laufendem Motor, und Dan schaute hinein, wie er das immer machte, und hinter dem Lenkrad saß diese Frau, Joan Gower, die seinen Spachtel vom Dach des Wohnmobils geworfen hatte.

Sie kurbelte das Fenster herunter. Ein limettenfarbenes Tuch mit Paisleymuster bedeckte ihr Haar. »Stimmt irgendetwas nicht?«, fragte sie. »Oh, Sheriff, Sie sind's, wie geht es Ihnen?«

»Danke gut«, sagte Dan. »Arbeiten Sie hier?«

»Ehrenamtlich«, sagte Joan. »Also, ich will ehrenamtlich Quinn vorlesen. Ich weiß, dass die Gemeinde wirklich ihr Herzblut gegeben hat, aber irgendwann ist mir eingefallen, dass das Einzige, was ihm wahrscheinlich fehlt, jemand ist, der ihm Geschichten vorliest. Deshalb habe ich diese Bücher mitgebracht. Schauen Sie mal, hier. Jesus reitet am Palmsonntag auf einem Esel. Ist das nicht eine schöne Illustration? Und hier, da macht er gerade die Brote und Fische für die Fünftausend. Ist das nicht phantastisch?«

Der Regen tropfte von Dans Mützenschirm. »Ich muss Ihnen etwas sagen, Joan«, sagte er. »Es geht ja hier um einen Säugling. Biblische Geschichten sind vielleicht noch etwas zu schwierig für ihn.«

»Ja, das haben sie da drin auch gesagt, aber das Alter spielt überhaupt keine Rolle. In einer Zeitschrift habe ich eine Geschichte über ein Kind gesehen, dem die Eltern noch vor der Geburt jeden Abend aus Rechenbüchern vorgelesen haben, und jetzt macht man in Princeton Tests mit ihm. Aber die Leute hier sagen, dass Quinn keine Zeit hat, sich eine Geschichte anzuhören. Kommt Ihnen das nicht komisch vor? Womit soll er sich denn sonst beschäftigen? Ich kann mir nicht vorstellen, was die Zeit eines Säuglings so stark in Anspruch nehmen würde, dass er nicht einer Geschichte aus der Bibel zuhören könnte. Das ist mir völlig schleierhaft. Außerdem, jemand muss in ihm doch den religiösen Instinkt entwickeln helfen – sonst nützt es gar nichts, wenn er getauft wird, und er riskiert, in die Hölle zu kommen. Und das hab ich denen auch gesagt. Na ja, sie müssen sich eben an die Anweisungen des Heimleiters halten.«

»Sie haben wohl gerade mit denen da drin gesprochen?«, fragte Dan.

»Also, eigentlich nicht«, sagte Joan. »Das ist jetzt schon eine ganze Weile her, aber sie haben gesagt, sie wüssten nicht genau, wann der Leiter kommt. Ich hatte ein bisschen das Gefühl, sie wollten mich nur abwimmeln, aber dann habe ich gedacht: Na dann warte ich doch einfach und schau, ob er auftaucht. Aber ich glaube, jetzt ist es schon ziemlich spät.«

Dan hüstelte. »Ja, stimmt«, sagte er. »Vielleicht sollten Sie lieber nach Hause fahren und ihn morgen anrufen. Wo wohnen Sie denn?«

»Das Warten macht mir nichts aus«, sagte Joan. »Aber ich glaube, Sie haben recht. Vielleicht bin ich ein bisschen überdreht in Hinblick auf diesen Kleinen. Ich weiß auch nicht, warum. Es schüttet schon die ganze Zeit so arg. Ich glaube, ich muss ihn einfach mit eigenen Augen sehen. Es würde mir gleich besser gehen, wenn ich ihn nur einmal sehen könnte. Ich meine, schauen Sie sich dieses Haus doch nur an. Es ist echt ein Gespensterhaus.«

»Joan, dem Kleinen geht es gut«, sagte Dan. »Er ist kräftig, er ist gesund, und ich kenne niemanden, der mehr Decken besitzt als er.«

»Vielleicht könnten Sie da drin ein gutes Wort für mich einlegen«, sagte Joan. »Wenn Sie das vorschlagen, würden sie mich ihm vielleicht doch vorlesen lassen. Sagen Sie ihnen, meine Kirche könnte ihm eventuell etwas zukommen lassen. Was auch stimmt, das könnten wir machen.«

»Ich werde mit ihnen reden«, sagte Dan, »mal sehen, was ich tun kann.« Er sah Joan Gower nach, wie sie in Richtung Highway fuhr, und betrat dann die Lobby, in der es streng nach alten Möbeln roch. Er übergab die Steppdecke Nancy McLaughlin, die nachts die Aufsicht führte. Sie trug einen Arm in Gips und erklärte, sie sei von einer Böe zu Boden geworfen worden, als sie vom Auto zum Haus zu kommen versuchte, während sie Dan zu Quinn begleitete. Man hatte den Kleinen im ersten Stock untergebracht, wo alles in Gelb und Grau gestrichen war. In einem niedrigen, hell erleuchteten Zimmer gab gerade Dans Großcousine, Schwester Leslie Hartke, Quinn die Flasche.

»Hi, Dan«, sagte sie. »Möchtest du ihn mal füttern?«

Dan schüttelte den Kopf. »Ich hab nur noch mal eine Steppdecke gebracht«, sagte er.

»Diese Sache ist für uns die reinste Goldgrube geworden«, sagte Nancy McLaughlin und rieb mit der Hand über den Gips.

»Ach, komm schon«, sagte Leslie Hartke. »Füttere ihn doch mal.« Also wusch sich Dan die Hände und setzte sich, und Leslie reichte ihm das Baby und die Decken und die Flasche. Das Baby nahm die Flasche kurz, sah Dan mit großen Augen an und begann zu weinen.

»Ich erinnere ihn bestimmt an den Hy-Vee«, sagte Dan.

Auf dem Weg nach draußen blieb Dan bei Nancy McLaughlin stehen und sah einigen Jungen zu, die im Aufenthaltsraum Dame spielten.

»Dame«, sagte einer der Jungen.

Der andere blickte entgeistert auf das Brett. »Scheiße«, sagte er.

»Schluss mit dem Damespielen«, sagte Nancy McLaughlin. »Gute Nacht jetzt.« Nachdem die Jungen die Treppe hinauf verschwunden waren, fragte Dan Nancy nach Joan Gower.

»Keine glückliche Frau«, sagte Nancy. »Sie hat mir einen Bibelvers vorgelesen, was war es gleich wieder, dass man in den Händen seines Feindes gefangen sei oder so.«

Dan überlegte den ganzen Heimweg lang, ob nun Joan Gower eine Nervensäge sei oder sich nur übermäßig in das hineinsteigere, woran sie glaubte. Genaugenommen wusste Dan von niemandem, woran er glaubte. Er hatte zu ihr gesagt, es gehe ihm gut mit seinem eigenen Glauben, aber damit hatte er sie sich nur vom Hals halten wollen. Man konnte bei ihm nicht von Glauben sprechen. In einer Welt, in der ein Kind einfach in einem Bierkarton ausgesetzt werden konnte, schien der Du-weißt-schon-wer durchaus denkbar, aber Dan fand nicht, dass sich der Du-weißt-schon-wer dazu eigne, an ihn zu glauben. Das Wohnmobil stand dunkel im Regen. Dan hatte in einer Ecke des Schlafzimmers eine Bierdose unter die Stelle gestellt, an der es von der Decke tropfte. Er leerte die Dose jetzt in den Ausguss und stellte sie wieder hin.

Um die Akten des Mixerton-Krankenhauses einsehen zu können, musste Dan sich an Beth Pickett wenden. Das war eine ältere Ärztin, lang und dünn, die immer mit hocherhobenem Kopf herumstolzierte. Ihre berufliche Laufbahn hatte sie 1944 begonnen, als Assistenzärztin bei Tom Lansford, einem beliebten Allgemeinarzt in Chesley. Frau Dr. Pickett hatte die medizinische Versorgung des Grouse County von Anbeginn miterlebt und konnte nicht davon lassen. Sie war unausstehlich, und alle liebten sie heiß und innig.

Dan wartete in Frau Dr. Picketts Büro, in dem die Wände übersät waren mit Bildnissen von ihr, die ihre Patientinnen alle selbst angefertigt hatten. Es gab sie in Gobelinstickerei, als Aquarell und in Macramé, wobei letzteres sie wie einen Baumstrunk aussehen ließ. Und sie war unzählige Male skizziert oder als Karikatur gezeichnet. Bald kam die Ärztin ins Zimmer und setzte sich an ihren Schreibtisch.

»Wir glauben nicht, dass das Baby in einem Krankenhaus auf die Welt kam«, sagte Dan. »Wir dachten, wir könnten uns eine Aufstellung von allen Frauen machen, die während der Schwangerschaft hier waren, und eine weitere von all denen, die in den Krankenhäusern niederkamen, und dann die beiden Listen vergleichen. Das ist ein ziemlich einfacher Gedanke.«

»Na, das ist nicht so einfach, wie Sie glauben«, sagte Frau Dr. Pickett, »denn wenn eine Frau hier in diese Klinik kommt, kriegt niemand die Akten zu sehen. Sie unterliegen dem Datenschutz. Ich bin mal nach Des Moines gefahren und dort total abgeblitzt, im Sommer 1966. Ein Mann namens Clay hat mich hingefahren. Der war ein ziemlicher Säufer. Während ich mit den Gesetzeshütern gesprochen habe, saß er die ganze Zeit im *Hotel Leroi*. Hat ununterbrochen getrunken, wurde aber nicht betrunken.«

»Ich brauche ja nichts weiter als die Namen«, sagte Dan. »Vielleicht könnte ich mir einfach mal die Namen anschauen.«

»Nein«, sagte Frau Dr. Pickett. »Die Namen sind in den Akten, und die Akten können Sie nicht einsehen.«

So diskutierten sie noch eine Weile hin und her, aber wie Dan es auch formulierte, Frau Dr. Pickett sagte nein, und schließlich meinte Dan, er könne auch mit einer Vollmacht wiederkommen, wenn es das sei, was sie brauche.

Frau Dr. Pickett tat so, als habe sie nicht verstanden. »Genau«, sagte sie, »Sie können jederzeit wiederkommen.«

»Helfen Sie mir doch, diese Frau zu finden«, sagte Dan. »Bitte.«

Frau Dr. Pickett holte Brandy und goss ihn in Marmeladengläser. »Ich sehe nicht ein, was das brächte«, sagte sie und schob ihm ein Glas über den Schreibtisch zu, wobei sie es an einer Gipsbüste von sich vorbeimanövrieren musste. »Als ich noch an der Uni war, hab ich in Grand Forks in North Dakota gewohnt, bei ›Tante‹ Marilyn Beloit. Das ist schon lange her. Alle Häuser in ihrer Straße waren Bungalows, alle klein und sehr gut gepflegt. Tante Marilyn war Sängerin, mit Künstlernamen Bonnie Boone, und sie muss Erfolg gehabt haben, denn sie ließ sich ihre Kleider in Fargo schneidern. Jedenfalls, in dieser Gegend wohnte auch eine junge Frau, unverheiratet, die ein Kind geboren und es bei einer Familie namens Price auf die Türschwelle gelegt hatte. Diese Familie Price wohnte ganz oben auf dem Hügel, und an Geld fehlte es denen nicht. Tja, so wurde das damals geregelt. Da wurden ständig Babys auf Türschwellen abgelegt, und es war nichts Ungewöhnliches, wenn man morgens die Tür aufmachte und sah, dass da über Nacht gleich drei oder vier hingelegt worden waren. Ich übertreibe natürlich ein bisschen, aber es funktionierte ganz reibungslos, so weit ich mich erinnere, und man sprach nicht darüber, aber man schlug auch nicht vor lauter Schreck die Hände über dem Kopf zusammen. Jedenfalls, eines Abends fuhr ich mit dem Bus nach Hause, und als ich an der Wohnung von dieser Frau vorbeikam – sie hieß Nora, und sie wohnte im Hinterhaus zur Miete – bat sie mich, sie nach dem Abendessen zu besuchen. Sie war älter als ich, aber nicht viel, und so sagte ich zu. Na, es stellte sich heraus, dass Nora ein richtiges Boheme-Leben führte. Sie hatte ein Klavier und eine trächtige Katze und eine große Flasche Rotwein, und als Bett diente ihr eine Matte mitten im Wohnzimmer auf dem Fußboden, was ich damals für eine ungewöhnliche Lösung hielt. Wir tranken zwei, drei Gläser Wein, und ganz plötzlich war diese riesige schwarzweiße Katze auf das Bett gekrochen und hatte ihr Fruchtwasser verloren. Nora zog einen Koffer hervor, machte ihn auf und polsterte ihn mit Handtüchern aus. Sie setzte die Katze in den Koffer, und die fing so laut zu schnurren an, dass es wie Singen klang. Ich war wie verzaubert, aber mit dem vielen Wein konnte ich nach drei Jungen die Augen nicht mehr offen halten. Als ich wieder aufwachte, waren es fünf, die in dem Koffer bei ihrer Mutter tranken, und Nora spielte Klavier.«

Dan wartete, dass sie die Geschichte zu Ende erzählte, aber das schien schon das Ende zu sein, deshalb sagte er: »Hat Nora je darunter gelitten, dass sie ihr Baby weggegeben hat?«

Frau Dr. Pickett zog ein Taschentuch hervor, schüttelte es auf und putzte sich die Nase. »Sie hat sehr darunter gelitten«, sagte sie, »und ich glaube, sie hat versucht, es zurückzukriegen. Aber Jack Price, der war Richter, also können Sie sich vorstellen, wie das ausging.«

Claude Robeshaw ließ sich in Sachen Wasserturm nicht so schnell entmutigen, und der Bezirksverwaltungsrat erklärte sich schließlich mit einer Abmachung einverstanden, wonach er für die Restaurierung 400 Dollar zahlen und sein Sohn den Rest abstottern sollte, indem er nach der Schule im Büro des Sheriffs arbeitete. Dan brauchte diese Vereinbarung nicht abzusegnen, aber anscheinend war die Strafe für den jungen Albert schmerzhafter, wenn er dafür Zeit aufwenden musste; außerdem muss man natürlich auch sehen, dass ein Sheriff im Grouse County von jeher eine gehobene Position innehat, und Claude Robeshaw war stets ein treuer Demokrat gewesen, der einmal sogar Hubert und Muriel Humphrey in seinem Haus bewirten hatte dürfen.

Das erste, was Dan Albert machen ließ, war, in der Nebenstelle des Sheriffbüros in Stone City den Keller auszuräumen. Es handelte sich bei diesem Büro um eine winzige Ladenfront in der Ninth Avenue, die früher mal ein Friseurladen mit Namen Jack's gewesen war. Der Grund, warum die Bezirksregierung einem Sheriffbüro nicht mehr Raum genehmigte als diesen kleinen Friseurladen, datierte schon aus dem Jahr 1947, als der Sheriff ein allgemein beliebter Typ namens Darwin Whaley gewesen war, jung und gutaussehend und eben erst aus dem Südpazifik zurückgekehrt, und der Gemeinderat hasste ihn. Der Gemeinderat hatte bisher alles nach eigenem Ermessen geregelt, und so sollte es auch bleiben, und man kam zu dem Schluss, das Einzige, was man mit Darwin Whaley machen könne, sei, ihn so weit entfernt von der Verwaltungsbehörde wie möglich unterzubringen, weil es ihm dann schwerfallen würde, auf dem Laufenden zu bleiben. Deshalb ließ man das Büro des Sheriffs in Morrisville bauen – wo es bis heute ist –, und jahrelang besaß der Sheriff überhaupt kein Büro in Stone City, obwohl dort das Gericht saß und der Sheriff fast täglich dort zu tun hatte. Erst 1972 schloss der Bezirk ein Abkommen mit dem Friseur Jack Henry, der damals bereits im Sterben lag, kaufte seinen Laden und vermietete ihn ihm bis zu seinem Lebensende für einen Dollar jährlich zurück. Doch Jack Henry überraschte seine Ärzte, indem er noch bis 1979 durchhielt, woraufhin dann der Sheriff (damals war es Otto Nicolette) endlich seinen Friseurladen bekam.

Der Keller war noch immer voller Sachen, wie sie vielleicht nur ein unordentlicher Friseur, der schon mit einem Fuß im Grabe steht, hineinwerfen kann: Zeitungen, Brotreste, Zeitschriften, von der Sonne ausgeblichene Kammwerbungen, leere Piccoloflaschen, zerrissene Sitzkissen, ausgebrannte Haarschneidemaschinen mit einem Kabelwirrwarr daran, Radios mit zerbrochenen Frontscheiben, verschimmelte Kalender, die fade Szenen auf dem Bauernhof zeigten oder nackte Frauen mit Schere und Kamm. Das Schlimmste war das Haarwasser, und Albert brauchte mehrere Tage, um es aufzuspüren, hörte es aber von Anfang an überall tropfen wie bei einer unterirdischen Quelle. Er ging mit einer Schaufel und einem Aluminiumeimer ans Werk. Am zweiten Tag entdeckte er zwei Fässer voller Modellköpfe – sehr viel mehr Köpfe, als ein Friseur je brauchen konnte, hätte man denken sollen, aber es stellte sich heraus, dass auf jedem gestrichelte Linien eingezeichnet waren, die verschiedene Haarschnitte und Frisuren nachvollziehbar machten. Das hätte jeden gerührt, der Jack je bei seiner Tätigkeit erlebt hatte, denn Jack war dafür bekannt, dass er nur einen einzigen Haarschnitt beherrschte, den er unverändert all seinen Kunden verpasste. Albert trug die Köpfe in dem Aluminiumeimer die enge Treppe hinauf. Sie kamen ihm vor wie ein archäologischer Fund, und Albert behielt drei davon, obwohl er noch nicht entschieden hatte, wofür, während der Rest in den Müllcontainer wanderte, der am Hintereingang stand.

Diese Säuberungsaktion fand in einer Woche statt, während der Dan vor Gericht als Zeuge in einer Rauschgiftsache aussagen musste, in die auch ein Restaurant verwickelt war, das an der Bundesstraße 41 lag und *Rack-O's* hieß. Als er einmal vom Gericht zum Büro zurückkehrte, sah er Albert mit baumelnden Beinen auf dem Schreibtisch sitzen und eine Zigarette rauchen.

»Ich habe gerade das Telefon benutzt«, sagte Albert. »Ich hoffe, das war in Ordnung. Ich habe Lu Chiang angerufen. Sie ist Austauschschülerin aus Taiwan. Die haben sie da draußen auf die Farm von Kesslers gesteckt.«

»Weit weg von zu Hause«, sagte Dan.

»Sie können sich gar nicht vorstellen, wie schwer die ihr die Arbeit machen«, sagte Albert. »Sie muss sich ganz allein um diese ganzen Hühner kümmern. Ohne sie wären die Hühner schon alle tot. Candy Kessler ist jeden Abend in der Stadt, aber Chiang muss nach Hause, um die Hühner zu füttern. Sie muss um sechs Uhr früh aufstehen, um die Hühner zu füttern. Eins von den Hühnern ist neulich im Regen draußen geblieben und krank geworden, und von den Kesslers hat keiner mehr ein Wort mit ihr gesprochen, bis es wieder gesund war.«

»Ich hab noch nie jemanden mit Hühnern gesehen, die nicht alle ständig krank waren«, sagte Dan.

»Da gibt es so einen Typ in Kansas City, der für den Schüleraustausch zuständig ist, er heißt Marty, aber der kriecht dieser Gastfamilie nur in den Arsch«, sagte Albert. »Er sagt, als sie Taiwan verlassen hat, hat sie ja schließlich gewusst, dass sie in eine ländliche Gegend kommt, also ist das eben ihr Pech.«

»Erst neulich hab ich irgendwas von Taiwan gehört«, sagte Dan. »Ach ja, dort werden doch unsere Radarfallen hergestellt. Eine davon hatte den Geist aufgegeben, und wir mussten sie zurückschicken. Hat 43 Dollar Porto gekostet.«

»Chiang sagt, sie bekommt nicht gerade den besten Eindruck von Amerika«, sagte Albert. »Ich habe gesagt: ›Wart erst mal ab.‹«

Der Regen ließ allmählich nach, es wurde wärmer, und nun folgte ein strahlender Altweibersommer. Die Farmer gingen wieder an die Arbeit, und die Mähdrescher waren rund um die Uhr im Einsatz. Nachts sah man die Scheinwerfer zwischen den Halmen, tagsüber sah man Staubwolken. Auf der Straße schien jedes zweite Fahrzeug ein Traktor zu sein, der einen grünen Anhänger mit Getreide zog. Die Sonne leuchtete golden. Lu Chiangs Aufgaben wurden etwas weniger aufreibend, und sie konnte mit Albert Robeshaw Pizza essen gehen.

Quinn war unterdessen nicht in Vergessenheit geraten, und verschiedene Städte und Clubs und Kirchen stritten auf durchaus würdige Art um das Vorrecht, sich seinen Namen auf die Fahne schreiben zu dürfen. Jeder hatte das Gefühl, dass etwas getan werden müsse, ohne Frage, und dass dabei eine große Geste vielen kleinen vorzuziehen sei. So kam man überein, für Quinn am Sonntag, den 14. Oktober, in der Stadt Romyla einen sogenannten »Großen Tag« zu veranstalten. Einen Großen Tag nannte man es, wenn eine Stadt ein Straßenfest zu irgendeinem guten Zweck organisiert, und zwar außerhalb der üblichen Feiertage. Man konnte zum Beispiel einen Großen Tag veranstalten, um ein krankes Kind in der Mayo-Klinik behandeln zu lassen, oder für neue Äxte und Stiefel für die Feuerwehr, oder auch nur, damit jeder auf der Hauptstraße trinken und tanzen konnte. Die Wahl fiel auf Romyla, weil es noch nie einen Großen Tag gehabt, aber in den siebziger Jahren mehrere Jahre lang einen irischen Jahrmarkt veranstaltet hatte und man der Stadt durchaus zutrauen konnte, ein gut organisiertes Event auf die Beine zu stellen – ganz anders als zum Beispiel Boris, das immer irgendwie als lächerliche Stadt dastand, die kaum imstande war, ihre Kneipe am Laufen zu halten.

Dan wurde gebeten, die Streifenwagen des Polizeireviers an der Parade teilnehmen zu lassen, und er wurde außerdem gebeten, beim Dunking Booth mitzumachen. Was die Streifenwagen betraf, so erklärte Dan sich einverstanden und kaufte sogar ein paar Packungen Bonbons, damit er und die Hilfssheriffs sie unter die Leute werfen konnten. Ed Aiken war nicht gerade begeistert von der Idee, und Earl Kellogg sagte rundheraus, dass man ein ganz schönes Weichei sein müsse, wenn man sich, auf welche Weise auch immer, aus einem Streifenwagen heraus bei den Menschen anbiedern wolle, worauf Dan antwortete: »Und da wundern wir uns, warum die Leute das Polizeirevier hassen. Und ich sage nicht ›nicht mögen‹, ich sage ›hassen‹.«

»Also«, sagte Earl, »wenn du etwas machen willst, worauf die Leute wirklich abfahren: sie haben dich ja schon gefragt, ob du dich nicht in diesen Kasten setzt, in dem sie dich unter Wasser tauchen.«

»Lester Ward hat sich dabei das Schlüsselbein gebrochen«, sagte Dan. »Aber wenn du es versuchen willst: bitte sehr.«

»Lester Ward«, sagte Ed. »Ist das nicht der Typ mit all diesen Lockvögeln im Garten? Warum sollte den jemand tauchen wollen?«

»Nein«, sagte Dan, »aber ich weiß, wen du meinst. Der heißt Lyle Ward. Lester Ward ist schon tot. Er hatte die Hühnerbrutanstalt in Pinville. Kannst du dich nicht erinnern – er hatte immer eine Mütze auf.«

»Ach, der – Lester Ward«, sagte Ed.

Dan, Earl Kellog und Ed Aiken trafen sich an dem Sonntagmorgen der Wohltätigkeitsveranstaltung um zehn Uhr dreißig in Romyla. Sie trugen alle drei ihre verspiegelten Sonnenbrillen, und sie stellten sich vor die *Cotter Pin*-Bierhalle und sahen zu, wie die Methodistenfrauen einen Lieferwagen voller Kuchen für das Kuchenbüffet ausluden. Die Sonne schien, und anscheinend war jede Rasenfläche in der Stadt frisch gemäht worden. Dan dachte bei sich, Romyla besitze eine Art feindseligen Stolz, wie man ihn hier im Bezirk sonst nirgends fand. Earl Kellogg nieste elfmal hintereinander in rascher Folge, und Ed Aiken klopfte ihm auf den Rücken, damit es aufhörte.

Ein neuer roter Pickup fuhr vor, mit Claude Robeshaw, Lu Chiang und Albert. Claude grüßte und ging in das *Cotter Pin*, und Albert stellte Dan, Ed und Earl Lu Chiang vor. Lu Chiang hatte braune Augen und lange schwarze Haare. Sie war eine von jenen ausländischen Schülerinnen, die mit ihrem frischen Aussehen und ihrem reichen Wortschatz die einheimischen Jugendlichen unbeholfen und hinterwäldlerisch wirken lassen. Sie, Albert und Dan gingen die Mittelstraße entlang, die in diesem Fall aus der Hauptstraße zwischen dem alten Telegrafenamt und dem Schienenstrang bestand.

»Albert hat mir erzählt, dass Sie Köpfe im Keller haben«, sagte Chiang.

»Stimmt«, sagte Dan.

»Das muss sehr komisch sein«, sagte Chiang.

»Die sind jetzt weg«, sagte Albert. »Ich hab sie weggeworfen.«

»Sag mal, Lu Chiang«, sagte Dan, »wie lange braucht man denn von Taiwan bis hierher?«

»Der Flug von Taipei nach Tokio hat dreieinhalb Stunden gedauert«, sagte Chiang. »In Narita kam es zu einer großen Verspätung, und ich bin auf meinem Sitz eingeschlafen. Dann bin ich wieder aufgewacht und zum Flug nach Chicago an Bord gegangen, der zwölf Stunden gedauert hat. Von Chicago aus ging es dann mit einem klapprigen kleinen Flugzeug nach Stone City, und dort haben mich Ron und Delia Kessler abgeholt. Ich glaube, alles in allem waren es einundzwanzig Stunden.«

Dan pfiff durch die Zähne. »War das dein längster Flug?«, fragte er.

»Ja«, sagte Chiang. »Sieben Stunden nach Tokio brachten die Stewardessen jedem solche heißen feuchten Gesichtstücher.«

»Ich habe überhaupt keine Vorstellung von Tokio«, sagte Dan.

Die Parade begann mit Verspätung, weil sich die Marschkapelle von Morrisville-Wylie verspätet hatte, aber schließlich erschienen die Mitglieder der Kapelle doch noch in ihrem gelben Bus und führten die Parade an, wobei sie »On Wisconsin«, »Quinn the Eskimo« und »The Girl from Ipanema« spielten. Ihnen folgte die Reiterin mit dem blauen Band, Jocelyn Jewell auf Pogo, dann eine Gruppe Veteranen aus dem Koreakrieg, die eine Kanone hinter sich herzogen, dann die Festwagen, auf denen Folgendes zu sehen war: das Auffinden des Säuglings in dem Einkaufswagen des Hy-Vee-Supermarktes, die Vermählung von Julien Dubuque und Prinzessin Petosa sowie sämtliche Modelle der Arctic-Cat-Motorschlitten, die von Werkzeug-Wiegart in Wylie verkauft wurden. Den Schluss der Prozession bildeten die Streifenwagen des Sheriffs, und es wurden keine Bonbons aus ihren Fenstern geworfen.

Nach der Parade gingen Albert und Lu Chiang die Reihe der muffigen blauen Zelte entlang und versuchten, irgendetwas zu gewinnen. Sie warfen Bälle auf eine Reihe ausgestopfter Katzen, die wie festgenagelt wirkten, verloren 8 Dollar beim Siebzehn-und-vier und ließen bei dem erfolglosen Versuch, eine Keramikkuh zu gewinnen, ihr Körpergewicht fast aufs Pfund genau schätzen. Dann begutachteten sie einen Traktor, der so umgerüstet worden war, dass er mit Gas betankt werden konnte, in ihren Augen aber so aussah wie jeder andere Traktor auch, und gingen an dem Tisch der *Kleinen Kirche unseres Erlösers* vorbei, an dem Joan Gower und ein magerer Junge namens Russ Sparbüchsen in Form einer Kirche verschenkten, und zwar an jeden, der einen Bibelvers auswendig hersagen konnte. Albert antwortete darauf mit dem Befehl des Kaisers Augustus, dass alle sich eintragen lassen sollten, und Joan sagte »sehr gut« und reichte ihm eine Kirchenspardose. Dann wandte sie sich an Chiang, und als sie erfuhr, dass Chiang Buddhistin war, nahm sie einen Stapel Flugblätter, zählte fünf, sechs ab und drückte sie dem Mädchen in die Hand.

»Ich möchte, dass du diese Schriften mitnimmst«, sagte sie. »Ich möchte, dass du sie nach Hause mitnimmst. Das hier ist über den Kreuzestod, und hier der dunkler getönte Abschnitt ist über die Auferstehung. Das ist eine wunderbare Botschaft an alle Völker. Und ich wette, wenn du dich näher damit beschäftigst, wirst du sehen, dass Jesus und Buddha vieles gemeinsam haben.«

»Ich finde, Buddha ist viel dicker«, sagte Chiang.

»Nimm sie einfach mit«, sagte Joan.

Albert und Chiang kehrten zum *Cotter Pin* zurück, um nach dem alten Claude zu schauen. Auf dem Weg ließ Chiang die Flugblätter in eine grüne Abfalltonne fallen, und Albert schenkte ihr die Kirchensparbüchse, die er gewonnen hatte.

Bei dem Großen Tag in Romyla kamen mehr als 2000 Dollar für Quinn zusammen, aber es stellte sich heraus, dass er sie gar nicht brauchte. Ein reiches Ehepaar kam eines Wochenendes von Minneapolis herunter und nahm ihn als Pflegekind mit. Wegen des Datenschutzes durfte nicht einmal Nancy McLaughlin vom Kinderheim die Identität dieses Paares preisgeben, aber es waren

Mark und Linda Miles, die – mit ziemlichem Weitblick – ein Vermögen damit gemacht hatten, Augen-Make-up auf Sojabasis nach Nordeuropa zu verkaufen. Quinn bekam den neuen Namen Nigel Bergman Miles und ein Kinderzimmer, das ungefähr so groß war wie Dans gesamtes Wohnmobil und von dem aus man einen der zehntausend Seen Minnesotas überblickte.

Unterdessen forschte Dan noch immer nach Quinns Mutter. Die Akten der Klinik bekam er nie zu Gesicht, so musste er sich mit Gerüchten, anonymen Hinweisen und Anrufen von Wichtigtuern begnügen. Am Ende hatte er eine Liste von dreizehn Namen, und im Laufe des Oktobers konnte er elf davon streichen. Eine Frau war in St. Louis niedergekommen und hatte das Kind zur Adoption freigegeben, fünf hatten Fehlgeburten gehabt, ohne das ihren Nachbarn entsprechend zu erklären, zwei waren Männer mit weiblich klingenden Namen, und drei waren ältere Nonnen an der Akademie zum Heiligen Herzen in Morrisville.

So blieben noch zwei Möglichkeiten: eine Frau, die den Fall nicht am Telefon erörtern wollte, und eine Frau, die gar kein Telefon hatte.

Dan strich die Frau von seiner Liste, als die sich mitten im Gespräch entschuldigte, weil sie das Radio lauter stellen wollte, um die Titelmelodie von *Cats* zu hören. Das Gespräch fand in dem Waschsalon statt, in dem sie arbeitete, in Walleye Lake. Auch klang ihre Geschichte überzeugend und war nachprüfbar. (Es ging dabei um einen labilen jungen Mann, der einmal in sie verliebt gewesen war und jetzt endlose Telefonkampagnen gegen sie führte. Seit zum Beispiel die Hotline zur Verbrechensbekämpfung im Brier County eingerichtet worden war, rief er dort ständig an und brachte ihren Namen mit öffentlich bekannten Fällen von Brandstiftung, Fahrerflucht und Voyeurismus in Verbindung.)

Die Frau ohne Telefon war Quinns Mutter, obwohl sie das nie zugab. Sie wohnte in einem Haus auf einem bewaldeten Hügel gegenüber dem Fahrzeugschuppen der Bezirksverwaltung am Stadtrand von Wylie. Dieses Haus war vor ein paar Jahren hierher gebracht worden, aber noch immer sah es wie nur flüchtig abgestellt aus, und das würde wohl auch so bleiben. Die Türen schlossen nicht richtig, im Winter strich ständig der Wind durch die Risse im Fundament. Die Wände hätten gestrichen werden müssen, und aus unerfindlichen Gründen stand ein Grill auf dem Dach der Veranda. Es gab kein Anzeichen von Kindern, kein Anzeichen von Tieren, kein Anzeichen von irgendjemandem außer dieser Frau, die etwas älter war, als Dan erwartet hatte, ein Baumwollkleid trug und das Haar mit einem ausgefransten grünen Band zusammengebunden hatte. Sie und Dan setzten sich auf die Veranda.

»Ich bin ein einziges Mal zum Arzt gegangen«, sagte sie. »Nicht wegen dem Baby. Ich war nicht schwanger. Deswegen ist das so ein Durcheinander. Es hat sich herausgestellt, dass das falscher Alarm war. Ich hab's mir in meinen Kalender geschrieben.«

»Bei welchem Arzt sind Sie denn?«, fragte Dan.

»Das steht in meinem Kalender«, sagte sie.

Sie stand auf, ging nach drinnen und kam mit einem Wandkalender von der Aufzugsgenossenschaft Wylie zurück. Es stand tatsächlich einiges darin, eine ganze Menge sogar, aber alles unleserlich, quer über die Tage gekritzelt, ohne Rücksicht darauf, wann ein Tag endete und ein anderer begann. Dan stand auf. Die Augen der Frau waren ruhig – sie blickte auf die orangeroten Lastwagen der Bezirksverwaltung, die auf der anderen Seite der Straße standen. »Fahren wir ein Stück«, sagte Dan, und sie fragte: »Wohin?«

Vier

Nicht lange danach brach Louise in Dans Wohnmobil ein. Sie war schon einmal eingebrochen – 1972 in die Schule von Grafton. Louise und ihre Freundin Cheryl Jewell waren ein Abflussrohr hinaufgeklettert, hatten ein Fenster hochgeschoben und dann in der Turnhalle zweiunddreißig Footballhelme, die dort an der Wand hingen, mit Farbe besprüht.

Louise und Cheryl waren damals das zweite Jahr am College, und sie fanden – und da waren sie nicht die Einzigen –, dass dem Football zu viel Beachtung geschenkt werde, während die Schule für alles Übrige kein Geld habe. Und da hingen nun diese Helme wie Dinosauriereier in einer Reihe, und die beiden zogen ihre Sprühdosen hervor und schrieben, einen Buchstaben pro Helm: SEE THE LONELY BOYS OUT ON THE WEEKEND.

Diese Worte stammten aus einem Stück von Neil Young, und darin ging es gar nicht um Football, sondern darum, einen Pickup zu kaufen und damit nach L.A. zu fahren. Das einzige, was Louise und Cheryl tun mussten, war, »Boys«, also Plural, daraus zu machen. Ein paar von den Footballspielern brachten ihren Protest in der Schülerzeitung zum Ausdruck. »Bei allem, was uns geboten wird, zum Beispiel Solidaritätsveranstaltungen, Snake Dance bei den Paraden usw., sind wir ganz und gar nicht einsam«, schrieben sie.

Es kam nie heraus, wer die Helme besprüht hatte. Die für die Ausrüstung der Spieler Verantwortlichen schafften es, die Buchstaben wegzuschrubben, indem sie in Terpentin getauchte Stahlbürsten verwendeten, aber viele Leute hatten danach den Eindruck, dass die Mannschaft infolge der Dämpfe das ganze restliche Jahr recht konfus spiele. Damals war Louise sechzehn gewesen. Jetzt war sie vierunddreißig, und die Schule war längst geschlossen, und Eisblumen bedeckten die Fenster von Louises Haus. Auch war der große weiße Hund im Wohnzimmer. Er saß auf der Couch, strahlte und sah angenehm überrascht aus. Bald war Halloween, und das schien das Einzige zu sein, was er auszudrücken wünschte. Louise besaß ein Set blauer Gläser, und im Augenblick genoss sie es, ihr drittes blaues Glas Rotwein zu trinken.

»Du solltest doch draußen im kalten Schuppen sein«, sagte Louise zu dem Hund, »aber stattdessen bist du hier im warmen Haus. Was machst du denn da auf der warmen Couch im gemütlichen Haus? Darauf gibst du mir natürlich keine Antwort, was? Ich wette, ich könnte lange reden, bevor ich eine Antwort kriegen würde. Ich könnte doch lange reden, bevor ich eine Antwort kriegen würde, oder?«

Da rief Louises Mutter an. Hans Cook hatte etwas Wildbret aufgetrieben, und das war in Marys Tiefkühltruhe gelandet, und Mary wollte, dass Louise es unter verschiedene Leute verteilte. Louise und Mary hatten vor kurzem Streit gehabt, und Marys Anruf war eindeutig ein Angebot der Versöhnung.

»Der Hund ist im Haus«, sagte Louise. »Er sitzt da und sieht fern.«

»Ich glaube, das würde Les Larsen gar nicht gefallen«, sagte Mary. Les Larsen hatte die Felder und die Nebengebäude von Jean Klars Farm gepachtet. »Sollte der Hund nicht die Farm bewachen?«

»Auf der Farm ist es mucksmäuschenstill«, sagte Louise. »Wo hat Hans denn dieses Wild überhaupt hergekriegt? Geht der etwa auf die Jagd?«

»Ich weiß es nicht«, sagte Mary. »Er hat es irgendwie ausgehandelt. Offenbar beim Kartenspielen. Ich hab's auch nicht ganz verstanden.«

Sie unterhielten sich noch eine Weile und verabschiedeten sich dann. Louise nippte an ihrem Wein und drehte den Fernseher lauter.

»Schau dir das an«, sagte sie zu dem Hund. »Siehst du, was die Frau da gerade macht? Schau mal auf den Fernseher. Sie klaut die echten Perlen und ersetzt sie durch falsche.«

* * *

Der nächste Tag war ein Samstag. Louise stand vor der Tiefkühltruhe ihrer Mutter im Keller neben der Treppe. Louise hatte Kopfschmerzen und trug einen hässlichen, schäbigen Pullover. Sie klopfte ununterbrochen gegen einen Kleiderständer, an dem noch die Kinderjacken hingen, die sie und ihre Schwester June einst getragen hatten.

»Warum ausgerechnet ich?«, fragte Louise. »Ich frag nur so aus Neugier.«

»Wenn ich dich das machen lasse«, sagte Mary, die auf der Kellertreppe saß und einen Sherry trank, »dann zeigt das, dass ich der Sache sehr viel Bedeutung beimesse. Außerdem bekommst du dadurch Gelegenheit, dir dauerhaft Freunde zu machen.«

»Kann ich auch so einen Sherry haben?«, fragte Louise.

»Leider nichts mehr da«, sagte Mary.

»Ich hab doch ganz arg viele Freunde«, sagte Louise, die durch den Anblick der wollenen Kinderjacken offenbar in den Ton einer Achtjährigen verfiel.

»Bring etwas davon Dan Norman«, sagte Mary. »Den magst du doch.«

Louise dachte über diese Bemerkung nach. Sie und Dan waren einander gegen Ende von Louises Ehe nähergekommen, aber jetzt, wo alles ausgestanden und wirklich zu Ende war, hatten sie sich schon lange nicht mehr gesehen. »Er ist nie zu Hause«, sagte Louise.

Mary nickte. »Du denkst, du hast alles im Griff, aber in Wirklichkeit hat alles dich im Griff«, sagte sie.

Louise lud sich die weißen Packungen auf. »Verdammt, wie viel von diesem Wild hast du denn da eigentlich?«, fragte sie.

Mary stand auf. »Ich merke selber, es ist ganz schön viel«, sagte sie. »Du musst dich nicht verpflichtet fühlen, das alles auf einmal mitzunehmen. Nimm die kleine Kühltasche da und tu ein paar Beutel davon rein, zusammen mit einem Kühl-Akku. Dafür hab ich sie ja schließlich. Und vergiss nicht zu lächeln. Ein Lächeln braucht viel weniger Muskelarbeit als ein Stirnrunzeln.«

»Auch wenn mein Gesicht ganz entspannt ist, haben die Leute trotzdem noch immer den Eindruck, dass ich die Stirn runzle«, sagte Louise.

»Du hast ein sehr schönes Gesicht«, sagte Mary. »Wie ein Engel.«

»Sogar du musst zugeben, dass meine Stirn zu groß ist«, sagte Louise.

»Diesen Unsinn mit deiner Stirn habe ich noch nie geglaubt«, sagte Mary.

* * *

Louise verteilte das Wild nur an drei Leute, bevor ihr diese Aufgabe zu viel wurde, und auch diese drei Leute – Nan Jewell, Jack White und Henry Hamilton – wohnten mehr oder weniger auf ihrem Heimweg.

Nan Jewell wohnte in der südlichsten der »Drei Schwestern«, der drei großen blauen Häuser an der Park Street in Grafton, in denen die verschiedenen Familienmitglieder der Jewells lebten. Nan war eine reiche und umtriebige Witwe, die eine so hohe Meinung von allen Leuten hatte, dass gewöhnlich jeder sie enttäuschte. Als Louise eintrat, übte die alte Dame gerade die bissige Rede, die sie am nächsten Morgen in der Kirche halten wollte. Sie hatte immer das Gefühl, dass alle, die am Gottesdienst mitwirkten, die Zeremonien aus Gleichgültigkeit verkürzten.

»Sie schreiben nicht einmal mehr die Kirchenlieder an, und ich würde zu gerne mal wissen warum«, sagte sie. »Bis jetzt wurde es doch immer so gemacht, und plötzlich, man höre und staune, machen sie es nicht mehr. Was ist dann mit den Leuten, die Arthritis haben? Was ist mit denen, die ein bisschen brauchen, ehe sie die richtige Seite finden? Sind die in unserer Kirche nicht mehr erwünscht? Und noch etwas, weil ich gerade daran denke. Ich weiß wirklich nicht, wer in letzter Zeit das Brot für die Kommunion schneidet, aber wer es auch sein mag, er muss erst noch lernen, was eine Oblate ist. Ich glaube nicht, dass jemals eine Jewell das Brot für die Kommunion so nachlässig schneiden würde, und ich glaube auch nicht, dass es eine Montrose täte. Oder eine Robeshaw, Mason, Kellson oder Cart.«

»Mann, das stimmt«, sagte Louise. Aber so etwas sagte man eben zu Nan, um nicht den ganzen Tag bei ihr verbringen zu müssen. Tatsächlich kannte Louise nicht einmal jemanden mit Namen Kellson. Von Nans Haus aus ging es hinaus aufs Land zu der Farm Jack Whites an der Straße von Margo nach Chesley. Jack White war der Vater von Johnny White.

Louise traf Jack zusammen mit dem Tierarzt Roman Baker in seinem Pferdestall an. Jack besaß fünf belgische Kaltblutpferde namens Tony, Mack, Molly, Polly und Pegasus. Jedes einzelne war ein riesiges Tier mit einem Kiefer wie ein Amboss. Louise wollte Jack schon von dem Wildbret erzählen, aber er sagte, er brauche noch einen Augenblick, bevor er sich ihr widmen könne. Das Problem sei, dass ein paar von seinen Pferden rückwärts gingen.

»Wann hat das angefangen?«, fragte Roman Baker. Er hatte ein schmales Gesicht, kräftiges Haar und weit auseinanderliegende Augen. Er beschäftigte sich schon seit langem mit Pferden.

»Kriegen sie vielleicht neuerdings etwas anderes zu fressen? Könnte es sein, dass ihnen irgendetwas Angst macht?«

»Nicht dass ich wüsste«, sagte Jack White. »Aber andererseits, ich war eine Weile weg.« Er stellte seinen Stiefel auf die Querstange des Geländers und verschränkte die Arme auf dem Knie, als würde er in einer Werbung für ein Düngemittel mitspielen. »Bin erst seit gestern aus Reno zurück. Dieses Tahoe ist so ziemlich die schönste Gegend, die es gibt, und in Reno habe ich Juliet Prowse gesehen. Was diese Dame für Beine hat! Was für eine strahlende Erscheinung. Jedenfalls, mein Sohn Johnny hat hier aufgepasst, während ich weg war, und wie ich ihn frage, sagt er, so viel wie er bemerkt hat, sind die Pferde nicht rückwärts gelaufen. Ich sage: ›Soll das heißen, dass du hier stehst und behauptest, dass du es gar nicht bemerken würdest, wenn ein Pferd rückwärts geht?‹ Er sagt: ›Vielleicht nicht.‹ Also, der Junge hat eben private Probleme, das ist ja auch gar kein Geheimnis. Wie ich ihm immer sage: ›Johnny‹, sage ich, ›das Schiff ist abgefahren. Johnny, siehst du da draußen den kleinen Fleck am Horizont? Das ist das Schiff‹.«

»Ich habe ihn im Frühling in Walleye Lake gesehen«, sagte Louise. »Wir haben uns eine Weile unterhalten. Er war sehr nett.«

Jack White klopfte sich die Ärmel seines Hemdes ab. »Er hat dich immer gemocht«, sagte er. »Und schade, dass er nicht eine Frau von deinem Kaliber geheiratet hat, statt dieser durchgedrehten Zicke. Obwohl man ihr sicherlich nur einen winzigen Teil der Schuld in die Schuhe schieben kann.«

Roman Baker zog eine silbrige Stiftlampe hervor und untersuchte Tonys Ohren. »Wächst bei Ihnen auf der Wiese irgendetwas Ungewöhnliches?«, fragte er.

Jack stellte sich auf beide Füße und rückte seinen Gürtel zurecht. »Mann, das glaube ich kaum«, sagte er.

»Haben Sie den Boden unter den Weidezäunen überprüft?«, fragte Roman.

»Klar«, sagte Jack. »Oder vielmehr, nein. Eigentlich nicht.«

»Es könnte etwas unter den Zäunen sein«, sagte Roman.

»Schauen wir doch gleich mal«, sagte Jack.

Sie fuhren mit einem Pickup hinaus auf die buckelige Weide. Jack fuhr die Zäune entlang, Roman Baker saß auf dem Beifahrersitz und Louise auf der hinteren Wagenklappe, und die Halme strichen ihr um die Fußknöchel. Die südwestliche Ecke der Wiese war dicht mit Grünzeug überwachsen. Der Wagen hielt. Roman stieg aus und ging zum Zaun, wo er ein paar spatenförmige Blätter zwischen den Händen zerrieb und die Handflächen zum Gesicht hob.

»Das muss raus«, rief er. Er umfasste die Kräuter mit den Armen und zog sie aus der Erde. »Das alles«, sagte er. »Alles von hier bis da hinten.«

Jack stieg aus. »Was sagt er?«

»Er sagt, das muss alles raus«, sagte Louise.

Die Farm Henry Hamiltons lag an derselben Straße wie die Louises. Die Schwalbenwurz, die früher ordentlich auf die Gräben neben der Straße beschränkt gewesen war, hatte sich die Einfahrt hinauf und über den ganzen Hof verbreitet, und zu dieser Jahreszeit war die Luft erfüllt von fliegenden Samen. Die Zäune hätten ausgebessert werden müssen, und die Schweine schienen ein und aus zu gehen, wie sie wollten. Beim Einfahren sah Louise eins, das hinter einem Propangas-Tank hervorkam und durch das hohe Gras zum Wäldchen sauste.

Henrys Haus war matt erleuchtet und warm und roch nach gekochtem Kohl oder einfach nach gekochtem Gemüse. Aber nicht, als hätte er gerade Gemüse gekocht – eher so, als würde es schon seit Jahren vor sich hin kochen. Auf dem Küchentisch hatte er die Cartoonseite der Wochenendausgabe ausgebreitet, darauf schnitzte er gerade einen Kürbis für Halloween. Glitschige Samen lagen über die ganze Zeitung verteilt.

»Diese Kids von *The Family Circus* sind doch total bescheuert«, sagte er.

»Stimmt«, sagte Louise. »Draußen läuft ein Schwein rum.«

»Den Burschen such ich schon seit zwei Tagen«, sagte Henry. Er drehte den Kürbis zu Louise herum. »Findest du nicht, dass der Tiny ähnlich sieht?«

»Irgendwie schon«, sagte Louise. »Um den Mund herum.«

»Ich hab ihn ewig nicht gesehen«, sagte Henry.

»Na aber du weißt doch, dass wir geschieden sind«, sagte Louise.

Henry legte das Messer weg. »Das hab ich nicht gewusst«, sagte er.

»Henry«, sagte Louise. »Natürlich weißt du das. Du hast doch meine Erklärung mit deiner Unterschrift beglaubigt.«

Henry dachte einen Augenblick nach. »Ach ja. Stimmt. Hab ich.«

Er arbeitete wieder an dem Kürbis. »Ich versuche jedes Jahr einen rauszustellen. Manchmal kommen ziemlich viele Kinder vorbei. Dann wieder sehe ich den ganzen Abend niemanden. Einmal hab ich sogar Divinity Toffees gemacht, und nicht ums Verrecken ist jemand hier aufgetaucht.«

»Jetzt sieht er aber nicht mehr wie Tiny aus«, sagte Louise.

Das stimmte. Es war eine flüchtige Ähnlichkeit da gewesen, aber jetzt war sie verschwunden.

Henry zuckte die Schultern. Eine alte Uhr von Moormans Futtermittel tickte wie die Zeit höchstpersönlich. »Wie ist dir die Scheidung bekommen?«, fragte er.

»Geht schon«, sagte Louise. »Ich muss nichts mehr kochen, was ich nicht mag. Das ist ein Pluspunkt.«

»Ach übrigens, mein neuer Traktor ist da«, sagte Henry.

»Das ist ja schön für dich«, sagte Louise.

Sie gingen hinaus, um ihn anzuschauen. Es war ein großer roter Traktor, und an den Reifen klebte schon getrocknete Erde. Henry ließ Louise aufsteigen und mit dem Traktor auf dem Hof herumfahren.

»Der ist ja eine Schönheit«, sagte Louise. »Den wirst du bestimmt gern haben.«

»Ich hab meine Ölquelle verkaufen müssen, um ihn zu kriegen, aber ich glaube, das ist er wert«, sagte Henry.

»Ich wusste gar nicht, dass du eine Ölquelle besitzt«, sagte Louise.

»Ich hatte eine Ölquelle in Oklahoma«, sagte Henry.

Louise ging an diesem Abend mit »den Mädels« aus. Das war schon eine Woche lang geplant. Perry Kleeborg hatte den Vorschlag gemacht. Er hatte ihr vorgeworfen, sie sei ständig in mieser Stimmung, und zwar so sehr, dass es ihre Leistung beeinträchtige. Er bekam immer kostenlos eine Fachzeitschrift namens *Produktionsmittel* mit der Post zugeschickt, und offensichtlich hatte er darin gelesen.

»Ach, meine Leistung«, sagte Louise. »Meine Leistung müssen Sie schon nehmen, wie sie ist.«

»Sie sollten mit den anderen Mädels ausgehen«, sagte Kleeborg. »Tun Sie doch etwas, was Sie ein bisschen aufmuntert.«

Louise drückte nasse Kontaktabzüge an die Wand. »Ich kenne keine Mädels«, sagte sie.

»Ich habe jeden Donnerstag meinen Skatclub«, sagte Kleeborg. »Ich bin überzeugt, dass mir das sehr hilft. Spielen Sie Skat?«

»Ich kapier nie, was gerade Trumpf ist«, sagte Louise, »Ich spiel gern Uno.«

»Nicht gerade ein Spiel für einen Club«, sagte Kleeborg.

»Nein«, sagte Louise.

»Mögen Sie Bowling?«, fragte Kleeborg.

»Früher mal«, sagte Louise.

»Also, irgendetwas sollten Sie machen«, sagte Kleeborg.

Zufällig ließ sich kurz darauf der Vorsitzende des Bezirksverwaltungsrats im Fotostudio Kleeborg fotografieren. Er hieß Russell Ford und hatte eine sehr schlechte Haut, und er schien zu glauben, wenn er die richtigen Fotos hätte, würde das seine Haut irgendwie besser aussehen lassen. Narben und Pickel auf einem Bild wegzuretuschieren war nicht weiter schwierig, doch Russell wollte etwas schwer Nachvollziehbares. Am Ende musste Louise die Fotos in die Druckerei Big Chief nach Morrisville bringen, um sie dort professionell retuschieren zu lassen. Für solche Airbrush-Arbeiten waren zwei Frauen zuständig, Pansy Gansevoort und Diane Scheviss. Sie wohnten zusammen in einem Holzrahmenhaus am südlichen Ufer des Lake Walleye und steckten beide gerade irgendwo in den verlorenen Jahren zwischen siebenundzwanzig und zweiunddreißig. Die drei Frauen lachten zusammen ein wenig über Russells hässliches Gesicht und beschlossen, sich einmal an einem Samstagabend zu treffen.

Louise traf sich mit Pansy und Diane in der *Hi-Hat-Lounge* an der 29er Landstraße in Morrisville. Wie es schien, hatten die beiden da mitten in der ganzen Halloween-Dekoration schon ordentlich getrunken. Pansy war hochrot im Gesicht, und Diane hatte bereits ein Glas zerbrochen. Während Alkohol für Louise ein bisschen wie eine Bummelzugfahrt in einer schönen hügeligen Landschaft war, schien er für Pansy und Diane eher so etwas wie ein Fahrstuhl zu sein, bei dem gerade das Kabel gerissen war.

Louise versuchte wieder etwas Ordnung in das Ganze zu bringen. Der Tisch, an dem sie saßen, war ein Videospiel, bei dem eine Fledermaus gegen eine Witzfigur antrat, die den Spieler darstellte. Louise schlug vor es auszuprobieren, und das taten sie auch, aber ohne Erfolg. Sie mussten praktisch ununterbrochen Münzen nachschieben, und kaum hatten sie die kleine Figur zum Laufen gebracht, als auch schon die Fledermaus herangeschwebt kam und das Spiel beendete. Louise sagte: »Ich versteh nicht mal, worum es geht.«

»Wahrscheinlich muss man sich die Fledermaus vom Leib halten«, sagte Diane.

Darauf trank Pansy ihren Wodka aus und fing an zu erzählen. »Mein Freund hat mich früher immer geschlagen«, sagte sie. »Ohne jeden Grund. Er hat mich geschlagen, weil ihm etwas gelungen oder misslungen war, wenn er krank und wenn er gesund war. Er hat mich geschlagen, damit er mehr Glück hat. Dann hat er mich einmal vor meiner Mutter geschlagen, und sie hat ihn die Treppe hinunter gestoßen.«

»Supergeil«, sagte Diane.

»Also hat er aufgehört, mich zu schlagen«, sagte Pansy, »und hat angefangen, mich mit der Zigarette zu verbrennen. Zuerst hab ich die Schläge richtig vermisst, bis ich mich irgendwann an die Zigarette gewöhnt hatte. Aber dann hat er mit dem Rauchen aufgehört. Er durfte bei der Arbeit nicht mehr rauchen, und da hat er gesagt, wenn er bei der Arbeit nicht mehr rauchen kann, dann wäre es für ihn einfacher, wenn er zu Hause auch nicht mehr raucht. Eine Weile hat er es mit einer Pfeife versucht, aber das war nicht dasselbe wie eine Zigarette. Zum Schluss ist er ausgezogen. Er fehlt mir, mir fehlt der ganze schreckliche Scheiß, den er gemacht hat.«

Diane wiegte die weinende Pansy in den Armen. »Ja, ich weiß, meine Kleine«, sagte sie.

»Und warum?«, fragte Louise.

Pansy wischte sich die Tränen mit der Serviette weg. »Er macht Veränderungen durch«, sagte sie. »Er ist sehr verunsichert. Nehmen wir noch eine Runde?«

Louise legte 10 Dollar auf den Tisch und ging auf die Toilette. Sie wusch sich die Hände und schaute in den Spiegel. Sie kam sich vor, als hätte es sie in eine ferne Welt verschlagen, weit weg von den Menschen, die sie hätte verstehen können. Dabei wohnte sie keine 20 Kilometer von ihrem Geburtsort entfernt.

Dan Norman war in den Zehnuhrnachrichten zu sehen. Shannon Key hatte ihn in Morrisville für Kanal 4 interviewt. Sie stellte ihm Fragen zu dem Baby, das bei dem Hy-Vee-Supermarkt in Margo aufgetaucht war.

»Verhören Sie Verdächtige?«, fragte Shannon.

»Nein«, sagte Dan. »Wir sind nicht mal sicher, ob es sich um ein Verbrechen handelt. Also Verdächtige, nein, das wäre zu viel gesagt.«

»Verhören Sie überhaupt irgendjemanden?«

Dan überlegte einen Moment. Versehentlich schaute er dabei in die Kamera, und das brachte ihn etwas aus dem Konzept. »Na ja, irgendwie schon«, sagte er. »Ich wollte sagen, ja, selbstverständlich.«

»Kanal 4 hat erfahren, dass aus dem Laden *Mehr als Stoff* in Margo 40 Meter grüner Kordsamt gestohlen worden sind, am selben Tag, an dem das Baby gefunden wurde, oder fast am selben Tag«, sagte Shannon Key.

»Darüber wissen wir Bescheid«, sagte Dan. »Wir glauben nicht, dass da eine Verbindung besteht.«

»Für wann erwarten Sie erste Ergebnisse?«

»Ich weiß nicht, ob Sie schon mal einer Spinne zugesehen haben, wenn sie ein Netz baut«, sagte Dan. »Ich schon, Shannon, und das dauert lang, und sie muss ziemlich oft hin und her. Und wenn das Netz dann fertig ist, kommt vielleicht jemand daher und zerstört es wieder, einfach indem er mit der Mütze daran streift. Verstehen Sie, was ich damit sagen will?«

Louise griff nach dem Telefon und wählte Dans Nummer. Sie rechnete eigentlich nicht damit, dass er zu Hause sei, und das Telefon läutete auch auf diese unbeteiligte Weise, die normalerweise anzeigt, dass niemand da ist. Aber er war da.

»Eine Spinne?«, fragte sie. »Was soll das denn bedeuten, so etwas Komisches?«

»Das war nur bildlich gesprochen«, sagte Dan.

»Hast du nicht Lust, auf ein Bier rüberzukommen?«, fragte Louise.

»Im Augenblick geht das schlecht«, sagte Dan. »Anscheinend hat es gerade einen Unfall beim Sugar Beet gegeben. Ich höre mir das Ganze im Radio an.«

»Was hörst du an?«, fragte Louise.

»Die Einzelheiten zu dem Unfall«, sagte Dan. »Aber weißt du was? Wie wäre es denn, wenn du hierher kämst? Ich muss wahrscheinlich nicht mehr weg, aber ich bleib lieber noch eine Weile am Radio sitzen.«

»Okay.«

»Ich habe aber keinen Wein, und ich habe keinen Wodka.«

»Ich schon.«

Wie Louise sich fast hätte denken können, war Dan weg, als sie zu seinem Wohnmobil kam. Ein Briefumschlag aus braunem Papier steckte im Türrahmen, und darin lag ein Zettel, auf dem stand, dass der Schlüssel unter dem Stein liege. Der Fußweg von der Tür zur Einfahrt war von weiß gestrichenen Steinen flankiert, und Louise fand keinen Schlüssel. Sie hob verschiedene Steine auf. Mit dem letzten schlug sie die Glasscheibe über dem Türgriff ein.

Louise trat ein und machte Licht. Sie kehrte die Glasscherben zusammen und warf sie in einen Abfalleimer. Auf der Suche nach einem Korkenzieher stieß sie auf einen Brief von Dans Tante Mona, die schrieb, dass sie am 18. November einen Termin für eine Gewebsentnahme habe, darüber hinaus aber nicht viel zu sagen wusste. Louise schenkte sich Wein ein und trug ein Tablett mit einem kleinen Imbiss ins Wohnzimmer.

Im Fernsehen war gerade einer von diesen Bankern zu sehen, die den Bankkunden die gesamten Spareinlagen gestohlen hatten. Dieser hier hatte sich ein Schiff, ein Flugzeug und zusammen mit einem Partner eine Viehranch in Kenia gekauft. Er sprach in einem Saal der Harvard Universität, der gerammelt voll mit Studenten war. Sie stapelten sich buchstäblich bis zur Decke hinauf. Es handelte sich um ein Seminar auf dem Bildungskanal.

»Ich habe so einiges gemacht, worauf ich nicht gerade stolz bin«, sagte der Mann. »Im Großen und Ganzen gibt es dafür zwei Oberbegriffe: absichtlich herbeigeführte Finanzirrtümer, und glatter Betrug. Egal, was ich wollte, ich brauchte nur mit den Fingern zu schnippen, und schon hatte ich es. Oh Mann, war ich ein schlechter Mensch.«

Die Studenten stellten kritische Fragen, aber gleichzeitig schienen sie sich auch eifrig Notizen zu machen, um vielleicht eines Tages dieselben Schweinereien begehen zu können. Und manches an dem Banker erinnerte Louise an Tiny, zum Beispiel, wie er sich mit der Hand übers Gesicht fuhr, wenn ihm eine schwierige Frage gestellt wurde, oder dass er immer nur von sich sprach: Ich habe dies getan, ich habe das getan, immer nur »Ich«. Das war ganz und gar wie Tiny. Sie wechselte den Kanal und sah sich den *Salatmeister* an, der gerade Bratpfannen aneinander schlug.

Danach ging Louise nach draußen und holte ihr Übernachtungsköfferchen aus dem Auto. Sie duschte, wusch sich die Haare, putzte sich die Zähne und zog ein baumwollenes Nachthemd an. Sie holte die Decken von Dans Bett und legte sich auf der Couch schlafen. Später, als Dan nach Hause kam, fuhr sie aus einem Traum auf und sagte: »Steck diese Doofe doch einfach in einen Eimer!«

»Alles in Ordnung«, sagte Dan. Er blieb in der Küche stehen und wusch sich die Hände.

Louise strich sich die Haare aus den Augen. »Ich habe geträumt«, sagte sie.

»Wovon denn?«

»Ich war im Zirkus. Sie haben einen Clown aus mir gemacht«, sagte Louise. »Es war schrecklich. Wie spät ist es?«

Dan sah auf die Uhr, ohne das Händewaschen zu unterbrechen. Louise kam sich vor wie eine Wissenschaftlerin, die seine Lebensgewohnheiten studiert. »Halb drei«, sagte er.

»Ich musste die Scheibe einschlagen«, sagte Louise.

»Tja, ich hab dir zwar eine Nachricht hinterlassen, aber den Schlüssel zu hinterlegen, das hab ich vergessen«, sagte Dan. Er drehte den Hahn zu und trocknete sich die Hände langsam an einem Geschirrtuch ab.

»Und, hat es einen Unfall gegeben?«, fragte Louise.

Dan kam ins Wohnzimmer. »Ein Typ ist gegen einen Baum gefahren.«

»Ist ihm was passiert?«, fragte Louise.

Dan setzte sich mit einer Flasche Bier in einen niedrigen Sessel. Der Sessel stand nahe am Bett. Louise hätte mit dem Fuß Dan am Unterarm berühren können, nur war ihr Fuß unter der Decke. »Tja, es sieht ziemlich schlimm aus«, sagte er.

Louise nickte und lauschte. In Grafton kann es mitten in der Nacht ganz schön still sein. »Wie ist es denn draußen?«, fragte sie.

»Es regnet«, sagte Dan.

»Das haben sie auch vorhergesagt.«

»Dann lagen sie ja mal richtig«, sagte Dan.

»Da sind wir jetzt«, sagte Louise.

»Ich freu mich, dass du da bist«, sagte Dan.

»Komm doch näher«, sagte Louise. »Woran denkst du gerade?«

»An deine Augenbrauen.«

»Ach ja? Inwiefern?«

»Wie es wäre, sie zu küssen«, sagte Dan.

»Das kannst du ja ausprobieren«, sagte Louise.

Also küsste er ihre Augenbrauen und hielt dabei ihr Gesicht in den Händen. Sie hatten sich auch vorher schon geküsst, aber nicht so leidenschaftlich wie jetzt. Dan knöpfte Louises Nachthemd auf. Louise streckte den Arm aus und warf dabei die Bierflasche um.

»Du demolierst mir die ganze Wohnung«, sagte Dan.

»So bin ich eben«, sagte Louise.

Später blickten sie auf die Straßenlampe, die ins Fenster des Wohnmobils schien. Louise fragte Dan, ob er die Mutter des Babys aus dem Supermarkt gefunden habe.

»Ja«, sagte er. »Sie ist nicht ganz bei sich.«

Louise hatte zwar ihr eigenes Haus, aber während dieser ersten Nächte landeten sie meist in Dans Wohnmobil. Teilweise lag das an Louises Bauernbett. Es war beim Hauskauf inbegriffen gewesen und hatte ganze Generationen von Klars beherbergt. Es war ein geschmackvolles Bett, und Louise war entzückt, nicht mehr darin schlafen zu müssen.

Dan hatte sich sein Bett aus einer Matratze, zwei Zentimeter dickem Sperrholz und Zementblöcken gebaut. Das war eine gute, solide Plattform, um darauf zu raufen und auf die Sehnsüchte des anderen einzugehen. Dan überraschte Louise mit seiner erotischen Seite, und sie kam sich vor wie ein Typ in einem Film, den sie einmal gesehen hatte: ein ehemaliger Skispringer, der alles noch einmal neu lernt und beim großen Springen gegen die Ostdeutschen gewinnt, in einem einzigen Gefunkel von Sonne und Schnee. Das Wohnmobil war wie verzaubert, und wenn sie fortmussten, wollten sie weiter nichts als so schnell wie möglich wieder zurückzukommen. Drei, vier, fünf Nächte lang. Einmal weinte sie, schluchzte heftig und ließ sich nicht beruhigen. Er versuchte sie zu trösten: »Wein doch nicht. Nicht, Louise. Es ist alles in Ordnung. Wein doch nicht so …«, aber was konnte er tun? Es musste einfach heraus.

Halloween fiel in diesem Jahr auf einen Mittwoch, und am Morgen setzte sich Louise gerade in Dans Bett auf, zog sich ihre

Socken an und schaute zu dem kleinen Fenster hinaus, als sie sah, wie Hans Cook ihr Auto abschleppte.

Sie zog Jeans unter ihr Nachthemd, rannte nach draußen und schrie »Hans! Hans!« Aber der Abschleppwagen und der daran festgebundene Vega waren schon ziemlich weit weg und fuhren schnell. Sie hörte, wie Hans schaltete, als er auf die Straße kam.

Louise kehrte um; ihr war kalt an den Füßen. Dans Auto stand neben dem Wohnmobil auf Rampen, denn er fuhr es nicht, und bei dem Streifenwagen war eine vertrackte Diebstahlssicherung eingebaut, die nur Dan außer Kraft setzen konnte. (Das ging zurück auf das Jahr 1982, als eines von den Autos des Sheriffs vor dem *Kalkeimer* gestohlen, zu den Sandgruben gefahren und das Ufer hinunter in das über 60 Meter tiefe Wasser gekippt worden war.) Drinnen schlief Dan im orangeroten Morgenlicht, und Louise rief ihre Mutter an.

»Ich würde dir ja gerne helfen«, sagte Mary, »aber ich weiß überhaupt nichts davon. Bist du sicher, dass es Hans war? Es sieht Hans überhaupt nicht ähnlich.«

»Wo fährt er denn damit hin, das möchte ich gern wissen«, sagte Louise. »Arbeitet er noch bei Ronnie Lapoint am Bahnhof? Denn wenn ich mich richtig entsinne, ist der Abschleppwagen mal am Bahnhof und mal bei Hans. Sie teilen ihn sich mehr oder weniger. Oder nicht? Vielleicht weiß Ronnie Lapoint, was da los ist.«

»Oh nein, Ronnie und Hans sind doch auseinander«, sagte Mary. »Seit, oh, bestimmt schon zwei Monaten. Weißt du, Hans hatte den Eindruck, dass Ronnie an Del Hetzler Aufträge vergibt, die von Rechts wegen Hans hätte bekommen müssen. Also sagt Hans zu ihm, verstehst du, ›Wenn ich noch ein Wort über Del Hetzler höre, dann nehm ich meinen Laster, ich nehm meine Telefonnummer und ich bau mir was Eigenes auf.‹ Da sagt Ronnie: ›Na, dann mach doch, du so-und-so. Ich hab dich sowieso nie gemocht.‹ Also ich musste lachen, als ich das gehört hab, weil, also du hast ja Doc Lapoint nicht gekannt, Ronnies Papa, aber das hätte exakt im selben Wortlaut von Doc Lapoint kommen können.«

»Ja gut, Ma, aber wie komme ich denn jetzt zur Arbeit?«, fragte Louise.

»Kann Dan dich nicht fahren?«, sagte Mary.

»Ich möchte ihn nicht fragen«, sagte Louise. »Er hat gestern bis spät in die Nacht arbeiten müssen. Und heute ist Halloween, da hat er wieder eine lange Schicht.«

»Das stimmt«, sagte Mary. »Auf der Hauptstraße haben sie schon sechs oder acht Schweinefutterbehälter hingekippt. Ich sehe das von meinem Fenster aus. Die holen sie sich in der Eisenwarenhandlung. Weißt du, man wundert sich, warum die sie nicht anketten oder so was. Vielleicht bräuchten wir eine Verordnung, dass alle ihre Schweinefutterbehälter um Halloween herum anketten sollen.«

»Kannst du mich zur Arbeit fahren?«, fragte Louise.

»Wo bist du denn?«, fragte Mary.

»Bei Dan«, sagte Louise.

»Also, da möchte ich nicht hinkommen.«

»Warum denn nicht?«

»Was glaubst du wohl, warum?«, sagte Mary.

»Dann lauf ich zu dir rüber«, sagte Louise.

»Na schön, mach das«, sagte Mary.

Louise duschte und trocknete sich die Haare. Sie setzte Kaffee auf. Einmal duschen, und der Spiegel in Dans Bad war für den Rest des Tages beschlagen, also setzte sich Louise in Unterwäsche an den Küchentisch, um ihr Make-up aufzulegen. Auf dem Tisch stand ein kleiner runder Spiegel. Darin konnte sie immer nur einen Teil ihres Gesichts sehen. Das Wasser begann zu kochen, und Dans Kaffeemaschine gab Laute von sich, die wie menschliche Seufzer klangen.

Louise zog sich an und ging hinaus. Die Sonne war halb vom

Getreideaufzug verdeckt, blendete aber dennoch. Louise blinzelte. »Na. vielen Dank, Hans«, sagte sie bei sich.

Mary goss sich gerade Orangensaft ein, und das Radio neben dem Küchenfenster lief, als Louise eintrat. Bev Leventhaler, die Beauftragte für ländliche Entwicklung, war gerade zu hören, mit Ratschlägen, wie man ein Kürbisbeet winterfest macht. »Ich habe vorige Woche ein paar neue Richtlinien von den Leuten bei der Bundesstaatsregierung von Iowa bekommen, und die will ich Ihnen jetzt weitergeben«, sagte Bev Leventhaler. »Sie sind ein bisschen gewöhnungsbedürftig, und ich will auch gar nicht so tun, als wären sie das nicht. Aber mir ist gesagt worden, dass sie bei einem Versuch sehr gute Erträge gebracht haben. Also erstens, gehen Sie zu Ihrem Metallwarenhändler am Ort und sagen Sie, Sie wollten einen Rundstab von 5 Zentimeter Breite und 45 Zentimeter Länge. Vielleicht haben Sie ja einen solchen oder ganz ähnlichen Rundstab sowieso bei sich zu Hause. Schauen Sie mal in Ihrem Wandschrank oder Ihrer Garage oder Werkstatt nach. Wir zum Beispiel haben bei uns zu Hause jede Menge übrige Rundstäbe herumliegen. Irgendwie falle ich ständig und überall über den einen oder anderen Rundstab.«

Louise ging zum Radio, um Musik zu suchen, doch Mary sagte: »Moment, ich möchte das hören.«

»Des weiteren«, fuhr Bev Leventhaler fort, »brauchen Sie ein 30 mal 30 Zentimeter großes Stück schwarze Thermoplastikplane, ein paar gewöhnliche Beutelverschlüsse und 27 Liter Kalzium- und Kalklösung. Im Handel ist das als Calgro oder Zing erhältlich, und es kann durchaus sein, dass Sie das in Ihrer Stadt finden, aber falls nicht, der Big Bear in Morrisville führt, wie ich weiß, Zing als Pulver. Vergessen Sie aber nicht: Wenn Sie tatsächlich das Pulver nehmen, dann brauchen Sie so viel Pulver, dass Sie damit 27 Liter ›ansetzen‹ können, nicht 27 Liter Pulver …«

Mary fuhr Louise zur Arbeit und ließ sie auf der schattigen Straße vor dem Fotostudio Kleeborg aussteigen. »Ruf Hans an«, sagte Mary. »Er hat einen Anrufannahmeservice. Das Mädchen heißt Barb.«

»Das mach ich«, sagte Louise.

»Und dann wollte ich dich noch fragen«, sagte Mary, »was ist mit dem Wild?«

»Ist in meiner Tiefkühltruhe«, sagte Louise.

Louise rief bei Hans an, aber er meldete sich erst nachmittags bei ihr zurück. Sie nahm gerade Abzüge aus dem Fixierbad, blickte auf die Abzüge (ein ernstes Mädchen auf einem Pferd) und hielt den Hörer zwischen Hals und Schulter geklemmt.

»Also, das tut mir leid, Louise«, sagte Hans. »Ich weiß gar nicht, was ich sagen soll. Ungefähr um sechs Uhr hat heute früh das Telefon geläutet, und Nan Jewell war dran. Eigentlich muss es sogar noch früher gewesen sein, denn es kam gerade *Se Habla Español.* Deswegen hab ich gesagt: ›Buenos días‹, und Nan sagte: ›Hallo Hans. Louises Auto ist am Straßenrand liegengeblieben, und ich hätte gern, dass Sie es abholen und zur Werkstatt von McLaughlin bringen.‹ Jetzt im Nachhinein kommt es mir selber auch komisch vor, ich meine, es war schließlich dein Auto, also warum hast dann nicht du angerufen? Ich sag also zu Nan, ich sage: ›Ja, wer hat Ihnen denn gesagt, dass es nicht mehr anspringt?‹ Und sie sagt, dass du ihr gesagt hast, dass es nicht mehr anspringt, dass du aber kein Geld hast, um es reparieren zu lassen. Deshalb wollte sie es abschleppen und reparieren lassen, um dir einen Gefallen zu tun. In diesem Fall wollte ich natürlich nicht mit ihr streiten. Aber es tut mir echt leid. Ich weiß nicht, was sie sich dabei gedacht hat.«

»Ich auch nicht.«

»Aber ich sag dir was«, fuhr Hans fort. »Die Rechnung für das Abschleppen, die schick ich ihr.«

»Ja, kannst du machen, weil ich zahl auf keinen Fall dafür«, sagte Louise.

»Also, ich finde auch, dass du das nicht zahlen solltest«, sagte

Hans. »Du hast mich schließlich nicht angerufen, sondern sie hat angerufen.«

»Eben.«

»Ich weiß ja, dass es so war.«

Louise rief bei der Chevy-Werkstatt an. Die Mechaniker hatten bereits eine lange Liste von ihrer Meinung nach nötigen Reparaturen zusammengestellt.

»Das Auto läuft aber«, sagte Louise.

»Das würde ich nicht sagen«, meinte der Mechaniker.

»Lassen Sie einfach die Hände davon«, sagte Louise.

An diesem Nachmittag wartete Dan um halb fünf am *Strongheart* auf Louise. Das war ein Diner an der Hague Street in Stone City, vom Studio Kleeborg aus gut zu Fuß zu erreichen. Das Lokal war klein und nicht sehr sauber, hatte aber hervorragende Sandwiches mit Lendchen.

»Hallo, Daniel«, sagte Louise.

Sie bestellten bei einem alten Mann namens Carl Peitz, der schon seit einer Ewigkeit im *Strongheart* arbeitete. Er lächelte ständig, als wäre etwas mit ihm nicht in Ordnung.

»So, ich hab dir einen Schlüssel nachmachen lassen«, sagte Dan. Er leerte den Inhalt seiner Taschen auf den Tisch. Das waren ein roter Kamm, ein Schraubenschlüssel Marke Allen, ein Knäuel Zwirn, ein Maßband, ein Hundekeks, ein Nagelklipper und ein Dietrich. »Jetzt sag bloß, ich habe ihn schon verloren«, sagte er.

»Wie hast du das gleich wieder geschafft, Sheriff zu werden?«, sagte Louise.

»Das weiß ich auch nicht«, sagte Dan.

»Mann, ich hab einen solchen Hunger, dass ich gleich diesen Hundekeks essen könnte«, sagte Louise.

»Bloß nicht«, sagte Dan. »Das ist ein Betäubungskeks.« Er stand auf und ging zum Streifenwagen.

Vom Grill stieg Rauch auf. Carl Peitz band sich die Schürze ab und wedelte damit den Rauch weg.

»Sind das unsere?«, fragte Louise.

An diesem Abend fuhr sie nach Hause auf ihre Farm. Es kam ihr so vor, als müsse man manchmal innehalten, um wieder zu Atem zu kommen. Sie fuhr zuerst zum Hy-Vee-Supermarkt, um Gemüse zu kaufen und Süßigkeiten für die Halloween-Kinder, die vielleicht auftauchen würden, vielleicht aber auch nicht.

Ein paar kamen tatsächlich. Es waren Vampire, Dinosaurier, eine Ballerina und ein Landstreicher mit einem Bart aus Hobelspänen. Louise stellte sich in die Tür und schaufelte Zimtbonbons in Plastikkürbisse mit schwarzen Tragebändern, bis sie alles verschenkt hatte. Die Eltern hielten sich im Hintergrund, bei den Pickups und Kombis, und kamen nicht bis ins Licht. Der weiße Hund warf ein kleines Mädchen um, das als Paula Abdul verkleidet war, und die allgemeine Verwirrung nützte er aus, um ins Haus zu sausen.

Gegen neun Uhr kam anscheinend niemand mehr, und Louise schenkte sich einen Canadian Club ein und sah sich einen Film über den Wolfsmann und seine Frau an. Die Frau war Staatsanwältin in Michigan, und sie hatte eine Reihe von Morden zu bearbeiten, die alle auf das Konto ihres Mannes gingen. Aber die Frau wusste natürlich nicht, dass er ein Werwolf war. Er selbst ließ sich Zeit, mit der Wahrheit herauszurücken, und es gab lange, uninteressante Szenen, in denen er in einer Bibliothek in Ann Arbor Nachforschungen betrieb und sich diese alten Bücher mit den schrecklichen Bildern ansah, die man in solchen Filmen immer sieht. Dann überlegte er, wie er es seiner Frau beibringen könnte, denn sie wollte Kinder haben, und er musste sie ständig hinhalten, während der Wolf in ihm sie einfach nur töten wollte, um die Sache hinter sich zu bringen.

Die Staatsanwältin rannte gerade durch den Wald am Huronsee, den Ehemann dicht auf den Fersen, als für Werbung unterbrochen wurde. Louise stand auf, streckte sich und rieb sich den Magen. Der Film fiel auseinander, und sie spürte förmlich, wie Tausende von Menschen im Mittleren Westen aufstanden, um ihn aus dem Kopf zu kriegen. Sie drehte den Ton ab, hörte ein Geräusch und ging zum Fenster.

Sie legte die Hände um die Augen. Vier oder fünf Leute kamen die Straße herauf. Zuerst dachte sie, das seien noch einmal Halloween-Kinder, denn sie sah die gelben Gesichtszüge eines Kürbiskopfes auf und nieder tanzen. Aber die Gestalten waren zu groß für Kinder, und keiner kam an ihre Tür. Sie gingen weiter die Einfahrt hinauf, eine Gruppe Schatten, und latschten dann in den Hof der Farm. Da würde vielleicht etwas zu finden sein. Sie waren gekommen, um einen Heuwagen herauszuzerren, oder einen Schuppen umzuwerfen, oder etwas von dem Platz verschwinden zu lassen, an den es gehörte. Bestimmt stand ein Auto auf der Straße, in das sie springen konnten. Louise schnalzte mit den Fingern, und der weiße Hund kam mit einer roten Plastikblume im Maul aus der Küche. »Gib Louise schön die Blume«, sagte Louise und nahm sie ihm weg. Dann machte sie die Tür auf und schob den Hund auf die Stufen hinaus. »Los – wir wollen stolz auf dich sein«, sagte sie.

Fünf

Tiny Darling wohnte noch immer bei seinem Bruder Jerry Tate in Pringmar. Das lief besser, als man hätte denken mögen. Jerry, der bei der Post in Morrisville arbeitete, gefiel es gut, seinen Bruder um sich zu haben. Ihm gefiel Tinys Sinn für Humor und auch die Tatsache, dass Tiny überzeugt war, alle und jeder seien darauf aus, ihn und seinesgleichen fertigzumachen – obwohl es, wenn man sich umsah, gar nicht so einfach war, jemanden seinesgleichen zu finden. Er war ein Anwalt der Arbeiterklasse und sagte Sätze wie »Der arbeitende Mann ist derjenige, der sein ganzes Leben lang jeden Morgen einen Dampfhammer in die Fresse kriegt«, doch beschäftigte er selbst sich kaum je mit legaler Arbeit. Er verstand sich darauf, einfache Klempnerarbeiten durchzuführen, und wenn es darum ging, einen Waschbären von einem Dachboden zu vertreiben, galt er als Meister. Er trank viel und legte es manchmal geradezu darauf an, dabei das Bewusstsein zu verlieren. Nicht lange, nachdem Louise sich von ihm hatte scheiden lassen, kam er eines Abends zu Francine Minor ins Haus und schlief an der Arbeitsplatte in ihrer Küche ein, mit einem Laib Brot als Kopfkissen.

Er wäre lieber verheiratet geblieben, denn seit er Louise nicht mehr hatte, gab es niemanden, dem er genügend Achtung entgegenbrachte, um seine Ideen vor ihm auszubreiten. Aber er kam einigermaßen damit zurecht, geschieden zu sein. Erst als er hörte, dass Louise und Dan zusammengezogen seien, beschloss er, die Gegend zu verlassen. Erst jetzt ging ihm allmählich auf, dass er es nicht würde ertragen können, hier zu bleiben und das alles mit anzuschauen. Jerry fand diese Einstellung nicht sehr ergiebig. Grafton und Pringmar lägen doch fast 20 Kilometer auseinander, und die Lebensbezirke der beiden Städte überlappten sich kaum. Aber Tiny blieb stur, und Jerrys Argumente berührten ihn nicht. »Wenn man stiehlt, dann ist man quasi selbständig«, sagte Tiny. »Man findet überall Arbeit.«

Er zog im November los, zu einer Zeit, als sich das Wetter in Pringmar durch eine Mischung aus Wind und Graupelschauern auszeichnete, die man vor Ort als »Spucken« bezeichnete. Tiny setzte sich in sein Auto, dessen Windschutzscheibe von den gelben Blättern einer Esche völlig bedeckt war. Jerry, ein schwerer Mann in einem purpurroten Rollkragenpullover und einer Daunenweste, holte einen Besen und kehrte die Blätter weg.

»Noch ist es nicht zu spät, deine Meinung zu ändern«, sagte er. »Es gibt überhaupt keinen Grund dafür, dass du wegrennst. Du bist geschieden? Das tut mir leid für dich. Eine Menge Leute sind geschieden. Die Statistik ist erschreckend. Ich weiß wirklich nicht, was dich daran so stört.«

»Ist dir klar, dass ich neununddreißig Jahre alt bin?«, fragte Tiny. »Und ich habe noch nie den Grand Canyon gesehen. Ich habe noch nie die vier Präsidentengesichter gesehen. Die Welt geht an mir vorüber.«

»Du warst doch schon in Las Vegas«, sagte Jerry.

»Ich spreche jetzt von den Wundern der Natur«, sagte Tiny. »Schau dich doch mal um, Jerry. Sag mir, was du siehst.«

»Dein Auto, mein Auto und mein Haus«, sagte Jerry.

»Alles ist umgepflügt. Alles, was nicht niet- und nagelfest ist, wird umgepflügt. Wo ist das großartige wilde Land geblieben? Das möchte ich wiederfinden.«

»Du sprichst von etwas, das es nie gegeben hat.«

»Also dann tschüss.«

»Und was ist mit deiner Anklage? Du hast demnächst einen Gerichtstermin.«

»So ein Pech, den werde ich wohl verpassen«, sagte Tiny.

»Du kannst vor deinen Problemen nicht davonlaufen«, sagte Jerry.

»Dieser Art von Logik habe ich noch nie folgen können«, sagte Tiny. »Nehmen wir einmal an, die Probleme sind an Punkt A und ich steige ins Auto und fahre zu Punkt B. Kannst du mir folgen? Die Probleme hier, ich dort. Was habe ich damit auf die einfachste Weise erreicht?«

Jerry trug den Besen zum Haus zurück und legte ihn auf die Stufen. »Was soll ich der Polizei sagen?«, fragte er.

»Sag, dass ich nach Owatonna gefahren bin. Dass das das Letzte ist, was du von mir gehört hast.«

»Ich soll also lügen.«

»Wenn's der Sheriff ist, dann sag ihm, Louise mag ihren Toast so hell, dass man fast noch gar nicht von Toast sprechen kann.«

»Ha, ha, sehr witzig«, sagte Jerry.

»Also dann.«

»Lebt June Montrose nicht in Colorado?«, fragte Jerry.

Tiny war einst in beide Montrose-Schwestern verliebt gewesen, hatte sich dann aber auf Louise konzentriert, nachdem June in die Army eingetreten und nach Deutschland gegangen war.

»Tja, vielleicht kreuzen sich unsere Wege«, sagte er.

»Das wäre ein bezauberndes gesellschaftliches Ereignis«, sagte Jerry.

»Also dann tschüss.«

»Tschüss«, sagte Jerry. »Du solltest wenigstens noch einen Stopp einlegen und Mom besuchen, bevor du fährst.«

»Wohl kaum«, sagte Tiny.

Ihre Mutter hieß Colette Sandover und wohnte in Boris. Sie hatte drei Ehen hinter sich, aus denen je ein Kind hervorgegangen war und die alle mit dem Tod des Ehemanns geendet hatten.

Aus diesem Grund wurde sie manchmal »Killem« statt Colette genannt. Sie hatte ihr Leben lang rote Haare gehabt, aber dann war sie eines Tages mit schneeweißem Haar aufgewacht. In Boris hielten die Kinder sie für eine Hexe. Diesen Eindruck unterstützte sie selbst, indem sie Verwünschungen ausstieß oder in ihrem Garten umherging und rief: »Oh Luzifer, erscheine, oh Luzifer.« Sie las die Zeitschrift *Test* und das *New England Journal of Medicine* und nahm jeden Tag Hustensaft, ob sie nun Husten hatte oder nicht. Mit ihrer Steuererklärung war sie immer so spät dran, dass selbst die städtischen Beamten sich um dieses Problem drückten. Tiny gab ihr unbewusst die Schuld an seinem Versagen. Er hatte von ihr die roten Haare geerbt, die ihn mit zunehmendem Alter so albern und bedeutungslos aussehen ließen, als hätte er eine Kindermütze auf.

Jerry Tate war der Älteste, dann kam Tiny Darling und dann Bebe Sandover. Bebe war die einzige, die es geschafft hatte, alles hinter sich zu lassen. Sie hatte ihren Abschluss an der Fachschule für Hotelmanagement in St. Louis gemacht und arbeitete jetzt in einem Hotel in San Francisco. Sie kam fast nie heim, und die Leute nahmen das als Beweis für ihren bemerkenswert gesunden Menschenverstand.

Tiny war angeklagt, das aufgebaute Arrangement gegen Vandalismus bei dem Tanzabend der Highschool demoliert zu haben. Wenn man die Anklageschrift las, klang es, als hätte er ganz Grafton mit bloßen Händen dem Erdboden gleichgemacht. Aber wenn man sie Schwarz auf Weiß vor sich hat, wirkt eigentlich jede Anklageschrift etwas unverhältnismäßig, und Tiny hatte ja tatsächlich einiges mit diesem kleinen Aufbau der Betriebswirtschaftsklasse angestellt. Allgemein war man der Ansicht, dass Dan und Tiny dabei im Grunde um die Liebe von Louise gekämpft hatten. Und bis zu einem gewissen Grad stimmte das auch. Andererseits sah es Tiny aber auch ähnlich, einen Tanzabend aufzumischen, um irgendeinen philosophischen Gedanken auszudrücken, den nur er kannte und der selbst ihm am nächsten Tag nicht mehr einleuchtete. Die Pflichtverteidigerin Bettina Sullivan überlegte, ob sie die Verteidigung auf dem Recht auf freie Meinungsäußerung aufbauen sollte, entschloss sich dann aber, lieber ins Feld zu führen, dass Tiny eine schwierige Kindheit gehabt habe. Sie bat ihn, sich ein paar Beispiele ins Gedächtnis zu rufen und für sie aufzuschreiben.

»Mein Stiefvater arbeitete bei der Sirupfabrik Rugg in Morrisville«, schrieb Tiny. »Damals, als Rugg die ganze Sache nach Süden verlegte und noch tatsächlich Melasse herstellte. Ich glaube, jetzt haben sie dort nur noch die Forschungsabteilung, denn der Geruch nach Melasse ist fast vollständig verschwunden. Eines Tages bestellten sie meinen Stiefvater ins Büro und feuerten ihn. Er war elf Jahre lang bei Rugg gewesen und war deshalb über diesen Ausgang sehr enttäuscht. Er war keiner, der Trübsal bläst, also jagte er viel, sobald er entlassen war. Er ging die Bahnlinie entlang und rauchte eine Zigarette und am Spätnachmittag kam er dann wieder heim. Er hat immer etwas geschossen, egal ob es Kaninchen, Fasan, Opossum, Eichhörnchen usw. war. An einem Winternachmittag saßen meine Schwester Bebe und ich vor dem Fernseher, als mein Stiefvater nach Hause kam und zu uns sagte, wir sollen nach draußen kommen. Er hatte zwei Eichhörnchen geschossen und sie auf die Kühlerhaube seines Autos gesetzt mit dem Rücken gegen die Windschutzscheibe, und er hatte zwei Zigaretten angezündet und sie den Eichhörnchen ins Maul gesteckt. Er fragte uns, ob wir schon je ein Tier haben rauchen sehen und wir sagten nein. Es kam Rauch aus den Zigaretten, was bis heute ein Rätsel ist. Dann ging er zu den Eichhörnchen hin und tat so, als würde er sich mit ihnen unterhalten und er brachte verschiedene Argumente, warum er nicht aus seinem Job hätte fliegen sollen. Ich kapierte das alles, aber meine Schwester Bebe nicht, und sie fing an zu weinen. Ich sagte zu Bebe, dass er nur ein Spiel spielt. Sie hat es trotzdem nicht verstanden und hat weiter geweint und ist dann ins Haus gerannt.«

Bettina Sullivan mochte das gelesen haben, jedenfalls erwähnte sie nie wieder etwas von einer Verteidigung aufgrund einer schlimmen Kindheit. Sie sagte, sie wolle vielleicht das Strafmaß aushandeln. »Was heißt das, wenn ich diesen Ausdruck ›das Strafmaß aushandeln‹ gebrauche? Denken Sie da an einen Handel in einem Laden. Das ist ähnlich und doch ganz anders …«

Es machte ihr vermutlich nicht besonders viel aus, dass Tiny die Stadt verlassen hatte, sie war wohl eher erleichtert. Sie arbeitete in drei Bezirken als Pflichtverteidigerin, und jedes Mal, wenn Tiny sie sah, musste er ihr wieder ins Gedächtnis rufen, welche Klage gegen ihn lief, wodurch seine Schuld, wie ihm schien, immer düsterer hervorgehoben wurde. Sie war sehr beschäftigt und arbeitete zusätzlich auch noch als Jugendfußballtrainerin, was Tiny nur deshalb wusste, weil er einmal die Spielregeln für Fußball in ihrer Aktentasche gefunden hatte.

Tiny fuhr nach Süden und Westen, durchquerte sieben Bezirke und war bei Einbruch der Dunkelheit auf der A 80 unterwegs. Sein Auto war ziemlich demoliert, sah aber ganz malerisch aus – ein Pontiac Parisienne, metallicgrün, mit Alufelgen und verchromtem, tiefergelegtem Auspuff. Die Klimaanlage funktionierte nicht, aber bei der Geschwindigkeit, mit der man auf der Autobahn fuhr, drang ohnehin Luft durch jede Ritze des Wagens herein. Die Scheibenwischer dagegen gingen, und manchmal gingen sie sogar von allein an, als hätten sie einen leichten Beschlag entdeckt, den Tiny selbst gar nicht wahrnahm. Auf der linken Seite der Windschutzscheibe hatte sich ein Riss im Glas verzweigt, der wie ein Baum ohne Blätter aussah.

Es war kalt in dem schnell fahrenden Auto, und das erinnerte Tiny an den Abend vor ungefähr einem Jahr, als Louise ihn aufgefordert hatte, die alte Farm zu verlassen. Ihr Auto hatte den Geist aufgegeben, und sie war über zwei Kilometer zu Fuß nach Hause gelaufen, bei einer Temperatur von 15 Grad minus. Als sie hereinkam, versuchte Tiny gerade, einen glänzenden Kerosinheizkörper zusammenzubauen, den er im Stone City Cashway hatte mitgehen lassen. Ganz ohne Zweifel versäumte er in diesem Moment zu bemerken, wie kalt ihre Hände und Füße waren. Sie schaltete die Backröhre des Herdes ein und setzte sich davor auf den Boden. Sie zog Schuhe und Socken aus, machte die Backofentür auf und rieb sich in der heißen Luft die Zehen. Dabei weinte sie leise. Es stellte sich heraus, dass sie Erfrierungen ersten Grades davongetragen hatte, und die Schmerzen kamen davon, dass das Gewebe jetzt neu durchblutet wurde.

»Willst du ein Taschentuch?«, fragte Tiny.

»Ich will die Trennung«, sagte sie.

Jetzt auf der Fahrt fand Tiny einen Sender, auf dem ein Prediger seine eigene Bibelübersetzung vorlas. Er hieß Pater Zene Hebert und hatte eine tiefe Stimme, mit der er, sobald er »sss« oder »ch« aussprach, starke Störgeräusche im Radio verursachte. Pater Hebert war der Ansicht, dass wir gerade die letzten Minuten unseres fröhlichen Daseins auf Erden durchlebten. Tiny beugte sich vor und knetete das Lenkrad. So etwas fand er immer aufregend. Hebert sagte, das Römische Reich stelle das Abendessen dar, und die ewige Uhr stehe jetzt auf Mitternacht.

In einer dunklen Kneipe in Plain Park in Nebraska sah sich Tiny im Fernsehen ein Hockeyspiel an. Er saß an der Bar und trank Schnaps und Bier. Das Hockeyspiel wurde von irgendwoher direkt übertragen, und hier in diesem Lokal, das gleich schließen würde, kam es ihm wie ein Wunder an Licht und Bewegung vor. Es waren drei weitere Leute in der Bar: ein Barmann, eine Kellnerin und ein kleiner Mann, der ein Taschenbuch von Robert Heinlein las. Die Kellnerin hatte ihre Arbeit beendet, saß an einem leeren Tisch und aß Spaghetti. Sie hatte braune Haare. Von Weitem hätte man sie für Louise halten können.

Tiny ging zu ihr hinüber und setzte sich. »Hätten Sie nicht Lust, mit mir ein bisschen in der Gegend herumzufahren und sich meine Kassetten anzuhören?«, fragte er. »Ich habe Bad Company, Paul Simon, Ten Years After und noch eine ganze Menge andere Sachen unter dem Sitz.«

Sie zeigte ihm ihren Handrücken. »Sehen Sie das?«, fragte sie. »Das ist eine Perle. Die bedeutet, man hat sich die Verlobung versprochen. Ist aber witzig, dass Sie ausgerechnet Paul Simon erwähnen. Mein Freund heißt Ron Schultz und spielt in der Band *Vodka River*. Ich bin also durch eine Perle mit Ron Schultz verbunden. *Vodka River* spielen überall hier in der Gegend, und ein Song, den sie spielen, ist ›The Boxer‹.«

»Müsste ich eigentlich kennen«, sagte Tiny

»Das ist der Song mit diesem ›lay-la-lay‹«, sagte die Frau.

»Ach ja, klar«, sagte Tiny, der keine Ahnung hatte, was sie meinte. Er zog einen kleinen schwarzen Kamm heraus und fuhr sich damit durch die Haare. Mit der freien Hand folgte er glättend dem Kamm. »Sie sind echt eine Frau nach meinem Geschmack«, sagte er.

»Das ist Pech, weil, wie gesagt, ich habe eine Perle am Finger«, sagte die Kellnerin. »Aber es schmeichelt mir, und was ich wirklich für Sie tun könnte, ich könnte Ihnen eine freie Eintrittskarte verschaffen, zu dem Auftritt von *Vodka River* morgen Abend im *Club Car.*«

»Ich bin aber heute Abend hier«, sagte Tiny. Er griff nach ihrer Hand.

Sie zog ihre Hand weg. »Das ist Pech, weil, *Vodka River* ist zu einer der zehn besten Coverbands in Ost-Nebraska ernannt worden. Sie könnten auch jetzt noch in den *Club Car* gehen, aber ich fürchte, sie hören gerade auf. Ron spielt Schlagzeug. Er ist der Leadsänger bei ›Please Come to Boston‹ und bei ›I Shot the

Sheriff‹. So, tut mir leid, aber ich muss wieder an die Arbeit. Wenn man eine Perle am Finger hat, dann ist das zwar nicht das Gleiche wie verlobt sein, aber ich werde das, was ich mit Ron habe, nicht aufs Spiel setzen.« Sie wischte sich die Lippen mit der Serviette ab und stand auf. »Sie können mein Knoblauchbrot haben, wenn Sie mögen.«

»Danke«, sagte Tiny.

Die Lichter gingen an. Die Kellnerin trug ihr Geschirr in die Küche, und der Mann mit dem Buch von Heinlein kam an den Tisch und setzte sich. Er war bleich, hatte strähnige Haare und trug ein T-Shirt vom *Märchengarten* in Wisconsin. Er hieß Mike und behauptete, er sei zuständig für die Verbreitung eines Selbsthilfeprogramms namens Luna-Rhythmus hier in der Gegend. Tiny überlegte, ob Mike wohl jeden Fremden ansprach oder nur diejenigen, die aussahen, als hätten sie ein Selbsthilfeprogramm nötig.

»Ich fang jetzt einen Satz an, und Sie führen ihn zu Ende«, sagte Mike. »›Ich möchte mich ja nicht beklagen, aber …‹«

»Ich bekomme manchmal Kopfweh.«

»Gut. ›Wenn ich etwas an mir ändern könnte …‹«

»Dann würde ich es machen.«

»›Ich wäre gern ein Adler, mit …‹«

» ›Mit‹? Was meinen Sie denn damit?«

»Es gibt keine richtigen oder falschen Antworten. ›Ich wäre gern ein Adler, mit …‹«

»Tödlichen Krallen.«

»Selbstverständlich. ›Tödlichen Krallen‹ ist gut. Warum nicht … ›Ich halte mich nicht für einen Verlierer, und doch …‹«

»Verliere ich manchmal Sachen.«

»Na sehen Sie, das war doch ganz einfach«, sagte Mike. »Aus Ihren Antworten kann man ersehen, dass das Programm Luna-Rhythmus für Sie von großem Nutzen wäre. Ich will damit sagen, es ist natürlich für jeden von Nutzen, aber für Sie ganz besonders.

Sie sind dafür ›prädestiniert‹, wie wir das nennen. Es geht bei diesem Programm um eine Selbsthypnose, die nach dem dreizehnmonatigen Kalender der Sumerer durchgeführt wird. Warum dreizehn Monate? Macht das nicht alles unnötig kompliziert? Nein, überhaupt nicht, und ich sag Ihnen auch gleich, warum –«

»Hör auf damit, Mike«, sagte die Kellnerin, während sie den Reißverschluss einer schwarzroten Jacke mit der Aufschrift »Plain Park Trojans« zuzog. »Hast du ihm schon gesagt, dass es 600 Dollar kostet? Das stimmt nämlich, diese lausigen Karteikarten kosten 600 Dollar.«

»Tja, das ist deine Meinung, Brenda«, sagte Mike.

»Ich habe keine 600 Dollar«, sagte Tiny.

Mike ließ die Stirn in die Hände sinken. »Ach, da gibt es doch einen Finanzierungsplan«, sagte er. »Aber vielen Dank, Brenda. Vielen Dank, dass du alles kaputtgemacht hast. Ich weiß wirklich nicht, was ich verbrochen habe, um so eine Schwester zu haben. Es muss etwas richtig Schlimmes gewesen sein.«

»Ach was, das Ganze ist einfach nur dumm«, sagte Brenda. Sie zündete sich eine Zigarette an und gab Mike auch eine. »Sei mal ehrlich, Michael. Diesen Leuten vom Luna-Rhythmus bist du doch piepegal. Du bist nur ein Bauer in ihrem Schachspiel. Du musst dir einen richtigen Job suchen. Das hab ich dir schon hundertmal gesagt, Mama hat es dir gesagt, Daddy hat es dir gesagt. Wir haben es dir alle schon so oft gesagt, dass es uns zum Hals heraushängt.«

Tiny rief von einem Telefon im Flur neben den Toiletten Louise an. Es ging niemand ans Telefon, deshalb rief er beim Sheriff an. Dan Norman akzeptierte den Anruf als R-Gespräch, was Tiny überraschte.

»Geben Sie mir Louise.«

»Louise schläft schon«, sagte Dan Norman. »Sie sollten lieber zu einer vernünftigen Zeit anrufen. Und lassen Sie mich Ihnen einen guten Rat geben. Moment. Da ist sie.«

»Ja? Was gibt's, Tiny?«

»Geben Sie mir Louise.«

»Ich bin doch Louise.«

»Louise?«

»Jaha!«

»Vergiss nicht die gute Seite.«

»Mach ich nicht. Tschüss.«

»Die gute Seite, die lustigen Zeiten.«

»Ich werd's versuchen. Also dann tschüss.«

Tiny wechselte das Telefon zum anderen Ohr. »Weißt du noch damals, wie wir in diesem komischen Paddelboot über den See gefahren sind? Weißt du noch, dass du gedacht hast, wir würden über das Wehr hinuntersausen? Du hast so gelacht! Du musst zugeben, dass du gelacht hast, als wir damals auf dem See waren.«

»Kann schon sein, Tiny. Ich kann mich nicht an jeden Augenblick in meinem Leben erinnern, und ob ich da gelacht habe oder nicht. Wenn du es sagst, wird's schon so gewesen sein.«

»Dann ist eins von den Paddeln kaputtgegangen. Das war eine Katastrophe.«

»Tiny, ich muss morgen früh raus.«

»Ich fahre übrigens zu June.«

»Wozu denn das?«

»Ich bin schon in Nebraska.«

»Lass doch June in Ruhe, um Himmels willen. June ist verheiratet. Die wollen dich nicht sehen.«

»Ach ja, könntest du mir ihre Telefonnummer geben?«

»Du machst dich vor ihnen zum Narren.«

»Das würde dich doch nur freuen.«

»Ich leg jetzt auf.«

»Wie ist das denn, mit einem Roboter zu ficken? Braucht er viel Öl?« Aber sie hatte schon aufgelegt.

Der Parkplatz war taghell. Ein Mann mit einem zuckenden

Augenlid saß auf dem Rücksitz eines Van mit offenen Türen. »Sie sehen aus, als könnte Ihnen eine Tasse Kaffee für die Weiterfahrt nicht schaden«, sagte er. »Oder noch besser, wie wär's mit hundert Tassen Kaffee? Oder tausend?«

Tiny kaufte ihm etwas Speed ab und fuhr mit seinem Parisienne wieder auf die Autobahn zurück. Sein Ärger ließ nach und ein biochemisch erzeugter Gleichmut breitete sich aus. Als er zum Beispiel im Rückspiegel entdeckte, dass hinter ihm achtzehn oder zwanzig Lastwagen kamen, ließ ihn das völlig kalt, und er sagte nur: »Da kommen die Brummis.«

Die Lastwagen fuhren an dem Parisienne vorbei wie große Schiffe im Wasser. Viele Trucker, die auf der A 80 unterwegs sind, setzen ihren ganzen Stolz in ihre Fahrzeugbeleuchtung. Ketten von gelben und blauen Lämpchen schmücken die Anhänger, als würde drinnen ein Square Dance stattfinden. Und die Fahrerkabinen sehen aus wie Kassenhäuschen, die mit orangeroten Perlen behängt sind. Sogar die Schmutzfänger sind manchmal elektrisch beleuchtet. An einer leichten Steigung wurde die Autobahn ein Stück weit um eine Kriechspur erweitert, und jetzt überholten die Lastwagen Tiny auf beiden Seiten, und er fühlte sich, als würde er durch eine Schlucht aus lauter Licht fahren. Das dauerte aber nicht lange. Die Helligkeit verging und verschwand wie ein Blinksignal, und Tiny war allein auf der Strecke. Dann sagte ein erster Anrufer im Radio, dass Pater Zene Hebert ein Betrüger sei. Hebert sei nicht zum Priester geweiht und würde eine alttestamentarische Schriftrolle nicht einmal dann erkennen, wenn man sie ihm um die Ohren haute. Sein wahrer Name sei Herbert Bland oder Herbert Grand. In Florida liege eine Anklage gegen ihn vor. In der Nähe einer Brücke flackerte eine Lampe auf und ging aus, als Tiny vorbeifuhr. So etwas passierte seit Jahren immer wieder, und Tiny fragte sich, ob nicht vielleicht irgendetwas in seiner Biochemie Lichter zum Erlöschen bringe.

Am nächsten Morgen gab sein Auto den Geist auf. In gewissem Sinn war das ein Glück, denn Tiny nickte immer wieder ein; er hatte einen Straßenkoller. Seit vielen Kilometern verschmolzen die Dinge vor seiner Windschutzscheibe – Autos, Brücken, Bachdurchleitungen, Farmen, Zäune, Kilometersteine – zu dem Bild eines Gesichts. Dass da draußen alles so reglos wirkte, machte ihm Angst. Es bedeutete, dass seine Augen keine Bewegungen mehr wahrnahmen. Es bedeutete, dass er am Einschlafen war.

Er versuchte auf verschiedene Weise, sich wach zu halten. Er kurbelte die Fenster herunter, er rauchte, er verließ die Autobahn, in der Hoffnung, dass ihn Gräben, Kreuzungen und einspurige Fahrbahnen dazu zwingen würden, wach zu bleiben. Aber die Bundesstraße war leer, und das Gesicht kehrte wieder. Er versuchte, die Songs im Radio mitzusingen, doch ihm fielen die Worte nicht ein. Dann verstummte das Radio. Tiny knipste die Deckenleuchte an, und der Motor ging aus. Es lag also an der Elektrik.

Gleich darauf rollte der Parisienne aus und blieb stehen, weil die Lichtmaschine im Eimer war. Tiny baute die Batterie aus und machte sich auf den Weg. Wenn ein Auto vorbeifuhr, was nicht oft geschah, drehte er sich um und streckte die Hand mit erhobenem Daumen aus. Er trug die Batterie unter dem Arm, und das erinnerte ihn an die schönen Zeiten, als er mit seiner Brotzeitdose in die Schule gegangen war oder den anderen Kindern ihre Brotzeitdose abgejagt hatte. Er sah die Kühe an, und die sahen ihn an. Er überlegte, ob er es hinkriegen würde, einen Camaro zurückzubekommen, der inzwischen auf einen Pfosten montiert war, als Werbung für einen Autohändler in Euclid. Nebraska kam ihm flach und irgendwie bekannt vor. Am Straßenrand fand er einen einzelnen abgetragenen weißen Ballettschuh, den er längere Zeit in den Händen hin und her drehte. Schließlich hielt ein alter Pickup an. Er war rot und hatte eine Schlafkabine auf der Ladefläche, zahlreiche Dellen und am Heck Aufkleber von den Everglades, den Keys, den Falls und den Dells.

Die Fahrerin war eine sonnenverbrannte, übergewichtige Frau namens Marie Person. Sie war über Sechzig und fuhr vornübergebeugt, die Unterarme um das Lenkrad geschlungen, die Schultern in ihrer rotweiß karierten Bluse leicht schaukelnd. Marie gehörte zu jenen exzentrischen Menschen, wie sie oft auf den einsamen Fernstraßen besonders langweiliger Bundesstaaten unterwegs sind, fast als hätten die Tourismusunternehmen sie angeheuert, um die Eindrücke der Reisenden ein bisschen zu beleben. Diese Menschen haben manches gemeinsam: Sie besitzen zum Beispiel oft ein Patent, oder sie haben eins beantragt, das ihnen aber von Rechtsanwälten verweigert wird, oder sie haben einen anderen Grund, häufig mit Washington, D.C., zu korrespondieren. Manchmal liegen die gestempelten und adressierten Briefumschläge neben ihnen auf dem Beifahrersitz ausgebreitet, der normalerweise eine mit dem Fahrersitz verbundene Sitzbank ist und kein Einzelsitz. Sie fahren gewöhnlich mittags oder spätabends. Sie überwinden irrsinnige Entfernungen aus nebulösen Gründen, die oft etwas mit Tieren zu tun haben. Sie brauchen einen Impfstoff für das Pony Skip oder ein spezielles Futter für den Kater Rufus, damit er wieder Wasser lassen kann. Sie wollen sich in Elko ein Kalb namens »Traumweber« oder »Sohn von Helens Song« ansehen. In jedem der Diner mit den niedrigen Dächern entlang der Strecke kennen sie jeden, aber sie selbst kennt offenbar niemand. Warum das so ist, versuchen sie zu erklären, indem sie minutiös schildern, wie sie sich einmal gegen alle haben stellen müssen und dadurch alle gegen sich aufgebracht haben – was aber letzten Endes das einzig Verantwortungsvolle gewesen sei. Ihre Nachnamen klingen anders als jeder geläufige Nachname.

Tiny fühlte sich bei Marie Person wohl. Sie war rundlich und umgänglich. Auf dem Boden ihres Trucks rollten Weintrauben hin und her. Ihre Geschichte war interessant, erforderte aber nicht allzu viel Aufmerksamkeit. Sie habe als Hebamme im Nordwesten der Staaten angefangen und dort auch das Fliegen gelernt. Von der Zeitschrift *Look* sei einmal ein Mann gekommen, um eine Reportage über sie zu machen, aber der habe sich auf dem Eis das Bein gebrochen und sei wieder abgereist, und obwohl sie mehrmals dort angerufen habe, sei niemand mehr gekommen. Ihr Ehemann, der ihr das Fliegen beigebracht hatte, sei mit seiner Maschine abgestürzt und gestorben. Oder vielleicht starb auch der Mann von *Look* bei dem Absturz. Tiny hörte nicht so genau zu. Jedenfalls sei Marie dann hierher gezogen und habe mit einem Rechtsanwalt, der Kenneth Strong hieß, elf Kinder bekommen. Sie klappte beide Sonnenblenden herunter, um Aufnahmen von ihren Kindern in der Schule zu zeigen. Sie nannte ihre Namen, die schienen sich aber zu wiederholen. Die Fotos waren alt, die Farben stimmten nicht mehr.

»Haben Sie Kinder, junger Mann?«, fragte sie.

Tiny schüttelte den Kopf. »Wir sind vor ein paar Jahren mal zum Arzt gegangen. Anscheinend war mit meinem Sperma etwas nicht in Ordnung.«

»Oh«, sagte Marie. »Worauf bauen Sie denn dann Ihre Ehe auf?«

»Auf gar nichts«, sagte Tiny. »Wir sind geschieden.«

»Das tut mir aber leid«, sagte Marie und tätschelte ihm die Hand.

»Erzählen Sie das mal dem Sheriff«, sagte Tiny

»Warum das denn?«, fragte Marie.

»Sie lebt mit ihm zusammen.«

»Das ist bestimmt sehr schmerzlich für Sie.«

»Ich kann Ihnen genau sagen, wann alles in die Brüche ging«, fuhr Tiny fort. »Ich habe einmal zu ihr gesagt, dass neun von zehn Männern deswegen Polizisten geworden sind, weil sie Angst haben, dass sie eine Frau im Bett nicht befriedigen können. Und sie: ›Wo hast du denn das her?‹ Also, es war ganz offensichtlich. Deswegen bin ich los und hab mich zugesoffen, und wie ich heimkomme, schläft sie. ›Wach auf‹, sag ich. Weil, verstehen Sie, ich wollte mit ihr reden. Sie war diejenige, die nicht reden wollte. Ich wollte reden. Na jedenfalls, ich zieh so ein bisschen am Bettlaken, und anscheinend war ich doch ziemlich aufgeregt, weil, sie fällt doch glatt aus dem Bett. Das bedaure ich jetzt, das war nicht anständig.«

»Keine Dame mag einen gewalttätigen Mann«, sagte Marie.

Sie lud Tiny zu einem Imbiss bei Stuckey's ein, in der Nähe von Lesoka in Colorado. Sie reichte ihm eine Serviette und sagte: »Da haben Sie Ihre Serviette.« Hinterher zog sie eine Schachtel Winston heraus.

»Wenn man ein Kind will, muss man Folgendes machen«, sagte sie. »Man bringt zwei Tomatenpflanzen zur katholischen Kirche und besprengt sie mit Weihwasser. Dann pflanzt man sie da, wo es Regen und viel Sonnenschein gibt. Wenn an jeder Pflanze eine Tomate reif ist, macht man die beiden Tomaten derjenigen, die man liebt, zum Geschenk.«

»An solches Zeugs glaube ich nicht«, sagte Tiny.

Marie zuckte die Schultern. »Ja, ist ja vielleicht auch Blödsinn. Ich geh kurz auf die Toilette.«

Tiny aß auf und rauchte eine Zigarette. Dann rauchte er noch eine. Er genoss das Rauchen, denn er hatte keine Eile. Marie war weg. Er hatte sie wegfahren sehen. Er bedauerte nur, dass er seine Batterie nicht mit hereingebracht hatte.

Tiny ging zu Fuß weiter, bis er in Lesoka ankam, das wie »Jessika« betont wird; dort nahm er in einem schäbigen Hotel in der Nähe des Schienenstrangs ein Zimmer. In der Hotellobby gab es einen Automaten, in dem Lakritze in verstaubten Packungen längst vom Markt genommener Marken zu sehen war. Tiny legte sich auf ein schmales Bett mit dünner weißer Bettdecke. Er konnte nicht schlafen. Ein Zug fuhr vorbei. Tiny zählte die Katzenkopfsilhouetten an den Chessie-Waggons. Er drehte am Knopf des Radios neben dem Bett, bis er seinen Freund Pater Zene Hebert fand. Der Pater erklärte gerade, dass es den Menschen erlaubt sein werde, Kleidung in den Himmel mitzunehmen. »Der Bibelvers muss in Wirklichkeit nämlich heißen: ›Im Hause meines Vaters sind viele Wohnungen, und in jeder gibt es einen Schrank für deine Kleider.‹« Tiny schaltete das Radio aus. Er nahm ein Bad und ging auf die Straße hinunter.

An diesem Abend besuchte er sämtliche Bars an der Bahnhofstraße in Lesoka – die *Hintergasse*, den *Löwenzahn*, den *Goldenen Dorn*, *Katos Eck*. Er trank Scotch Whiskey, bis ihm die Augen glühten, bis ihm die Knie weich wurden, bis er sein Gesicht im Spiegel nur noch verschwommen sah. Er stolperte von einer Bar zur anderen, pinkelte in Eingänge und einmal auch gegen die Schmutzfänger eines Silverado-Pickup, auf denen »Yosemite Sam« stand. Er hatte den Eindruck, dass in Lesoka niemand tanzte, und so zerrte er Paare – jedenfalls vermutete er, dass es Paare waren – vor die jeweilige Jukebox und bewegte deren Arme und Beine gewaltsam zu den Klängen von Suzanne Vega, Sly and the Family Stone und Carol King. Mit seinen riesigen Fingern drückte er die Knöpfe seiner Wahl. Er renkte einem Mann namens Jim den Arm aus. Im Gegenzug wurde er in die Hintergasse hinter der *Hintergasse* geworfen.

Dort unterhielt er sich mit zwei Kriminellen, oder besser gesagt, mit zwei Jungs, die behaupteten, sie seien Kriminelle, der eine Autodieb und der andere Brandstifter. Tiny erzählte ihnen von June und Louise. Der Autodieb fand, er solle einfach bei June auftauchen und sehen, was sich tun ließe. Er sagte, June und ihr Mann seien bestimmt völlig offen gegenüber unerwartetem Besuch, weil es in Colorado ganz zwanglos zugehe und die Leute gerne feierten. Der Brandstifter schüttelte den Kopf und sagte, wenn er Tiny wäre, dann würde er lieber auf Nummer sicher gehen und vorher anrufen. Das leuchtete Tiny ein, aber als er das Telefon zu benutzen versuchte, konnte ihn die Dame vom Amt nicht verstehen und sagte mitfühlend und mit wohlklingender Stimme: »Es ist doch jetzt mitten in der Nacht, mein Herzchen. Gehen Sie nach Hause.«

Er ging die Schienen entlang zum Hotel zurück. Bei einer Unterführung drängten sich einige Jugendlichen um ein brennendes Fass. Es kam ihm so vor, als würden sie ihn erstaunt ansehen. Diese Begegnung schien irgendeine Handlung, irgendeine Geste notwendig zu machen. In der Jackentasche fand Tiny ein Stück Holz. Er ging zum Fass und warf das Holz in die Flammen. »Danke, Bruder«, sagten die Teenager. Tiny nickte feierlich, aber irgendetwas quälte ihn in Hinblick auf das Stück Holz, das er dem Feuer überantwortet hatte. Aber erst, als er im zweiten Stock des Hotels war, kam er darauf, dass an dem Holz sein Zimmerschlüssel gehangen hatte. Er trat die Tür ein, fiel mit dem Gesicht nach unten aufs Bett und sagte: »Müde bin ich, geh zur Ruh, schließe meine Augen zu, Vater lass die Augen dein über meinem Bettchen sein.« Und dann schlief er.

Sechs

Dan und Louise übernachteten eine Zeitlang mal hier, mal da, erst im Wohnmobil und dann auf der Farm. Aber durch all dieses Hin und Her sahen sie sich recht selten, und ihre Toilettenartikel waren nie dort, wo sie sie gerade brauchten. Deshalb besprachen sie sich, und Dan zog auf die Farm und verkaufte sein Wohnmobil für 19 000 Dollar an den Farmer Jan Johanson.

Das Wohnmobil stand genau an der Stelle, wo Grafton in Felder überging, und Jan beschloss, dieses Areal frei zu machen und umzupflügen. Da ihm alles Land ringsum gehörte, war das auch sinnvoll. Das Wohnmobil wollte er auf seine Farm bringen und als Agro-Geschäftsbüro benutzen. Viele Farmen hatten sich inzwischen in eine Richtung entwickelt, dass sie einen solchen Raum brauchten, mit Computer und Faxgerät und Aktenschränken – was ein Farmer früherer Zeiten als völlig überflüssigen Materialaufwand betrachtet hätte. Wie dem auch sein mochte, um ein Wohnmobil zu versetzen, waren ein Kran und ein Tieflader vonnöten, und an dem Samstag, an dem das stattfinden sollte, tauchten, von gelinder Neugier angezogen, mehrere Zuschauer auf.

Es fiel leichter Schnee, der sofort schmolz, wenn er den Boden berührte, so dass sich auf der harten schwarzen Erde der Felder keine Decke bildete. Die Luft war kalt und windstill. Louise und Dan saßen mit Henry Hamilton auf der Heckklappe von dessen Pickup. Henry rauchte eine Pfeife, die immer wieder ausging.

Das meiste war schon erledigt. Die Johansons arbeiteten äußerst effektiv. Das Wohnmobil war bereits von seinem Fundament gelöst und ruhte auf zwei Trägern, auf jeder Seite einem. Stahlkabel verbanden die Träger mit dem Haken des Krans, in dem Hans Cook saß. Der Motor des Krans lief und stieß hie und da eine Rauchwolke aus. Oben in der Kabine trank Hans Kaffee.

Später behauptete Henry immer, er habe vorausgesagt, dass etwas schiefgehen werde, was auch stimmte, doch was er vorausgesagt hatte, war etwas ganz anderes als das, was tatsächlich schiefging.

»Was glaubt ihr, was passieren wird, wenn die dieses Wohnmobil in die Höhe heben?«, fragte er.

»Die Erde wird sich auftun und die Stadt verschlingen«, mutmaßte Louise. Sie trug eine rote Steppweste und eine Cargill-Mütze.

»Ich wette mit euch um 50 Dollar, dass das Ding in der Mitte durchbricht«, erwiderte Henry.

»Sagen Sie das mal Jan«, sagte Dan.

Henry ging zu Jan hinüber und erläuterte ihm seinen Gedanken. Der hörte aufmerksam zu und sagte dann, er habe mit der Firma, die dieses Wohnmobil hergestellt hatte, erörtert, wie es am besten zu transportieren sei. Zwar sei die Firma inzwischen Pleite gegangen, doch habe er den ehemaligen Ingenieur ausfindig gemacht, der schon im Ruhestand sei und jetzt in Kalifornien lebe, und der habe das Problem sehr bereitwillig mit ihm durchgesprochen. Da Jan Johanson das sagte, war so eine Detektivarbeit durchaus glaubwürdig.

»Er hat mit jemand in Kalifornien gesprochen«, sagte Henry zu Louise und Dan.

Hans Cook nahm einen letzten Schluck Kaffee, goss den Rest auf den Boden, schraubte die Tasse auf seine Thermoskanne, stellte die Thermoskanne zu seinen Füßen ab und ergriff die Hebel, mit denen der Kran bedient wurde. Jan hob die Hand.

Hans brachte den Motor auf Touren, und als der Auspuff dröhnte und Dampf ausströmte, ging eine Welle der Erregung durch die kleine Ansammlung von Menschen. Der Kran röhrte und die Kabel strafften sich, bis sich das Wohnmobil hob, aber dann brach eine der Halterungen des einen Trägers, und der Träger schlug mit einem Klang wie eine Kirchenglocke auf den Hohlziegeln des Fundaments auf. Das Wohnmobil knallte berstend und splitternd zu Boden. Das alles geschah in einem einzigen Augenblick und ging so glatt vor sich, dass ein unwissender Beobachter hätte denken können, es sei so beabsichtigt gewesen. Zum Glück wurde niemand verletzt. Jan Johanson stand die ganze Zeit mit verschränkten Armen da, und als das Wohnmobil zum Stillstand kam, hatte er die Arme immer noch verschränkt, und er sagte: »Verdammte … Scheiße.«

Eine Krähe landete auf dem Feld, und der Schnee fiel.

»Ich glaub's nicht«, sagte Louise.

»Anscheinend macht man das so in Kalifornien«, sagte Henry.

Im Fenster des Krans sah man Hans den Kopf schütteln und sich Kaffee eingießen. Louise zog Dan an der Hüfte zu sich heran. »Da drin haben wir wunderschöne Stunden verbracht«, sagte sie.

Sie lebten den ganzen Winter zusammen, und im Frühling gaben sie ihre Verlobung bekannt. Viele fragten sich, was Louise an Dan finde. Dan hatte natürlich seine Verdienste. Er war vielleicht kein großer Verbrechensbekämpfer, aber er verhielt sich eigentlich in allen Situationen anständig, was man nicht von jedem Polizisten behaupten konnte. Er hatte graue Augen und ein melancholisches Lächeln. Er war immerhin so groß, dass er ein kleines bisschen größer war als sie. Die Frage bezog sich eher auf Louise, die sich unabhängig von der Stadt und ihren Geschäften einen gewissen Status erworben hatte. Sie pflegte zu sagen, was sie dachte, und schien sich vor niemandem zu fürchten, außer vielleicht vor Mary. Dass sie Tiny geheiratet hatte, lag vor allem daran, dass fast alle das für keine gute Idee gehalten hatten. War sie dieser Trotzhaltung jetzt also müde geworden? Hatte sie sich verändert? Wollte sie vielleicht gerne im Streifenwagen durch die Gegend fahren? Ein Ausdruck machte die Runde, um Louises Entscheidung zu erklären. Schwester Barbara Jones sagte ihn zu der Friseurin Lindsey Cole. »Sie ist zu sich gekommen«, sagte Barbara. »Man muss sie sich nur anschauen. Ich habe ihr neulich zugesehen, als sie nicht gemerkt hat, dass ich sie beobachte. Sie ist endlich zu sich gekommen.«

»Ihr Haar ist auch besser geworden«, sagte Lindsey Cole. »Es hat lauter so rötliche Glanzlichter. Würde mich freuen, wenn sie mal vorbeikommen würde. Ein bisschen Schneiden, eine kleine Dauerwelle. Die Leute kapieren überhaupt nicht, wie sehr die Haare von Gefühlen beeinflusst werden.«

Louise zog ein blaues Kleid mit weißen Tupfen an und ging zu Pastor Boren Matthews von der Trinity Baptist Church. Grafton schien immer nur zwei Sorten von religiösen Führern zu bekommen: die einfachen, guten Männer, die nicht das Geringste von der Stadt begriffen, und die schwermütigen, die die Ängste der Gläubigen eher verkörperten als beschwichtigten. Pastor Boren Matthews gehörte zur zweiten Kategorie. Er und Louise stiegen zu ihrem Gespräch in die Kuppel hinauf. Ein Gewehr mit 410er Kaliber lehnte in einer Ecke an der Wand.

»Wir haben immer wieder Ärger mit den Tauben«, sagte er. »Sie hausen im Glockenturm der Herz-Jesu-Kirche und kommen hier herüber, um ihr Geschäft zu verrichten. Ich habe schon mit Pater Wall gesprochen, aber der ist uns keine Hilfe. Ich weiß nicht, ob Sie sich mit dem Katholizismus auskennen, Louise. Aber es gibt in dieser Stadt ein paar Leute, die sich sehr seltsam benehmen.«

»Alle Religionen sind seltsam«, sagte Louise.

»Aber die Katholiken schießen den Vogel ab.«

»Das ist doch, wie wenn man einen unsichtbaren Freund hätte.«

»Sie dürfen sich Gott nicht nach menschlichen Begriffen vorstellen«, sagte Boren Matthews. »Manche Leute fühlen sich wohl mit dem Gedanken an eine höhere Macht.«

»Aber das ist, als würde man sich selbst aufgeben. Eine höhere Macht kann alles Mögliche sein. Sie könnte ein großer Briefbeschwerer sein.«

»Ein Briefbeschwerer ist keine höhere Macht.«

»Mir gefällt es, wenn es heißt, dass Gott ein eifersüchtiger Gott ist. Da kann man ihn sich so richtig vorstellen, wie er durch den Himmel stürmt und schreit: ›Also raus damit, wo warst du gestern Abend?‹«

»Eine interessante Vorstellung. Was führt Sie her?«

»Dan Norman und ich wollen heiraten, und ich habe meiner Mutter versprochen zu fragen, ob wir die Hochzeit in Ihrer Kirche halten können.«

»Das klingt etwas seltsam für jemanden, der sich Gott vielleicht als Briefbeschwerer vorstellt.«

»Na ja, das war doch nur so eine Idee.«

»Es hat Zeiten gegeben, und die sind auch noch gar nicht so lange her, da hätte ich gesagt, das können Sie vergessen. Aber jetzt geht man nicht mehr so wie früher in die Kirche, und offen gestanden können wir es uns gar nicht leisten, jemanden abzuweisen. Wissen Sie, wie viele Leute letzten Sonntag da waren?«

»Nein.«

»Raten Sie einfach mal.«

»Ich weiß es nicht.«

»Sie sollen ja auch raten.«

»Fünfzehn.«

»Sechs.«

»Mit Ihnen?«

»Nein. Mit mir waren es sieben.«

»Das ist nicht viel.«

Er schüttelte den Kopf und sah zum Fenster hinaus. »Ich fürchte, die Trinity Baptist Church in Grafton wird es nicht mehr lange geben. Wenn Sie daran denken, wie es in Pinville war. Und wie es in Lunenburg war. Das Schlimme ist, man wirft uns immer in einen Topf mit den Leuten drüben in Chesley. Und in Chesley verbieten sie Glücksspiel und Tanz. Wir hier sind aber sehr liberal. Wir nehmen in jeder Hinsicht eine Haltung des Laissez-faire ein. Wenn die Leute erst nach Chesley gehen müssen, das gibt bestimmt ein böses Erwachen.«

»Sind Sie im Mai noch da?«

»Oh, wahrscheinlich schon.«

»Denn uns schwebt der Mai vor.«

Pastor Matthews sprang auf und schlich zum Fenster. »Gscht!«, sagte er. Er nahm die Flinte in die Hand. Eine Taube flog vom Dach auf. »Trau dich bloß noch mal her«, sagte er. »Also, Mai ist in Ordnung.«

»Na wunderbar«, sagte Louise.

Der Geistliche schüttelte ihr die Hand. »Ich gratuliere, Louise«, sagte er. »Ich muss sagen, ich habe mich schon immer zu Ihnen hingezogen gefühlt, geistig und körperlich.«

Dann musste sie die Treppe hinuntergehen und Farina, die Ehefrau des Pfarrers, um ein Traubuch bitten. Farina war sehr liebenswürdig. Sie hatte dunkle Haare mit kleinen Wellen, die aussahen wie ein aufgedröseltes Seil. Oft saß sie am Abend allein auf den Stufen vor dem Pfarrhaus. Jetzt lief sie im ganzen Haus herum, um das Buch zu suchen. Sie fand es aber nirgends. Was sie stattdessen fand, war eine alte Fotografie. Darauf war eine lächelnde junge Frau zu sehen, die mit untergeschlagenen Beinen im sommerlichen Gras saß. Sie trug Lippenstift und hatte das Haar zur Seite gebürstet.

»Würden Sie glauben, dass ich das bin?«, fragte sie.

»Aber natürlich.«

»Das war am Rainy Lake in Minnesota. Wir sind jeden Sommer mit der ganzen Familie dorthin gefahren.«

Louise verließ das Pfarrhaus und blätterte das kleine Notizbuch durch, das sie zu führen begonnen hatte, um ihre Erledigungen durchzuorganisieren. Dann fuhr sie nach Stone City und traf sich mit Dan im Rotkreuz-Krankenhaus, wo sie sich beide für ihre Heiratserlaubnis Blut abnehmen lassen wollten. Sie setzten sich auf Plastikstühle mit heruntergeklappten Armlehnen. Eine Schwester trat ein, die sie nicht kannten, und wickelte jedem von ihnen einen Schlauch um den Arm. Louise hatte PBS-Junkies beobachtet, die genau denselben Stauschlauch benutzt hatten. Es kam eine Durchsage, und die Schwester verließ das Zimmer.

»Boren Matthews hat mich angemacht«, sagte Louise.

»Was soll das heißen, ›hat mich angemacht‹?«

»Er hat gesagt, er fühlt sich zu mir hingezogen.«

»Vielleicht hat er damit gemeint, dass er dich gern hat.«

»Er hat gesagt, geistig und körperlich hingezogen.«

»Das klingt ja wirklich nach Anmache.«

»Ich glaube, von seiner Pfarrgemeinde ist so gut wie nichts mehr übrig, und deswegen dreht er durch.«

»Möchtest du, dass ich mit ihm rede?«

»Nö. Weißt du was, mir tut der Arm allmählich weh. Ich kann mir nicht vorstellen, dass man so einen Druckverband anlassen muss, wenn man nicht blutet. Wo ist die Schwester bloß hin?«

Sie nahmen beide ihren Druckverband ab. Das Licht pochte in ihren Augen. »Das liegt an diesem Kleid«, sagte Dan. »Wenn du dieses Kleid anhast, würde sich sogar ein Heiliger zu dir hingezogen fühlen.«

»Ich hab mir doch immer schon gedacht, dass du ein Heiliger bist.«

»Das Kleid ist einfach sexy.«

»Dieses hier?«

»Ja.«

»Das war mir nicht klar.«

»Daran liegt es wahrscheinlich«, sagte Dan.

Die Schwester kam herein und nahm ihnen Blut ab. Es war etwas schmerzhaft. Louise hatte ein Bild vor Augen, wie die Ärzte anschließend im Labor das Blut der beiden vermischten und hofften, dass etwas dabei herauskam. Sie gingen anschließend ins Wartezimmer, wo Dan sich an ein Schreibpult stellte und Formulare ausfüllte, während Louise in ihr Notizbuch schrieb.

»Was hast du denn gerade geschrieben?«, fragte er, als sie gingen, und sie reichte ihm ein Blatt Papier, auf das sie viermal »Zeig mir, dass du mich liebst« geschrieben hatte.

»Mach ich«, sagte er.

Dan ging wieder zur Arbeit, und Louise fuhr in das Einkaufscenter südlich von Stone City. Sie kaufte sich ein Paar blassgelbe Schuhe für die Hochzeit. Sie drückten.

»Das muss so sein«, sagte der Verkäufer. »Wenn der Schuh jetzt nicht drückt, wäre er vermutlich die falsche Größe. Sie könnten natürlich auch Größe sieben nehmen. Aber ich garantiere Ihnen, Miss, mit Ihrem Fuß würden Sie in Größe sieben schwimmen.«

Louise bezahlte die Schuhe und ging. Sie folgte einer Mutter mit ihrer Tochter aus dem Laden und durch das Einkaufscenter. Das Mädchen, das ungefähr zwei Jahre alt war und eine Schuhschachtel trug, wurde geradezu magnetisch von allem angezogen, was zerbrechen oder fallen konnte. Die Mutter zerrte sie ständig von den Schaufenstern weg. In der Mitte der Einkaufsmeile stand ein steinerner Brunnen, und hier ruhten sich die beiden aus. Die Mutter las Zeitung, während die Tochter die Schuhschachtel aufmachte, ein Paar neue rote Schuhe herausnahm und sie ins Wasser warf.

Zu dieser Zeit hatten sich ein paar Zocker in Grafton niedergelassen. Es waren zwei Männer, die einen dunkelroten Chevrolet Impala fuhren und den ganzen Tag hinten im *Kalkeimer* herumsaßen. Sie behaupteten, aus Kanada zu sein, hatten von Kanada aber nur eine vage Vorstellung. Dan wusste etwas Belastendes über die beiden, hatte aber noch nichts unternommen. Louise kam es vor, als ob das bei Dan oft so wäre. Ein großer Teil seines Sheriffberufs, so wie er ihn auffasste, bestand in Abwarten.

Eines Tages hörte Louise zufällig das Telefongespräch eines der Spieler mit. Im *Kalkeimer* gab es zwar ein Münztelefon, aber die beiden Männer gingen gewöhnlich über die Hauptstraße zu der Telefonzelle neben der alten Bank. Darin war man zwar auch nicht gerade für sich allein – die Tür war vor Jahren entfernt worden, um die Jugendlichen davon abzuhalten, abends hineinzuschlüpfen und sich zu küssen –, aber es war immer noch besser, als neben der Jukebox zu stehen und sich von »Third Rate Romance« die Ohren volldröhnen zu lassen.

»Der Engel beißt, wenn er aggressiv wird«, sagte der Spieler gerade. »Doch, natürlich … das hab ich dir doch gesagt, Schätzchen. Du musst sie trennen … Ja, ich bleib dran, aber geh bitte jetzt gleich und trenn diese beiden Fische … Vielleicht in das Becken mit den Molly-Zahnkarpfen … Was sagst du? Alle? … Also, woran sind die denn jetzt eingegangen, Schätzchen? Mach ich nicht, ich mach dir nicht die geringsten Vorwürfe. Es wäre mir nur lieber, du würdest nicht gar so glücklich klingen, wenn meine Fische sterben … Pass mal auf, während ich dran bleibe, kannst du mir da mal Klaus geben? … Hi, Klaus. Hier ist dein Daddy. Hier ist dein alter Herr, Klaus … Hörst du mich? Bist du da? Ich hör dich doch atmen … Klaus? Hallo?«

Der Spieler trat aus der Telefonzelle. Für jemanden, der aus einem Chevrolet Impala lebte, war er recht elegant gekleidet. Er trug schwarze Hosen, ein gebügeltes blaues Hemd und eine Mütze mit der Aufschrift »New York Mets«, den Schirm nach hinten über seinen Pferdeschwanz gedreht. Seinen Namen schien niemand zu kennen, doch alle nannte ihn Larry Longhair.

»Sie heiraten demnächst«, sagte er zu Louise. »Ich hab Ihr Bild in der Zeitung gesehen. Ich wollte ein Geschenk für Sie besorgen, aber der Laden war zu. Jedenfalls schön für Sie. Die Ehe ist einer der Gründe, warum wir dieses doofe Spiel spielen. Hier, nehmen Sie 10 Dollar.«

»Oh, das ist wirklich nicht nötig«, sagte Louise.

»Oh, nehmen Sie's nur«, sagte er.

»Sie werden es für Ihr Spiel brauchen«, sagte Louise. »Sie und Ihr Kumpel.«

»Richie«, sagte der Spieler.

»So können Sie doch nicht auf Dauer leben.«

»Da haben Sie vielleicht recht«, sagte der Spieler. »Aber erst mal weiß ich eine gute Wette für das neunte Rennen in Ak-Sar-Ben. Wenn ich gleich anrufe, können Sie noch einsteigen. Ich setzte diese zehn, und Sie setzen zwanzig. Macht zusammen: dreißig Mäuse.«

»Tolles Hochzeitsgeschenk«, sagte Louise.

* * *

An einem Abend zwischen diesem Ereignis und der Hochzeit sah Louise, als sie von der Arbeit nach Hause kam, Sägemehl wie Schnee auf dem Fußboden des Schlafzimmers verteilt. Dan hatte ein altes Sprungfederbett vom Dachboden geholt und durch neue, sechs mal sechs Zentimeter starke Kanthölzer verlängert. Dann hatte er sechs Bretter gleichmäßig vom Kopf- bis zum Fußende auf diese Kanthölzer gelegt und Sperrholz auf den Brettern festgetackert. Die Matratze ruhte auf diesem Sperrholz, und das Bett wirkte ländlich, es duftete und war sehr hoch. Louise und Dan legten sich auf den Rücken und schoben sich darunter – es war, als wäre man im Keller eines Neubaus und würde zu den Dachsparren hinaufschauen.

»Das sollte uns aushalten«, sagte Louise.

Dan musste später noch mal weg und der Feuerwehr dabei behilflich sein, einen Schuppen auf der Farm von Lonnie Pratt niederzubrennen. Leute, die alte Gebäude loswerden wollten, stifteten diese manchmal der Feuerwehr zum Üben. Dan kehrte um halb elf zurück, duschte und kam mit einem Handtuch um den Kopf ins Schlafzimmer. »Am besten klappt es immer, wenn sie das Feuer selber legen«, sagte er.

Louise legte die Zeitschrift weg, in der sie gerade las. Sie genoss den erhöhten Blickpunkt von ihrem neuen Bett aus. »Steig rauf hier, dann können wir uns unterhalten.«

Die Frauen, die zur Kirchengemeinde der Trinity Baptist Church gehörten, veranstalteten für Louise in der Cafeteria der alten Schule eine Brautparty. Louise, Mary und Cheryl Jewell saßen am vordersten Tisch. Die anderen Frauen gingen feierlich in einer Reihe daran vorbei, legten ihre Päckchen nieder, setzten sich dann und sahen zu, wie Louise sie auspackte. Sie bekam einen Popcornröster, ein Vogelhäuschen, eine Teppichkehrmaschine, Schuhputzzeug und ein gerahmtes Gedicht über den Hartriegel. Sie bekam ein Herz aus Fischnetz, in dem man Geschenkbänder aufbewahren konnte. Inez Greathouse stand auf und betete für die Ehe. »Louise hat einen wunderbaren Namen«, sagte sie. »Denn wenn man zwei Buchstaben wegnimmt und die restlichen umordnet, bekommt man das Wort ›Soul‹. Die christliche Seele, das wissen wir alle, ist für den Himmel bestimmt; und zwei Seelen wie die von Louise und Dan, die sich Gottes Liebe anvertrauen, werden auf ihrem Lebensweg nie irre gehen. Oh ja, es wird Kämpfe geben, denn Kämpfe gibt es immer. Und es werden Zeiten kommen, wo Louise und Dan überzeugt sein werden, dass ihnen das Herz bricht. Das haben wir alle schon erlebt. Aber wenn sie sich ihren Glauben bewahren, wird ihnen das Herz nicht brechen, und das ist Gottes Versprechen für uns alle. Amen.« Nach dem Gebet tranken alle eine kleine Tasse bitteren Kaffee. Als das vorbei war, gingen Louise und Cheryl auf ein Bier in die Gastwirtschaft.

Cheryl Jewell war aus Kansas City nach Hause gekommen, um Brautjungfer zu sein. Ihre Anwesenheit in Grafton war umstritten. Sie war geschieden von Laszlo, ihrem Cousin dritten Grades, flirtete aber immer mit ihm, wenn sie in die Stadt kam. Laszlo jedoch hatte wieder geheiratet, eine Frau namens Jean. Auch besaßen Cheryl und Laszlo zusammen eine Tochter, Jocelyn, die jetzt bei Jean und Laszlo lebte. Und Cheryl war bei ihrer Tante Nan einquartiert, deren Haus genau neben dem von Jean und Laszlo an der Park Street lag. Alle diese Namen sollen nur erwähnt werden, um zu zeigen, wie heikel die Situation war. Nan Jewell war herrisch und eigensinnig, blieb in dieser Sache aber neutral, da sie Cheryl genauso wenig mochte wie Laszlo. Cheryl sah sexy aus mit ihren grauen, nach oben stehenden Zöpfchen. Sie war ständig an irgendeiner Uni und ständig mit irgendjemandem zusammen, der das gar nicht verdiente. Zurzeit studierte sie Botanik und hatte eine Beziehung mit einem Chemiker namens Walt.

»Jedes Mal, wenn wir uns lieben, rennt er davon«, sagte Cheryl.

»Weißt du, wer das auch so gemacht hat?«, sagte Louise und flüsterte einen Namen, den sie beide kannten.

»Ich meine, er rennt im wörtlichen Sinne davon«, sagte Cheryl. »Er zieht seine Tennisschuhe an, und schon ist er zur Tür hinaus. Er läuft bis zum Wasserreservoir hinauf, dann bis zum Friedhof hinunter und wieder zurück, insgesamt sieben oder acht Kilometer. Irgendwie sind mir diese Jogger suspekt. Das Bett ist noch warm, und schon höre ich seine Schuhsohlen auf dem Straßenpflaster. Ich glaube nicht, dass das normal ist. Und außerdem glaube ich, dass er ein Glasauge hat.«

Louise lachte. »Was meinst du denn damit?«, fragte sie. »Sieht man das denn nicht eindeutig?«

»Na ja, manchmal schaut er mich so an, und ich denke: Mein Gott, diese Augen sind aus Glas«, sagte Cheryl.

»Dans Augen scheinen mir echt zu sein«, sagte Louise.

»Er ist super«, sagte Cheryl.

»Hallo, die Damen«, sagte der Spieler mit dem Pferdeschwanz. Er blieb an ihrem Tisch stehen und hielt eine Zigarette nahe am Mund. »Wissen Sie was, Louise, diese Wette, die wir gemacht hatten, hat sich leider nicht ausgezahlt.«

»Ich habe keine Wette gemacht«, sagte Louise.

»Na ja, ich hab doch diese 10 Dollar für Sie gesetzt. Aber das Pferd hat gelahmt. Immer das Gleiche. Das Rennen war bestimmt abgesprochen, was echt beschissen ist. Ich finde, mit Mutter Natur kann man nichts absprechen, obwohl wir das oft gerne täten.«

»Wie geht es Ihren Fischen?«, fragte Louise.

»Wie ich zuletzt gehört habe, hat sich der Bestand im Becken wieder stabilisiert«, sagte der Spieler. »Wann ist denn nun das große Ereignis?«

»Am Samstag«, sagte Louise.

Er blies eine Rauchwolke zur Decke, nahm seine Baseballmütze ab und setzte sie Louise auf. »Hier haben Sie etwas Blaues von mir «, sagte er und ging weiter.

»Wer zum Teufel ist das denn?«, fragte Cheryl.

»Larry Longhair«, sagte Louise. Sie stand auf, steckte Münzen in die Jukebox und wählte den ersten und zweiten Teil von »Rock Your Baby« von George McRae.

»Kannst du dich erinnern?«, fragte Louise.

»Das habe ich gespielt, als du Tiny geheiratet hast«, sagte Cheryl. »Alle fanden es gräßlich.«

»Stimmt doch gar nicht«, sagte Louise.

»Es war nicht die richtige Melodie für ein Waldhorn«, sagte Cheryl. »Das ist mir jetzt klar.«

»Du warst doch auf der Musikakademie. Wir sind natürlich davon ausgegangen, dass du weißt, was du tust.«

»Es war jedenfalls ein interessantes Experiment«, sagte Cheryl.

»Wie diese Ehe auch«, sagte Louise.

»Weißt du, mir fehlt es schrecklich, so herumzuhängen und zu reden«, sagte Cheryl. »Manchmal denke ich mir, ich geh wieder zurück zu Laszlo.«

»Und was ist mit Jean?«

»Ja, stimmt, das ist das Problem dabei«, sagte Cheryl. Sie seufzte. »Ich muss dir das jetzt einfach sagen. Versteh es nicht falsch. Ich meine, es ist nichts Negatives. Aber in der Stadt erzählt man sich, dass du dich verändert hast.«

»Und – was ist deine Meinung?«

»Es stimmt, aber nicht so, wie die es meinen.«

Louise zog sich den Schirm der Mütze ins Gesicht und nahm einen Schluck Bier. »Inwiefern habe ich mich denn verändert?«, fragte sie.

»Es sieht nicht so aus, als würdest du etwas bereuen oder so«, sagte Cheryl. »Eher so etwas wie: Okay. So will ich es jetzt.«

Louise nickte. In der Jukebox sang Rod Stewart »Maggie May«. »Weißt du, was mich an diesem Song immer gestört hat?«, sagte Cheryl.

»Was?«

»Na ja«, sagte sie, »wenn es ihm wirklich gar nix ausmacht, dass man in der Morgensonne sieht, wie alt sie ist – warum muss er's dann überhaupt erwähnen?«

»Stimmt eigentlich«, sagte Louise.

Die Nacht vor der Hochzeit verbrachte Louise im Haus ihrer Mutter. Sie lag in ihrem Kinderbett, auf der Seite, in der Form eines Fragezeichens. Auf eine Anregung der Zeitschrift *Hey, Teens!* hin war sie vor 23 Jahren auf eine Stehleiter geklettert und hatte fluoreszierende Sterne an die Decke geklebt. Als Teenager hatte Louise sehr unter dem Einfluss von *Hey, Teens!* gestanden. Sie hatte sich nach einem simplen Schnitt Kleidung genäht und die dann auch getragen, was absolut grässlich aussah. Sie war in den Fanclub von Gary Lewis und in den *Playboy*-Fanclub eingetreten. Die Sterne glühten jetzt fast gar nicht mehr, und sie sah sie nur schwach aus den Augenwinkeln.

Sie schlief ein und hatte einen Traum. Louise hatte fast immer ganz einfache Träume. Sie konnte gar nichts mit Leuten anfangen, die sie auf die Seite zogen und sagten: »Ich muss dir einen Traum erzählen. Und zwar hab ich da gerade mit meiner Cousine telefoniert, und dann war es auf einmal, als wäre ich selber das Telefon …« In diesem Traum jedenfalls fuhren Louise und Dan abends von Morrisville nach Hause, und Dan nahm eine steil ansteigende Straße, die Louise bisher nicht gekannt hatte. Sie rollten durch die Landschaft, immer höher hinauf. Der Himmel war wie eine Himmelskarte, mit konzentrischen Kreislinien und großen blauen Planeten, die Namen und Entfernungen weiß aufgedruckt. Die Straße stieg steil an, und die Gegend war einsam – ein dunkles Haus, schwarze Föhren – aber wunderschön im Licht der Planeten.

»Fährst du diese Strecke oft?«, fragte Louise.

»Eigentlich bin ich sie noch nie gefahren«, sagte Dan. »Aber ich kenne das Straßensystem hier zur Genüge; ich weiß, dass es da oben wieder ganz flach wird, wie bei einem Habichtsnest.«

Das war dann natürlich nicht so. Das Auto kippte über die höchste Stelle der Straße hinunter und fiel in die unendliche Dunkelheit, die es im Traum manchmal gibt. Louise wachte auf und atmete schwer. Sie hörte seltsam schmatzende Geräusche und ging die Treppe hinunter. Es war halb zwei Uhr früh, und Mary war dabei, die Wände der Diele für den Empfang abzuwaschen. Sie trug ein Hauskleid mit aufgerollten Ärmeln. Das Putzen war noch nie ihre Sache gewesen, und wie sie jetzt so mit dem Wischmopp auf die getünchten Wände eindrosch, sah es aus, als würde sie alles nur noch schlimmer machen.

»Ich wollte das eigentlich gar nicht so machen«, sagte Mary. »Aber ich habe mit einem Schwamm angefangen, und mal ganz ehrlich, findest du nicht, dass es mit dem Mopp besser geht?«

Louise gähnte. »Du bist wirklich paranoid«, sagte sie. Aber sie beteiligte sich doch, faltete drei Klapptische auseinander und stellte sie auf. Sie verströmten deutlich den tropischen Geruch von Marys Keller.

Sie hörten eine Talkshow im Radio, während sie sich durch Louises Checkliste arbeiteten. Ihre Tätigkeit gewann die wortkarge konzentrierte Schnelligkeit, die nur nach Mitternacht möglich ist. Louise beseitigte die Spinnweben mit einem Besen, um den sie ein Tuch gewickelt hatte. Mary nähte den Saum von Louises Kleid um. Louise klebte weiße Bänder an die Lampen. Zusammen bereiteten sie Sandwiches ohne Rinde.

Es war gerade eine Reporterin zu hören, die in Rapid City eine Frau mit Platzangst interviewte. Aber die wurde nervös und ging nach der Hälfte der Zeit nach Hause.

»Ich glaube, das war echt«, sagte Louise.

»Du hattest immer das gegenteilige Problem«, sagte Mary. »Du wolltest nie nach Hause.«

Louise setzte sich in die Küche und kringelte Bänder, indem sie mit der Schneide einer Schere daran entlangfuhr. »Einmal schon«, sagte sie. »Mir war ein Reifen geplatzt, und es hat geregnet, und ich hatte keinen Mantel. Ich weiß noch ganz genau, dass ich mir von Herzen gewünscht habe, zu Hause zu sein. Also gut, jetzt gehe ich ins Bett.«

»Mach dir keine Sorgen wegen morgen«, sagte Mary.

»Gute Nacht«, sagte Louise.

»Gute Nacht.«

Am nächsten Morgen machten sie Punsch aus Orangensaft, Grapefruitsaft, Ananassaft und Wodka. Die Sonne strömte durch die Küchenfenster herein. Sie standen da und mixten und probierten, bis sie vollkommen zufrieden waren, nicht nur mit dem Punsch, sondern auch mit dem Haus, dem Wetter und dem Leben, das sie bis dato geführt hatten.

Heinz Miller kam am frühen Nachmittag herüber. Er war

Farmer im Ruhestand und wohnte mit seiner Frau Ranae nebenan. Er trug ein kurzärmeliges weißes Hemd und eine weinrote Hose.

»Bei uns ist das Kabelfernsehen gerade ausgefallen«, sagte er. »Würde es Ihnen etwas ausmachen, wenn ich das Baseballspiel einschalte? Hab etwas Geld auf die Twins gewettet. Das ist gerade der Höhepunkt des dritten Innings, mit einem Mann am Schlagmal und niemandem auf einer Base. Unser Kabel funktioniert nicht mehr. Da dachte ich, ich könnte mal zu Ihnen kommen.«

»Wie viel haben Sie denn gewettet?«, fragte Mary.

»3000 Dollar«, sagte Heinz.

»Großer Gott«, sagte Louise.

»Wie viel?«, fragte Mary.

»3000«, sagte Louise.

»Ich weiß schon, das ist sehr viel«, sagte Heinz. »Ich hab mit diesen Typen im *Kalkeimer* gewettet.«

»Also wirklich, Heinz!«, sagte Mary.

»Sie haben das psychologisch sehr geschickt gemacht«, sagte Heinz. »Sie haben es so hingestellt, als hätte ich gar nicht das Geld, um überhaupt zu wetten. Sie sagten, der Farmerberuf wirft so wenig ab, dass ein Farmer, wenn er in die Stadt zieht, normalerweise nur sehr bescheiden unterkommt. Da hab ich ihnen natürlich alles Mögliche von unserem Haus erzählt. Wie ein Vollidiot. ›Wir haben das Dachgeschoß ausgebaut.‹ ›Wir haben einen Frühstückserker angebaut.‹ Und schon waren wir dabei, um 3000 Dollar zu wetten. Aber ich wollte Sie bitten, es Ranae nicht zu erzählen. Ich glaube, das Beste wird sein, wenn sie es gar nicht erfährt. Wenn sie es herausfindet, wird sie wahrscheinlich mein Gewehr nehmen und mich erschießen.«

»So wird es wohl kommen«, sagte Mary.

»Sie ist inzwischen richtig vernarrt in dieses Gewehr«, sagte Heinz. »Und anfangs fand sie es abscheulich. Konnte es gar nicht sehen. Wollte es nicht mal in der Garage haben. Da bemerke ich neulich, dass es nicht mehr in dem Schrank neben dem Ausguss steht, wo ich es aufbewahre. Und schon sehe ich Ranae auf der Straße daher kommen, das Gewehr in der Hand. Und da stellt sich heraus, dass sie damit schon eine ganze Weile jeden Nachmittag zu den Sandgruben läuft. Also frage ich sie, verstehen Sie, warum sie denn plötzlich so einen Drang hat, scharf schießen zu lernen. Und da sagt sie – stellen Sie sich das mal vor! – sie sagt: ›Heinzi, ich bin am Überlegen, ob ich dich nicht umlegen sollte.‹ Was sagt man dazu?«

»Sie läuft jeden Tag zu den Sandgruben?«, fragte Mary. »Das sollte ich auch machen. Heutzutage laufen ja viele Leute.«

Heinz Miller schaltete das Spiel zwischen den Twins und den Tigers ein. »Ich möchte ja wetten, dass das alles abgekartet ist«, brummte er und zündete sich eine Zigarette an. »Mein Arzt sagt, ich soll nicht rauchen, deswegen nehme ich jetzt diese Fluppen mit wenig Teer.«

Louise brachte ihm eine Tasse Punsch und nahm eine Zigarette. Sie und Heinz setzten sich auf die Couch, rauchten und sahen dem Spiel zu, einen Aschenbecher zwischen sich. Louise trug einen rotweißen Bademantel und ein blaues Handtuch um den Kopf. »Kommen Sie zu meiner Hochzeit?«, fragte sie.

»Wann ist die denn, mein Mädchen?«, sagte Heinz.

»Um zwei«, sagte Louise.

»Das müssen Sie Ranae fragen«, sagte Heinz.

»Sie könnten mir wenigstens gratulieren«, sagte Louise.

»Ich gratuliere«, sagte Heinz.

»Danke«, sagte Louise.

»Wie soll ich denn diesen Männern das Geld geben?«, fragte Heinz. »Per Scheck?«

»Um Himmelswillen, nein, die nehmen doch keinen Scheck«, sagte Mary, die von der Küche aus zugehört hatte.

»Das glaube ich auch nicht«, sagte Louise.

»Ich kann gar nicht hinschauen«, sagte Heinz. Die Tiger hatten Läufer auf der zweiten und dritten Base. Er drehte den Ton ab und hielt sich die Augen zu. »Wie läuft es gerade?«

»Es steht drei-und-eins für Tony Phillips«, sagte Louise. »Und jetzt kommt der Wurf. Phillips holt aus. Der Ball geht ins rechte Außenfeld.«

Sie ging nach oben und trocknete sich die Haare. Dann setzte sie sich aufs Bett und schaute auf ein gerahmtes Foto von ihrer ersten Hochzeit. Auf dem Bild stand sie allein da, in ihrem weißen Kleid, Taglilien im Arm. Ihre Augen wirkten umwölkt und begehrlich und leer.

Kurz nach dieser Aufnahme war sie geraubt worden. Sieben Freunde von Tiny hatten sie nach der Zeremonie auf den Kirchenstufen gepackt. Die Braut zu stehlen war Tradition, in der heutigen Zeit allerdings ziemlich unsinnig. Sie hatten sie in ein Auto gesteckt und waren mit hoher Geschwindigkeit zum Aussichtspark in Chesley gefahren, wo sie sich dann alle auf eine Felskante über dem Fluss setzten. Louise hielt dabei immer noch die Taglilien im Schoß.

Marihuana und eine Kürbisflasche Sangria wurden herumgereicht. Ein dunstiges Licht schien dem Flusslauf zu folgen, und Louise war schon nach zwei Zügen von dem Marihuana aus Hawaii stoned. Sie fragte sich, was aus dem milden Gras geworden sein mochte, das es in ihren Schulzeiten gegeben hatte – damit war es offenbar vorbei. Dann kam ihr der Gedanke, dass diese Männer sie von der Felskante aus in den Fluss hinunterwerfen könnten. Das schien ihr plötzlich sehr naheliegend, und sie hatte den Eindruck, dass auch alle anderen gerade auf diesen Gedanken kamen. Sie überlegte, ob sie die Arme ausbreiten und dadurch den überschüssigen Stoff ihres Hochzeitskleides in Flügel verwandeln könnte. Vielleicht war das Kleid ursprünglich sowieso als Drache geplant gewesen. Sie würde damit bis nach St. Louis schweben können, oder an sonst einen fernen Ort.

Louise kam ohne größere Schwierigkeiten davon. Sie zog sich von der Kante zurück und hob die Schleppe ihres Kleides auf, wobei ihre Fingerspitzen in die Zweige und Blätter griffen, die sich bereits darin verhakt hatten. Sie stieg in eins der Autos. Die Türen und der Kofferraumdeckel standen offen, und das Radio dudelte so einen ewig langen Song aus dem Süden, über einen Vogel, der sich nie ändert. Sie ließ den Motor an und fuhr davon. An den Rüttelschwellen im Park flog eine Kühltasche aus dem Kofferraum. Im Rückspiegel sah sie Flaschen und Eis über das Pflaster rutschen.

Jetzt trug sie das alte Hochzeitsfoto in den Wandschrank, in dem Mary ein Pappfass mit Jacken stehen hatte. Wenn man sich in Marys Haus aufhielt, war man nie sehr weit entfernt von einem Vorrat an alten Jacken. Vielleicht wusste sie über den Klimawandel mehr als alle anderen. Louise begrub das Foto in den Jacken.

Sie bürstete sich die Haare und zog ihr Kleid an. Es war gelb mit weißen Blüten und hatte einen tiefen Rückenausschnitt. Sie knotete sich ein rosenfarbenes Band ins Haar, breitete die Arme aus und drehte sich zum Spiegel. Ihr Haar war lang und braun, und durch das Band wirkte es kupferfarben.

Henry Hamilton war ihr Brautführer. Sie gingen zusammen durch das Kirchenschiff nach vorn. Er hatte ein Hüftleiden und sie zu enge Schuhe, deshalb schritten sie langsam und würdevoll dahin. Henry trug einen schönen dunkelblauen Wollanzug. Es gehört zu den unbeachteten Selbstverständlichkeiten des Mittleren Westens, dass der alte Farmer, der in einem Billigladen unter den T-Shirts mit Brusttaschen herumwühlt, zu Hause auf dem Dachboden vielleicht einen ganzen Schrank voller Anzüge im Stile Cary Grants besitzt. Henrys Anzug roch wie ein alter Schrankkoffer mit verblichenen Aufklebern von Dampfschiffreisen.

»Du siehst wunderschön aus«, sagte Henry.

»Nein, du«, sagte Louise.

Die Kirche war schmucklos, doch durch die bunten Glasfenster strömte Licht herein. Cheryl hatte mit dem Blumenschmuck Großartiges geleistet, und Louise kam sich vor, als würde sie auf den Rand eines Dschungels zugehen. Pater Matthews wurde von den Blättern riesiger Pflanzen umrahmt. Dan und sein Brautführer, Hilfssheriff Ed Aiken, schoben sich zum Altar vor, als würden sie auf einem Felsgrat balancieren. Dans Krawatte war zerknittert, und auf seinem Gesicht lag so etwas wie unbekümmertes Glück. So sind Männer eben.

»Liebe Gemeinde«, sagte Pastor Matthews. »Wir sind hier versammelt, um Louise Montrose Darling und Daniel John Norman im gesegneten Stand der Ehe zu vereinen. Zuerst muss ich aber noch ein paar Bemerkungen machen, zu denen ich letzten Sonntag nicht mehr gekommen bin. Shirley Baker ist immer noch im Krankenhaus, ebenso auch Andy Reichardt und Bill Wheeler. Bill hat unverändert Ärger mit seinem schlimmen Husten, möchte Ihnen allen aber für Ihre Gebete danken. Marvin und Candace Ross haben ein Kind bekommen, die kleine Bethany; Mutter und Tochter sind wohlauf. Und Delia Kessler möchte allen danken für die liebevolle Anteilnahme, die ihr nach dem Tod ihres Großvaters Mort zuteil wurde …«

Diese Bekanntmachungen gingen noch eine Weile weiter, aber schließlich durften Louise und Dan sich ihr Jawort geben. Der Pastor hob die Hände, und Louise spürte, wie er ihr Haar streifte. »Mit diesem Ring«, sagte Dan, »nehme ich dich zur Frau … in guten wie in schlechten Zeiten …« Sie küssten sich. Louise schloss die Augen. Sie wusste nicht genau, was sie fühlte, fand dafür aber keinen anderen Ausdruck, als zu sagen, sie liebe ihn. Also sagte sie es. Es kam ihr so vor, als würde man sein Leben lang die Liebe immer nur ganz kurz aufscheinen sehen, immer nur in winzigen Teilchen. Sie küssten sich noch einmal, spontan und innig. Farina sang das Kirchenlied »Oh Liebe die mich nie verlässt«.

Anschließend traten alle ins Freie. Cheryl und Laszlo gingen unter den Pappeln auf und ab, während die arme Jean wartete und an ihren weißen Handschuhen die Finger zählte. Auf der anderen Seite des Rasens standen Louise und Dan auf dem Gehsteig und nahmen die Glückwünsche der Leute entgegen. Im Schatten war es kühl, und der Wind bewegte die Zweige der Bäume.

Heinz Miller hatte heimgehen müssen, als Mary und Louise zur Kirche aufbrachen, und zu dem Zeitpunkt war sein Kabelfernsehen auch wieder in Ordnung. Er bat Ranae, sich im Wohnzimmer niederzusetzen, und gestand ihr die Wette, die er abgeschlossen hatte. Sie sahen zu, wie die Twins noch einen trägen und nutzlosen Versuch machten, und Ranae weinte leise. Im Geiste sah sie alles vorüberziehen, was sie für 3000 Dollar für ihre Enkelkinder hätten kaufen können, Spielsachen, Spiele und Fahrräder. Zwar stand fest, dass die Millers keine 3000 Dollar für ihre Enkelkinder ausgegeben hätten, aber daran konnte sie ermessen, wie groß der Verlust war. Die Hochzeit begann, als das Spiel gerade im sechsten oder siebten Inning war, und Heinz und Ranae gingen nicht hin. Als das Spiel aus war, schaltete Heinz den Fernseher ab, und sie saßen fast eineinhalb Stunden lang im Dämmerlicht. Drei-, viermal fragte Heinz Ranae, was sie denke. Irgendwann warf sie ein Buch nach ihm und traf ihn am Arm. Dann stand sie auf und sagte: »Wenn du glaubst, ich verpasse wegen dir nach der Hochzeit der Tochter meiner Freundin jetzt auch noch den Empfang, also, da hast du dich getäuscht.«

Sie zogen sich schweigend um und gingen zu Marys Haus hinüber. Heinz war traurig. Ranae war wütend auf Heinz. Sie trafen auf Louise, die gerade am unteren Ende der Treppe in einer Plastikwanne ein Fußbad nahm. In ihrem gelben Kleid und mit den bloßen Füßen sah sie hinreißend aus. Sie umarmten sie, und Heinz reichte ihr eine Faltkarte mit 5 Dollar, damit die beiden einen Anfang machen konnten. Mary kam dazu, sagte, wie stolz sie auf ihre Tochter sei, weinte, hustete, putzte sich die Nase und setzte sich. »Übrigens, Ranae, ich habe von Heinz gehört, dass du jeden Tag zu den Sandgruben läufst«, sagte sie. »Da würde ich gerne mitgehen.«

»Ich glaube nicht, dass ich je wieder laufen gehe«, sagte Ranae.

»Ach Ranae«, sagte Heinz. »Natürlich läufst du auch in Zukunft, um Himmelswillen. Bist du nicht ein bisschen zu melodramatisch?«

»Halt bloß die Klappe, Heinz«, sagte Ranae.

Da sie selbst spürten, wie unergiebig ihr Verhalten war, verließen sie den Empfang nach einer Viertelstunde wieder. Sie gingen über Marys Rasen, durch die Hecke in ihren Hinterhof. Der rote Impala der Spieler stand in der Einfahrt, und die Spieler selbst spähten durch die Fenster ins Haus.

Heinz steckte die Hände in die Jackentaschen. »He, verlassen Sie sofort das Grundstück«, sagte er förmlich.

»Das ist doch wirklich bildhübsch«, sagte der Spieler, der Richie hieß.

»Ist dir klar, dass die Milchkannen neben dem Klavier Antiquitäten sind?«, fragte Larry Longhair.

»Das geht Sie gar nichts an«, sagte Heinz. »Ranae, Liebste, geh ins Haus.«

Das tat Ranae. Sie nahm das Gewehr aus dem Schrank neben dem Waschbecken und lud es. Ihr zitterten die Hände. Die Spieler gingen gerade mit Heinz zur Garage. Ranae kam über den Gehsteig. Sie hob das Gewehr und schoss zweimal in die Luft. Dabei traf sie ein Fenster der Garage. Die Spieler rannten zu ihrem Auto und kurvten aus der Einfahrt hinaus. Heinz ging zu Ranae und umarmte sie. Da geschah etwas Seltsames. Eine der Kugeln, die sie in die Luft geschossen hatte, schlug auf dem Gehsteig auf. Ranae und Heinz sahen sich an und eilten ins Haus.

Louise und Dan fuhren zur Hochzeitsreise auf die Solitude-Insel im Michigansee. Obwohl Mai war, schneite es fast täglich. Sie wohnten in einem Hotel mit Gasbeleuchtung und engen Zimmern, ohne Elektrizität. Morgens und abends wurde gemeinsam gegessen, und soviel Louise mitbekam, sprachen die Leute über nichts anderes als darüber, wer Fleisch am wenigsten mochte. Ein Mann, der zugab, seinem Hund Schinken zu füttern, wurde gebeten, den Tisch zu verlassen. Louise und Dan hatten nicht daran gedacht, Stiefel und Schals mitzunehmen. Sie blieben ganz für sich und verbrachten viel Zeit im Bett, während der Schnee auf das alte Hotel niederfiel. Aber am sechsten Tag klarte es auf, und die Sonne kam heraus. Sie wanderten durch die Wälder bis zu einem Kliff an dem großen See.

»Ich habe bisher gar nicht gewusst, dass es so etwas Schönes gibt«, sagte Louise.

Der Wind blies ihnen ins Gesicht und ins Haar, und am Abend bekam Dan Ohrenschmerzen. Am nächsten Tag hatte er 39 Grad Fieber, und sie suchten einen Arzt auf, der Dan empfahl, sich Senf ins Ohr zu schmieren. Louise und Dan nahmen die Fähre zum Festland, kauften in Escanaba Antibiotika und fuhren direkt nach Hause. An einem leuchtendblauen Vormittag um elf Uhr fünfzehn waren sie wieder in Grafton. Die Spieler hatten die Stadt verlassen, und wo Dans Wohnmobil gestanden hatte, sprossen in geschwungenen Reihen Sojabohnen.

Sieben

Tiny Darling lebte sich in Colorado ein. Er fand Arbeit auf einem Holzplatz in Lesoka, der Stadt, in die er durch Zufall geraten war. Er holte sein defektes Auto von der leeren Bundesstraße weg. Die Polizei hatte ihm einen orangeroten Aufkleber an den Seitenspiegel geheftet, auf dem stand: »Lassen Sie dem Polizeihilfswerk eine großzügige Spende zukommen.« Den ganzen Winter schob er mit einem Traktor den Schnee von der geteerten Fläche des Holzplatzes. Er war dankbar für jeden Tag, an dem es schneite.

Im Frühling begann er eine Liaison mit Kathy Streeter, einer Frau von der Bäuerlichen Genossenschaftsbank. An der Wand ihres Schlafzimmers hingen Bleistiftzeichnungen ihres Neffen, der vier oder fünf Jahre alt war. Als Tiny das letzte Mal bei ihr übernachtete, stand er sehr früh auf, nahm die Zeichnungen mit und ging, ohne Kathy zu wecken.

Tiny fuhr quer durch den Bundesstaat bis zu der Stadt August. Die sah wie eine echte Westernstadt aus, während Lesoka nur bedrückt gewirkt hatte. Die Bar hieß hier »Saloon«, die Männer trugen Cowboyhüte, die Frauen lange Lederröcke mit Fransen am Saum. Tiny suchte die Adresse von June und Dave Green im Telefonbuch heraus. Sie wohnten in einem neu erschlossenen Areal, das »Die Sangria-Ufer« hieß. Wasser war zwar keines in Sicht, aber das würde vielleicht noch kommen. Alle Häuser an den Sangria-Ufern schwebten auf sanften Hügeln. Der Rasen war perfekt geschnitten und der Sonnenschein gerecht verteilt. Die Greens besaßen eins von den Häusern, denen es gut getan hätte, wenn bei ihrer Entstehung nicht so viele verschiedene Baumaterialien zur Verfügung gestanden hätten. Es besaß ein rotes Ziegeldach, verputzte Mauern, kupferne Dachrinnen und kompliziert verschlungene Geländer aus Schmiedeeisen. Egal, wohin Tiny auch schaute, er sah entweder einen Brunnen oder einen Torbogen oder eine Verbindung von Brunnen und Torbogen. Ein weißer Mercedes-Benz stand in der Einfahrt. Über die Kotflügel und die Fahrertür hatte jemand in grüner Schrift »Das ist Indianerland« geschrieben. Die Einfahrt aus schwarzem Asphalt mit gelben Seitenstreifen beschrieb einen weiten Bogen. Genau in dem Moment, als Tiny sein Auto zwischen den Streifen parken wollte, fiel der Seitenspiegel mit dem orangeroten Aufkleber zu Boden.

Tiny stieg aus und hob den Spiegel auf. Wenigstens war er nicht zerbrochen. June machte die Haustür auf. Sie war groß, hatte dunkle Locken und trug ein langes schwarzes Kleid. »Ich erwarte dich schon seit Herbst«, sagte sie.

»Hi, June.«

»Louise hat mich vorgewarnt«, sagte sie.

»Gibt's was Neues von ihr?«, fragte Tiny.

»Sie hat letzten Monat geheiratet, Tiny. Sie hat in der Trinity Church Dan Norman geheiratet.«

Tiny polierte den Spiegel mit dem Ärmel. »Ich hab schon gewusst, dass es ziemlich ernst ist.«

»Es ist nicht ›ziemlich ernst‹. Sie sind verheiratet.«

»Warst du bei der Hochzeit?«

»Da waren wir gerade in Mexiko.«

»Und wie war es da, June?«

»Ganz anders.«

»Ich sag ja nicht, dass sie mir gehört.«

»Das siehst du richtig«, sagte June.

Tiny stieg die Stufen hinauf. »Ich bin so weit gefahren …«

Sie nahm ihm den Spiegel ab und hielt ihn ihm vors Gesicht. »Ich glaube, ich weiß, wo das Problem liegt«, sagte sie.

Da kam Dave Green an die Tür. Er trug Jeans, ein türkisfarbenes Sweatshirt und eine Brille mit runden, schwarz eingefassten Gläsern. Er war körperlich gut in Form. »Du bist bestimmt Tiny«, sagte er.

Sie gingen ins Haus. Allein in der vorderen Diele standen Sachen im Wert von 5000 bis 10 000 Dollar herum. Dave führte June und Tiny an einem Flügel und ein paar in leuchtend bunten Farben brodelnden Gemälden vorbei zu einem Raum, der Floridazimmer genannt wurde und voller Sukkulenten und Rattanmöbel stand. Dave schenkte Kaffee ein, während June widerstrebend in der Tür stehenblieb.

»Meine Süße, setzt dich doch zu uns«, sagte Dave. Hinter seinem Kopf schwammen orangerote Fische in einem Aquarium mit reicher grüner Vegetation.

»Ich muss in die Stadt«, sagte June.

»Nein, setz dich erst mal«, sagte Dave. »Nimm dir doch einen Krapfen, Tiny. Du wirst doch von der Fahrt Hunger haben. Jetzt komm schon, June. Wir kriegen uns jetzt erst mal wieder ein und fangen dann noch einmal an.«

»Was ist denn mit eurem Auto passiert?«, fragte Tiny.

»Die Indianer hier in der Gegend mögen mich nicht so besonders«, sagte Dave.

June setzte sich. Sie zerriss ein Stück Gebäck und schaute es an. »Ich muss in die Zoohandlung und in die Boutique und in die Apotheke und auf die Bank.«

»Weißt du, ich verkaufe Land«, sagte Dave. »Das war ursprünglich das Geschäft von meinem Vater, und jetzt gehört es mir. June und ich haben uns in Deutschland kennengelernt. Ich habe in Übersee studiert.«

»Das Problem ist das sogenannte ›Wild Village‹«, sagte June.

Tiny schaute von June zu Dave und zurück. Vermutlich waren sie miteinander unglücklich, und vermutlich würde sich dieses Unglück ausnutzen lassen. »Was ist das denn?«

»Das ist ein Vergnügungspark, der vom Wilden Westen inspiriert sein soll«, sagte Dave. »Vielleicht wird es dazu kommen, vielleicht aber auch nicht. Das Wild Village ist noch sehr weit davon entfernt, Realität zu werden. Bis dahin ist es noch ein weiter Weg.«

»Ehrlich gesagt wäre es mir am liebsten, wenn wir nie davon gehört hätten«, sagte June.

»Dann haben die also dein Auto beschmiert«, sagte Tiny.

»Weißt du, dem Stamm der Bärenklauen-Indianer gebe ich überhaupt keine Schuld«, sagte Dave. »Die Weißen haben ihnen ja nun wirklich ihr Land gestohlen. Ich nicht, aber eben doch Leute wie ich. Heutzutage würden wir zur Polizei gehen. Ich weiß auch nicht, wie ich mit dem Groll von denen umgehen soll. Die Ironie dabei ist, dass viele von den Bärenklauen durch das Wild Village ganz gut Geld verdienen würden.«

June tupfte mit der Fingerspitze Krümel auf. »Ich verstehe schon, dass sie diese Uniform nicht tragen wollen.«

»Also wirklich, mir haben diese Entwürfe auch nicht besser gefallen als irgendjemand anderem«, sagte Dave. »Aber das waren doch wirklich nur vorläufige Skizzen.«

»Was ist denn mit dieser Uniform?«, fragte Tiny.

»Na ja, sie war im Schritt zu hoch geschnitten«, sagte Dave. »Das leugnet ja keiner.«

»Ich muss los«, sagte June.

»Weißt du, dass die Götter manchmal verkleidet erscheinen, um uns zu prüfen?«, fragte Dave.

»Das sagst du immer«, sagte June.

»Also ich bin jedenfalls ein Mensch«, sagte Tiny.

»Was willst du eigentlich hier, Tiny?«, fragte Dave.

»Ich würde gerne Arbeit finden«, sagte Tiny.

Dave Green fuhr mit Tiny zu einer Großbaustelle in den Bergen. Dort war alles voller Stützpfeiler, Betonformteile, Kräne und Hänger. Eine Brücke ragte halb fertig über einen Wasserlauf. Rechts gab es eine dunkelgrüne Bergwand, links ein helleres Tal. Der Mercedes hielt; Dave und Tiny stiegen aus. Ein magerer Bauarbeiter zeigte mit einer Schaufel auf die Graffitischrift am Auto und lachte. Er trug gelbe Stiefel, die so groß wie Brotlaibe waren. Dave winkte ihn herbei und fragte ihn nach seinem Namen.

»Milt«, sagte er.

»Milt, das hier ist Tiny«, sagte Dave. »Er wird von jetzt ab deine Arbeit machen. Doch, das stimmt, du fliegst raus. Lass dein Werkzeug liegen und geh nach Hause.«

»Ich glaub's nicht«, sagte Milt.

»Das kannst du schon glauben, Milton«, sagte Dave. »Den Indianern ist das auch passiert. Da kannst du mal sehen, wie das ist.«

»Ich habe Familie«, sagte Milt.

Der Vorarbeiter kam herüber. »Was gibt es denn, Dave?«, fragte er.

»Hi, Cliff«, sagte Dave. »Ich habe Milt rausgeschmissen. Tiny wird seinen Platz einnehmen. Haben Sie was dagegen?«

»Was hat Milton denn getan?«, fragte der Vorarbeiter.

»Er hat sich über die Indianer lustig gemacht«, sagte Dave.

»Ich hab gedacht, das bezieht sich auf Ihr Auto«, sagte der Vorarbeiter.

»Egal, er ist jedenfalls ein Klugscheißer«, sagte Dave.

»Ich habe eine Familie zu ernähren«, sagte Milt.

Es war nicht klar, wer die Oberhand behalten würde, Dave Green oder der Vorarbeiter der Baustelle. Zufällig lagen in der Nähe ein Wirbelhaken und ein paar Seilanker auf einem Stapel Armiereisen, und Tiny nahm sie und zeigte, dass er damit umgehen konnte. Am Ende blieben beide, Milt und Tiny, auf der Baustelle. Cliff, der Vorarbeiter, schien ganz okay zu sein. Manche Bauleiter haben eine sadistische Ader, und das überträgt sich dann auf die ganze Mannschaft. Cliff war ein anständiger Typ mit einem großen Bauch und grauen Haaren. Noch am selben Tag konnte Tiny beobachten, wie er mit einem Problem umging. Für die Brücke waren mit einer Ramme, die am Kranausleger befestigt war, Holzpfähle tief in den Grund gerammt worden. Wegen all der Steine und Wurzeln kam es selten vor, dass ein Pfahl gerade in den Boden ging, und wenn man erst mal sechs hintereinander aufgereiht hatte, standen sie krumm und schief wie schlechte Zähne. Dann mussten sie, wieder mit dem Kran, einer nach dem anderen in eine mehr oder weniger perfekte Senkrechte gezogen und dort so lange gesichert werden, wie es dauerte, die Betonschalungen zu bauen und darin einen Brückenpfeiler zu gießen. Diese Sicherung geschah mit einem Hebezug, der von dem aufgerichteten Pfahl zu einem weiteren Pfahl auf der anderen Seite des Wasserlaufs führte. Ein Hebezug ist ein Drahtseil mit Haken an beiden Enden und einer Ratsche in der Mitte, mit der man das lose Drahtseil straffziehen kann. Während man den Hebezug spannt, muss er den Zug eines 18 Meter hohen Pfahles aushalten, und es entsteht beträchtliche Spannung. Deshalb riss irgendwann so ein Drahtseil, und die Ratsche des Hebezugs, die etwa 10 Kilo wiegen mochte, schnitt mit einem gespenstischen Seufzer durch das Wasser und bohrte sich in den Sand. Das war so ein Fall, wo der Tod anklopft, aber es ist niemand zu Hause. Alle schauten in die Luft, als müsste gleich ein Sperrfeuer von Hebezügen vom Himmel regnen. Cliff kam aus seinem Wohnwagen. Er zog die Ratsche aus dem Boden des Flussufers und examinierte den Pfahl, der wieder in seine Schräglage zurückgeschnappt war.

»Zweiter Versuch«, sagte er.

In einem großen Gebäude in dem Viertel am Mount Astor im Osten von August fand Tiny ein Zimmer. Rings herum wuchs hohes, ausgeblichenes Gras. Viele Arbeiter von der Baustelle wohnten hier. Das Haus war nur ein Beispiel für die übertrieben großen Bauvorhaben, die die inzwischen pleite gegangene Bank von August finanziert hatte. Tiny fuhr zum Abendessen zu Dave und June hinüber, und nach dem Essen wurde das Licht gedämpft und alles für eine spiritistische Sitzung vorbereitet. Der Stadtgründer von August war 1894 ermordet worden und hatte ein Vermögen in Silber hinterlassen, das nie gefunden wurde.

Die drei Kinder der Greens waren im Kino, und June ging im ganzen Haus herum und klebte Kreuze aus Malerkrepp an die Türen ihrer Zimmer. Sie trug einen Jeansrock und ein übergroßes Shirt in Purpurrot. Sie erklärte, dass man Kinder niemals den Einflüssen der Unterwelt aussetzen dürfe, und fragte Tiny, ob er vielleicht Kinderzeichnungen oder irgendwelche Sachen von Kindern habe. Er berichtete ihr von den Bleistiftzeichnungen von Kathy Streeters Neffen.

»Fahr auf dem Heimweg an einer Kirche vorbei«, sagte sie. »Wenn du draußen zu dem Stoppschild kommst, bieg nach links ab. Dann zwei Ampeln geradeaus, und dann die erste rechts hinter dem Chinarestaurant. Da ist die Highland-Episcopal-Kirche.«

»Ich dachte, man muss in die Kirche hineingehen«, sagte Dave.

»Ich hab gehört, dass es genügt, wenn man daran vorbeifährt«, sagte June. »Ich weiß es deswegen noch, weil ich dachte: Das ist aber komisch.«

June brachte das Hexenbrett. Dave legte eine etwas gespenstische Musik auf, und sie setzten sich um einen gläsernen Kaffeetisch. Tiny warf den Zeiger um, als er die Finger daran legte. Er versuchte es etwas sanfter noch einmal. Ein herzförmiges Stück

Plastik zu befragen, wo ein Toter seinen Schatz versteckt habe, das fand Tiny so ziemlich das Idiotischste, was er je erlebt hatte. Andererseits schien es ihm wichtig, sich mit den Greens gutzustellen. Irgendetwas würde für ihn schon dabei herausspringen. Jetzt fing der Zeiger an, sich zu bewegen. Tiny vermutete, dass June ihn schob, oder Dave, oder alle beide. Er schaute die ganze Zeit auf Junes Beine, aber so, dass man es auch als Konzentration auf das Mystische durchgehen lassen konnte. Er dachte daran, wie sie sich zum ersten Mal geliebt hatten, nachts auf einer Decke neben einer Futterkrippe voll Mais.

Die Séance mit dem Hexenbrett war eine ziemliche Enttäuschung. Die gefundenen Buchstaben lauteten »Haajr«. June und Dave beschlossen, das J zu vernachlässigen. Womit sie das begründeten, außer mit der Tatsache, dass es so bequemer war, begriff Tiny nicht. Er war überrascht und erheitert, dass reiche Leute, oder jedenfalls diese reichen Leute, in ihrem Privatleben so albern sein konnten.

»Haar«, sagte Dave. »Haare schneiden. Wer schneidet Haare?«

»Ein Friseur«, sagte Tiny.

»Ein Friseur schneidet Haare«, sagte Dave.

»Was du nicht sagst«, sagte June.

»Vielleicht wollte der Typ gerade zum Friseur gehen, als er ermordet wurde«, sagte Tiny.

»Vielleicht war das Silber in einem Friseurladen«, sagte Dave.

»Das sind doch alles reine Vermutungen«, sagte June.

»Ich glaube, wir müssen uns mal etwas länger mit den Katasterkarten dieser Gegend beschäftigen«, sagte Dave.

Dann ging Dave mit Tiny ins Billardzimmer, um Nine-Ball-Pool zu spielen. Der Tisch breitete sich wie eine glänzende grüne Wiese vor ihnen aus. Dave schien weder das Gestell mit den polierten Queues noch den Talkumspender noch den leuchtenden Zähler an der Wand, mit dem man den Spielstand aufzeichnen konnte, überhaupt wahrzunehmen. Geistesabwesend summte er vor sich hin und schenkte Johnny Walker ein.

»Du bist ja die reinste Trinkmaschine«, sagte Tiny. Er hatte zu viel Talkum an den Händen und hinterließ beim Spielen geisterhafte Abdrücke auf dem Filz.

Tiny spielte schnell, aber nicht präzise. Dave gewann mit Geduld drei Spiele. June wartete im Flur auf Tiny und brachte ihn zum Auto. Sie hörten Klavierspiel einsetzen. Es klang, als würden Gegenstände eine Treppe hinunter poltern.

»Es heißt, Dave kennt man erst wirklich, wenn man ihn Klavier spielen gehört hat«, sagte June. Sie blieben im Schutz der offenen Wagentür des Parisienne stehen. Tiny küsste sie, bis sie ihn wegschob.

»Lieber nicht«, sagte sie wie im Traum.

Die Kirche, zu der June ihn geschickt hatte, war modern und hatte etwas von einem Bunker, mit einem riesigen Kreuz, das die Sterne eher zu bedrohen als zu umwerben schien. Die Tür war abgesperrt, aber leicht zu knacken. Tiny blieb an einer schwarzen Kirchenbank stehen, bis sich seine Augen an das Dunkel gewöhnt hatten. Der Mond schien durch die hohen, schmalen Fenster und wurde von etwas reflektiert, das vorn im Kirchenschiff auf dem Boden stand. Es war ein Staubsauger, und Tiny ging zu ihm hin und schaltete ihn mit dem Fuß ein. Er saugte den Teppich und dachte dabei an Louise. Als sie die Scheidung eingereicht hatte, war er niedergeschlagen und stumpf gewesen. Aber jetzt kamen ihm die Jahre, die sie verheiratet gewesen waren, wie der Mittelpunkt seines Lebens vor. Er hörte mit dem Staubsaugen auf und stahl einen silbernen Krug aus einem Holzgestell.

Am nächsten Tag ging Tiny am Spätnachmittag auf dem Mount Astor spazieren. Viele Pfade verzweigten sich von dem großen Haus aus. Neben ihm flog ein Rotschulterstärling mit roten Flügeln von Baum zu Baum. Diese Vogelart kannte er von zu Hause. Sonst war hier alles anders. Die Bäume waren höher und dunkler und das Land zerklüftet und rauh, so dass Landwirtschaft fast nirgends möglich war. Tiny folgte dem Stärling den Berg entlang, und nach einiger Zeit öffnete sich der Wald, und man sah hinunter in ein Tal mit einer Ansammlung von ungestrichenen Holzhäusern, die durch Schotterstraßen verbunden waren. Am Berghang waren alle Bäume gefällt worden, und Tiny setzte sich auf einen Baumstamm. Es war Abendessenszeit, und über den Blech- und Schindeldächern hing Nebel. Ein achtzehnrädriger Lastwagen kam gefahren, viel zu groß für die zerfurchte Straße, und hielt vor einem der Häuser aus Pressspan. Der Fahrer stieg aus, ging zur Beifahrertür hinüber, machte sie auf und nahm ein schlafendes kleines Kind auf den Arm. Er trug das Kind ins Haus. Alles war still, bis auf das gelegentliche Scheppern einer Mülltonne. Hunde durchstreiften das Dorf und suchten nach irgendetwas, das sie sich anscheinend selbst nicht merken konnten. Tiny blieb noch ungefähr zwanzig Minuten lang sitzen, weil ihn der Friede der einfallenden Nacht gefangennahm, und kehrte dann zu dem großen Haus zurück. Die Bäume wuchsen wieder hoch über seinen Kopf empor.

Der Bauarbeiter Milt setzte Tiny eine Wasserspinne in den Schutzhelm. Es war eine Panzerspinne, wie man sie an den Ufern der Bäche findet. Die Wasserspinne kann nicht beißen, krabbelt einem aber irgendwann über die Stirne oder den Hals hinunter und erschreckt einen zu Tode. Alle lachten, als Tiny den Scherz entdeckte. Er beschuldigte den am nächsten Stehenden, der aber sagte: »Es war Milt!« Tiny legte Milt die Hände auf die Schultern und stieß ihn zu Boden. Milt sprang auf und schlug heftig zu. Tiny sah Milt in tiefster Anerkennung an. Wenn es einen Kampf gab, fühlte Tiny sich zu Hause. Er trat Milt die Knie unter dem Körper weg und schlug zweimal zu. Damit war der Kampf so gut wie beendet. Der Vorarbeiter Cliff nahm Tiny mit in den Wohnwagen. Cliff hatte einen Schreibtisch auf einer erhöhten Plattform. Er legte die Ellbogen auf Blaupausen und sah Tiny lange Zeit an.

»Ich weiß nicht, was man davon hat, wenn man so lebt wie du«, sagte er schließlich.

»Milt hat mir eine Spinne in den Helm getan«, sagte Tiny.

»Großer Gott, du solltest dich mal reden hören« sagte Cliff. »Du redest nicht wie ein Mann – du bist verdammt noch mal wie ein kleines Kind. Sogar dein Name passt. Tiny ist doch kein Name für einen Menschen. Wie heißt du mit Vornamen?«

»Charles«, sagte Tiny.

»Dann nenn dich auch Charles. Oder Chuck, Charlie, keine Ahnung. Tiny nennt man eine Maus.«

»Darüber kann ich mir schon alleine den Kopf zerbrechen«, sagte Tiny.

»Klar, dazu hast du jetzt auch jede Menge Zeit«, sagte Cliff. »Weil ich dich rausschmeiße. Es geht nicht nur um diese Sache jetzt. Es gibt noch etliche andere Gründe. Du klaust andauernd Werkzeug. Das wissen wir.«

»Nein, stimmt nicht«, sagte Tiny.

»Charles, tu mir einfach den Gefallen und lüg mir nicht ins Gesicht«, sagte Cliff. »Wenn du alles zurückbringst, dann lass ich dich nicht einsperren. Du kannst gleich mit dieser Nagelschürze hier anfangen.«

»Schmeißen Sie mich nicht raus«, sagte Tiny.

Cliff nahm seinen eigenen Schutzhelm ab, berührte sein silbernes Haar und setzte den Helm wieder auf. »Geh heim«, sagte er. »Komm morgen früh mit sämtlichem Werkzeug wieder. Und ich kann dir nur sagen, es wäre besser, wenn ich wirklich jedes einzelne Stück zu sehen bekomme.«

* * *

Samstag Nacht gingen Tiny und Dave Green nach dem Silber graben. Dave hatte in Erfahrung gebracht, dass auf einem leeren Grundstück in der Nähe einer privaten Pflegeanstalt einst ein Friseurgeschäft gestanden hatte. Die Schaufeln schepperten, als die beiden sie die Kellertreppe herauf trugen. Es war kurz vor Mitternacht. June war in der Küche und richtete ein provisorisches Frühstück her.

»Ihr seid doch beide viel zu besoffen, um irgendetwas zu finden«, sagte sie.

»Das Pflegeheim wird das Silber von uns einfordern, wenn wir es nicht geheim halten«, sagte Dave.

»Du bist besoffen«, sagte June.

»Wer?«, sagte Dave.

Er und Tiny traten mit den Schaufeln und einer Ziegenlederflasche auf die Veranda hinaus. »Haben wir denn wirklich eine Chance, das Silber zu finden?«, fragte Tiny.

»Ich wollte einfach nur mal aus dem Haus raus«, sagte Dave.

Sie fuhren zu dem Grundstück, das von einem schäbigen Lattenzaun umgeben war. Tiny und Dave gingen durch ein Gartentor, und Dave machte von der nordwestlichen Ecke aus eine bestimmte Anzahl von Schritten. Sie begannen zu graben. Durch den Mondschein sah alles aus wie auf einem alten Negativ, und das verband sie in gewisser Weise mit den ersten Siedlern.

Dave legte die Schaufel hin, drückte die Flasche zusammen und trank. Die Nachtluft hatte ihn nüchtern gemacht. Er atmete tief durch und reichte Tiny die Flasche weiter, der noch genau so betrunken war wie zuvor.

»Warum bist du eigentlich wirklich hier?«, fragte Dave.

»Ich will Louise zurück.«

»Da bist du im falschen Bundesstaat.«

»Zugegeben.«

»Sie ist nicht mehr deine Frau«, sagte Dave. »Das Gericht hat euch geschieden. Sie ist jetzt mit einem einflussreichen Mann verheiratet.«

»Ich habe ein Ziel.«

»Und falls du einen guten Lohn suchst: In Aspen bezahlen sie einen besseren als hier. In Boulder auch. Und in Denver am besten. Hier könnte sich die Situation verbessern, wenn das Wild Village genehmigt wird, aber du lieber Gott, das kann noch Jahre dauern. June und ich haben uns mal zusammengesetzt, und wir denken, dass du nach Denver gehen solltest.«

»Ich arbeite aber gerne bei Cliff«, sagte Tiny.

»Also pass auf, das wollte ich dir gerade sagen«, sprach Dave. »Ich hab neulich mit Cliff geredet, und die traurige Tatsache ist, dass er dich nicht länger beschäftigen kann. Mein Plan war ja ursprünglich, dass Milt gehen sollte, aber wie du weißt, ist das nicht in Erfüllung gegangen.«

»Hat June dazu ihre Meinung geäußert?«

»Wir sind die besten Freunde, die du hast«, sagte Dave.

»Was hat sie gesagt?«

»Du wirst ja bestimmt nicht den genauen Wortlaut hören wollen.«

»Doch.«

Dave sah zu dem krummen Zaun hinüber. »Sie meint, du solltest nach Denver gehen«, sagte er.

In dieser Nacht fuhr Tiny über eine rote Ampel. Er war auf dem Weg in Augusts Innenstadt, als er die rote Ampel überfuhr und ein Laster sich in die Fahrerseite des Parisienne bohrte. Der Laster war ein Lieferwagen der Firma *Bazelon Beleuchtung und Armaturen* aus Colorado Springs. Tiny erlitt einen Nasenbeinbruch, der Fahrer des Lasters hatte sich offenbar am Arm verletzt. Die Polizei kam. Ein Polizist brachte Tiny in den Streifenwagen und reichte ihm Verbandsmull für seine Nase. Auf dem Armaturenbrett tanzten Lichterreihen.

»Sie sind Charles Darling?«, fragte der Polizist.

»Stimmt.«

»Haben Sie etwas getrunken, Charles?«

»Also, zum Abendessen hab ich Bier getrunken.«

»Sie haben also zum Abendessen Bier getrunken.«

»Ja, ein Grain Belt.«

»Und das war alles?«

»Ich hatte nur dieses eine Grain Belt.«

»Was würden Sie sagen, wie schnell waren Sie, als Sie in diese Kreuzung hineingefahren sind?«, fragte der Polizist.

»Keine Ahnung.«

»Schätzen Sie mal.«

»Na klar, ich schaue natürlich dauernd auf den Tacho, wenn ich fahre«, sagte Tiny.

»Ich verstehe«, sagte der Polizist. »Wo wohnen Sie?«

»Am Mount Astor.«

»Aha. Eine Schwester von mir wohnt auch dort.«

»Hübsche Gegend«, sagte Tiny.

Tiny wurde wegen Trunkenheit am Steuer verurteilt, verlor seinen Führerschein und musste elfmal zu einer Gruppenberatung im Keller des Gerichtsgebäudes in Sedonia gehen. Der Ansatz dort war ein psychologischer. Quer durch den Raum war vorn ein rotes Banner mit gelben Filzbuchstaben gespannt: ALKOHOL IST SCHLECHT. Tiny nahm das alles nicht sehr ernst, und einmal hob er sogar die Hand und fragte, ob aufgestaute Wut in gewissen Situationen nicht ganz praktisch sein könne. Erst beim neunten Treffen drang tatsächlich etwas bis zu Tiny durch. Die Gruppenmitglieder setzten sich eines nach dem anderen an das Lenkrad eines Videomonitors, der die verminderte Umweltwahrnehmung eines betrunkenen Fahrers simulierte. Man konnte ihn immer stärker einstellen: ein Glas, drei

Glas, acht Glas, klinisch tot. Jeder Grad endete mit einem Unfall, und dann stolperte ein Zeichentrickmännchen über den Bildschirm, das statt Augen Kreuze im Gesicht trug. Als Tiny das Lenkrad berührte, ging das Gerät kaputt und versetzte ihm einen elektrischen Schlag, der ihn bewusstlos machte.

Er lag auf dem Rücken am Fußboden und träumte, er sei auf einem See. In kleinen Booten fuhren Geister flink umher. Sie riefen ihn: *Charles … Charles …* Sie kurvten alle fröhlich auf dem See herum. Nur Tiny trieb auf den Wasserfall zu. Doch als er ihn erreichte, bemerkte er, dass auch er ein Geist war und in der Luft laufen konnte.

HIMMEL, HÖLLE, ITALIEN

Acht

An einem sonnigen, heißen Mittwoch wurde Kleeborg auf dem Rückweg von der Kirche in Stone City von einem Auto angefahren. Und zwar von einem alten blauen Ford Galaxie, an einer Kreuzung, an der man anhalten musste, gleichgültig, aus welcher Richtung man kam. Ein Mann und eine Frau stiegen aus dem Auto und blieben über dem zu Boden gestürzten Fotografen stehen.

»Sie waren genau im toten Winkel«, sagte der Mann.

Er hieß Frank. Er war ein gutaussehender Mann in gelbem Hemd, und er verkaufte Werbeflächen sowie Minzpastillen. Auf der Highschool war er sehr beliebt gewesen, aber seither kam es ihm vor, als würde er irgendwie ständig von allen schikaniert.

»Können Sie meine Hand erkennen?«, fragte er. »Wie viele Finger habe ich?«

Kleeborg schloss die Augen.

»Ich darf gar nicht daran denken, wie das unsere Police in die Höhe treiben wird«, sagte Frank. Er zündete sich eine Zigarette an und warf das Streichholz auf die Straße. »Was das für ein Schwindel ist! Und was das wieder für einen Aufstand geben wird. Man zahlt und zahlt, jeden Monat, sein Leben lang, und was passiert?«

»Ich hätte dich auf keinen Fall fahren lassen dürfen«, sagte die Frau. Sie wischte sich mit dem Unterarm über die Stirn. Sie trug eine ärmellose Bluse, einen kurzen Tellerrock und eine Anstecknadel, auf der »Grace« stand.

»Sie setzen deine Police rauf, und damit hat sich's«, sagte Frank.

»Schau doch mal, das ist wirklich ein ganz alter Mann«, sagte Grace.

»Was haben die eigentlich mit dem ganzen Geld gemacht, das du ihnen bis jetzt gezahlt hast?«, fragte Frank. »Aber so darf man ja nicht fragen.«

»Da liegt seine Brille«, sagte Grace. »Zerbrochen.«

»Stell es dir mal andersherum vor«, sagte Frank. »Stell dir vor, dein Strafregister wäre makellos. Stell dir vor, du hättest dir noch nie etwas zu Schulden kommen lassen.«

»Hältst du jetzt mal die Klappe?«, sagte Grace. »Du hast ihn verletzt.«

Frank rauchte seine Zigarette und lief in einem großen Kreis. »Ich hab 'ne Idee, wie wir es machen könnten«, sagte er. »Wir könnten sagen, dass du gefahren bist. Bei dir wäre es das erste Mal, und wir würden nicht in die Risikogruppe eingestuft. Was meinst du? Ist doch eine gute Idee, oder?«

Grace hob Kleeborgs Füße an. Er trug Penny-Loafers, an denen die Pennys längst abgelaufen waren. Sie legte Kleeborgs Füße wieder ab.

»Gestern bist du ja auch gefahren«, sagte Frank. »Es wäre also gar nicht unbedingt eine Lüge.«

»Schau dir nur mal dieses wunderbare alte Hemd an«, sagte Grace.

»Ach zum Teufel«, sagte Frank. »Der weiß doch nicht mal, welcher Tag heute ist. Mister! Hey! Der ist ausgelöscht wie ein Nachtlicht. Wenn es keine weiteren Zeugen gibt, dann gewinnt unsere Aussage umso mehr Gewicht.«

Ein Junge kam aus einem der großen Häuser hinter dem Steilhang östlich der Elften Avenue herunter. »Ich hab schon den Krankenwagen gerufen«, sagte er. »Ich habe alles gesehen.«

»Super«, sagte Frank. »Großartig.«

Der Junge kniete sich hin und legte Kleeborg einen Waschlappen auf die schmale Stirn. »Irgendeine Stimme hat mir gesagt: Geh zum Fenster. Ich hab mir gerade ein Sandwich gemacht, und auf einmal – ich weiß auch nicht – da kam so etwas wie: Leg das Messer weg.«

»Diese Stimmen, die du da hörst – möchtest du mir von denen nicht noch mehr erzählen?«, sagte Frank.

»Sind Sie gefahren?«, fragte der Junge.

»Was soll die Fragerei.«

Drei Straßen weiter hielten die Bezirksräte ihre allwöchentliche Sitzung ab. Sheriff Dan Norman musste diesen Treffen beiwohnen, obwohl er fand, dass Steineschleppen lustiger und bestimmt auch nützlicher gewesen wäre. Seit fünf Minuten begutachtete er jetzt schon die kleinen weißen Narben an seinen Händen, um wach zu bleiben. Die da ist von einem Fuchsschwanz, die von einem Hammer, die von einem Anglermesser …

Die Bezirksräte waren fast alle Rentner und konnten sich Zeit lassen. Seit Kurzem liebäugelten sie mit dem Plan, ihre Kompetenzen zu erweitern, obwohl das eindeutig illegal war. Dies gestattete ihnen, häufig Besprechungen mit dem Anwalt Lee P. Rasmussen anzuberaumen, was sie offensichtlich genossen. »Da sollten wir besser Lee ran lassen«, pflegten sie zu sagen.

Heute jedoch diskutierten sie über das Vorhaben von Ronnie Lapoint, in der Nähe des Lapoint-Moors Lagerräume zu errichten und dann zu vermieten. Das Moor lag an der niedrigsten Stelle der Landstraße 29, südlich von Lunenberg und nordöstlich von Margo. Zu diesem Antrag gab es recht unterschiedliche Meinungen. Den Vorsitzenden der Bezirksratsversammlung, Russell Ford, schien Ronnie in der Tasche zu haben. Die anderen Räte jedoch zeigten sich besorgt, einerseits wegen der Folgen für die Umwelt, andererseits wegen der Unwägbarkeiten, die das Vermieten solcher Lagerräume nach sich ziehen konnte.

»Ich sag mal, ich hab dazu eine doppelte Frage«, meinte Bezirksrat Phillip Hannah. »Was sind das für Leute, und was genau wollen sie lagern? Wenn es etwas ist, was sie nicht ohne Scham auch bei sich zu Hause lagern könnten, dann frage ich mich, sollen wir ihnen einen Ort zur Verfügung stellen, an dem sie es verstecken können?«

Bev Leventhaler brachte das Argument vor, dass in der Nähe des Moores Rohrdommeln brüteten und dass die Lagerräume ihren Lebensraum empfindlich beeinträchtigen würden. Sie war die Beauftragte für landwirtschaftliche Entwicklung und die Moderatorin der Sendung *Zum Kaffee*, die täglich außer Sonntags im Radio zu hören war.

»Ich habe ein Buch dabei, wo sie abgebildet sind«, sagte Bev. Sie war schlank und hübsch, mit rotem Lippenstift und einem anziehenden Überbiss. »Sieht das jeder? Ich lass es herumgehen. Seid bitte vorsichtig damit. Es ist aus der Leihbibliothek. Was soll ich sagen? Tim, mein Mann, und ich, wir lieben diese Vögel. Ich sage nicht, dass sie zahm sind – sind sie nicht –, aber wir hatten schon ganz schöne Erfolge mit kleinen Futterspendern, die wir aus einer ganz normalen Plastikflasche hergestellt haben.«

»Danke schön, Bev«, sagte Russel Ford, der sich mit einem Zündholzbriefchen in den Zähnen herumstocherte.

Dan brachte ebenfalls seine Meinung ein. »Viele Leute gehen im Lapoint-Moor auf Entenjagd. Ich zum Beispiel gehe im Lapoint-Moor auf Entenjagd. Das Moor ist ein Jagdgebiet, in dem sogar zur Entenjagd aufgerufen wird. Es ist vor 20 Jahren von Ronnies Großvater dem Staat urkundlich übertragen worden, und ich glaube, der hätte sich niemals vorstellen können, dass Ronnie auf einen solchen Gedanken käme. Mir scheint es nicht ratsam, am Rande eines Jagdgebiets Industriegebäude zu erlauben. Wer kann mit Sicherheit sagen, dass es nicht Schrotkugeln auf die Leute hageln wird, die diese Lagerräume benutzen?«

Ronnie Lapoint stand auf und verteidigte seinen Plan. Er behauptete, dass die Waren, die in solchen Lagerhäusern gestapelt würden, zu 90 Prozent aus Familienerbstücken bestünden, dass die Rohrdommeln sich über ein bisschen Gesellschaft freuen würden und dass die Schrotkugeln, falls sie denn bis zu dem Gebäude gelangten, was er nicht annehme, auf dem schweren Wellblechdach landen würden, ohne Schaden anzurichten.

Dan blieb nicht bis zum Ende. Er schlich sich aus dem Gerichtsgebäude und fuhr die Neunte hinunter, bog an der Pear Street links ab und stieß schließlich rein zufällig auf die Menschen, die sich um Kleeborg versammelt hatten.

Außer Frank, Grace und dem Jungen mit dem Waschlappen standen jetzt noch ein Dutzend Leute herum, die wie Kleeborg in St. Alonzo zur Messe gewesen waren, sowie zwei junge Frauen, die eine Gruppe von Kindern an einem Seil führten, und ein paar Landschaftsgärtner, die mit ihrem Laster voller Pflanzen stehengeblieben waren, sich auf ihre Rechen stützten und dem Treiben zusahen.

»Ich bin's, Dan Norman, Mr. Kleeborg«, sagte Dan. »Der Ehemann von Louise. Dan. Verstehen Sie mich?«

Kleeborg hob die Hand an die Stirn. »Ich weiß nicht warum, aber ich erinnere mich gerade an etwas, was einmal meiner Schwester passiert ist.«

»Ja, was denn?«, fragte Dan.

»Sie schrieb abends immer Briefe«, sagte Kleeborg. »Sie hieß Lydia. Sie hatte die merkwürdige Angewohnheit, mit den Händen über die Seite zu fahren, wenn sie sie vollgeschrieben hatte. Eines Abends höre ich sie weinen. Unser Vater durfte auf keinen Fall aufwachen, denn er war in der Molkerei angestellt und musste immer vor Tagesanbruch aufstehen. Da hab ich also eine

Kerosinlampe angezündet und bin nachschauen gegangen, was los war. Für die Lampen hatten wir damals nur Kerosin, und es gab oft Brände. Tja, Lydia hatte das Tintenglas umgestoßen, und es war leider zu Boden gefallen. Der Brief an ihren Freund war ruiniert und ihr Nachthemd auch, genauso der Teppich unter dem Tisch, an dem sie schrieb.«

»Oh je«, sagte Dan.

»›So, Lydia‹, hab ich gesagt, ›vielleicht begreifst du jetzt endlich mal, dass du nicht immer so mit den Händen herumfuchteln sollst, wenn du schreibst.‹«

»Und was hat sie darauf gesagt?«, fragte Dan.

»Das weiß ich nicht mehr. Ich glaube, sie hat weiter geweint.«

»Was ist hier denn eigentlich passiert?«, fragte Dan.

»Ich möchte gerne wissen, warum ich gerade jetzt daran denken musste«, sagte Kleeborg.

»Sie haben einen ganz schönen Stoß an den Kopf bekommen, Mr. Kleeborg«, sagte Dan.

»Der Mann in Gelb hat mich umgefahren«, sagte Kleeborg. »Ich war auf dem Weg von der Kirche, und er hat mich mit dem Auto erwischt.«

Die Sanitäter hoben Kleeborg auf eine Trage und legten ihm eine Schutzklammer um den Kopf. Dan nahm sich Frank vor. »Sir, haben Sie dieses Auto gefahren?«

»Nein«, sagte Frank.

»Wie ist Ihr Name?«

»Franklin Ray«, sagte Frank.

Dan ging einmal um den Galaxie herum. Das Auto war dunkelblau und staubig, und im Rückfenster standen krumm und schief die Boxen einer normalen Stereoanlage. Solche Improvisationen – wie zum Beispiel ein Koffer mit einem Stück Seil als Griff oder ein Kleid, das mit Sicherheitsnadeln zusammengehalten wurde – kamen Dan immer besonders jämmerlich vor. »Ist das Ihr Wagen?«

»Ich sage nichts ohne einen Anwalt«, antwortete Frank.

»Dann ist es also Ihr Wagen.«

»Das habe ich nicht gesagt«, sagte Frank.

»Rühren Sie sich nicht vom Fleck.«

Sheila Geer von der Polizei in Stone City kam herangefahren, in einem neuen Chevy-Streifenwagen, der weiß in der sommerlichen Mittagssonne glänzte. Der Staat stand bei der Verwaltung der Gemeinden zwar an erster Stelle, aber irgendwie schafften es die Städte offenbar immer, die besseren Autos zu bekommen.

»Was haben wir denn da, Dan?«, fragte Sheila. Sie war eine kleine und sehr kernige Sergeantin, die eine Vorliebe dafür hatte, an den Schauplatz eines Verbrechens gebraust zu kommen und zu fragen, was man denn da habe. Dan hatte vor Jahren ein paar Mal die Nacht bei ihr verbracht, als sie noch Streife gefahren und er Hilfssheriff gewesen war. Es hatte bei ihr mehr Kerzen gegeben als zu Weihnachten und Sitzsäcke anstelle von Stühlen.

»Wie du siehst, steht da drüben dieser Galaxie 500, und der hat Mr. Kleeborg angefahren«, sagte Dan. »Dort wird er gerade in den Krankenwagen gehoben.«

»Ach, der hat doch die Fotos für unser Jahrbuch gemacht«, sagte Sheila.

»Sehr gut möglich«, sagte Dan. »Meine Frau ist bei ihm angestellt.«

»Da fällt mir ein: herzlichen Glückwunsch«, sagte Sheila. »Zu deiner Hochzeit und überhaupt.«

»Danke, Sheila«, sagte Dan.

»Louise Darling, stimmt's? Ihre zweite Ehe?«

Dan nickte.

»Weißt du, ich hab mir früher auch mal überlegt, ob ich Fotografin werden soll«, sagte Sheila.

»Louise ist damit jedenfalls sehr zufrieden«, sagte Dan.

»Ich weiß noch, da gab es so ein Fotopapier für die Abzüge, das hieß Agfa«, sagte Sheila.

»Genau«, sagte Dan.

»Mir hat das Wort immer gefallen, es klingt so schön«, sagte Sheila. »Agfa. Kümmerst du dich um den Unfall?«

»Nur wenn ich muss«, sagte Dan.

»Wer ist denn der Hauptverdächtige?«, fragte Sheila.

»Wahrscheinlich der Typ im gelben Hemd«, sagte Dan. »Ein Mr. Franklin Ray. Aber er macht dauernd Ausflüchte.«

»Diese Sorte kenne ich«, sagte Sheila.

»So ein richtiger Rechtsgelehrter«, sagte Dan.

»Au ja.«

»Psst«, sagte Dan. »Da kommt er.«

Frank hatte die Hände in die Hosentaschen gesteckt und kam heranspaziert, als wäre er auf einem abendlichen Bummel. »Darf ich Ihnen mal eine rein hypothetische Situation vor Augen führen«, sagte er. »Angenommen, ich wäre der Fahrer gewesen – also, ich sag nicht, dass ich's war, nur mal angenommen –, würde es sich dann um ein Verkehrsdelikt handeln oder um eine andere Art von Vergehen? Oder gibt es in so einem Fall nur Verkehrsdelikte?«

»Jetzt hören Sie mal gut zu«, sagte Dan. »Ich habe keine Zeit für solchen Unfug. Entweder Sie sind gefahren oder Sie sind nicht gefahren.«

Frank scharrte mit dem Fuß auf dem Pflaster herum. »Ich bin gefahren«, sagte er.

»Also, Sie sind vielleicht ein Scheiß-Fahrer«, sagte Dan.

»Der Alte ist mir direkt vors Auto gesprungen«, sagte Frank.

»Das glaube ich Ihnen aufs Wort«, sagte Dan.

»Kommen Sie jetzt mit, Sir«, sagte Sheila. Rollie Wilson kam mit einer Kladde zu Dan. Er war Farmer, Automechaniker und Fahrer des Sanitätsautos. Aus Liebhaberei züchtete er Antilopen. Auf seiner Jacke sah man Ölflecken, aber seine Fingernägel waren sauber geschrubbt.

»Ich brauch deine Unterschrift, Danny«, sagte er.

Dan unterschrieb. »Wie geht es ihm?«, fragte er.

»Er scheint eine leichte Gehirnerschütterung zu haben«, meinte Rollie. »Das wird schon wieder. Vielleicht behalten sie ihn zur Sicherheit heute über Nacht drin. Er sieht jedenfalls ganz okay aus, aber du siehst echt fürchterlich aus.«

»Ich muss gestehen, ich schlafe ziemlich schlecht.«

Eine der jungen Frauen ging vorbei und rollte das Seil für die Kinder auf. »Die würde ich wegen ein paar Krümeln nicht von der Bettkante stoßen«, sagte Rollie. »Weißt du, ich habe eine Zeitlang auch unter Schlaflosigkeit gelitten. Nachdem es bei uns gebrannt hatte. Du weißt doch noch, wie es bei uns gebrannt hat.«

»Natürlich«, sagte Dan.

»Um die Wahrheit zu sagen, Dan: Ich habe eine Psychiaterin aufgesucht«, sagte Rollie. »Es macht mir nichts aus, dir das zu sagen, überhaupt nichts macht mir das aus. Ich habe mich wirklich gründlich mit der Frage beschäftigt. Früher habe ich mich immer geschämt, aber Scham ist so etwas Erstickendes.«

»Oh ja, das weiß ich«, sagte Dan.

»Ich habe eigentlich nie viel über mich gesprochen«, sagte Rollie. »In der Familie, aus der ich komme, da hält man meistens den Mund. Ich könnte schwören, dass mein Vater zu uns Kindern in all der Zeit, bis wir groß waren, kein einziges Mal einen vollständigen Satz gesagt hat. So einen mit Subjekt und Prädikat: No, Sir. Aber der Witz ist, als ich endlich zu dieser Psychiaterin kam, stell dir vor, da brauchte ich auch praktisch kein Wort zu sagen. Sie schrieb mir auf der Stelle ein Rezept aus. Sie sagte, eine Menge Leute können nicht schlafen. Das ist keine Lüge. Sie sagte: Gehen Sie nach Hause und träumen Sie schön! Ich war insgesamt keine Viertelstunde bei ihr in der Praxis.«

»Echt?«, sagte Dan.

»Ich kann dir ihren Namen aufschreiben, wenn du willst«, sagte Rollie.

»Nimmst du immer noch was?«, fragte Dan.

»Das kannst du glauben«, sagte Rollie. »Und ich schlafe großartig.«

In Kleeborgs Fotostudio war Louise gerade dabei, im roten Licht der Dunkelkammer Abzüge zu machen. Sie trug Jeans und ein ausgeblichenes blaues Arbeitshemd.

»Rollie meint, sie behalten ihn wahrscheinlich über Nacht drin«, sagte Dan. »Er war leicht verwirrt, als ich mit ihm gesprochen habe. Soviel steht fest.«

»Ja? Wieso?«

»Er hat mir von seiner Schwester erzählt, dass sie ihre Tinte verschüttet hat, in den Zeiten, als es noch Kerosinlampen gab.«

»Lydia«, sagte Louise.

»Genau, Lydia.«

»Armer Kleeborg«, sagte Louise.

»Weißt du, was wir machen sollten? Sie anrufen.«

Louise lachte. »Da bräuchten wir aber ein gutes Telefon. Sie ist schon seit Jahren tot. Deswegen geht er ja in die Kirche.«

»Warum?«

»Wegen Lydia.«

»Sie fehlt ihm.«

»Kann sein. Ach was weiß ich«, sagte Louise.

Als Mary von dem Unfall erfuhr, drängte sie Louise ziemlich skrupellos dazu, die Porträtfotografie selbst zu übernehmen. Aber von Mary hieß es ohnehin manchmal, eher könne man einen Dachs dazu bringen, ein Auto zu reparieren, als sie sich zu ändern.

Eines sengend heißen Abends fuhr sie zur Farm hinaus. Die Hitze war schon wochenlang brutal. Es gab keinen Windhauch, die Sonne brannte in das Becken des Rust River, und alle Ereignisse wirkten irgendwie zufällig und wie durch Hitzeringe voneinander geschieden. Und vor allem machte sich im Grouse County Ratlosigkeit breit. Die Zeit der landwirtschaftlichen

Familienbetriebe schien vorbei zu sein, und es gab keine zündende Idee für etwas Neues an ihrer Stelle.

Louise und Dan saßen in abgeschnittenen Hosen und leichten T-Shirts auf ihren Gartenstühlen. Louise las Zeitung und Dan schälte Maiskolben. Sie hofften auf eine kühle Brise. Ihr Haus stand auf einem Hügel und jeder Windstoß von Osten hätte über ihren Hof gehen müssen.

»Habt ihr um sechs Uhr die Nachrichten gesehen?«, fragte Mary. »Ein junges Mädchen ist zum Parlamentsgebäude gegangen, mit nichts als Straßenkarten bekleidet.«

»Warum das denn?«, fragte Louise.

»Ich hab nur das Ende mitgekriegt«, sagte Mary. »Ich dachte, es steht vielleicht etwas darüber in der Zeitung.«

Louise blätterte geräuschvoll die Zeitung durch. »Anscheinend nicht.«

Dan brach an einem Maiskolben den Stiel ab. »Wahrscheinlich wollte sie gegen irgendetwas protestieren«, sagte er.

»Offensichtlich«, sagte Mary.

»Gegen die Hitze vielleicht«, sagte Louise. Sie faltete die Zeitung zusammen, fächelte sich damit Luft zu, schlug sie wieder auf und las weiter.

»Ja, könnte sein«, sagte Mary. »Ist doch Wahnsinn, oder? Und morgen soll es noch schlimmer werden als heute. Ist Perry Kleeborg eigentlich schon aus dem Krankenhaus entlassen?«

Loise schüttelte den Kopf.

»Wen hat er?«, fragte Mary und meinte damit seinen Arzt. »Freiberger?«

»Duncan«, sagte Louise.

»Von Duncan halte ich gar nichts«, sagte Mary.

»Das sagen viele Leute«, antwortete Louise.

»Freiberger finde ich gut, aber Duncan nicht«, sagte Mary.

»Kleeborg hat gegen Duncan nichts einzuwenden«, sagte Louise.

»Louise«, sagte Mary, »ich fürchte, das war's dann mit dem alten Perry. Er ist ja schließlich keine einundzwanzig mehr.«

»Wie alt ist er eigentlich?«, fragte Dan.

»Siebenundachtzig«, sagte Louise. »Aber noch sehr vital. Ich kenne bis heute niemanden, der mit einer Plattenkamera besser umgehen kann als er.«

»Ich kann mir nicht vorstellen, dass er je wieder in seinem Laden steht«, sagte Mary. »Tut mir leid, aber irgendjemand muss das ja mal aussprechen. Man darf schließlich nicht vergessen, dass der Mann einfach auf die Fahrbahn gelaufen ist. Sollte er nicht langsam daran denken, sich zur Ruhe zu setzen?«

»Kleeborg war aber im Recht; er durfte gehen«, sagte Louise.

Dan war mit dem Mais fertig und nahm eine Tupperware-Schüssel voller Eiswürfel. »Stimmt«, sagte er.

»Wie bitte?«, sagte Mary.

»Frank Ray war im Unrecht«, sagte Dan.

»Der Typ, der gefahren ist«, sagte Louise.

»Recht behalten ist das eine und Überleben das andere«, sagte Mary.

Darüber dachten sie alle drei nach. Ein leichtes Lüftchen kam auf, und sie drehten dem Windhauch das Gesicht zu.

»Aber darum geht es ja gar nicht«, sagte Mary.

»Ich weiß ganz genau, worum es dir geht«, sagte Louise.

»Das wissen wir beide«, sagte Dan. Er nahm einen Eiswürfel zwischen die Zähne.

»Aber ich bin gerne in der Dunkelkammer«, sagte Louise. »Ich mache gerne Abzüge. Ich mag das Abwedeln und das Nachbelichten. Ich mag die Chemikalien und die Beleuchtung, und es ist mir sehr angenehm, dass ich nicht unter Stress stehe.«

»Louise, du bist gern in der Dunkelkammer. Sehr schön. Das wissen wir. Das ist eine Tatsache«, sagte Mary. »Aber es ist keine Karriere.«

»Das würdest du immer sagen, egal, was ich mache«, sagte

Louise. »Sogar wenn ich Opernsängerin wäre, würdest du sagen, das ist keine Karriere.«

»Na ja, ich halte das auch tatsächlich nicht für eine sehr sichere«, sagte Mary.

Im Schlafzimmer von Dan und Louise drehte sich ein weißer Plastikventilator. Sie waren noch wach und sahen sich einen Film über eine Bärenfamilie an. Louise trank einen Gin Tonic und Dan ein Bier. Die Geschichte wurde aus der Sicht des männlichen Bären erzählt.

»Und so geht unser Winterschlaf denn unausweichlich zu Ende«, sagte er. »Die Sonnenwärme lockt uns aus unserer Höhle.«

»Voll der redegewandte Bär«, sagte Louise.

»Weißt du, deine Mutter macht dir das Leben ja ganz schön schwer«, sagte Dan.

»Allerdings weiß ich das«, sagte Louise.

Die Bären warfen Lachse durch die Luft. »Wir haben es vorhin in voller Bandbreite erlebt«, sagte Dan.

»Ist alles in Ordnung?«, fragte Louise.

»Ja«, sagte Dan.

»Wirklich?«

»Klar. Wieso?«

»Nur so«, sagte Louise. »Schläfst du immer noch so schlecht?«

»Sprichst du immer noch im Schlaf?«, fragte Dan.

»Wie soll ich das wissen?«, sagte Louise.

»Also, du sprichst tatsächlich«, sagte Dan.

»Du bist doch nicht bei einem Wettkampf«, sagte Louise. »Du musst dich entspannen. Deswegen kannst du nämlich nicht schlafen, weil du dich nicht entspannst. Nimm doch mal einen richtigen Drink. Beim Bier hat man das Problem, dass da so viel Wasser drin ist. Du kennst doch den Spruch ›Aus reinstem Felsquellwasser‹. Also das stimmt. Es ist einfach nur Wasser. Während, im Gin ist mehr Alkohol. Nimm mal einen Schluck. Entspann dich.«

Dan trank und streckte die Hand aus, um ihr übers Haar zu streichen. »Du stehst ziemlich auf Alkohol, stimmt's?«

»Stimmt«, sagte Louise. »Als ich mich vorhin bettfertig gemacht habe, konnte ich es kaum erwarten, mich auf diesen Gin Tonic zu stürzen.«

»Ich hab schon bemerkt, dass du dir die Klamotten nur so heruntergerissen hast.«

»Der Trick dabei ist aber genau das, was man immer gesagt kriegt: Man muss maßvoll sein«, sagte Louise. »Wenn man zu viel trinkt, wird man davon eher wacher. Aber ein kleines bisschen hilft. Mir jedenfalls. Ein einziges gut eingeschenktes Glas mit etwas Zitrone. Höchstens zwei Gläser.«

Dan wachte mitten in der Nacht auf. Und er lag dann nicht nur wach. Es gab immer irgendetwas, was ihn ein bisschen plagte. Entweder er hatte Ohrensausen, oder er spürte sein verletztes Knie, oder die Zähne taten ihm weh, oder er hatte einen Ständer, der gar nicht mehr abschwellen wollte. Es war immer nur ein einzelnes Problem, nie gab es zwei gleichzeitig. Vielleicht waren diese Unpässlichkeiten gar nicht die Ursache der Schlaflosigkeit, sondern ihre Folge – als würde, sobald er wach lag, immer gleich irgendein unangenehmer Zustand herbeibeordert, um ihm Gesellschaft zu leisten.

Louise atmete tief gegen seinen Arm. Er sah ihr dunkles Haar undeutlich neben sich. Ihr Atem wirkte in der Hitze seltsam kühl, und er hatte das Gefühl, dass er im selben Rhythmus atme wie sie. Gerade das aber wurde in dieser Nacht zu einem kleinen Problem. Mit jedem Atemzug sog er etwas weniger Luft ein, als seine Lunge gebraucht hätte. Man würde denken, dass das Atmen sich völlig automatisch vollziehe, aber in dieser Nacht ging Dan langsam die Luft aus, während er in Louises Rhythmus atmete.

Er stand auf, ging um das Bett herum und setzte sich auf einen Stuhl. Jetzt konnte er den Umriss ihres Rückens erkennen. Von diesem Beobachtungspunkt aus war sie ein Wesen voller Schönheit und Zartheit. Vielleicht wäre es besser gewesen, wenn er sie viel früher kennengelernt hätte. Er war siebenunddreißig Jahre alt, und obwohl in dem Bezirk, in dem er Sheriff war, nicht sehr viele Menschen wohnten, hatte er schon die entsetzlichsten Dinge gesehen. Alle Arten von Autounfällen, mit Kindern, mit Säuglingen. Und Motorradunfälle, bei denen es aussah, als sei der Fahrer von einer riesigen Hand auf den Asphalt geschleudert worden. Er hatte völlig ausgerastete Menschen erlebt, die ihre eigene Familie bedrohten. Das kam an jedem beliebigen Besäufnisabend vor. Er hatte die Folgen eines Mordes mit anschließendem Selbstmord gesehen, oder was das sonst gewesen war, in einer ansonsten sauberen Küche mit einer Stickerei: »Gesegnet sei die Unordnung.« Es fiel ihm schwer, diese Erinnerungen mit dem bloßen Anblick von Louise in Einklang zu bringen, wenn sie sich am Morgen das Haar bürstete, wobei sie es einfach mit der einen Hand zusammenfasste und ihren Pferdeschwanz mit der anderen bürstete; oder wenn sie eine sarkastische Bemerkung machte, mit einem Funkeln in den Augen und einem Glas an den Lippen; oder wenn sie Auto fuhr, das Haar am Hinterkopf zusammengebunden und den Unterarm auf die Autotür gestützt. Gerade eben drehte sie sich um und sagte etwas. Er beugte sich zum Bett vor. »Feuchtgebiet«, sagte sie, sonst nichts. »Feuchtgebiet«, mit leiser Stimme. Und da verschwanden seine Schwierigkeiten mit dem Atmen oder er war sich ihrer einfach nicht mehr bewusst.

Dan zog sich ein Hemd an und ging hinunter in die Küche. Das Haus hatte zwar ursprünglich Louise gehört, war ihm aber inzwischen so vertraut, dass er sich im Dunkeln zurechtfand. Ein Balken orangeroten Lichts leuchtete am Wäschetrockner, eine beruhigende Bestätigung, dass der Trockner Tag und Nacht zur Benutzung bereitstand. Dan zog sich einen Stuhl heran und schaltete einen kleinen Schwarzweißfernseher an, der auf einem Tisch zwischen dem Kühlschrank und der Anrichte stand. Zu dieser Nachtzeit standen nur vier Kanäle zur Wahl: Ames, Albert Lea, La Crosse und Sioux City. Hier auf dem Land gab es kein Kabelfernsehen, und Morrisville hörte um ein Uhr nachts auf.

Dan betätigte die Fernbedienung mit wissenschaftlicher Unvoreingenommenheit. Auf Kanal 3 kam eine Werbung für Gold. Da Dan jetzt schon seit einem Monat wenig schlief, hatte sich in ihm die Überzeugung gefestigt, dass die Amerikaner, oder zumindest die schlaflosen Amerikaner, alle das Gold liebten – goldenes Geschirr und Besteck, Goldflitter, vor allem aber Goldbarren. Man konnte jede Nacht Armbänder bestellen, Halsketten, jede Art von Tieren, Gestalten aus *Les Misérables* – alles aus Gold. Wenn man geschäftstüchtig war, konnte man sogar eine Lizenz erwerben und sein Gold weiter verhökern. Doch im Alltag hatte Dan höchst selten mit Gold zu tun, und er fragte sich, ob diese Werbungen nicht vielleicht für eine ganz andere Gegend bestimmt und nur aus Versehen im Grouse County gelandet seien. Aber das fragte er sich bei jedem anderen Fernsehprogramm auch manchmal. Auf Kanal 5 kam ein Autorennen und danach eine Vorschau auf einen Science-Fiction-Film mit dem Titel *Die Neun-Meter-Braut*, in dem eine riesengroße Frau die Hauptrolle spielte, die ganz sexy mit einer Tunika aus einem Zelt oder einer Plane oder etwas Ähnlichem bekleidet war.

Dan schaltete auf Kanal 7 und sah dort eine Frau, die auf einer seltsam verschatteten Bühne sang. Sie hatte dunkle Locken und bleiche Augen und trug einen durchsichtigen Schleier. Sie sang überaus kraftvoll. Ihre Stimme stieg sehr hoch und zitterte, es war schwer zu entscheiden, ob sie ihrer Sinne überhaupt mächtig war. Hinter ihr spielten Geigen und Harfen, und in den Händen des Chors bebten Kerzen. Das Stück war jetzt fast zu Ende und stieg noch einmal bis zu einer verheerend hohen Note an. Dabei fuhr die Kamera zurück und zeigte, dass die Frau in einem Amphitheater sang, mitten in einer Landschaft voll dunkler Türme und Hügel. Sollte das der Himmel sein? Die Hölle? Italien? Dan hätte es nicht zu sagen gewusst. Er schaltete schnell auf Kanal 13, wo ein Mann mit Südstaatenakzent mit einem Küchenmesser auf eine Tischplatte einhackte, um die Unverwüstlichkeit des Messers vorzuführen.

* * *

Kleeborg war am Wochenende noch immer nicht aus dem Krankenhaus entlassen worden, deshalb fuhren Dan und Louise nach Stone City, um zu sehen, wie es ihm gehe. Er lag im Rotkreuzkrankenhaus, einem düsteren, aber sehr belebten Gebäude, das eine ständige Baustelle war, obwohl man nie sah, dass etwas gebaut wurde, wo ständig neue Geräte angeschafft wurden, um all das machen zu können, was auch in Rochester oder Kansas City gemacht wurde.

»Ich glaube, sie haben mich vergessen«, sagte Kleeborg.

»Sie wollen bestimmt schnellstens raus«, sagte Louise.

»Eigentlich nicht gar so dringend«, sagte Kleeborg. »Die bringen einem immer das Essen. Und es ist auch gar nicht so schlecht. Und draußen soll es schrecklich heiß sein. Ich habe überhaupt keine Lust auf Hitze.«

»Wie geht es Ihnen?«, fragte Dan.

»Dan, ich sehe nicht sehr gut«, sagte Kleeborg.

»Was hat denn Duncan dazu zu sagen?«, fragte Louise.

»Tja, das weiß ich nicht«, sagte Kleeborg. »Seit dem Tag, an dem ich eingeliefert worden bin, habe ich Duncan nicht mehr gesehen. Deswegen sage ich ja, dass ich glaube, sie haben mich vergessen. Aber ich habe eine Entscheidung getroffen, Louise.«

»Was denn?«

»Also, ich habe jetzt viel über den Tod nachgedacht.«

»Aber, Perry«, sagte Louise. »Dafür gibt es doch gar keinen Grund.«

»Doch, den gibt es«, sagte Kleeborg. »Denn gestern wurde jemand zu mir auf's Zimmer gelegt – er hieß Crawford – und heute Nacht ist er gestorben.«

»Im Ernst?«, fragte Louise. »Woran denn?«

»Das weiß offenbar niemand«, sagte Kleeborg. »Hier gibt es viel Wirrwarr. Sehr viel sogar. Aber ich habe eine Entscheidung getroffen und hatte heute meinen Anwalt hier. Sie wissen schon, Ned Kuhlers. Und ich habe gesagt: ›Ned, wenn ich sterbe, gehört das Fotostudio Louise. Und Sie sorgen dafür und tun alles Nötige.‹«

»Perry, dafür ist es aber wirklich noch viel zu früh, im Ernst«, sagte Louise. Sie griff nach einem Klingelknopf und drückte darauf. »Und ich kann Ihnen auch gar keinen Vorwurf machen. Es ist keiner da, der mit Ihnen redet, und Sie liegen hier und regen sich immer mehr auf.«

»Na, gestern habe ich mit Crawford geredet«, sagte Kleeborg. »Sehr viel sogar. Er konnte ja nicht weg, und ich glaube, das habe ich ausgenützt. Ich hoffe nur, dass er nicht daran gestorben ist.«

Louise ging zur Tür und schaute den Gang hinunter. »Ich geh mal jemanden suchen«, sagte sie.

Dan und Kleeborg blieben allein zurück.

»Sie hat so ein weiches Herz«, sagte Kleeborg.

»Oh ja«, sagte Dan. Er ging zum Fenster. Bagger krochen über eine staubige Baustelle; man konnte sie nicht hören. »Nur mal so, was haben Sie zu diesem Crawford denn gesagt?«

»Ich habe ihm von meiner Schwester erzählt«, sagte Kleeborg.

»Lydia.«

»Ja. Wissen Sie, als wir noch jung waren, hat sie ihrem Freund viele Briefe geschrieben.«

»Ich weiß.«

»Aber unsere Eltern wollten das nicht«, sagte Kleeborg. »Ob

sie mit ihrer Auffassung richtig lagen oder nicht, das weiß ich nicht. Aber sie haben mit Dean Ross eine Abmachung getroffen – der hatte damals das Postamt und den Laden in Romyla, und Dean hat die Briefe von Lydia immer zurückbehalten und sie dann meinen Eltern gegeben, wenn die mal in die Stadt kamen. Natürlich war das Lydia gegenüber unfair. Aber damals hatte man noch nicht so eine Vorstellung vom Briefgeheimnis wie heute. Jedenfalls glaube ich nicht, dass auch nur ein einziger von ihren Briefen dort ankam, wo sie glaubte.«

Dan kehrte vom Fenster zurück und setzte sich auf einen Stuhl. »Das ist eine traurige Geschichte«, sagte er, »aber ich kann mir nicht vorstellen, dass sie jemanden umbringt.«

Es klopfte an der Tür. Herein trat weder ein Arzt noch eine Schwester, wie die beiden erwartet hatten, sondern Grace, die Frau aus dem Auto, das Kleeborg angefahren hatte. In Sandalen und einem engen grünen Kleid kam sie durch den Raum und übergab Kleeborg seine zerbrochene Brille.

»Es tut mir leid«, sagte sie. »Ich hab mich wirklich bemüht, sie reparieren zu lassen. Ich war damit in einem Laden, und die haben mir gesagt, sie können mir nicht helfen, weil die Brille zu alt ist. Und dann war ich damit noch in einem anderen Laden, und die haben gesagt, das stimmt gar nicht, die Brille ist nicht zu alt, und wann ich sie denn haben will. So weit so gut. Also bin ich heute wieder hin, und da sagen sie: ›Wir haben jetzt herausgefunden, sie ist doch zu alt, und wir können sie nicht reparieren.‹ Und ich sag: ›Danke. Danke vielmals, dass Sie meine Zeit verschwendet haben.‹ Na jedenfalls, hier haben Sie Ihre Brille, und es tut mir sehr leid, dass ich sie nicht reparieren lassen konnte, und vor allem tut es mir leid, dass das Ganze überhaupt passiert ist.«

»Also vielen Dank, Miss«, sagte Kleeborg. Er drehte die zerbrochene Brille in den Händen. »Ich weiß es zu schätzen, dass Sie's versucht haben.«

Und dann ging sie, und natürlich musste er nachfragen, wer sie sei, weil er sich nicht an sie erinnern konnte. Dann spielten Dan und Kleeborg zusammen Kribbage.

»Fünfzehn zwei, fünfzehn vier, fünfzehn sechs, ein Paar macht acht und König macht neun«, sagte Kleeborg.

Louise kam zurück und fragte: »War jemand hier?«

»Nur Grace Ray«, sagte Dan.

In dieser Nacht lag er wieder wach. Um zehn nach drei saß er gerade am Küchentisch und erledigte Rechnungen, als Louise im Nachthemd die Küche betrat. Er sagte »Hallo«, aber sie blieb, ohne zu reagieren, am Tisch stehen und sammelte die Rechnungen ein. In ihren Augen war ein so ruhiger Blick, dass Dan begriff, sie schlafwandelte. Sobald sie alle Papiere in den Händen hatte, ging sie zur Fliegengittertür hinaus, die sie hinter sich zufallen ließ. Dan ging ihr nach und passte auf, dass er sie nicht weckte. Das Einzige, was er über Schlafwandler wusste, war, dass man aufpassen musste, dass man sie nicht weckte. Louise wandelte im Dunkeln über das Gras. Sie trat aus dem Schatten der Bäume, beugte sich nieder und verteilte die Rechnungen über den Boden. Dann richtete sie sich wieder auf und blickte zum Himmel empor. Es war eine warme, klare Sommernacht. Die Sterne glitzerten wie Städte, und die Milchstraße sah aus wie eine richtige Straße, die irgendwo hinführte. Einen Augenblick später verschränkte Louise die Arme und kehrte ins Haus zurück. Dan hob die Rechnungen aus dem feuchten Gras auf und trug sie in die Küche, wo er sie in bezahlte und unbezahlte ordnete und weitermachte.

Neun

Tiny Darling kam ins Grouse County zurück, so wie alle immer zurückkommen. Er fuhr vorbei an umgebrochenen Maisstauden, großen blauen Silos und einem handgeschriebenen Schild am Straßenrand, auf dem stand, die Sünde sei der Tod. Er versuchte sich das alles als Szenen in einem Dokumentarfilm über sein Leben vorzustellen, mit einem Soundtrack von John Cougar Mellencamp. Er fuhr Richtung Osten durch Margo und dann weiter nach Grafton. Die Farm der Johansons sah im diesigen Herbstlicht fast zu perfekt aus. Die Felder waren abgeerntet und die Trockenbehälter standen so sauber aufgereiht da, als wären sie die in glänzendem Stahl nachgebildeten Mitglieder dieser Familie. »Grafton« stand auf dem Ortsschild. »321 Einwohner. Halten Sie doch mal an und sehen Sie sich um.«

Tiny fuhr direkt zu Lindsey Coales Schönheitssalon. Lindsey saß auf einem Stuhl unmittelbar neben der Tür und sah durch das Fenster auf die leere Straße hinaus.

»Hallo, Fremder«, sagte sie. »Ich hab gehört, Sie sind unter die Cowboys gegangen.«

»Das ist ein unbegründetes Gerücht«, sagte Tiny und ließ sich auf dem Frisierstuhl nieder. »Ich habe in Colorado Brücken gebaut.«

Lindsey legte Tiny ein Tuch um den Hals und befestigte es mit einer Sicherheitsnadel. »Und wie kurz soll es heute werden?«, fragte sie.

Tiny holte seine Brieftasche hervor und zog ein Foto heraus, das aus einer Zeitschrift gerissen war und einen Mann mit einer Flasche Aftershave zeigte, der hinaus auf einen Ozean blickte, in dem sich Delphine tummelten. Der Mann hatte wellige schwarze Haare.

»Kriegen Sie mich so hin?«

Lindsey sah sich das Foto genau an und warf dann einen Blick auf Tinys rote Haare. »Ich kann es versuchen«, sagte sie. »Wissen Sie, bei Ihrer Farbe wird es natürlich nicht ganz genau so. Aber wir probieren's einfach.«

»Ich meine die Farbe«, sagte Tiny.

Lindsey sah ihn unsicher an. »Was? Sie wollen eine Coloration?«

»Nennen Sie es, wie Sie wollen«, sprach Tiny. »Färben Sie mir die Haare schwarz.«

Lindsey Coale wandte sich dem Spiegel zu und zündete eine Zigarette an. »Darf ich fragen, warum?«, sagte sie.

»Nur so zur Abwechslung.«

»Tiny, sind Sie in Schwierigkeiten?«

Er beugte sich vor, die Hände auf den Armlehnen des Frisierstuhls. »Wie kommen Sie denn darauf?«, fragte er.

»Weil ich dafür ins Gefängnis wandern könnte«, sagte Lindsey. »So etwas ist nämlich schon vorgekommen.«

»Ich bin durchaus nicht in Schwierigkeiten«, sagte Tiny.

»In Oklahoma«, sagte Lindsey und blätterte in einer Friseurzeitschrift herum. »Eine Friseurin hat das Aussehen eines Postbeamten verändert, der Staatsanleihen gestohlen hatte. Der Postler hat es geschafft, außer Landes zu kommen, aber die Friseurin war drei Monate hinter Gittern. Hier hab ich's. *Vereinigte Staaten vs. Haar-, Haut- und Nagelstudio.*«

»Sie lesen da alles Mögliche hinein, was gar nicht vorhanden ist«, sagte Tiny. »Mein Leben hat sich verändert, aber meine Haare haben immer noch dieselbe langweilige Farbe.«

»Ich verstehe«, sagte Lindsey. »So ein Gefühl haben die Leute oft. Aber ich kann Ihnen nicht helfen, Tiny. Ich färbe keine Haare mehr.«

Tiny stand auf, warf das Tuch zurück wie einen Umhang und griff nach einer Flasche auf einem Wandbrett. »Und was ist das hier?«

»Das ist ein Festiger«, sagte Lindsey. »Bitte stellen Sie ihn wieder hin. Bitte stellen Sie ihn wieder hin, Tiny.«

»Schon gut«, sagte Tiny. »Da bitte, da steht er wieder.«

»Wollen Sie sich jetzt die Haare schneiden lassen oder nicht?«

Tiny nahm die Sicherheitsnadel aus dem Tuch an seinem Kragen. »Will ich nicht«, sagte er.

Er hatte in Morrisville zu tun, also hätte er eigentlich die Straße nehmen können, die von Grafton aus nach Südwesten führte. Stattdessen beschloss er, einen Abstecher über Boris zu machen, um seine Mutter zu besuchen. Auf diese Weise kam er an der Farm der Klars vorbei, die er fast zwei Jahre lang nicht mehr gesehen hatte. Das Haus sah praktisch genauso aus wie früher. Nur wäre ein Anstrich jetzt noch dringender nötig gewesen. Es handelte sich um ein weißes Farmhaus mit hohem Giebel und etwas niedrigerem Dachfirst. Dan und Louise hatten einen Autoreifen als Schaukel in die Ulme gehängt. Na toll. Dans goldfarbener Caprice war aufgebockt. Tiny bog in die Einfahrt, hupte mehrmals, wartete und fuhr sein Auto dann hinter die Hecke, die den Hof vom Scheunenhof trennte.

Er betrat die Garage und blieb an dem Fenster zur Küche stehen. Dann schob er es hoch und stieg hindurch. Er ging durchs Haus. Im Wohnzimmer fand er ein glänzend blaues Fotoalbum von der Hochzeit. Tiny trug es in die Küche, nahm sich ein paar Scheiben Käse aus dem Kühlschrank und aß den Käse am Küchentisch, während er sich die Hochzeitsbilder ansah. Eins davon, auf dem Louise Dan umarmte, erzeugte in ihm einen Schmerz, der in den Ohrläppchen begann und dann den Hals hinunter in den Schultergürtel und von da aus in die Arme wanderte, bis ihm die Ellbogen weh taten. Tiny trug das Album hinauf ins Schlafzimmer. Dort sah es jetzt völlig anders aus. Was könnte einen mehr befremden als das Schlafzimmer eines anderen, noch dazu, wenn es einmal das eigene gewesen ist? Das Bett war so hoch, dass es wie ein Kinderhaus aussah. Es war halb gemacht, mit einer dünnen, bunt karierten Steppdecke (einer neuen), die über das zerwühlte Bettzeug geworfen lag. Tiny sah vor sich, wie Louise, wie immer auf den letzten Drücker, sich anzog und zwischendurch rasch ihre Zigarette zu Ende rauchte, während ihr noch das Hemd aus der Hose hing. Die Tapeten waren entfernt und der rissige Verputz weiß gestrichen worden. Ein luftiges weißes Nachthemd (ein neues) hing an einem Haken auf der Rückseite der Tür. Das Zimmer roch nach Zitrone und Seife. Tiny drücke das Fotoalbum an die Brust und legte sich aufs Bett. Er flüsterte immer wieder Louises Namen, und nach einer Weile schlief er ein. Als er aufwachte, war es bereits früher Nachmittag. Der Himmel sah wild bewegt und grau aus, und unten im Erdgeschoß hatte es ein lautes Geräusch gegeben. Tiny stieg leise die Treppe hinunter und legte das Album an seinen Platz zurück. Das Küchenfenster war zugefallen. Tiny schob es hoch und kletterte hinaus.

Die Fahrt von der Farm der Klars nach Boris ging die ganze Zeit über Schotter, und weil es lange trocken gewesen war, zog Tiny eine Wolke wabernden Staubs hinter sich her. Das Haus seiner Mutter stand genau in der Ortsmitte von Boris. Vor Jahren war es einmal in einem fleischfarbenen Ton gestrichen worden, der billig in der Herstellung gewesen sein musste, wie man aus der großen Zahl von ungepflegten Gebäuden schließen konnte, die alle in dieser Farbe gestrichen waren. Links von der Eingangstür lag eine lange Veranda, die voller Gerümpel stand und allmählich im Erdboden versank. Colette Sandovers Haus war ein einziges Durcheinander, und man konnte in dieser ganzen

Unordnung keinerlei Sinn erkennen. In der Spüle standen Bauarbeiterstiefel, eine Mausefalle ließ Rostflöckchen auf den Fernseher rieseln, und in der Badewanne lagen ganze Stapel der Zeitschrift *Photoplay*. Tiny sah seine Mutter auf dem Hinterhof im hohen Unkraut stehen, wo sie ein paar Nachbarskindern eine Geschichte erzählte.

»Der Wolf musste also hungrig nach Hause gehen«, sagte sie. »Er war so hungrig, dass er in seiner Höhle herumrannte, und der Kristall, den er als Gottheit verehrte, fiel dabei auf ihn. Der Wolf heulte und heulte, bis die Stadtbewohner sein schreckliches Geheul hörten. ›Helft mir, ich kann mich nicht bewegen‹, sagte der Wolf. Da erklärte der Bürgermeister den Leuten: ›Der Wolf sitzt fest. Er hat nichts zu fressen. Es ist nur eine Frage der Zeit.‹ ›Sehr gut‹, sagten alle. Und sie warteten drei Monate, bis sie sicher sein konnten, dass der Wolf zugrunde gegangen war. Dann gingen sie in die Höhle, trugen seine Knochen heraus und bauten ein Schiff, das sie zu dem neuen Land über dem See trug.«

»Hallo Mum«, sagte Tiny.

»So, jetzt ab nach Hause, Kinder«, sagte Colette. Sie und Tiny gingen ins Haus.

»Ich will dich hier nicht sehen«, sagte sie.

»Na, das ist ja super«, sagte Tiny.

»Ich kann dir nichts mehr geben«, sprach sie.

»Nenn mir irgendetwas, das du mir je gegeben hast«, antwortete Tiny.

»Wenn du hingefallen bist, habe ich dich aufgehoben. Wenn du Hunger gehabt hast, habe ich dir zu essen gegeben. Es gibt noch viele andere Beispiele. Ich bin nicht der unerschöpfliche Brunnen, für den du mich zu halten scheinst. Ich freue mich immer, wenn ich euch Kinder zu Weihnachten sehe. Aber das genügt. Vielleicht noch zu Ostern. Für den Rest des Jahres muss ich dich bitten, Abstand zu halten.«

Es soll ja vorkommen, dass Eltern Geschwister verwechseln

und das eine Kind mit dem Namen des anderen rufen. Colette jedoch schien Tiny mit dem Kind einer anderen Mutter zu verwechseln. »Ich glaube, ich war seit fünf Jahren nicht mehr hier im Haus«, sagte Tiny.

»Weihnachten oder Ostern, du hast die Wahl«, sprach Colette. »Ich hab eine Idee. Du darfst sagen, was dir lieber ist, und Jerry muss dann das andere nehmen. Das ist doch fair, oder?«

»Ich will keins von beiden.«

Sie seufzte. »Na, was willst du denn dann? Das, was die Mutter will, kommt ja immer zuletzt.«

Tiny ging zum Spülbecken, schob die Stiefel zur Seite und trank etwas Wasser. »Ernährst du dich einigermaßen vernünftig?«, fragte er. »Kochst du für dich? Was machst du überhaupt?«

»Ob ich koche oder nicht koche, das geht dich gar nichts an«, sagte sie. »Wenn ich du wäre, würde ich mich um mein eigenes Essen kümmern. Dein Vater war ein Trottel. Jerrys Vater war ein übler Typ und Bebes Vater ein Schwächling, aber deiner war von allen dreien der doofste.«

»Was für reizende Erinnerungen«, sagte Tiny.

»Und komm meinem Zähler bloß nicht mehr nahe«, sagte Colette. »Ich weiß genau, dass du ihn verstellt hast, damit es so aussieht, als würde ich mehr Strom verbrauchen, als ich wirklich verbrauche.«

»Ja klar, das mach ich andauernd«, sagte Tiny.

»Weihnachten oder Ostern«, sagte Colette.

Tiny fuhr auf dem Highway 56 nach Süden und dann nach Westen bis Morrisville. Seine Mutter war verrückt, und vielleicht stand ihm ja dasselbe bevor. Die Leute, mit denen er in Colorado wegen seiner Trunkenheit am Steuer zu tun gehabt hatte, hatten ihm eine Adresse mitgegeben, von einer Einrichtung, die *Das Zimmer* hieß. Das war eine Beratungsstelle, deren Büro in einem Ziegelbau über einem Studio für Jazzdance am South Pin River lag. Tiny sah eine Weile den Tänzerinnen in ihren bunten Strumpfhosen zu, dann ging er nach oben, wo er zwei Zimmer fand, die mit den traurigen, anonymen Möbeln ausgestattet waren, die man bei Zwangsversteigerungen erwerben kann. Es gab einen Metallschreibtisch mit furnierter Arbeitsplatte, einen grünen Aktenschrank, an dem noch überall die Stellen zu sehen waren, an denen man irgendwelche Aufkleber abgekratzt hatte, und ein halbes Dutzend schwächliche orangerote Plastikstühle im Stil der siebziger Jahre. In der Ecke schlug Johnny White Golfbälle in Richtung einer Putting-Maschine.

»Johnny«, sagte Tiny.

»Psst«, sagte Johnny. »Wenn der rein geht, werde ich im Leben Erfolg haben.« Er schoss den Ball an der Maschine vorbei gegen die Wandleiste. »Das ist ein böses Omen.«

»Johnny?«

»Dich kenn ich doch«, sagte Johnny. Er hatte große rote Augen, weswegen er immer aussah, als ob er entweder verkatert oder sehr aufrichtig wäre. »Wir haben auf der Berufsschule doch immer diese Wettkämpfe gemacht, wer mit der Bandschleifmaschine der Schnellste ist.«

»Das waren noch Zeiten«, sagte Tiny. »Pass auf, ich suche etwas, das *Das Zimmer* heißt.«

»Da bist du hier richtig«, sagte Johnny. »Aber ich sag dir was. Ich bin schon ein bisschen spät dran. Hab in 20 Minuten in Margo eine Gesprächsrunde. Möchtest du nicht mitkommen, damit du mal siehst, um was es bei uns überhaupt geht?«

»Na schön«, sagte Tiny.

Johnny und Tiny fuhren mit Johnnys Bronco nach Margo. Das war ein ganz neuer Laster, innen schwarz, und obwohl es draußen nicht wärmer als 10 Grad war, ließ Johnny die Klimaanlage auf vollen Touren laufen.

»Du hörst sicher viel, Tiny – also, ich höre auf jeden Fall viel –, von diesen berühmten zwölf Schritten«, sagte Johnny. »Wir beim *Zimmer* haben keine zwölf Schritte. Wir haben nur einen einzigen Schritt. Tritt ins *Zimmer.* Und verlass es nicht eher, als bis du clean bist. So einfach ist das. Wenn du erst mal im *Zimmer* bist, geht es darum, dass du dich ständig auf die Tür zubewegst, die aus dem *Zimmer* hinausführt. Das muss aber ganz allmählich vor sich gehen. Du kannst nicht einfach hinaustanzen, denn wenn du das machst, dann fällst du auf die Schnauze. Aber du hast dadurch auch die Gewähr, dass du irgendwann tatsächlich hinauskommst. Verstehst du?«

»Nein«, sagte Tiny.

»Das *Zimmer* ist ja kein echtes Zimmer«, sagte Johnny.

»Kapier ich nicht«, sagte Tiny. »Wenn du erst einen Schritt hinein machst und dann einen hinaus …«

»Genau«, sagte Johnny.

»Dann sind das ja eigentlich zwei Schritte«, sagte Tiny.

»Also, halten wir uns jetzt doch nicht mit der Anzahl der Schritte auf«, sagte Johnny.

Die *Kleine Kirche des Erlösers* war dunkelbraun, und auf dem Boden lag ein ausgefranster roter Teppich. Es war vier Uhr nachmittags, und Tiny sah durch das Fenster auf graue Berge und einige Häuschen mit einer Holzverkleidung in Bogen- und Deckelschalung hinaus. Diese Gegend lag am Rand des Grouse County, wo es für Ackerbau zu bergig war. Joan Gower begrüßte Johnny und Tiny im Innern der Kirche. Tiny kannte sie nicht. Sie hatte große Augen und blonde Haare und trug ein langes weißes Kleid mit einem rosenfarbenen Kreuz auf der Vorderseite. Johnny stellte Tiny und Joan einander vor, und die beiden setzten sich dann vorn in der Kirche nebeneinander, während er seine Rede hielt. Tiny drehte sich ein paar Mal um. Einige der Zuhörer waren blind und hielten Johnny das Ohr hin, so dass es aussah, als würden sie ausgerechnet Tiny anstarren. Das machte ihn nervös, obwohl sie ihn ja gar nicht sehen konnten.

Johnny White erzählte seine Lebensgeschichte – von dem

Bankrott, von der Scheidung, und wie sehr ihm die Kinder fehlten. Er hatte diese Geschichte schon oft erzählt, aber diesmal wies sie ihn, neben der Tatsache, dass es sich um eine traurige Angelegenheit handelte, eindeutig als den Leiter des *Zimmers* aus. Johnny hatte sich die Haare über der Stirn so lang wachsen lassen, dass er sie glatt nach hinten streichen konnte, um die kahle Stelle zu verdecken. Aber diese langen Stirnhaare hatten die Tendenz, nach vorn zu fallen, und deshalb stützte er die Ellbogen auf die Kanzel und hielt sich die Hände frei, um seine Haare zu bändigen. Jetzt kam ein neuer Teil in seiner Geschichte, und zwar über das Trinken. Johnny habe eigentlich gar kein permanentes Alkoholproblem. Wenn man seiner Erzählung Glauben schenkte, hatte er sich nur ein einziges Mal richtig betrunken und war dann prompt in ein Riesenschlamassel geraten. Vielleicht war das ja übertrieben. Aber er hatte am Ende jedenfalls genäht werden müssen. Ebenso lag es auch durchaus im Bereich des Möglichen, dass Joan Gower Johnnys Geschichte bis dato noch nie gehört hatte. Als Johnny von seinen Kindern sprach, Megan und Stefan, nahm sie jedenfalls Tinys Hand und hielt sie ganz fest, und Tiny sah Tränen auf ihrem Gesicht.

Als Johnny fertig war, kam ein alter Mann mit einer Whiskeyflasche in der Hand durch den Gang nach vorn. »Ich bin ein großer Säufer«, sagte er. »Ich habe mit George Smith Patton in Sizilien gekämpft, aber das kann ich nicht bekämpfen.«

»Allein nicht, mein kampferprobter Freund«, sagte Johnny. »Dafür gibt es ja das *Zimmer*. Die meisten Menschen können es allein nicht schaffen. Manche schon. Wenn jemand hier ist, der es kann, dann würde ich ihm allen Ernstes raten, die Fliege zu machen, denn er braucht uns nicht.«

»Ich krieg immer so einen Durst«, sagte der Mann. »Tagsüber geht's ja. Aber wenn dann der Abend kommt, ich weiß auch nicht, da wird es richtig schlimm.«

»Sie sind in den Fängen einer Krankheit«, sagte Johnny. »Das ist wie bei jeder anderen Krankheit auch. Wie wenn man sich den Knöchel gebrochen hat.«

»Ja, es ist wirklich irgendwas gebrochen«, sagte der Mann.

»Wir vom *Zimmer* renken das schon wieder ein«, sagte Johnny. »Hier draußen ist alles nur Lug und Trug. Sie können diese Bottel ruhig entkorken und sich einen Schluck genehmigen.«

»Wirklich?«, fragte der Mann.

»Damit will ich nur zeigen, wie sehr ich an das glaube, was ich mache«, sagte Johnny.

Der Mann sah die Flasche an. »Nein, das würde ich jetzt nicht gut finden.«

Anschließend stand Johnny in einem muffigen Zelt neben der Kirche und beantwortete Fragen. Es gab sehr viele Unklarheiten über das *Zimmer*, und warum Johnny, wenn es doch gar kein wirkliches Zimmer sei, davon spreche, dass man hinein- und herausgehen könne. Was er damit meine? Und wenn es kein wirkliches Zimmer sei, was es denn dann sei? Und wo? In der Zwischenzeit machte Joan Gower mit Tiny einen Spaziergang.

»Das ist unser Ententeich«, sagte sie. »Sie sehen, es ist schon fast wieder Zeit, die Algen abzufischen. Wenn wir diesen Berg da hinaufgehen, haben wir einen guten Blick auf die Reparaturen, die so nach und nach an unserem Kirchendach gemacht werden. Und hier sind die Häuschen. Sind die nicht phantastisch? Sie wurden im 19. Jahrhundert in Sioux City angefertigt, für die Farmer, die samstags immer in die Stadt gekommen sind und gerne über Nacht bleiben wollten, um am nächsten Morgen in die Kirche zu gehen. So gesehen sind das eigentlich die ersten Fertighäuser, ausgerechnet hier in Margo. Unsere Gäste kommen hauptsächlich aus den Städten – aus Chicago, Minneapolis und St. Louis – und sie lernen bei mir und bei Pater Alphonse Christiansen. Wenn wir jetzt hier reingehen, sehen wir die ganzen hübschen Schnitzereien und die halbhohen Holzvertäfelungen, und daran erkennt man, dass diese Häuschen aus einer anderen Zeit stammen. Die Einrichtung ist ganz schön spartanisch. Wir stellen eine Kochplatte, einen Tisch, einen Stuhl, einen Schrank und ein einfaches, aber stabiles Bett zur Verfügung. Aus diesem Häuschen hier hat man einen hübschen Blick auf den Ententeich, an dem wir gerade waren. Schauen Sie, da setzen gerade ein paar Wildenten zur Landung an. Oh, nehmen Sie mich in die Arme. Bitte halten Sie mich fest.«

Margo war zu Anfang ein Grenzposten gewesen und ist das auch immer geblieben. Die Häuser sind klein und liegen weit auseinander. Während andere Städte wuchsen und dann wieder schrumpften, wuchs Margo nie, deshalb war auch das Schrumpfen hier nie ein Thema. Im Buch der Geschichte hat selbst Boris noch mehr interessante Seiten vorzuweisen als Margo. Zu Margo gehört auch ein See, direkt im Süden der Stadt, was man ja als einen Segen bezeichnen würde, aber nur, bis man einmal an seinen Ufern gestanden hat. Lake Margo wird aus demselben Zufluss gespeist wie der Walleye Lake, aber wie das bei Geschwistern manchmal so vorkommt, könnten diese beiden nicht unterschiedlicher sein. Der Walleye-See ist sauber und breit und sieht von oben aus wie eine gesunde, große Bisamratte. In den meisten Jahren ist er voller Hechte und Zander oder Starraugen – daher auch der Name Walleye – und schon so mancher Junge wurde beim Zelten abends in seinen Schlafsack geschickt mit dem Versprechen: »Morgen früh stehen wir zeitig auf und gehen Starraugen fischen.«

Im Gegensatz dazu hat Lake Margo die Form eines Einzellers, und trotz seiner Tiefe, ist er voller Wasserpflanzen, deren alleiniger Daseinszweck zu sein scheint, sich in den Rotorblättern eines Außenbordmotors zu verheddern. Auf der Ostseite liegt ein großer Tanker, aus dem Benzin gezapft wird, und nach jedem Regen schillern auf dem Wasser zarte pastellfarbene Ölringe. Es wurde zwar nie ein Zusammenhang nachgewiesen, und die

Sache hat das Gericht so lange beschäftigt, dass alle Bezirksrichter ihrer müde geworden sind und dazu neigen, sie sicherheitshalber zu vertagen, sobald sie wieder auf der Tagesordnung steht. Aber der See riecht oft nach Benzin, was auch erklärt, warum die Stadt Walleye Lake mit ihrer Wasserrutsche einen boomenden Tourismus erlebt, während Margo nur die *Kleine Kirche des Erlösers* mit ihrem halb verfallenen Dach und ihren schäbig gekleideten Erweckungspredigern vorweisen kann.

Tiny und Joan Gower küssten sich ein paar Minuten lang leidenschaftlich in dem gemütlichen Häuschen, durch dessen Fenster das graue Licht hereindrang. Dann strich Joan ihr Kleid und das blasse Kreuz darauf glatt und ging den Berg hinunter zur Kirche. Johnny und Tiny fuhren nach Morrisville, wo Tiny sein Auto abholte und eine Packung *Samtschwarz* von L'Oréal besorgte, bevor er durch die dunkle Landschaft wieder zurück fuhr. Joan war im Keller der Kirche, und als Tiny die Treppe herunter kam, spielte sie gerade »This World Is Not My Home« auf dem Klavier. Tiny blieb stehen und hörte ihrem Gesang zu:

> Nicht meine Heimat ist diese Welt
> Sie zu durchwandern nur bin ich eingestellt
> Weit oben dort über den Himmelshöhen
> Kann ich meine Seligkeit aufscheinen sehen

Sie liebten sich auf der Klavierbank, auf den Stufen und im Glockenturm, in dem allerdings seit dem großen Unwetter von 1977 keine Glocke mehr hing. Endlich setzten sie sich in die Küche, erschöpft, wenn auch nicht wirklich befriedigt, rauchten die Canaria d'Oros von Pater Christiansen und lasen träge die bedrohliche Packungsbeilage des Haarfärbemittels.

»Du willst dir doch hoffentlich nicht die Augenbrauen färben, oder?«, sagte Joan. »Das kann nämlich zu Erblindung führen.«

»Dann lieber nicht«, sagte Tiny.

»Mir gefällt es gut, wenn die Augenbrauen eine andere Farbe haben«, sagte Joan und lächelte. Dann las sie: »Manche Menschen sind allergisch auf Haarfärbeprodukte. Allergien können ganz plötzlich auftreten, auch wenn Sie sich die Haare schon seit längerer Zeit färben. Die einfachste und effektivste Methode, herauszufinden, ob Sie allergisch sind, ist der folgende Allergietest.«

»Ach was, vergiss es«, sagte Tiny.

Er goss die Farbeemulsion in den Entwickler und schüttelte die Mischung durch, während Joan sich die beigefügten durchsichtigen Handschuhe anzog.

»Ich weiß, was es bedeutet, sich von Grund auf zu verändern«, sagte Joan. »Ich bin nämlich nicht schon immer für die Kirche tätig. Viele Jahre lang war ich Schauspielerin in Chicago. Jedenfalls habe ich das versucht. Es ist echt ein hartes Geschäft, sich da zu behaupten. Ich komme aus Terre Haute, und als ich fortging, haben sie mich alle gewarnt. ›Joan‹, haben sie gesagt, ›in dem Geschäft kommt man nur vorwärts, wenn man mit jedem ins Bett geht und sich nach oben bumst.‹ So ging ich also nach Chicago und hab bei einem Theaterworkshop mitgemacht und bin tatsächlich mit einigen Leuten ins Bett gegangen, aber offensichtlich nicht genug, denn es hat zwei Jahre gedauert, bis ich endlich eine Rolle in einem Stück bekommen hab. Es hieß *Au Contraire, Pierre*, eine französische Komödie, und ich hab eine Schwangere gespielt. Ich musste mir etwas über den Bauch binden, und, verstehst du, ich hab mir wirklich viel Wissen für diese Rolle angeeignet, weil ich sie einfach super spielen wollte. Boah, ist das schwarz. Ich meine, echt total schwarz.« Sie pinselte ihm die Farbe ins Haar. »Also zum Beispiel, manche Frauen müssen, wenn sie schwanger sind, monatelang auf dem Rücken liegen, und das hab ich gewusst, deswegen hab ich vorgeschlagen, dass es vielleicht witzig wäre, wenn ich das ganze Stück über auf der Bühne nur im Bett liegen würde und sonst gar nichts. Aber sie haben gesagt, nein, das wollen sie nicht. Meinst du nicht auch, dass das witzig hätte sein können? Wenn es gut gemacht worden wäre? Und ich hab auch gewusst, dass manche Frauen sich andauernd hinsetzen und die Beine hochlegen müssen, um keine Krampfadern zu bekommen, aber das sollte ich auch nicht machen. Und dann gab es noch etwas, was ich ganz interessant gefunden hätte, nämlich, dass eine Schwangerschaft Vergesslichkeit auslösen kann. Aber statt noch einmal zu fragen – weil sie ja doch wieder nein gesagt hätten – hab ich dann einfach so getan, wie wenn ich vergesslich wäre – weißt du, wie wenn ich mich an meinen Text nicht erinnern könnte. Ich geb zu, das war ganz schön durchtrieben, was ich da versucht habe. Und dann sagen sie doch eines Tages, als ich ins Theater komme, ich bin durch eine andere Frau ersetzt worden und soll meinen Spind ausräumen und gehen.«

»Da haben sie dich aber ganz schön reingelegt«, sagte Tiny.

»Allerdings«, sagte Joan. »Moment. Ich hab was auf dich drauf getropft. Halt still.«

Sie wischte ihm vorsichtig mit einem Handtuch über die Stirn.

»Jedenfalls war ich an diesem Abend zufällig in einer Bar, und irgendwie ließ ich so einfließen, dass ich Schauspielerin bin. Und da fängt der Mann da neben mir an, über einen ganz bekannten Star zu reden – oder wahrscheinlich würde man eher Starlet sagen – jedenfalls eine, die man dauernd im Fernsehen sieht. Er hat schreckliche Sachen über sie erzählt, was sie alles gemacht hat, um berühmt zu werden. Verstehst du, wenn er nicht gerade eine Wanze an der Zimmerdecke gewesen wäre, hätte er von dem, was er da sagte, überhaupt nichts wissen können. Und je länger er redete, desto lauter wurde er, und auch desto böser, und es kam nur noch ›Scheiß dies‹ und ›Scheiß das‹, und desto mehr erinnerte mich das auch an die Leute daheim in Terre Haute und wie sie mich gewarnt hatten, bevor ich fortging. Also, am Ende habe ich einfach ausgeholt und ihm mit voller Wucht eine gescheuert. Aber verstehst du, in diesem Moment wusste ich, dass alles anders werden muss. Jetzt lassen wir es 20 Minuten einwirken. Und dann, Moment, ich schau nach ... dann spülen wir dir das Haar aus, und dann kommt das Shampoo *Accent de Beauté* und dann der Festiger.«

»Meine Kopfhaut fühlt sich ganz komisch an«, sagte Tiny.

Joan Gower zog die schwarz verfärbten Handschuhe aus, einen Finger nach dem anderen. »Das bedeutet, dass es schon wirkt«, sagte sie.

Tiny fuhr zu Johnny White. Sie hörten die Musik aus dem Tanzstudio herauf, die Bässe wummerten wie Herzschlag. Johnny sagte, es gebe für Tiny die Möglichkeit, 425 Dollar im Monat zu verdienen, wenn er für das *Zimmer* arbeite. Es hänge nur davon ab, ob er gut vor einer Gruppe von Menschen sprechen könne. Johnny sagte, es sei nicht so schwierig, und nach allem, was Tiny in Joans Kirche gesehen hatte, mochte das stimmen. Johnny sagte, er werde es Tiny beibringen. Tiny werde zunächst vor Kindern sprechen und sich dann allmählich zu den Erwachsenen emporarbeiten. Tiny werde eine Krawatte tragen und allen Leuten immer in die Augen sehen müssen. Er werde mehr Nachdruck auf Drogen als auf Alkohol legen müssen, weil die Leute vor Drogen mehr Angst hätten. Johnny sagte, zurzeit gebe es an den Schulen einen ziemlichen Bedarf an Rednern.

So fand sich Tiny also eines Samstagabends mit seinem neuerdings schwarzen Haar und einer Ansteckkrawatte bei einem Basketballspiel zwischen Pringmar und Romyla sitzen und auf die Halbzeit warten, in der er sprechen sollte. Wie etliche der kleineren Sporthallen im Grouse County war auch diese hier eng und technisch überholt, mit einer gewölbten Decke, die nach den Seiten hin so niedrig wurde, dass alle Würfe aus der Ecke, wenn sie zu hoch kamen, regelmäßig gegen die Dachsparren prallten. Als Tiny das sah, verging ihm seine Nervosität.

Seine Bemühungen würden wahrscheinlich nicht viel bringen, aber sie konnten auch nicht lächerlicher sein als der Anblick dieser Kinder in den schlechtsitzenden Sporttrikots, die die Bälle an die Decke schossen. Dann war die erste Halbzeit zu Ende, ein Junge und ein Mädchen kehrten den gelben Boden mit breiten Besen, und Tiny stieg auf die Bühne und ergriff mit beiden Händen das Mikrofon, das für die Pausenband aufgestellt war.

»Hi Leute«, sagte er. »Ich heiße Charles Darling, und man nennt mich Tiny. Ihr fragt euch vielleicht, wie ich zu diesem Spitznamen gekommen bin. Also, wenn ihr das seltsam findet, dann solltet ihr erst mal meinen Bruder Fats sehen. Wenn ihr gerade nicht zu Hause seid, schieb ich euch den durch den Briefschlitz. Doch ich mache nur Witze. Worüber ich heute hier sprechen will, ist aber gar nicht lustig, und ich bin sicher, dass ihr mir da zustimmen werdet, und zwar geht es um Drogen …« Tiny sprach 15 Minuten lang und zeigte einen kurzen Film. Die Reaktion war in etwa so, wie er es sich erhofft hatte, das heißt, die meisten Jugendlichen nahmen überhaupt keine Notiz von ihm, und dann war das Programm vorüber, und die Band aus Romyla spielte »Cocaine«, und Tiny stieg von der Bühne und setzte sich wieder hin. Das *Zimmer* verteilte am folgenden Montag an den Highschools von Romyla und Pringmar im Gesundheitsunterricht Fragebögen. Als Johnny die Antworten zurückbekommen und gelesen hatte, sagte er, sie seien im Allgemeinen so, wie zu erwarten, obwohl einige wenige Schüler von den Amphetaminen offensichtlich einen eher vorteilhaften als unvorteilhaften Eindruck gewonnen hätten, was bedeute, dass Tiny daran noch arbeiten müsse.

Und das tat er auch. So intensiv hatte er sich noch nie mit etwas beschäftigt, vielleicht mit Ausnahme seines ganz großen Plans, der in Ermangelung eines anständigen Komplizen nie zur Ausführung kam, nämlich, bei der Eisenbahn von Rock Island 70 Kilometer Kupferdraht zu stehlen. Und obwohl er hoffte, bezahlt zu werden, war das bis jetzt nicht geschehen. Er hatte noch etwas Geld von Colorado übrig und versuchte auch in einem neuen Geschäft Fuß zu fassen, nämlich, von Stadt zu Stadt zu fahren und Fenster zu putzen. Mit Schwamm und Eimer in der Hand hatte Tiny den Eindruck, er habe eine Marktlücke entdeckt, aber das sahen die Leute ganz anders. Die meisten blickten Tiny spöttisch oder misstrauisch an und sagten, er solle machen, dass er fortkomme. Einige mit besonders schmutzigen Fenstern wurden ärgerlich und sagten: »Was wollen Sie denn damit sagen?« Hie und da ergatterte er einen Kunden, aber nicht oft. Wenn er so über die leeren Ebenen zwischen den Städten fuhr, fühlte er sich verkannt, und die ganze Chose kam ihm aussichtslos vor.

In dieser Hinsicht ergänzte sich das Fensterputzen allerdings gut mit den Reden an den Schulen, die Tiny immer häufiger hielt, als das Wetter langsam kälter wurde. Er gewann Selbstvertrauen, wie Johnny es ihm vorausgesagt hatte. Kleinere Probleme ließen ihn jetzt kalt. In Stone City zum Beispiel, vor der größten Zuhörerschaft, die Tiny je vor sich gehabt hatte, rutschte ihm die Krawatte vom Kragen und fiel auf den Boden der Sporthalle, und er brachte es tatsächlich fertig, in das Gelächter der Leute einzustimmen, anstatt zum Beispiel das Rednerpult unter die Zuhörer zu schleudern. Ein anderes Mal hatte sich offensichtlich im Terminplan ein Fehler eingeschlichen, und er musste eine komplette Theaterprobe auf der Bühne der Sporthalle von Grafton abwarten. Das machte Tiny aber nichts aus, denn es lenkte ihn etwas ab und gab ihm Gelegenheit, zur Ruhe zu kommen. In dem Theaterstück spielten Claude Robeshaws Sohn Albert und eine Asiatin, deren Namen Tiny nicht kannte. (Es war Lu Chiang.)

»Sag du es«, meinte Albert.

»Sag du es«, antwortete das Mädchen.

»In dieser Szene ...«

»Doch nicht so«, sagte das Mädchen.

»Dann sag du es doch«, erwiderte Albert.

»Sag: ›In dieser Szene vertraut Melvilles Held einen Teil seines waghalsigen Plans der geheimnisvollen, dunkelhaarigen Isabel an‹«, sprach das Mädchen. »Leg einfach ein bisschen Spannung hinein.«

Albert wiederholte die Einleitung, und er und das Mädchen nahmen ihre Plätze auf einer Holzbank ein.

»Durch diese ungewöhnliche, geheimnisvolle, unvergleichliche Liebe zwischen uns werde ich wie Wachs in Euren Händen«, sagte das Mädchen. »Die ganze Welt kommt mir jetzt vor wie das unbekannte Indien.«

»Ihr und ich und Delly Ulver«, sagte Albert Robeshaw, »verlassen morgen dieses ganze Gebiet und fahren in die ferne Stadt.«

»Was aber wünschtet Ihr, was Ihr und ich zusammen tun sollten?«

Albert stand auf. Er legte die Hand auf seine schmale Brust. »Lasst mich jetzt gehen«, sagte er.

Das Mädchen erhob sich und umarmte Albert. »Oh Pierre, wenn meine Seele tatsächlich auf Euch einen ähnlich schwarzen Schatten geworfen hat, wie ihn jetzt mein Haar auf Euch wirft ... so wird Isabel diese Nacht nicht überleben.«

Das Mädchen brach zusammen, und Albert hielt sie um die Taille fest. Sie gingen langsam von der Bühne. Ein paar Schüler klatschten und pfiffen und trampelten mit den Füßen, und ein Lehrer sprach: »Was habe ich über das Küssen gesagt. Pierre und Isabel. Was habe ich gesagt!«

Tiny begann seine Rede damit, dass er zugab, früher jede Menge Mist gebaut zu haben, nicht nur in dieser Sporthalle, sondern wer weiß wo. Er führte das alles auf Drogen und Alkohol zurück und erläuterte in allen Einzelheiten das Scheitern seiner Ehe und die Qualen, die ein schlimmer Kater verursachte. Er hielt sich nicht sehr lange mit dem Konzept des *Zimmers* auf – das tat er nie –, denn das verstand ohnehin niemand, und er selber verstand es auch nicht. Diesmal blieb die Krawatte an seinem Kragen, und als er fragte, ob es Fragen gebe, stand Jocelyn Jewell mit einem Jahresbericht der Highschool auf und fragte: »Stimmt es, dass Sie 1969 Ihren Abschluss gemacht haben?«

»Ja«, sagte Tiny.

»Können Sie sich zufällig erinnern, was für ein Spruch auf Ihrem Abschlussbild stand?«

»Nein, Miss«, sagte Tiny.

»Also, ich habe ihn hier: ›Wenn Schwierigkeiten Sand wären, dann wäre ich ein Strand.‹ Können Sie uns dazu etwas sagen?«

»Ich würde sagen, das erklärt sich von selbst«, sagte Tiny.

»Es gibt noch etwas, was ich loswerden möchte, aber das ist ein Kommentar, keine Frage«, sagte Jocelyn Jewell. »Erinnern Sie sich an die Stelle in dem Film, den Sie gezeigt haben, wo der Junge seinen Eltern einen Brief schreibt?«

»Ja«, sagte Tiny.

»Wo er schreibt, ich weiß den Wortlaut nicht mehr, aber ungefähr: ›Liebe Mama, lieber Papa, mir geht es hier auf der Schule sehr gut, aber ich brauche mehr Geld für Drogen.‹«

»Genau.«

»Ich finde einfach, das ist irgendwie unrealistisch. Weil ich glaube, dass das niemand so offen aussprechen würde.«

»Nein, vielleicht nicht«, sagte Tiny.

Die nächste Frage kam von Albert Robeshaw. »Wenn dauernd so viel über Drogen geredet wird, finden Sie nicht, dass das ein erbärmliches Licht auf unser Land wirft?«

»Eine Nation beweist ihre Größe, wenn sie zugibt, dass sie große Probleme hat«, sagte Tiny.

Da stand Dane Marquardt auf, doch Albert Robeshaw setzte sich noch nicht. »Ich möchte dem zustimmen, was Albert gesagt hat. Unser Land ist erbärmlich«, sagte Dane.

»Wo würdest du denn hingehen, vorausgesetzt, du könntest wo anders hingehen?«, fragte Tiny.

»Nach Kopenhagen«, sagte Albert.

»Ich auch«, sagte Dane.

»Und wie sieht's dort mit Drogen aus?«, fragte Tiny.

»Viel besser als hier in diesem beschissenen Land«, sagte Dane Marquardt.

»Es wurde im 11. Jahrhundert gegründet«, sagte Albert Robeshaw. »Es hat ein gemäßigtes Klima.«

Der Schuldirektor Lou Steenhard trat zu Tiny und nahm das Mikrofon. »Mr. Darling ist Drogenberater, Leute, kein Reiseleiter«, sagte er.

»Also, eigentlich bin ich auch kein Drogenberater«, sagte Tiny. »Man nennt das Drogendozent.«

»Ich habe noch eine Frage zu den Drogen«, sagte Albert. »Sie wissen ja, im Fernsehen schlagen sie manchmal ein Ei in die Pfanne und sagen dann, so sieht dein Hirn aus, wenn du auf Drogen bist. Also, ich staune, was das für eine Wirkung hat. Mir macht das nämlich immer Appetit auf Eier.«

Als Tiny die Sporthalle verließ, war es kalt und windig. Der Winter nahte, und er freute sich darauf. Der war für ihn die aufrichtigste Jahreszeit. Tiny fuhr nach Morrisville und trat in das Jazztanzstudio unter dem *Zimmer*. Überall hingen Spiegel, und mit seinem Haar und der Krawatte sah er wirklich nicht wie er selbst aus. Er tanzte kurz bei den schwitzenden Frauen mit und ging dann nach oben. Johnny saß auf der Kante des Schreibtischs und drehte den Zylinder eines Sechsschüssers.

»Na, wie war's, Junge?«, fragte er. »Keine Angst. Das ist nur ein Nachbau, in limitierter Auflage.«

»Ich denke, wenn ich auch nur einen einzigen Menschen erreiche, hat sich der Aufwand schon gelohnt«, sagte Tiny.

»Ich bin verdammt sicher, dass du das bereits geschafft hast«, sagte Johnny. »Aber mach dir darüber keine Sorgen. Du kommst nächste Woche auf unsere Gehaltsliste.«

»Das ist gut«, sagte Tiny.

»Du kannst von jetzt an mit Erwachsenen arbeiten«, sagte Johnny.

»Mein Gott, Johnny, ich weiß nicht, ob ich das schon hinkriege«, sagte Tiny.

»Du hast was an dir, worauf die Leute echt abfahren«, sagte Johnny. »Du sprichst offen und ehrlich.« Er tat so, als würde er den Revolver anlegen und schießen, dann legte er ihn auf den Schreibtisch. Er zog eine Kamera hervor.

»Wir brauchen von dir ein Foto für deinen Ausweis«, sagte Johnny. »Der sieht echt ganz cool aus. Ich hab meinen in so ein Lederetui gesteckt, damit's aussieht wie eine Dienstmarke.«

»Da bringst du mich auf eine Idee«, sagte Tiny. »Könnte ich das Foto nicht im Studio Kleeborg in Stone City machen lassen?«

»Dafür haben wir nicht das Geld«, sagte Johnny. »Wir sparen nämlich für einen Overheadprojektor.«

»Ich kann es selber zahlen«, sagte Tiny.

»Das hat doch sicher nichts damit zu tun, dass Louise dort arbeitet?«, sagte Johnny.

»Zum Teil«, sagte Tiny.

»Ich hab dir nicht vorzuschreiben, wie du leben sollst«, sagte Johny. »Aber sagen wir mal, du fährst da hin, und wer weiß, irgendwie kommt es zu einer Art Auseinandersetzung. Ich fände es schrecklich, wenn du alles, was du hier erreicht hast, einfach wegwerfen würdest. Das *Zimmer* würde dich hochkant rausschmeißen, und das weiß ich deshalb ganz genau, weil ich selber so an den Job gekommen bin. Ich würde dir also dringend raten, dass du einfach mich dieses Foto machen lässt.«

»Na gut«, sagte Tiny.

Johnny stellte die Kamera scharf. »Bleib so«, sagte er.

Joan Gower stieg in der *Kleinen Kirche des Erlösers* mit einer Taschenlampe in der Hand die Treppe zum Dachboden hinauf. Es war kalt, und sie rieb sich die Arme, wodurch das Lampenlicht über die Dachsparren tanzte. Sie stieß gegen die ramponierten Sperrholzfiguren, die zu einem Schaubild über das Leben der Indianer gehörten, und ging weiter bis zur hintersten Wand, wo unter einem trüben diamantförmigen Fenster drei Schrankkoffer standen, jeder mit ihrem Namen darauf. Sie hatte die Schrankkoffer vor vielen Jahren mit ihrem Namen versehen, zu einer Zeit, als sie sich noch Joän nannte. Das waren ihre Sachen aus Chicago. Sie musste erst alle drei Koffer öffnen, bevor sie das Baumwollkissen fand, das sie für ihre Rolle als Schwangere in der französischen Komödie getragen hatte. Es besaß zwei Bänder, eins für die Hüfte und eins für den Rücken, die mit einer frühen und etwas ungeschlachten Form eines Klettverschlusses versehen waren. Sie schnallte sich dieses Requisit über Jeans und Pullover. Dann zog sie den langen grauen Pepitamantel an, den sie damals immer getragen hatte.

Joan stieg vorsichtig die Treppe hinunter. Im Stück war es am schwierigsten gewesen, dieses Gewicht als Teil ihrer selbst zu akzeptieren und darüber hinaus dieses Akzeptieren auch ins Publikum zu tragen. Die anderen Schauspieler waren viel netter zu ihr gewesen, wenn sie als Schwangere auftrat, obwohl sie ja wussten, dass das nicht echt war. Sie ging durch die düstere Kirche und zur Seitentür hinaus. Sie nahm sich einen Rechen aus dem Schuppen und fing an, die Algen aus dem Ententeich zu kämmen. Die Wolken sahen aus wie die Stücke einer zersprungenen Schiefertafel. Manchmal wünschte sich Joan, sie hätte mit der Schauspielerei doch ein wenig länger durchgehalten. Natürlich gab es keinen Grund, es nicht noch einmal zu versuchen. Sogar in diesem Moment hätte doch jeder, der zufällig vorbeifuhr, sie mit Sicherheit für eine Schwangere gehalten, die in den Bergen spazieren geht. Es fuhr allerdings niemand vorbei. Die

Enten folgten ihr das Ufer entlang. »Ich bin so breit wie ein Haus«, sagte sie.

Zur selben Zeit stand Tiny im Empfangsbereich des Fotostudios Kleeborg. Er kam sich vor, als hätte er eine lange Reise hinter sich gebracht, um jetzt wieder mit Louise zusammenzukommen, auch wenn er dafür vielleicht nicht besonders viel vorzuweisen hatte. Tiny drückte auf eine Klingel und wartete ziemlich lange. Endlich kam Kleeborg herein. Er hatte dünne weiße Haare und trug eine auch zu den Seiten hin abgedunkelte Sonnenbrille. Tiny winkte mit dem Schwamm und erbot sich, die Scheiben zu putzen.

»Dafür hab ich jemanden, der heißt Pete, und er kommt immer im Frühling vorbei«, sagte Kleeborg.

»Mit Schaufenstern wie diesen hier würde ich aber nicht bis zum Frühjahr warten«, sagte Tiny. »Ich meine, das ist natürlich Ihre Sache. Aber kommen Sie mal hier herüber. Das sieht nicht schön aus.«

»Seit mich dieses Auto angefahren hat, sehe ich nicht mehr besonders gut«, sagte Kleeborg.

»Vielleicht ist ja noch jemand anderes hier, der da mal einen Blick drauf werfen könnte«, schlug Tiny vor. »Ich sage das nicht wegen dem Geld. Ich sage es als Ihr Freund.«

»Wir sind bisher mit Pete ganz gut gefahren«, sagte Kleeborg. »Auf Wiedersehen.«

Tiny verließ den Laden und blieb auf dem Gehsteig stehen. Das Fotostudio Kleeborg lag im Erdgeschoss eines zweistöckigen Gebäudes und hatte eine Markise. Die Tür ging auf und Louise trat auf den Gehsteig. Sie hatte das Haar zu einem Pferdeschwanz gebunden. In der Hand hielt sie einen kleinen Pinsel.

»Hi, Lou«, sagte Tiny.

»Was ist denn mit deinen Haaren passiert?«, fragte sie.

»Ich hab sie mir färben lassen«, sagte Tiny. »Wie findest du sie?«

»Sie sind ganz schön dunkel.«
»Danke.«
»Was willst du?«
»Dich sehen.«
»Da bin ich«, sagte Louise. »Bist du jetzt zufrieden?«

Zehn

Kleeborg stand am Fenster, als Louise wieder hereinkam. »Dieser Fensterputzer wollte kein Nein gelten lassen«, sagte er.

Sie sahen zu, wie er in einen rostigen Parisienne stieg. »Er wollte gar keine Fenster putzen«, sagte Louise. »Wobei? Vielleicht doch. Wer weiß? Aber das ist jedenfalls Tiny Darling.«

»Sie machen wohl Witze«, sagte Kleeborg.

»Schön wär's.«

»Ich hab gedacht, der ist jetzt auf hoher See.«

»Nein, sieht nicht so aus.«

Das Auto fuhr los.

»Was die Fenster betrifft, hat er aber recht«, sagte Louise.

»Ich kann mir nicht vorstellen, dass wir mit sauberen Fenstern Umsätze machen würden, die wir so nicht machen«, sagte Kleeborg.

»Auch wieder richtig«, sagte Louise.

»Na schön, ich geh dann mal nach oben«, sagte Kleeborg. Er wohnte über dem Studio. »Passen Sie gut auf sich auf.«

»Gute Nacht, Perry.«

Sie schaltete die Lichter aus, sperrte die Türen ab und fuhr los. Sie war erst ein paar Querstraßen weit gekommen, als Tinys Scheinwerfer in ihrem Rückspiegel auftauchten. Sie nahm eine Abkürzung über den Rangierbahnhof, doch darauf fiel er nicht herein. Er versuchte nicht, sie von der Straße zu drängen, sondern blieb nur in einer gewissen Entfernung hinter ihr. Als sie auf der Landstraße war, fuhr sie schließlich an den Straßenrand und kurbelte das Fenster herunter. Tiny stieg aus seinem Auto und kam heran.

»Also das ist ja vielleicht ein versifftes Auto«, sagte er.

Sie hob einen Kronkorken auf, als würde sie ihn als Beweis betrachten. »Hau ab«, sagte sie.

»Weißt du noch, wie wir auf der Highschool waren?«, fragte Tiny.

»Wir waren nicht zur selben Zeit auf der Highschool.«

»Warst du nicht eine Klasse unter mir?«

»Leider nein.«

»Na, egal. Im letzten Jahr auf der Highschool wurde ich gefragt: ›Worüber ärgerst du dich am meisten?‹ Und weißt du, was ich gesagt habe? Kannst du dich erinnern?«

»Nein«, sagte Louise. »Und nimm bitte den Arm von der Tür.«

»Über Leute, die sich für was Besseres halten.«

»Ach, das hat jeder gesagt. Und um ›besser‹ geht es ja gar nicht. Du möchtest, dass ich sage, ich war im Unrecht. Na schön. Ich war im Unrecht. Ich hab das Unrecht gepachtet. Jetzt hör auf, mich zu verfolgen. Verstehst du, wir hätten niemals heiraten sollen. Unsere Ehe war einfach nur … Schwachsinn.«

»Mein Tattoo mit der Eule hat dir immer gefallen.«

»Na klar, das ist auch eine solide Basis.«

»Die schönen Zeiten vergisst du einfach«, sagte Tiny. »Die hast du aus dem Gedächtnis gestrichen.«

»Es ist praktisch unmöglich, in seinem Leben nicht manchmal ein paar Glücksmomente zu erleben, auch wenn es nur Zufall ist«, sagte Louise.

»Ich hab für dich gekocht, als du krank warst«, sagte Tiny.

»Das war aber auch das absolut einzige Mal in diesen sechs Jahren.«

»Ich hab dir da jedenfalls so eine Dosensuppe gekocht, als du krank warst.«

»Und warum? Weil du Hunger hattest«, sagte Louise.

Sie fuhr nach Hause auf die verlassene Farm. Dan war um diese Uhrzeit bei einer Therapeutin, wegen seiner Schlafstörungen. Louise ließ sich ein dampfend heißes Bad ein und zog sich aus. Sie balancierte die Zeitschrift *Redbook* und eine Packung Fruchtgummischlangen auf dem Rand der Badewanne.

Eine halbe Stunde lang ließ sie sich einweichen. Dann war das Naschzeug zu Ende, und *Redbook* fiel ins Wasser. Sie fischte die Zeitschrift heraus und hängte sie zum Trocknen über den Handtuchhalter. Sie wusch sich die Haare und trug eine Spülung auf; zum Ausspülen benutzte sie eine rote Kaffeedose von *Hills Brothers*.

Dan kam nach Hause. Sie lag in einem weißen Morgenrock im Bett und sah sich einen Square-Dance im Fernsehen an. Die Männer hatten den Frauen die Hände an die Taille gelegt, und so tanzten sie zwischen Heuballen herum. Das machte sie ein bisschen an. Dan nahm seine Dienstmarke ab und legte sie auf den Toilettentisch.

»Schau dir mal diese Petticoats an«, sagte Louise.

»O la la«, sagte Dan.

»Und, wie war's bei der Therapeutin? Hat sie die Schlaftabletten herausgerückt?«

»Sie hat gesagt, ich sollte mal nicht im Haus schlafen.«

»Aber draußen ist es kalt«, sagte Louise.

»Na, sie meint ja auch nicht draußen«, sagte Dan. »Ich nehme an, sie hat ein Motel gemeint.«

»Und wer soll das bezahlen?«, fragte Joan.

»Ich habe ihr auch gleich gesagt, dass das unmöglich ist«, sagte Dan.

»Wir streiten uns ja nicht mal, eigentlich nie.«

»Das hab ich ihr auch gesagt.«

Louise drehte sich in ihrem Morgenrock auf die Seite. »Das hoffe ich schwer, dass du das gesagt hast.«

Der Ausdruck von Dans Augen veränderte sich, als sie das sagte. Sie blickten irgendwie tiefer, schienen sich auf etwas in ihrem Innern zu konzentrieren. Er streichelte ihren Hals. Er küsste sie.

»Pass auf, ich weiß für dich ein ganz einfaches Beruhigungsmittel«, flüsterte sie.

Mitten in der Nacht wachte sie auf und streckte die Hand nach Dan aus, fand aber niemanden. Sie stand auf und ging nach unten. Dan las auf dem Sofa *Arizona Highways*. Mary brachte ihnen immer ihre Ausgabe, wenn sie sie gelesen hatte.

»Schau dir mal dieses Haus an«, sagte er. Er legte die Zeitschrift zusammen und zeigte es ihr. »Da soll es spuken.«

»Und was spukt da?«, sagte Louise. »Der einsame Geist eines ruhelosen Sheriffs?«

»Siehst du da nicht eine Gestalt im Fenster?«, fragte er.

»Nein, Liebling«, sagte Louise. »Das ist nur eine Spiegelung.«

Im Spätherbst war bei Kleeborg immer viel los. Eines Samstagmorgens fuhr Louise nach Morrisville hinüber, um Werbeaufnahmen für Russell Fords Wohnwagenfirma zu machen.

Auf den Fotos sollte Russells Neffe vor einem Wohnmobil eine junge Frau umarmen. Als Louise ankam, saß das junge Mädchen in einem trägerlosen schwarzgoldenen Kleid auf einem Eimer Spachtelmasse.

»Hallo, Maren«, sagte Louise, denn es war Maren Staley, das junge Mädchen, das vor eineinhalb Jahren ins Fotostudio Kleeborg gekommen war, um ihr Schulfoto machen zu lassen, aber so schrecklich verkatert gewesen war, dass sie sich nicht hatte in Pose setzen können. Im Jahresbericht war deshalb neben Marens Namen eine Zeichnung von einem weiblichen Wesen zu sehen gewesen, das ein Fass an Schulterträgern anhatte. Die Bildunterschrift lautete: »Nichts anzuziehen«. Jetzt war sie nüchtern und bildhübsch und wirkte erwachsen. Sie saß zusammengekrümmt da, um ihren Brustkorb gegen den eisigen Wind zu schützen.

Louise holte ein Flanellhemd aus dem Auto und gab es Maren. Russells Neffe Steven kam angefahren. Er war ein gutaussehender Junge und trug einen Smoking. Mit seinem Onkel Russell hatte er nur sehr wenig Ähnlichkeit.

Bei diesem Shooting rissen die Probleme nicht ab. Maren bekam an den Schultern Gänsehaut. Die Lampen flackerten wegen eines Wackelkontakts, der sich nicht beheben ließ. Maren sollte Steven umarmen, aber sobald sie die Arme hob, sah man den Rand ihres Büstenhalters seitlich über ihrem Kleid.

»Bringen Sie ihr die Unterwäsche in Ordnung«, sagte Russell Ford. Er stand neben Louise und sprach in ein Megafon.

»Ich stehe direkt neben Ihnen«, sagte Louise. Sie ging zu Maren und steckte ihr den Büstenhalter am Kleid fest.

»Und noch etwas. Die Zierleiste ist verbogen«, sagte Russell.

»Was für eine Zierleiste?«, fragte Louise.

»Am Wohnmobil«, sagte Russell. Dadurch entstand eine weitere Verzögerung, bis Russell ein tadelloses Exemplar eben jenes Modells gefunden hatte, das er in der Werbung haben wollte.

Maren zog Louises Flanellhemd über und schnorrte sich eine Zigarette. Louise schaute in ihre Packung. »Es sind noch sechs drin«, sagte sie. »Kannst du behalten.« Die beiden Frauen stiegen in einen silbrigen Anhänger, der aussah wie diejenigen, in denen die Astronauten sich immer erholten, wenn sie vom Mond zurückgekehrt waren.

»Was hast du denn jetzt vor?«, fragte Louise.

»Ich bin momentan auf dem städtischen College«, sagte Maren. »Ich habe mich sehr verändert, Louise. Das College hat mich verändert, und das schafft Probleme zwischen mir und Loren. Weißt du noch, wer Loren war?«

»Dein Freund, oder?«

»Das ist ja das Problem«, sagte Maren. »Wie gesagt ich habe mich verändert. Ein Beispiel dafür ist vielleicht, dass ich jetzt sehr auf die Musik von Van Morrison stehe. Manchmal, wenn ich *Veedon Fleece* höre, könnte ich einfach losheulen. Und da sind Loren und ich neulich so durch die Gegend gefahren, und er sagt: ›Leg doch mal was von diesem Don Morrison auf.‹ Also, so etwas macht einen doch fertig.«

»Manchmal lebt man sich eben auseinander«, sagte Louise.

»Ich hab jetzt zwei Jahre lang College, und dann kann ich meine Zeugnisse nehmen und gehen, wohin ich will«, sagte Maren. »Vielleicht gehe ich an die Westküste. In *Straße der Ölsardinen* erzählt John Steinbeck von einem Meeresbiologen namens Doc. Als ich das las, kam es mir plötzlich, dass ich noch nie auch nur einen Zeh ins Meer gehalten habe. Und ich denke, das würde ich sehr gerne mal tun, so wie ich veranlagt bin. Offensichtlich kann man sich ohne jede Bewegung im Salzwasser treiben lassen und geht doch nicht unter. Wo ich keine so gute Schwimmerin bin, klingt das für mich sehr spannend. Deswegen ziehe ich eine Schule in Kalifornien in Erwägung; dort sind ja alle kostenlos. Auf welchem College warst du denn?«

»Auf gar keinem«, sagte Louise. »Ich hab 1974 meinen Abschluss an der Highschool von Grafton gemacht. Damals gab es dort einen Studienberater, der eigentlich eher so was wie ein Wahrsager war. Statt einem einen Rat zu geben, machte er immer irgendwelche geheimnisvollen Vorhersagen. Zu mir hat er gesagt: ›Louise, du wirst einmal in einem kleinen Laden arbeiten.‹ Na ja, ich glaube, da hat er recht behalten.«

»Fotografie ist etwas so Intensives«, sagte Maren.

Russell machte die Tür auf und sah herein. »Weiter geht's«, sagte er. »Das Barometer fällt.«

Steven und Maren nahmen ihre Umarmung wieder auf. Russell warf das Megafon zu Boden. »Jetzt sieht das Kleid ramponiert aus«, sagte er.

»Ach was, der Einzige, der ramponiert aussieht, sind Sie«, sagte Louise. »Steven! Legen Sie die Hand seitlich an das Kleid! Wo die Sicherheitsnadeln sind! Großartig. Wir machen jetzt einfach mal ein paar Aufnahmen.«

Während des Fotoshootings hatten sich auf dem Gehsteig immer mehr Menschen versammelt. Seit Jahren ging nämlich das Gerücht um, Sally Field werde als Regisseurin und gleichzeitig Schauspielerin bei einem Film über das ländliche Leben mitwirken, der im Grouse County gedreht werden solle, und sobald in der Öffentlichkeit etwas geschah, was auch nur entfernt an Dreharbeiten erinnerte, liefen die Leute herbei, weil sie hofften, Sally Field zu sehen.

Von diesem Film war schon so lange die Rede, dass die Handlung inzwischen eine ganz andere geworden war: aus einer jungen Frau mit Krebs war eine Bäuerin mittleren Alters mit Krebs geworden. Aber trotz allem kam Sally Field nie ins Grouse County und würde sicher auch in Zukunft nie kommen, und das Ganze war, wie so vieles, eins der Gerüchte, die einfach nicht totzukriegen sind.

Im Grouse County halten sich Gerüchte sehr lange, oder sie kommen regelmäßig wieder, wie winterharte Pflanzen. Zum Beispiel das von Marys Bäumen, die, da sie am Stadtrand von Grafton stehen, bei einem Schneesturm im Winter oft stark vereist sind. Ungefähr einmal pro Winter heißt es plötzlich überall, jemand von der Zeitung in Stone City werde herüberkommen, um Fotos von Marys Eisformationen zu machen. Und bald darauf haben dann alle Eltern ihre Kinder in die Nähe von Marys Haus gezerrt und ihnen die Anweisung gegeben, sie sollten jetzt gefälligst mal ihren Hintern bewegen und einen Schneemann bauen. Aber der Nachmittag vergeht, das Gerede erweist sich als falsch, und die Sonne versinkt hinter einer stacheligen Landschaft voller unfertiger Schneegestalten.

Jedenfalls hatte sich in der Versammlung vor Russell Fords Fotoshooting jetzt auch Pansy Gansevoort eingefunden, die bei Big Chief Printing als Airbrush-Spezialistin angestellt war und eine eindrucksvolle Mähne ingwerfarbener Haare besaß, die ein farbenfrohes Highlight in Sally Fields Film abgegeben hätten, der indessen nicht sein sollte.

Pansy wartete, bis Louise mit ihrer Arbeit fertig war. »Hallo, meine Süße«, sagte sie. »Ich komme gerade vom Eight Dollars.« So hieß ein rasant wachsender Laden am Stadtrand, wo alles 8 Dollar kostete.

»Und, was hast du dir gekauft?«, fragte Louise.

»Zwei Blusen, einen ganzen Karton Kartoffelchips und eine Bowlingkugel«, sagte Pansy.

»Was ist das denn für eine Bowlingkugel, die 8 Dollar kostet?«, fragte Louise.

»Das wird sich zeigen«, sagte Pansy. »Kommst du mit in die *Rose Bowl?*«

»Ich bin nicht gut im Bowling«, sagte Louise, »und du spielst ja im Verein. Also echt, das bringt nichts.«

»Ich geb dir ein paar Tipps«, sagte Pansy.

So gingen sie also zum Bowling, doch Pansys Tipps halfen auch nichts. Louise gehörte zu jenen Keglern, die verblüffender Weise immer direkt auf die Rinne zu zielen scheinen. An diesem Nachmittag schaffte sie es sogar, den klassischen Fehler zu begehen und eine Kugel zu schieben, als das Einsammelgatter für die Pins gerade heruntergegangen war. Die Kugel krachte in das Gatter, und alle starrten Louise an. Ein Angestellter der Bowlingbahn musste wie auf einem Laufsteg zwischen den Bahnen nach hinten balancieren.

Trotzdem schmeckte das Bier. Pansy und Louise setzten sich an den Tisch, an dem man den Spielstand verzeichnen konnte, und redeten über ihre Partner, schienen dabei aber nicht dieselbe Sprache zu sprechen. Der Sadismus von Pansys Freund war etwas Normalerem gewichen – einer Unzahl von bloßen Drohungen. Und Pansy bedrohte ihn umgekehrt auch, so dass sich aus Pansys Sicht inzwischen tatsächlich etwas verbessert hatte.

In ihren Berichten kauerten entweder sie selbst oder ihr Freund in einer Ecke, während der andere Gegenstände zu Boden schmiss und zertrümmerte. Einmal war Pansys Freund sogar mit einer Pistole in die Küche gekommen, von der sich später herausstellte, dass sie eine Startschusspistole war, die aber nach Pansys Eindruck durchaus echt hätte sein können.

Im Vergleich dazu wirkten Dans Schlaflosigkeit und Louises Gefühl, dass irgendetwas nicht stimmte, völlig belanglos.

»Ich würde diesen Typen verlassen«, sagte Louise.

»Wir sind doch schon so lange zusammen«, sagte Pansy.

»Was nützt das denn, wenn du am Ende mit einer gebrochenen Nase dastehst?«, fragte Louise.

»So ist es ja gar nicht«, sagte Pansy.

»Es klingt aber so.«

»Ich liebe ihn so sehr.«

»Vielleicht ist das gar keine Liebe«, sagte Louise. »Vielleicht ist es eher nur so, dass du dich an diesen traurigen Zustand einfach gewöhnt hast.«

Louise sprach sehr offen mit Pansy. Manche nennen so etwas ein Gerede in Bierlaune, obwohl Bierkonsum ja gewöhnlich einen rauheren Umgangston bewirkt. Unter dem Klappern der stürzenden Pins sah Louise plötzlich alles durch die rosarote Brille, wie es einem an so einem Nachmittag im Oktober schon mal passieren kann.

Einmal schwang sie die Beine unter dem Tisch hervor, schaute bewundernd auf die Säume ihrer sauberen Blue Jeans und die geliehenen Schuhe in rotem und olivgrünem Wildleder und sagte trocken: »Also, diese Schuhe gefallen mir wirklich saugut.«

Schließlich traten Pansy und Louise aus der *Rose Bowl* in die einbrechende Dämmerung hinaus. Pansy zog aus ihrer Bowlingtasche die Schuhe heraus, die Louise sich ausgeliehen hatte.

»Das ist aber süß von dir«, sagte Louise. Sie setzte sich an den Randstein und zog die Schuhe an.

»Du kannst zwar wirklich nicht bowlen«, sagte Pansy. »Aber ich mag dich trotzdem.«

Auf dem Heimweg fuhr Louise langsam über enge und wenig befahrene Landstraßen, was sie daran erinnerte, wie sie als Teenager immer wie ein Roboter durchs Wohnzimmer und die Treppe hinaufgegangen war, wenn ihre Mutter nicht merken sollte, dass sie betrunken war.

Sie und Dan gerieten in Streit, als sie nach Hause kam. Er toastete gerade Sandwiches mit Erdnussbutter für das Abendessen.

»Es wäre mir sehr lieb, wenn du nicht einfach ins Brot hineingrabschen und ganze Stücke aus den Scheiben herausreißen würdest«, sagte er.

»Entschuldigung, ich war ein bisschen neben der Kappe«, sagte sie. Sie setzte sich auf einen Stuhl, die Füße mit den Bowlingschuhen auf einem anderen.

»Diese Therapeutin, zu der ich immer gehe, hat angerufen«, sagte Dan. »Sie meinte, vielleicht solltest du dir auch mal einen Termin geben lassen.«

»Mann, ist die schlau«, sagte Louise.

»Natürlich nur, wenn du willst«, sagte Dan.

»Eheberatung nach sechs Monaten«, sagte Louise. »Klingt nicht besonders zukunftsträchtig.«

»Es geht doch gar nicht um Eheberatung«, sagte Dan.

»Vor allem, wo eine Scheidung heutzutage so leicht zu kriegen ist«, sagte Louise. »Hab ich schließlich vor nicht allzu langer Zeit schon mal gehabt. Wahrscheinlich erinnern sie sich noch an mich.«

»Ach, hör doch auf«, sagte Dan. »Wo warst du denn heute Nachmittag?«

Louise weinte. »Schau dir meine Schuhe an und rate mal«, sagte sie.

»Was hast du denn?«

»Du hast mich nur geheiratet, weil ich hinter dir her war«, sagte Louise. »Meine Mutter hat gleich gesagt: ›Sei nicht so hinter ihm her, Louise.‹ Aber ich hab nicht auf sie gehört, ich hab's doch getan.«

»Du warst hinter niemandem her«, sagte Dan.

»Glaubst du, ich bin blind?«, sagte Louise.

»Wie bitte?«

Sie wischte sich mit dem Ärmel über die Augen. »Ich hätte bei der ganzen Sache viel cooler bleiben müssen.«

»Ich wüsste nicht, warum.«

»Sag doch mal«, meinte Louise, »liebst du mich?«

»Ja«, sagte Dan. Mit dem Pfannenwender legte er die getoasteten Sandwiches auf einen Teller. »Wein doch nicht«, sagte er. Er hatte eine Art, gerade dann steinhart und gefühllos zu werden, wenn sie genau das Gegenteil gebraucht hätte.

»Ich weine, wann ich will«, sagte Louise.

Am nächsten Tag ging es Louise entsetzlich schlecht. Den ganzen Tag musste sie mit irgendwelchen Leuten vom Denkmalschutz über eine fotografische Dokumentation von irgendwelchen Häusern reden. Reden, reden, reden, und dann wollten die auch noch Kaffee. Sie legten größten Wert auf Authentizität und schienen auch Louise genauestens zu prüfen, ob sie wirklich authentisch sei.

Dann fuhr Louise zu Russell Fords Firma und mietete einen Wohnwagen. Sie dachte, unter einem separaten Dach könnte Dan vielleicht wieder Schlaf finden, und sie selbst könnte durch diese gute Tat den Streit wieder gutmachen. Russell gab ihr Prozente, aber trotzdem konnte sie sich nur einen winzigen Wohnwagen aus dem Jahre 1976 leisten. Drinnen war gerade genug

Platz, um sich umdrehen zu können. Russell sagte, für 75 Dollar werde er den Wohnwagen zur Farm bringen und aufstellen.

»Und damit bin ich zu Ihnen wie zu einer Schwester«, sagte er.

Russells Neffe Steven brachte den Wohnwagen zwei Tage später. Er legte eine Wasserwaage auf den Kotflügel und drehte eine Kurbel an der Anhängerkupplung, bis der Wagen waagrecht stand. Er füllte den Wassertank, schloss die Elektrizität an und zeigte ihr, wie die winzigen Schalter funktionierten.

»Glauben Sie, dass ich bei Maren Chancen hätte?«, fragte er.

Louise dachte, das wäre eher eine Frage für die Glaskugel einer Wahrsagerin. »Eine Chance gibt es immer«, sagte sie.

Es machte ihr Freude, den Wohnwagen für Dan herzurichten. Sie putzte ihn gründlich, bezog das Bett mit frischer Bettwäsche und warf eine Tagesdecke darüber. Sie stellte Bier in den Kühlschrank und Rohrkolben in einer Vase auf den Tisch. Sie steckte eine Lampe mit warmem gelben Licht an.

Als Dan nach Hause kam, hatte sie ihre Meinung geändert. Sie machte die Tür auf und blickte zu ihm hinunter.

»Was ist das denn, Schatz?«, fragte Dan.

»Ich möchte hier drin bleiben«, sagte sie. »Ich hab den zwar für dich besorgt, aber jetzt möchte ich selber hier drin bleiben.«

Es wäre zu viel gesagt, dass der kleine Wohnwagen alle Probleme der beiden gelöst hätte. Aber Dan fand seinen Schlaf wieder, nachdem er das Bett im Haus für sich allein hatte. Seine Therapeutin hatte am Ende tatsächlich ein Rezept gegen sein Leiden gefunden. Er und Louise aßen zusammen, und jeden Abend erlebten sie die reinen Gefühle des Abschiednehmens.

Eines Abends klopfte Dan bei ihr an die Tür und las ihr die Rede vor, die er bei einem Seminar über häusliche Gewalt halten sollte.

»Manchmal haben wir eine falsche Vorstellung von dem, was Stärke ist«, las Dan. »Und warum? Unter anderem wegen des Fernsehens. Wir sehen, wie ein Mann 500 Pfund über den Kopf hebt, wir sehen einen anderen Mann ein dickes Telefonbuch in Stücke reißen. Das verleitet ganz schnell zu dem Fehlschluss, dass wir so etwas meinen, wenn wir ›stark‹ sagen. Aber schalten wir den Bildschirm doch mal aus. Sind die wirklich starken Männer und Frauen nicht eher zu Hause und sorgen für ihre Familie? Was meinen wir denn wirklich, wenn wir ›stark‹ sagen?«

* * *

Das Fotostudio Kleeborg bekam den Zuschlag für die Fotodokumentation über die alten Häuser. Für Louise bedeutete das, dass sie mit der Kamera lange Spaziergänge durch die hübscheren Viertel von Stone City machte.

Den Sinn und Zweck dieses Projekts verstand nicht jeder. Manche Leute warfen sich in Schale und stellten sich mit Kindern und Hund im Vorgarten auf. Ein magerer alter Herr in einem spitzgiebeligen Haus, das 1897 erbaut worden war, zeigte Louise die Spulen in seiner Garage. Er hatte Dutzende kleiner Nähgarnspulen an den Wänden und der Decke befestigt und sie alle mit straff gespannten Fäden verbunden, und wenn er einen Elektromotor anschaltete, drehten sich sofort alle Spulen, und die Knoten in den Fäden tanzten auf und ab. »Junge Junge«, sagte Louise.

»Jede einzelne steht für jemanden in meiner Bekanntschaft«, sagte der Mann.

Louise suchte Dans Therapeutin auf. Im Büro gab es einen weich gepolsterten Sessel und einen riesigen umgekehrten Kegel als Aschenbecher. Ein Griff an der Seite des Sessels betätigte die Fußstütze und ermöglichte es Louise, die Füße je nach Bedarf höher oder niedriger zu lagern.

Sie hatte sich vorgestellt, dass die Therapeutin eine richtige Sexbombe sei, doch die Frau wirkte einfach nur müde und ganz normal. Sie hieß Robin Otis.

»Wo leben Ihre Eltern?«, fragte sie.

»Meine Mutter wohnt in Grafton. Mein Vater ist tot«, sagte Louise.

»Wie alt waren Sie, als er starb?«

»Ja, wie alt war ich da? Sechzehn«, sagte Louise. »Er hatte einen Herzanfall, während er sich für eine Party fertig machte.«

»Solch ein Verlust in so jungen Jahren«, sagte Robin.

»Äh, ja genau«, sagte Louise.

»Können Sie sich an die letzten Worte erinnern, die er zu Ihnen gesagt hat?«

»Er wünschte uns ein glückliches Neues Jahr.«

»Kommen Sie mit Ihrer Mutter gut aus?«

»Könnte man so sagen«, antwortete Louise.

»Sagen Sie etwas zu dem Wohnwagen. Darauf bin ich neugierig. Warum haben Sie ihn für sich selbst beansprucht?«

»Ich weiß es selber nicht«, sagte Louise. »Er kommt mir so vertraut vor. Er ist sauber. Es ist warm drin. Ich weiß es eigentlich nicht.«

»Hmm«, machte Robin Otis.

»Warum, will Dan ihn denn haben?«, fragte Louise.

»Ich werde nicht recht schlau aus ihm«, sagte Robin.

»Sagen Sie mir etwas dazu.«

»Er kommt einem vor wie ein unglaublicher Eisblock oder so.«

»Ich denke, dass er verheiratet bleiben möchte«, sagte Louise.

»Daran habe ich keinen Zweifel.«

Louise verließ das Behandlungszimmer über einen Flur, der als Wartezimmer nicht nur für die Therapeutin, sondern auch für einen Zahnarzt und einen Steuerberater diente.

Ein Paar saß zwischen einem Stapel Jagdzeitschriften und einem Stapel *Highlights für Kinder*. Louise drückte auf einen Knopf und wartete auf den Lift.

»Ich sage ja nur, dass wir uns nicht notwendiger Weise in alle möglichen Einzelheiten über Sex verlieren müssen«, sagte der Mann.

»Ho, ho, warte nur ab«, sagte die Frau.

In der Fotoserie zur Architektur machte Louise auch ein Bild des Hauses einer Handleserin an der Pomegranate Avenue. Das Haus war aus Steinen in allen möglichen Größen gebaut. Die Dachtraufe kurvte wie eine Achterbahn. Auf einem Schild an der Vorderfront stand: »Mrs. England – Hand- und Kartenleserin«. Es war ein Haus in einem Mischmasch von Stilen, und die Frau, die an die Tür kam, hatte riesige Arme und eine beschlagene Brille.

»Ich bin da, um Fotos von Ihrem Haus zu machen«, sagte Louise.

»Lassen Sie mich nur schnell meine Geschichte zu Ende bringen«, sagte Mrs. England. Sie verschwand durch einen Rundbogen und ließ Louise in dem Vorderzimmer allein. Das Haus schien vollkommen still.

»Hübsch haben Sie es hier«, rief Louise.

An den Wänden hingen gerahmte ovale Spiegel und das Gemälde eines Mannes mit einem Hammer. In einem Behälter mit Sand schleppten sich Schildkröten und Molche hin und her. Eine Karte des Sonnensystems hing ebenfalls an der Wand, mit einem Markierungspfeil, auf dem stand: »Sie befinden sich hier.«

»Dieses Haus hat Mr. England gebaut«, sagte Mrs. England. »Er hat überall in Stone City Häuser gebaut, aber er fand sie alle sehr lahm. Er hat sich zwar immer gefreut, wenn er den Leuten die Häuser bauen konnte, die sie wollten, aber andererseits war er auf der Suche nach einer Gelegenheit, ein Haus zu bauen, das seinem Bedürfnis nach eigenem Ausdruck entsprach. Das hier ist sein Porträt. Er war ein wilder Mann und ist im Krieg umgekommen.«

»Das tut mir leid für Sie«, sagte Louise. Mrs. England nahm sie bei der Hand und führte sie zu einer purpurroten Couch.

»Er benutzte das Material aus der Umgebung und bekam alles zum Selbstkostenpreis, und ich habe ihn sehr geliebt«, sagte Mrs. England. »Wie lange ist sie schon überfällig?«

Louise setzte sich. »Elf Tage«, sagte sie.

»Sie müssen jetzt an vieles denken.«

Louise ließ sich auf der Couch zurücksinken. »Woher haben Sie es gewusst?«

»Weil ich Ihre Hand berührt habe«, sagte Mrs. England. »Haben Sie denn nicht mein Schild gelesen? Wahrscheinlich denken Sie, dass das alles nur Schwindel ist. Also, es ist nicht alles nur Schwindel. Durchaus nicht.«

»Ich versteh das nicht«, sagte Louise. »Können Sie so etwas aus der Temperatur schließen?«

»Ach, das ist kompliziert«, sagte Mrs. England mit einer abwehrenden Handbewegung.

»Bin ich denn schwanger?«, fragte Louise.

»Das kann ich nicht mit Sicherheit sagen«, antwortete Mrs. England. »Was ich aber weiß, ist, wie Sie es herausfinden können. Sie fahren jetzt die Pomegranate fünf Querstraßen weit hinunter, dann kommen Sie zu Rexall's.«

»Ja«, sagte Louise.

»Die haben diese kleinen Testpackungen, die Sie zu Hause benutzen können«, sagte Mrs. England.

Die Schwangerschaftstests standen in einem Regal zwischen den Kondomen und den Packungen mit der Pille. Louise verglich die verschiedenen Marken ohne jede Vorstellung, wonach sie eigentlich suchte. Sie verwarf zwei Tests, die in einem einzigen Schritt durchgeführt werden konnten, denn das schienen ihr nicht genügend Schritte zu sein. Eine andere Marke bot ein Plastikstäbchen an, das in den »Urinstrahl« gehalten werden musste, und das verwarf sie ebenfalls.

Die meisten Packungen kosteten 15 Dollar, einige aber auch nur 11, und sie entschied sich gegen die billigeren, aus dem

Gedanken heraus, dass irgendetwas für diese Preisdifferenz verantwortlich sein müsse und dass sie sich einen Schwangerschaftstest schließlich nicht jeden Tag kaufe. Von diesen Überlegungen abgesehen ließ sie sich einzig vom Packungsdesign leiten. Auf fast allen Schachteln waren rote Linien oder rote Schrift zu sehen, was wie eine Anspielung auf den herbeigesehnten Menstruationszyklus wirkte. Die Marke, die sie wählte, rief ein Gefühl von Dringlichkeit wach, aber, so fand sie, nicht direkt Panik.

Auf dem Weg zur Kasse überprüfte Louise sicherheitshalber, ob die Packung auch ein Preisschildchen habe, damit der Kassierer nicht zu seinem silbrigen Mikrofon greifen und durch den ganzen Laden rufen musste, jemand solle doch mal den Preis für die Schwangerschaftstests nachschauen. Der Verkäufer tippte den Kauf mit dem ausdrucks- und urteilslosen Gesicht ein, das einem offenbar an der Verkäuferschule beigebracht wurde. Sie hätte genauso gut einen Schlüsselring oder Zahncreme oder Glühbirnen kaufen können, statt zu einer Reise in die Mysterien des Lebens aufzubrechen.

Elf

Dan nahm Russell Ford diesen Winter zur Entenjagd mit, weil er etwas von ihm wollte. Irgendwelche Schwierigkeiten waren dabei nicht zu erwarten. Russell behauptete von sich, Fasanenjäger zu sein, und ob die Beute nun Fasane oder Enten waren: Es gab ja immer gewisse Regeln.

An einem Sonntagmorgen im November kurz vor fünf Uhr hielt Dan vor Russells Haus. Russell wohnte in einem Viertel, das Mixerton hieß und seinen Namen von den Mixers herleitete, einer utopisch ausgerichteten Gesellschaft aus der Zeit um die Jahrhundertwende, die sich wegen ständiger Querelen aber wieder aufgelöst hatte. In Mixerton gibt es jetzt eigentlich gar nichts, außer der Mixerton-Klinik und ein paar Häusern.

Es regnete gleichmäßig. Das war ein Regen, der ohne weiteres den ganzen Tag anhalten konnte – gutes Wetter für die Entenjagd. Dan saß im Auto und blickte auf Russells Haus. Die Scheibenwischer gingen hin und her, während er den Metalldeckel seiner Thermoskanne abschraubte. Dampf stieg vom Kaffee auf. Die Jagd galt ja eigentlich als Entspannung, aber wenn man so im Dunkeln aufstand, um jagen zu gehen, kam es einem vor, als läge darin eine ungewöhnliche Feierlichkeit. Im Radio kam leise »Hello, It's Me«, schließlich war schon seit gestern Todd-Rundgren-Wochenende.

Russell kam mit einer Flinte und einer Schachtel Doughnuts aus dem Haus. Er war ein dicker Mann, und tatsächlich hatte er immer den Spitznamen Fat gehabt, bevor er zum Vorsitzenden der Bezirksräte wurde und seinen Taufnamen zurückbekam. Er trug eine Art Tarnanzug in verschiedenen Grüntönen.

Er öffnete die Autotür und ließ sich in Dans Polizeiwagen gleiten. Dan sah sofort, dass Russells Anzug neu und noch ganz steif war. »Ich hab Ihnen was zum Frühstücken mitgebracht«, sagte Russell.

»Und ich danke Ihnen«, sagte Dan.

»Ich weiß nicht, ob Sie diesen Polizeiwagen benutzen sollten, wenn Sie außer Dienst sind.«

»Mein Auto ist kaputt«, sagte Dan.

»Das sagen Sie immer.«

»Das stimmt auch immer.«

»Dann bringen Sie es doch zu Ronnie Lapoint und lassen es reparieren! Großer Gott, Sie verdienen doch 22 000 Dollar im Jahr.«

»Ich hab halt gedacht, ich könnte mir das sparen und einiges an dem Auto selber reparieren. Ich besitze so ein Handbuch von Chilton und eine ganz gute Sammlung von Ratschenschlüsseln, aber irgendwie gibt es dauernd etwas, das einen davon abhält.«

»Das kenne ich«, sagte Russell. Er sah sich im Auto um, während Dan in die Straße einbog, die nach Süden ging. »Sie haben wohl keinen Hund dabei.«

»Nein. Stimmt.«

»Ich hätte gedacht, dass man einen braucht.«

Dan biss in den Doughnut. »Nicht, wenn man Watstiefel hat und das Wasser nicht tief ist.«

Russell schüttelte den Kopf und verschränkte die Arme, so dass man das Rascheln des Stoffs sehr laut hörte. »Sehen Sie, jetzt habe ich wieder etwas dazugelernt«, sagte er.

»Früher hatte ich tatsächlich einen Hund«, sagte Dan.

»Ach wirklich?«

»Er hieß Brownie.«

»An den Hund kann ich mich erinnern«, sagte Russell.

»Der war super.«

»Was ist denn mit ihm passiert?«

Dan bremste vor einer Kurve. »Na ja, das war eine komische Geschichte. Er ist weggelaufen, und ich habe nie herausgefunden, wo er hin ist.«

»Na so was.«

»Er muss zu jemandem ins Auto gestiegen sein. Wissen Sie, ein Hund findet immer nach Hause. Ich habe neulich bei Paul Harvey gehört, dass ein Hund auf der Suche nach seinem Besitzer den ganzen Weg von Florida nach Quebec gelaufen ist.«

»Quebec in Kanada?«

»Sie haben nur Quebec gesagt. Ich nehme an, dass es in Kanada ist.«

»Wenn sie weiter nichts gesagt haben, ist es wahrscheinlich Kanada.«

»Das glaube ich auch.«

»So ein Schlitzohr. Also das ist interessant. Wie hat er das denn gemacht, hat er die Autobahn genommen?«

Dan zuckte mit den Schultern. »Keine Ahnung. Auf der Farm haben wir ja auch diesen weißen Hund. Aber er ist kein Apportierhund. Ich weiß gar nicht, was für ein Hund das eigentlich ist.«

Sie parkten an der Südspitze des Lapoint-Moors und wanderten zu Dans Jagdhütte, die einen knappen Kilometer entfernt lag. Sie gingen hintereinander her, das Gewehr über der Schulter. Russell lief dicht vor Dan. Er konnte es nicht ertragen, hinter jemandem zu laufen. Der Regen trommelte auf ihre Mützen. Der Himmel war dunkel, mit Ausnahme eines roten Streifens am östlichen Horizont. Das Gras schlug ihnen an die Beine, der Boden hob und senkte sich unter ihren Stiefeln.

»Vorsicht mit dem Zaun«, sagte Dan.

»Was für einem Zaun denn?«, fragte Russell.

»Dem von Lee Haugen«, sagte Dan.

»Der ist weiter östlich. Viel weiter östlich.«

»Nein. Wir sprechen nicht vom selben Zaun.«

»Hülfe«, sagte Russell, oder etwas Ähnliches, als er in den Zaun rannte.

»Den habe ich gemeint«, sagte Dan.

Dans Jagdhütte war ein Sperrholzschuppen, durch einen Wall aus Schilfrohr vom Wasser des Moors abgeschirmt. Drinnen hatte Dan Lockenten, die er zusammen mit Russell jetzt zum Wasser hinuntertrug.

Russell und Dan setzten sich in die Hütte, rauchten Zigarren und sahen zu, wie die Wolken erst grau und dann weiß wurden. Als es heller wurde, schien der Regen etwas stärker zu werden. Bald konnten sie über das Wasser bis zum anderen Ufer sehen. Dan griff in die Hütte und brachte eine Flasche Brombeerschnaps zum Vorschein. Sie tranken beide einen Schluck und schüttelten sich.

Dan lachte. »Der ist echt miserabel«, sagte er.

»Er ist halt bitter«, sagte Russell.

»Dieser Schnaps hat eigentlich Earl Kellogg gehört. Und ich glaube, ich bin schon seit zwei Jahren nicht mehr mit ihm jagen gewesen. Hie und da nehme ich einen Schluck, aber irgendwie bleibt immer gleich viel in der Flasche.«

Russell zog eine Schachtel Patronen hervor und lud sein Gewehr, ein Zwölfkaliber mit Kammerverschluss und einer bescheidenen Gravur auf dem Schaft. Der Reiz des Jagens beruht vor allem im Laden des Gewehrs. Die Patrone ist sehr angenehm anzusehen und zu berühren, mit ihrer kupfernen Kappe und der tannengrünen Plastikhülse. Ihre Schwere und Ausgewogenheit lassen sie wie etwas aus der Natur wirken, als würden Patronen an Reben wachsen.

»Und wo sind die Enten?«, fragte Russell.

»Sie müssen Geduld haben«, sagte Dan. »Jetzt ist die Zeit, wo

Sie dasitzen und nachdenken können. Das mag ich an der Entenjagd am liebsten – das Nachdenken.«

»Das klingt ja ganz schön tiefsinnig«, sagte Russell. »Worüber denken Sie denn nach?«

»Ich lass einfach meine Gedanken schweifen«, sagte Dan. »Aber ich kann Ihnen sagen, worüber Sie vielleicht mal nachdenken sollten, nämlich, Paul Francis bei der Polizei einzustellen.«

Russell ignorierte das. »Sagen Sie mir jetzt mal, was wir tun, wenn die Enten einfallen.«

»Nicht nervös werden. Das Gewehr nicht entsichern, bevor Sie anlegen. Wenn Sie das Gefühl haben, etwas ist zu weit weg, dann stimmt das auch – dann ist es zu weit weg.«

Nach einer Weile kam eine Schar herunter, die Schnäbel und die Paddelfüße zum Wasser hin ausgestreckt. Dan und Russell standen auf und schossen. Sie erwischten drei, und Dan watete in den Sumpf, um die Vögel zu holen. Es waren zwei Erpel mit samtig grünem Kopf und kupferfarbener Brust und ein braun gesprenkeltes Weibchen. An den Flügeln hatten sie blaue Streifen. Es handelte sich um Stockenten, und Dan fühlte die Begeisterung und gleichzeitig die Trauer darüber, dass er sie getötet hatte, so als wäre auch er nur ein Rädchen im Uhrwerk des Jahreslaufs.

Dann geschah lange Zeit gar nichts, obwohl sie an anderen Stellen im Moor weitere Schüsse hörten. Russell schnitt sich die Fingernägel. Dan legte sein Gewehr beiseite, lehnte sich zurück und stützte sich auf die Ellbogen. Er dachte an Louise. Sie war seit zwei Monaten schwanger, und nach dem Buch, das sie daheim hatten, war das Baby jetzt ungefähr 3 Zentimeter groß, und sein Herz schlug schon. Dan dachte kurz über die absonderliche Tatsache der Fortpflanzung nach, und ihm wurde mit einem Schlag bewusst, dass selbst Russell irgendwann einmal ein Fötus gewesen war, so schwer man sich das jetzt auch vorstellen konnte. Dann dachte Dan daran, dass eines Tages das Kind von ihm und

Louise genauso alt wie Russell sein würde, der bestimmt mindestens sechzig war, und dass zu diesem Zeitpunkt er, Dan, wahrscheinlich schon tot wäre, und Louise wahrscheinlich auch, und er hoffte, dass sich das Kind über ihrer beider Tod nicht allzu sehr grämen würde, dass es nicht dem Alkohol verfallen oder sich vom Leichenbestatter übers Ohr hauen lassen würde. Eine einfache Kiste aus Kiefernholz würde Dan genügen. Er dachte darüber nach, dass viele Menschen bestimmt mit einer einfachen Kiste aus Kiefernholz zufrieden wären, dass er aber andererseits solch eine Kiste noch nie gesehen hatte, ganz zu schweigen davon, dass er noch nie erlebt hatte, dass jemand in einer solchen beerdigt wurde, außer in irgendwelchen Historienschinken im Fernsehen. In seinem Bezirk wurden selbst die Armen in einem Sarg begraben, der aussah, als könnte er einer Gewehrsalve standhalten.

Dan entschloss sich, diesen Gedanken fallen zu lassen und sich stattdessen noch einmal dafür einzusetzen, dass der Pilot Paul Francis als Polizist eingestellt würde.

»Im ersten Jahr würde uns das 12 700 Dollar kosten«, sagte Dan. »Darin sind eingeschlossen 1300 für die Polizeischule in Five Points, ungefähr 8000 Gehalt für eine halbe Stelle, 2100 Dollar für die Flugversicherung und etwa 1300 für die Krankenkasse.«

»So etwas macht mich immer rasend. Warum zum Teufel sollten wir für einen Polizisten die Krankenkasse zahlen?«

»Das ist eine Police, die das Geld der Versicherung sehr zusammenhält«, sagte Dan. »Man muss praktisch im Sterben liegen, bevor die was rausrückt.«

»Wozu brauchen wir sie dann überhaupt?«

»Der Staat verlangt es.«

»Dieser Scheiß-Staat«, sagte Russell und schimpfte eine Weile über den Staat.

»So wie es derzeit aussieht, können wir überhaupt nicht mehr fliegen«, sagte Dan. »Bisher war das kein Problem, aber die Versicherung hat jetzt beschlossen, dass sie unsere Flüge nicht mehr versichert, weil Paul nicht fest angestellt ist. Sonst könnten wir wieder fliegen, und manchmal müssen wir auch einfach. Zweitens, Earl, Ed und ich arbeiten alle mindestens 60 Wochenstunden, die Überstunden nicht gerechnet. Also, was mich betrifft, ist das eigentlich kein Problem, weil ich in der Verwaltung tätig bin. Aber wenn die Dienstaufsichtsbehörde das mit Ed und Earl herausfindet, dann haben die hundertprozentig eine Klage am Hals, und der Prozess, das wissen Sie selber, würde uns garantiert mehr kosten, als wenn wir Paul Francis einstellen und die beiden Jungs ein bisschen entlasten. Ich ruf die Dienstaufsichtsbehörde natürlich nicht an, aber kann ich vielleicht garantieren, dass die das nie herausbekommen? Nein, kann ich nicht. Und Punkt drei ist: sobald Paul als angestellter Polizist fliegen darf – und ich habe mich extra erkundigt, deswegen weiß ich das –, dann kann er auch in anderen Angelegenheiten für den Bezirk fliegen. Sagen wir mal, Sie wollen, was weiß ich, an einer Konferenz in Ozarks teilnehmen. Na, dann springen Sie einfach in die Piper Cub und Paul Francis bringt Sie da hin. Das klingt doch gut, oder?«

»Ich kann nur nicht einsehen, warum wir einen zusätzlichen Polizisten einstellen sollen, wenn alle Bezirksstädte ihre eigene Polizei haben.«

»Da irren Sie sich, Russ«, sagte Dan. »Fünf Städte haben überhaupt keine eigene Polizei. Hatten auch nie eine.«

»Der Trend geht aber in Richtung Stadtpolizei.«

»Wo denn? In Grafton?«

»Ich rede jetzt nicht von Grafton oder Boris oder Pinville oder sonst einer von diesen Geisterstädten – Lunenberg ist auch so ein Fall –, wo sie ihre Häuser nicht loskriegen.«

»Aber in diesen Städten sind wir die ganze Zeit«, sagte Dan. »Die sind der Bezirk.«

»Ich will Ihnen mal was sagen, Dan«, sagte Russell. »In 20 Jahren wird es überhaupt keine Polizeistationen mehr geben, so wie wir sie jetzt kennen.« Und bei diesen Worten machte er eine heftige Bewegung mit der rechten Hand. »Vielleicht gibt es dann noch einen Sheriff, und ich sage extra vielleicht, aber der wird dann nur noch so eine Art Strohmann sein. Und das hat sich schon vor vielen Jahren angebahnt, als nämlich Otto Nicolette die Gelegenheit hatte, den Mord an Vince Hartwell aufzuklären, das aber erst geschafft hat, als die Polizei von Morrisville rein zufällig über die Tatwaffe stolperte. Seit dieser Zeit ist das Arbeitsgebiet des Sheriffs wie, wie, na, Sie wissen ja selber, wie es ist. Und ich sage Ihnen das ganz offen, weil ich Ihnen haargenau das Gleiche auch schon gesagt habe, als Sie zum ersten Mal für das Sheriffsamt kandidiert haben, damals im Jahr … na, wann auch immer.«

»Sie und diese Sache mit Hartwell«, sagte Dan. »Sie leben immer noch in der Vergangenheit.«

»Machen Sie bloß nicht die Vergangenheit schlecht. Damals gab es bessere Menschen. Ich denke mit großer Wärme an diese Zeiten zurück. Heute schau ich mich um und sehe nicht viel. Übrigens, wissen Sie schon, dass Johnny White überlegt, ob er nächstes Jahr gegen Sie antritt?«

»Soll er«, sagte Dan. »Der ist keine große Bedrohung.« Das war eine ziemlich verbreitete Meinung über Johnny White. Wenn man sich ansah, was er bisher geleistet hatte, fand man wenig, was gerechtfertigt hätte, dass er Sheriff würde. Er hatte ein Restaurant in Cleveland geführt, das pleite gegangen war, er war Assistent im Bezirksamt gewesen. Und jetzt managte er das *Zimmer*, aber für diesen leitenden Posten erntete er ebenfalls nicht viel Anerkennung, weil ja sein Vater, Jack White, im Aufsichtsrat saß und eine Menge Geld hineinsteckte, um das Projekt am Laufen zu halten.

»Na ja, Jack ist ein Freund von mir«, sagte Russell. »Wir spielen oft zusammen Billard, in dem Zigarrenladen in Chesley. Eight-ball, Last-pocket, Scratch-you-lose. Er wirkt vielleicht etwas wirr, aber ich würde ihn nicht unterschätzen.«

»Sie meinen jetzt aber Jack.«

»Genau«, sagte Russell. »Mit Johnny haben Sie im Großen und Ganzen schon recht. Er war eine Weile Angestellter beim Bezirk, und ich weiß zufällig, dass ziemlich wichtige Unterlagen bis heute nicht wieder aufgetaucht sind. Aber dort arbeitet er inzwischen ja nicht mehr. Er leitet jetzt so eine Arbeitsgruppe für Süchtige, die sich die *Wand* oder die *Halle* oder so ähnlich nennt. Sie kümmern sich um Drogenmissbrauch und kommen damit ganz gut an.«

»Mir kommt die Sache ja ziemlich suspekt vor«, sagte Dan, »aber wer weiß? Vielleicht profitieren ja manche Menschen davon.«

»Johnny profitiert jedenfalls davon«, sagte Russell. »Sie wissen doch, wer dort sein Partner ist, oder? Tiny Darling.«

»Das habe ich gehört«, sagte Dan.

Wahrscheinlich hätten sie eher aufhören sollen. Im Nachhinein kann man das leicht sagen. Wie dem auch sei, es hätte kein Problem gegeben, wenn Russell Dans Rat befolgt hätte, nicht auf ein zu weit entferntes Ziel zu schießen. Nachdem die ersten paar Wildenten und Krickenten durchgezogen waren, explodierten die Ufer des Moores regelrecht vor Gewehrfeuer, und keine Ente, die ein Restchen Instinkt hatte, würde sich vor der Abenddämmerung dem Wasser auch nur von ferne nähern. Aber Russell konnte es einfach nicht gut sein lassen, er hob das Gewehr zum Himmel und schoss auf etwas da oben, und schwor dann Stein und Bein, er habe eine Ente heruntergeholt, an der Biegung, die das Moor nördlich von ihnen beschrieb.

Dan war skeptisch. »Sie wäre einfach heruntergefallen.«

»Nein, sie kam im Gleitflug herunter.«

»Dann haben Sie sie nicht getroffen.«

»Ich bin ganz sicher, dass ich sie getroffen habe.«

Sie holten die Lockenten ein, packten ihre Sachen zusammen und gingen die Ente suchen, von der Russell behauptete, dass er sie getroffen hatte. Sie fanden sie nirgends, aber sie scheuchten zehn oder zwölf Rotschulterstärlinge auf, und zu seinem Unglück auch einen großen Wasservogel, der mit langsamem und elegantem Flügelschlag aufflog, nur um von Russell Ford erschossen zu werden.

»Russell, hören Sie doch auf zu schießen.«

»Hab ich dich erwischt, du Scheißvieh.«

»Schießen Sie nicht mehr!«

Russell ging zu dem Vogel und hob ihn am Hals hoch. Er war grau und braun, mit langem Körper, langen dünnen Beinen und einem schwarzen Flecken auf dem Kopf. »Es ist eine Gans«, sagte Russell.

»Das glaube ich nicht.«

»Er könnte aber zur Familie der Gänse gehören.«

»Es ist ein Kranich, jede Wette.«

Russell legte den Vogel sorgfältig auf dem Arm zusammen. »Mit Ihnen ist heute schon den ganzen Morgen nur schwer auszukommen«, sagte er. Sie konnten jetzt nichts anderes tun, als zur Farm der Leventhalers zu fahren. Bev und Tim wohnten in einem Haus aus Zedernholz an der Straße nördlich des Moors. Sie waren sehr stolz auf ihr Haus, und wenn sie jemanden zu sich einluden, dann sprachen sie immer ausdrücklich davon, als wäre es eine Art Wunder, das eines Tages vom Himmel gefallen war.

Der Regen hatte aufgehört, und die Sonne drang jetzt in deutlich sichtbaren Strahlen durch die Wolken. Die Leventhalers waren gerade von der Kirche zurückgekehrt. Sie besuchten immer die Methodistenkirche in Margo. Ihre Kinder rannten in grünen und roten Jacken auf dem Rasen herum.

Als Beauftragte für landwirtschaftliche Entwicklung war Bev

insgesamt praktisch und utilitaristisch eingestellt, Vögel jedoch liebte sie leidenschaftlich. Es war tapfer von Russell, mit einem unerlaubten Fang zu Bev zu gehen, aber sie war die Einzige, von der Dan und Russell sich vorstellen konnten, dass sie die Art erkannte.

Bev und Tim baten Russell und Dan in die Küche zu Waffeln und Kaffee. Die Waffeln kamen aus einem richtigen Waffeleisen – Bev zeigte, wie einfach es zu bewerkstelligen war, dass der Teig nicht festklebte und anbrannte. Tim, ein ernst aussehender junger Mann mit Nickelbrille, war als der »Schilfdoktor« bekannt, weil er mehrere Arbeitsgruppen leitete, die im ganzen Staat Drainagerohre in den Wiesen verlegten. Er berichtete, dass das Geschäft mit den Drainagerohren recht unsicher sei und erzählte von einem Kind, das sich vor nicht allzu langer Zeit die Finger zwischen zwei Rohren eingequetscht habe, inzwischen aber wieder zur Schule gehe und im Spielmannszug der Universität vom Wisconsin Klarinette spiele.

Dann sagte Russell: »Bev, es gibt ein Problem. Wir haben etwas im Kofferraum mitgebracht. Also, es handelt sich um einen Vogel. Im Kofferraum liegt ein Vogel, den es versehentlich erwischt hat.«

Bev wischte sich den Mund mit einer rotweißen Serviette ab. »Was ist denn passiert?«

»Ich habe ihn erschossen«, sagte Russell. »Ich glaube, dass es eine Gans ist. Ich hoffe jedenfalls, dass es eine Gans ist. Ich weiß nicht, was es ist. Dan ist anderer Meinung als ich. Wir müssen irgendwie die Vogelart feststellen. Deswegen haben wir natürlich an Sie gedacht.«

Bevs strahlendes Lächeln war verblasst, was alle traurig machte. Sie ging aus der Küche. Tim fragte: »Wo ist das denn passiert?«

»Im Moor«, sagte Dan.

»Vielleicht rufe ich die Kinder ins Haus«, sagte Tim.

»Warum nicht«, sagte Russell.

Bev kam mit einem Bestimmungsbuch und einem alten Leintuch in die Küche zurück, und sie gingen alle nach draußen. Dan öffnete den Kofferraum. Der Deckel ging mit einem leisen Wusch auf. Der Vogel sah nicht schlecht aus. Ein Gewehr richtet aus mittlerer Entfernung oft wenig sichtbaren Schaden an.

»Das ist ein Großer Blaureiher«, sagte Bev.

»Gar so blau sieht er aber nicht aus«, sagte Russell.

Bev seufzte. »Die sind auch nicht blau.«

»Also echt, was hat der Name dann überhaupt für einen Sinn?«, sagte Russell. »Warum nennt man etwas blau, wenn es gar nicht blau ist? Ich meine, ich hätte es natürlich wissen sollen. Ich hätte mich erst vergewissern sollen. Das will ich gerne zugeben. Aber es ist auch nicht so, dass ich mir jetzt besondere Mühe gegeben hätte, ausgerechnet einen Großen Blaureiher abzuschießen.«

»Die sind wirklich wunderschön, wenn sie fliegen«, sagte Bev. »Ihr Hals biegt sich zu einem S, und die Flügel schlagen so langsam, dass man gar nicht begreift, wie sie sich in der Luft halten können. Verstehen Sie, was ich meine?«

»Es war in einer Sekunde vorbei«, sagte Russell.

»Sie sind einfach außerordentlich schöne Vögel.«

»Schon klar. Ich habe Mist gebaut.«

»Scht«, sagte Bev. Sie wickelte den Vogel in das Leintuch. »Wir begraben ihn unter der Weide. Neben der Seitentür zur Garage steht eine Schaufel.«

»Ich hol sie schon«, sagte Russell. Er eilte davon.

»Tja, ich glaube, ich sollte das melden«, sagte Dan. »Ich meine, es geht ja nicht, dass ich das nicht melde, nur weil es Russell Ford war, oder? Es gibt nun mal ein Jagdgesetz, das ist halt so. Vielleicht sollte ich den Vogel als Beweisstück mitnehmen.«

»Oh nein, Dan«, sagte Bev. »Wirklich nicht. Denn: Was ist dann? Dann kommt er in ein Zimmer, auf einen Tisch, unter einen Scheinwerfer? Nein.«

Also begruben sie den Reiher unter der Weide auf der Farm der Leventhalers. Dan und Russell fuhren davon, ohne miteinander zu reden. Der ganze Tag war ein einziges Fiasko gewesen. Im Radio sang Todd Rundgren: »Can We Still Be Friends?«.

Russell plädierte auf nicht schuldig am Tod des Reihers. Er sagte, es sei ein Unfall gewesen, und der Bezirk erhebe keine Anklage bei einer nicht mit Absicht begangenen Tat. Im Gesetz stand zwar nichts von einer Absicht, aber das kümmerte Russell nicht, ihm ging es nur um die Presse. Er sagte, er und Dan seien auf der Suche nach dem angeschossenen Vogel gewesen, als der Reiher plötzlich aus dem Schilf hochgeschossen sei. Er sagte, er habe nur das Gewehr gehoben, wie das wohl jeder vernünftige Jäger gemacht hätte, und auf das Tier angelegt, für den Fall, dass man es hätte schießen dürfen, und sein Gewehr sei dann irgendwie losgegangen, habe ganz von allein einen Schuss abgegeben, aus purem Zufall. »Ein Gewehr geht schlicht und einfach nicht von selber los und schießt«, sagte Mary Montrose. »Jedenfalls habe ich so was noch nie gesehen.« Für den Februar wurde eine Anhörung anberaumt.

Es wäre, wie die Dinge lagen, die zweite Klage gegen Russell in den vielen Jahren gewesen, die er nun schon Vorsitzender war. Die erste hatte es 1970 gegeben, wegen eines Angriffs auf einen jungen Lehrer, dessen politische Meinung Russell nicht gefallen hatte. Russell besaß damals ein Restaurant in Stone City, und der Lehrer, Mr. Robins, und seine siebte Klasse hatten vor dem Restaurant demonstriert, weil darin blaue Servietten verwendet wurden, die das Wasser vergifteten, wenn sie weggeworfen wurden, und nicht weiße Servietten ohne Farbstoff. Russell hatte 75 Dollar Strafe zahlen müssen.

Beide Fälle brachten Russell in Verlegenheit, und man könnte sich fragen, wie es dazu kam, dass sie überhaupt verfolgt wurden, wo er doch ein so großes Tier war. Aber die Menschen im Grouse County haben ein unerbittliches Misstrauen gegenüber Leuten, die sich höher stellen als andere, und sind sehr wachsam. An der Eisenbahnbrücke südlich von Stone City stand lange Zeit ein Spruch: »Lieber ein Niemand, den nichts anmacht, als ein Jemand, der jeden anmacht.« Und erst seit zehn oder zwölf Jahren ist dieser Spruch so weit verblasst, dass man ihn nicht mehr lesen kann.

* * *

Falls Russell Ford auf Dan wütend war, weil der die Sache mit dem toten Reiher nicht auf sich beruhen lassen hatte, ließ er es sich jedenfalls nicht anmerken. Tatsächlich sorgte er dafür, dass der Bezirksrat Paul Francis auf die staatliche Polizeischule schickte, und zwar bereits zu einem Zeitpunkt, als Russell von der Zeitung in Stone City noch recht hart angegangen wurde – zum Beispiel mit einer großen Abbildung, auf der die vielen Unterschiede zwischen einer Wildente und einem Großen Blaureiher zu sehen waren, unter anderem in Größe, Farbe, Form und Flugweise.

Die Polizeischule von Five Points war in einem ehemaligen Bibelcamp der Baptisten untergebracht, im Süden des Staates. Dan als Bürge von Paul begleitete ihn am ersten Tag der zweiwöchigen Ausbildung. Er hätte eigentlich gar nicht persönlich erscheinen müssen, aber sein Vater wohnte in Five Points, und Dan fand, er könnte die Gelegenheit nutzen und ihn besuchen.

Um zum Hauptgebäude des Polizeigeländes zu gelangen, musste man auf einer Hängebrücke eine Schlucht überqueren. Die Brücke schaukelte, als Dan und Paul darübergingen, und Paul ließ versehentlich sein Rasierzeug in die Schlucht fallen. Das Büro war geschlossen, als die beiden Männer ankamen, und so blieben sie unter einer großen Eiche im vertrockneten Gras stehen. Mit dem neugierigen Blick, den ein Pilot hat, erspähte Paul etwas Rotes im Astloch eines Baumes, griff hinauf und brachte eine verschimmelte Taschenbuchausgabe des *Neuen Tes-*

taments zum Vorschein, die da offenbar seit jenen Tagen versteckt gelegen hatte, in denen das Camp noch von baptistischen Kindern bevölkert war. Da Paul ein religiöser Mensch war, wenn auch Methodist und nicht Baptist, verschaffte ihm diese Entdeckung den Eindruck, er sei auf dem richtigen Weg. Dan hingegen wurde das unangenehme Gefühl nicht los, dass die Polizisten und Auszubildenden, die jetzt in der Uniform ihrer jeweiligen Stadt und mit Sonnenbrille im Gesicht auf und ab gingen, gleich gebeten werden würden, »Michael, Row the Boat Ashore« zu singen. Deshalb gab er, als das Büro öffnete, sofort den Scheck ab, den Russell Ford unterzeichnet hatte, schüttelte Paul die Hand, wünschte ihm alles Gute und verschwand.

Dans Vater war Handelsvertreter für pharmazeutische Artikel gewesen und hieß Joseph Norman. Er war ein strenger, sorgenvoller Mann und wohnte in einem gelben Bungalow auf einem zwei Morgen großen Grundstück mit dicken, ungepflegten Bäumen. Seine erste Frau war 1949 bei einem Picknick auf dem Lake Margo ertrunken, im Alter von neunzehn Jahren. Seine zweite Frau, Dans Mutter, lebte auch nicht mehr. Sie war vor fünf Jahren gestorben. Joe Norman war durch seinen Beruf viel im Mittleren Westen herumgekommen, hatte aber offenbar nur eine relativ niedrige Position inne, und das in einer Gegend, in der es viele Männer, ohne sich groß zu bemühen, geschafft hatten, Farmen mit mehreren hundert Morgen zu bewirtschaften. Er hatte einmal eine Verwarnung bekommen, weil er über einige pharmazeutische Mittel nicht Rechenschaft ablegen konnte, aber das war ohne Folgen geblieben, und er erhielt die volle Pension.

Joe Norman hatte es mit verschiedenen Hobbys versucht, aber aus den wenigsten war etwas geworden. Er hatte angefangen, Golf zu spielen, aber er sah nicht gut, und als er mit seinem Golfcart die Ecke des Clubhauses gerammt hatte, war ihm die Mitgliedschaft entzogen worden. Dann hatte er sich in Brandmalerei versucht, das Interesse daran aber wieder verloren, nachdem er jede hölzerne Fläche des ganzen Hauses mit Mustern in Brandmalerei verziert hatte. Jetzt führte er ständig eine Videokamera mit sich, und bisher war ihm dabei noch nichts Schreckliches passiert. Wenn Dan zu Besuch kam, was nicht oft geschah, spielte ihm sein Vater immer seine Videokassetten auf dem Fernsehapparat vor. »Das da ist ein Buick LeSabre, den sich ein Freund von mir zugelegt hat, und hier wäscht er ihn … Das ist Denny Jorgensen, der die Post austrägt … Manche Leute können Denny nicht leiden. Aber ich komme mit Denny gut aus.«

Diesmal zeigte Joe eine Kassette, auf der wilde Tiere nachts bei grellem Licht auf dem Hinterhof Weißbrot und Zimtschnecken aßen. Das war zunächst faszinierend und dann seltsam monoton.

»Schau dir den Waschbär an, wie er die Hände benutzt«, sagte Dan.

»Mensch, also wirklich«, sagte Dan.

»Sie nennen ihn den kleinen Dieb«, sagte Joe. »Also, ich sage ›sie‹. Ich weiß eigentlich gar nicht, wer ihn so nennt. Wahrscheinlich nenne nur ich ihn so.«

»Wir haben dich bei der Hochzeit vermisst«, sagte Dan.

»Es ging mir nicht so gut.«

»Ich hab ein Foto dabei«, sagte Dan und griff in die Hemdtasche.

»Ich habe so einen Schmerz im Auge, der mal kommt und mal geht. Ich weiß auch nicht, was das sein könnte.«

»Das ist Louise.«

»Sie ist ein bildhübsches Mädchen, mein Sohn.«

»Du kannst es behalten«, sagte Dan.

Sein Vater stand auf und befestigte das Foto mit einem Magneten am Kühlschrank. Auf dem Bildschirm tanzten gerade Stinktiere mit Brotscheiben in den Zähnen über den Boden. »Bist du denn mal beim Arzt gewesen?«, fragte Dan.

»Was kann ein Arzt da schon groß sagen?«, fragte Joe.

»Vielleicht würde er herausfinden, woran es liegt.«

Joe zog eine Schublade am Küchentisch auf und wühlte darin herum. »Ich bin eben alt«, sagte er.

»Das ist aber nicht die richtige Einstellung«, sagte Dan. Von einem Kaffeetisch nahm er einen orangeroten Gummiball, der mit spitzen Noppen bedeckt war. »Hat man so etwas nicht im Mittelalter benutzt?«

»Das ist für meinen Kreislauf. Ich weiß nicht, was du meinst.«

»Als Waffe«, sagte Dan.

Joe fand endlich, wonach er suchte, und brachte es ins Wohnzimmer. Es war ein Polaroid mit dem Grabstein von Dans Mutter.

»Siehst du, was anders ist?«, fragte Joe.

»Worauf soll ich achten?«

»Ich hab die Buchstaben erneuern lassen.«

»Ah … Okay. Wie kam es denn dazu?«

»Ich war zufällig gerade auf dem Friedhof, als ein paar Typen vorbeigekommen sind und diesen Service angeboten haben. Und weißt du, was das Problem ist? Der saure Regen. Es hat sich herausgestellt, dass der saure Regen den Stein zerfrisst. Das ist das Gleiche, was auch mit den Statuen in Rom und Wien passiert.«

»Und was genau haben sie gemacht?«, fragte Dan.

»Na ja, sie hatten so etwas Ähnliches wie einen Fräser.«

»Und das hat geholfen?«

»Ich würde nicht gerade sagen, dass es einem quer über den ganzen Friedhof ins Auge springt, aber doch, es macht einen Unterschied.«

»Was kostet dich so etwas?«

»Es ist schon bezahlt.«

»Also, es klingt ein bisschen wie Bauernfängerei.«

»Man hat die Erosion schon deutlich gesehen.«

»Das glaub ich dir ja«, sagte Dan. Auf dem Bildschirm stoben die Tiere auseinander, und Joe kam selbst ins Bild, wie er weiteres Brot in den Hof warf. Sein Rücken und seine Armen wirkten steif. Er trug ein rot kariertes Hemd und graue Hosen mit Hosenträgern.

»Wann hast du das denn aufgenommen?«, fragte Dan.

»Gestern Abend«, sagte Joe.

Dan verließ seinen Vater, der weiter das Video mit den gierigen Tieren ansah, und fuhr auf dem Weg zur Autobahn noch kurz zu dem Friedhof, auf dem seine Mutter begraben lag. Er kniete sich hin und untersuchte den Stein, sah aber keinerlei Unterschied an der Schrift, die lautete: »Jessica Lowry Norman, 1922–1987. Jesus ist unser bester Freund.« Seine Mutter war am Gedenktag der US-amerikanischen Flagge in einem Krankenwagen auf dem Weg ins Krankenhaus an einem Herzinfarkt gestorben. Eine der deutlicheren Erinnerungen, die Dan an sie hatte, bezog sich auf den Tag, an dem sie ein Messer zerbrochen hatte. Eines Abends saßen sie zu dritt beim Abendessen, als es plötzlich ein lautes Klirren gab und seine Mutter heftig einatmete. Ein Messer des Essbestecks aus rostfreiem Stahl war in der Mitte zersprungen, hatte sich in Klinge und Griff zerteilt und sie in die Hand geschnitten. Sie umschloss ihren Daumenballen mit der Serviette und eilte zum Waschbecken. Im ganzen Haus war es vollkommen still, bis auf das Geräusch des laufenden Wassers. Dan hatte noch nie gehört, dass ein Tischmesser bei normalem Gebrauch, oder auch bei jedem anderen Gebrauch, jemals zerbrochen wäre, und das Ganze schien ihm eher ein Ausdruck tiefster Unruhe in der Psyche seiner Mutter.

In diesem Winter dauerte es lange, bis die Kälte einsetzte. Vor Weihnachten schneite es ungefähr dreimal, doch der Schnee blieb nicht liegen. Die Feuerwehrleute waren in Hemdsärmeln, als sie in Grafton die Weihnachtsbeleuchtung über die Hauptstraße spannten. Bei dem Football-Spiel zwischen den Fighting Cats aus Stone City und den Plowmen aus Morrisville-Wylie herrschten fast 20 Grad Wärme, und das Spiel zog 900 Football-Fans an, obwohl Stone City eine schlechte Mannschaft hatte, die unfähig war, nach den Regeln zu spielen, und nichts anderes konnte, als sich mit verzweifelten Taschenspielertricks durchzuschlagen, was zu Verlusten zwischen 6 und 36 Yards führte. Dan wartete bis zwei Wochen vor Weihnachten, bevor er einen Baum holte. Er zahlte 20 Dollar und streifte dann durch die Hügel einer Baumschule in der Nähe von Romyla. Der Himmel lohte in einem so intensiven Blau, dass er die Augen davon kaum lange genug abwenden konnte, um zu schauen, wo er ging. Louise war seit drei Monaten schwanger, und man begann es zu sehen. Dem Anlass entsprechend wählte Dan einen üppigen, reich verzweigten Baum aus. ›Baum‹ ist vielleicht das falsche Wort; er sah schon eher wie eine ganze Hecke aus. Dan legte sich mit dem Rücken in die Nadeln und sägte den Stamm ab. Er zerrte das Ding durch Wiesen mit hohem Gras und musste kämpfen, um den Baum auf die Ladefläche eines geborgten Pickup zu wuchten.

Der Baum beanspruchte die ganze Nordseite des Wohnzimmers. Dan musste Drahtseile zwischen die Fensterrahmen links und rechts vom Baum spannen, damit der nicht umfiel. Anfangs wirkte der riesige Baum im Haus irgendwie fehl am Platze. Warum das so war, hätte Dan nicht erklären können. Entweder sah er aus wie der Christbaum eines Angebers oder er demonstrierte allein durch seine Größe etwas Unheimliches und bisher Unerkanntes an der Idee, zu Weihnachten einen Baum aufzustellen. Man konnte dagegen nichts anderes tun als ihn zu schmücken. Aber da Louise und Dan nun einmal so waren, wie sie waren, hatten sie sich eigentlich noch gar nicht überlegt, womit sie ihn schmücken wollten. Louise fand ein bisschen Weihnachtsschmuck, der noch auf ihre Zeit mit Tiny zurückging, aber sie beschlossen, ihn nicht zu verwenden, und verbrannten ihn sogar – oder schmolzen ihn zumindest – in ihrem Müllofen. Sie fuhren zu Mary, die ihnen sechs Schachteln mit Vogelanhängern gab, die sie vor Jahren einmal gekauft und nie geöffnet hatte. Eines Nachmittags hängte Louise diesen Schmuck auf, während Dan eine verhedderte Lichterkette entwirrte, die einmal bei einer Drogenrazzia erbeutet worden war und jahrelang im Büroschrank des Sheriffs gelegen hatte. Louise glitt um den Baum, und ihre Brüste und ihr Bauch zeichneten sich weich unter ihrem langen, bunten Kleid ab. Die zerbrechlichen silbernen Vögel reagierten auf jeden Luftzug und drehten sich und funkelten, wenn eine Tür geöffnet oder geschlossen wurde.

So war es alles in allem ein schönes Weihnachtsfest, obwohl Louise ihre Nächte noch immer in dem Wohnwagen neben der Garage verbrachte. Robin Otis hatte gesagt, sie sollten nichts verändern, was gut funktionierte, vor allem nicht während der Feiertage, die ohnehin eine stressige und für viele Menschen abscheuliche Zeit seien. So kam es, dass Dan an einem windigen Weihnachtsmorgen allein aufwachte und Kaffee und Eier mit Schinken machte, während »God Rest You Merry, Gentlemen« leise im Radio spielte. Der Rundfunk vermittelte an diesem Tag so ein seltsames Gefühl von »Keiner da«, wie man es sonst das ganze Jahr über nicht erlebte. Louise kam ungefähr viertel vor acht herüber, in Nachthemd, Morgenmantel und Turnschuhen. Es lag kein Schnee. Sie küsste Dan auf den Hals, und der Schlafgeruch in ihrem Haar ließ ihn sanft erschauern. Draußen vor dem Fenster über der Spüle zeigte der Himmel eine staubgelbe Farbe.

Sie gaben sich ihre Geschenke am Frühstückstisch. Er schenkte ihr eine Korallenkette und Ohrringe, und sie legte beides an. Sie schenkte ihm einen langen Schal in Purpurrot und Grau, den sie selbst gestrickt hatte, und er legte ihn um. Sie gingen nach oben ins Bett und blieben dort bis ein Uhr, bis es Zeit wurde, die Footballspiele der Schulmannschaften anzusehen. Seit Louise schwanger war, hatte sie sich zu einem erklärten Fan von Schul-

Football entwickelt. Sie fand, dass die Spiele der Schüler interessanter seien als die der Profis, denn an den Schulen wurden die Spiele offenbar sehr ernst genommen und klappten dann doch oft nicht, und deshalb waren die Niederlagen immer besonders bewegend.

Sie hatte sich jeden Samstag die Spiele angesehen und kannte allein in Arkansas die Namen der Mannschaften von acht oder zehn Colleges. Auch hatte sie eine eigene Theorie zu Überraschungssiegen entwickelt. Die Mannschaften aus Kalifornien schafften immer einen Überraschungssieg gegen die Mannschaften aus der Gegend um die Großen Seen. Jedes College, das ein »A&M« im Namen trug, war zu einem Überraschungssieg über alle Colleges imstande, in deren Namen das Wort »State« vorkam. Die Mannschaften, bei denen »Poly« im Namen auftauchte, kamen manchmal einem Überraschungssieg ganz nahe, verloren aber im Endeffekt doch immer. Je höher bei den Cheerleadern die Jungs die Mädchen werfen konnten, desto höher war auch die Gefahr, dass ihre Mannschaft durch einen Überraschungssieg verlor, wenn alle anderen Voraussetzungen die gleichen waren. Das Michigan State College war eine Klasse für sich, eine Schule, deren einziger Daseinszweck darin zu bestehen schien, dass ihr Football-Team jedes Mal mit fliegenden Fahnen unterging. Im Laufe ihrer Schwangerschaft wurde Louise sowohl gefühlsduselig als auch vergesslich. Sie konnte dem Spiel nicht mehr folgen und verlor sich in Gedanken, wenn ein Spieler mit seinem armseligen winzigen Gesichtsgitter die Schultern straffte und ein Fieldgoal zu erzielen versuchte.

Am mittleren Nachmittag gingen Dan und Louise mit einer Flasche Grand Marnier zu Henry Hamilton hinüber. Sie setzten sich alle drei auf die Veranda, um die Flasche zu leeren – sogar Louise trank ein halbes Glas – und hörten dem seltsamen, für diese Jahreszeit ungewöhnlichen Wind zu.

Landauf, landab ging man überall den allgemein üblichen

Weihnachtsritualen nach. Paul Francis hatte seinen ersten Einsatz nach Erhalt des Polizeidiploms geflogen, und zwar als Pilot des Weihnachtsmanns, den Russell Ford spielte, bei einer Wohltätigkeitsveranstaltung für eine Gruppe von bedürftigen Kindern der *Kinderfarm*, die sich auf der Rollbahn des Flugplatzes von Stone City versammelt hatten. Das Flugzeug schwankte von einer Seite auf die andere, als es zur Landung ansetzte, was die Kinder dazu brachte, sich auf die wirklich aufregende Aussicht einzustellen, dass der Weihnachtsmann vor ihren Augen abstürzen und in Flammen aufgehen könnte. Doch Paul brachte das Flugzeug sicher zu Boden, und Russell stieg aus – in rotem Mantel, mit weißem Bart und jenem glänzend schwarzen Vinylgürtel, der wohl irgendwann in den siebziger Jahren zur Garderobe des Weihnachtsmanns hinzugekommen war. Er verteilte Puppen und Footballs und Farbstifte, und ein kleiner Junge sagte: »Farbstifte haben wir schon«, worauf Russell dieses Geschenk zurücknahm, in Pauls Flugzeug stieg, nach einem Mikrofon griff, das nicht funktionierte, und sagte: »Startbahn klarmachen für den Abflug.«

Und drüben in der *Kleinen Kirche des Erlösers* in Margo versuchten Johnny White und Tiny Darling, für 45 ausgewiesene Alkohol- und Drogenabhängige, die an dem vom *Zimmer* angebotenen Programm teilnahmen, eine Weihnachtsgans zu braten. Die beiden Dinge, die die Leute bei der Zubereitung einer Weihnachtsgans immer erst dann begreifen, wenn es zu spät ist, sind: wie lange sie im Ofen bleiben muss und wie viel Fett dabei abgesondert wird. So kam es, dass sich um halb fünf, als die Kirche schon voll hungriger Süchtiger war, Johnny und Tiny immer noch vor dem Herd drängten und wieder und wieder in eine zähe Gans stachen, die in einem leicht brodelnden Fettsee schwamm. »Vielleicht sollten wir ein bisschen was abschöpfen«, sagte Tiny, und mit einem Ofenhandschuh, der wie ein Ziegenkopf aussah, versuchte er die Bratpfanne zu sich heranzuziehen. Diese kleine

Bewegung ließ Fett auf den Rost des Backofens spritzen, das dort in einer Stichflamme aufging und Tinys Unterarme versengte. Johnny schob Tiny von der Klappe des Backofens weg und besprühte die Gans mit einem Feuerlöscher. Als die Flammen erstickt waren, versuchten die beiden vergeblich, den Schaum und die Asche von ihrem Hauptgericht abzuschaben. Die Festgäste bekamen am Ende zu ihren grünen Bohnen und Süßkartoffeln nicht Gans, sondern verbrutzelten Schinken zu essen. Aber sie hatten so lange gewartet, dass ihnen sogar verbrutzelter Schinken köstlich erschien, und so aßen schließlich alle mit großem Appetit im Keller der Kirche.

Im Februar erschien, wie anberaumt, Russell Ford vor dem Gericht für Umweltschutz, um sich für den Abschuss einer geschützten Vogelart zu verantworten. Dieses Gericht tagte jeden zweiten Dienstag im Monat, und den Vorsitz hatte Ken Hemphill inne, ein pensionierter Richter, der immer sonnengebräunt aussah, weil er sich ständig im Freien aufhielt, und der sein Gericht in der leutseligen Art eines Curt Gowdy aus *The American Sportsman* führte. In den Sommermonaten hatte das Gericht hauptsächlich mit Verstößen gegen das Fischereirecht zu tun, doch im Winter handelte es sich bei den meisten Angeklagten um junge oder weniger junge Männer, die illegal Fallen gestellt hatten. Eine neue Bestimmung, die Ken Hemphill eingeführt hatte, verlangte, dass alle Fallen, die ohne Genehmigung aufgestellt worden waren, vom Gericht einzuziehen seien; die Angeklagten mussten ihre Fallen also zum Gericht mitbringen, für den Fall, dass sie verurteilt wurden. So kam es, dass es in den Wintermonaten im Umweltgericht ein bisschen zuging wie im Fegefeuer und niedergeschlagene Männer in Red-Wing-Stiefeln und orangefarbenen Jacken ihre Ketten rasselnd durch die Gänge schleiften. Dan genoss dieses Schauspiel normalerweise, doch heute war er als Zeuge geladen.

Russells Anwalt war Ned Kuhlers, ein mausgrauer Mann, der im Grouse County so viele Angeklagte vertrat, dass die Prozessliste praktisch in seiner Hand lag, und wenn er in Urlaub ging, kam das System fast zum Erliegen. Neds Strategie war einfach. Er versuchte nachzuweisen, dass die Zeugen der Anklage gar nicht wissen konnten, was sie zu wissen behaupteten. In diesem Fall hob er als erstes hervor, dass Bev im Moor gar nicht dabei gewesen sei und daher von vornherein nicht sagen könne, wer was geschossen habe. In ihrer Antwort erwies sie sich als die für diese Situation typische nervöse Mitbürgerin, die versucht, ihre mit gesundem Menschenverstand getroffenen Schlussfolgerungen zu verteidigen, nur um gesagt zu bekommen, dass gesunder Menschenverstand vor Gericht nichts zu suchen habe. »Aber er hat es mir selber gesagt«, betonte sie. »Wir waren gerade mit unseren Waffeln fertig, und da hat er gesagt, er hat diesen Vogel abgeschossen und weiß nicht, was für einer es ist. Ich meine, man kann dann schon sagen, ich habe es nur gehört, aber um Himmels Willen, ich habe es doch von dem Mann gehört, der den Schuss abgegeben hat.«

»Da muss ich leider Widerspruch einlegen«, sagte Ned.

Richter Ken Hemphill lachte leise in sich hinein. »Abgelehnt«, sagte er.

Als nächster trat Dan in den Zeugenstand. Ned sprach mit dem Gerichtsdiener, der verschwand, um nach ein paar Minuten mit einem großen ausgestopften Vogel zurückzukehren. Es gab einen Moment der Überraschung, als Ned den Vogel vor den Geschworenen in die Höhe hielt.

Der Vorsitzende der Geschworenen, der sich schon während der ganzen Verhandlung über seine Rolle nicht ganz im Klaren zu sein schien, sagte: »Ausgezeichnete Arbeit.«

»Sheriff«, sagte Ned. »Sie haben ausgesagt, dass Russell einen Wasservogel geschossen hat. Ich möchte Sie jetzt bitten, sich diesen Vogel hier ganz genau anzusehen, den wir dem freundlichen Entgegenkommen des Naturhistorischen Museums in Stone City verdanken. Lassen Sie sich bitte Zeit, weil das jetzt sehr wichtig ist. Ist das dieselbe Art wie der Vogel, den Ihrer Aussage nach Russell geschossen hat?«

Dan sah sich den Vogel an. Er war grau gefärbt, lang und dünn, mit einem roten Flecken über dem Auge. Im Gerichtssaal herrschte Stille. »Ich weiß es nicht«, sagte Dan.

»Mit anderen Worten«, sagte Ned, »er könnte es sein, er könnte es aber auch nicht sein? Was ist denn das für eine Antwort! Schauen Sie jetzt nicht zu Bev hinüber. Wir wollen Ihre Meinung hören, Sheriff. Ist es nicht so, dass Sie gar nicht wissen, was für eine Vogelart Russell geschossen hat?«

»Ich bin kein Vogelkundler«, sagte Dan. »Ich glaube, die beiden Vögel sind sich ähnlich. Aber ob es genau der gleiche ist, nein, das weiß ich nicht.«

»Sheriff«, sagte Ned, »und wenn ich Ihnen jetzt sagen würde, dass es sich hier um einen Sanddünenkranich handelt, der den Winter in Texas und Mexiko verbringt? Und wenn ich Ihnen jetzt sagen würde, dass es tatsächlich ausgeschlossen ist, dass sich ein Sanddünenkranich an diesem Novembertag im Lapoint-Moor aufgehalten haben könnte?«

»Was beweist das?«, fragte Dan.

»Ja, was wohl«, sagte Ned. »Die Verteidigung hat keine weiteren Fragen.«

Die Geschworenen beratschlagten den ganzen Vormittag und auch noch den ganzen Nachmittag. Um zwölf Uhr dreißig bekamen sie ein Mittagessen in Form von Feinkost-Sandwiches, Krautsalat und Kartoffelchips. Um drei Uhr verlangten sie einen Imbiss und erhielten zwei Tüten Salzbrezeln und ein paar Karamellen. Um vier Uhr dreißig kam vom Vorsitzenden eine Nachricht für Richter Hemphill, dass einer der Geschworenen gerade eine salzfreie Diät mache und dass das beim Bestellen des Abendessens berücksichtigt werden solle. Da entschloss sich

Russell zu einem »nolo contendere«, oder Verweigern der Aussage, und Ken Hemphill rief die Geschworenen herein und sagte zu ihnen, sie könnten jetzt nach Hause gehen und sich ihr eigenes Abendessen machen.

Zwölf

Der Lebensmittelladen in Grafton schloss im Frühjahr. Ohnehin hatte niemand erwartet, dass Alvin Getty ihn wieder in Schwung bringen würde. Es gibt immer Leute, die sich zu einem Geschäft, mit dem es abwärts geht, hingezogen fühlen, und wenn sie die Gelegenheit haben, übernehmen sie es und ruinieren es dann vollends.

Diesen Winter war bereits allen klar gewesen, was passieren würde. Die Regale leerten sich, während ausgefallene neue Produkte zur Schau gestellt wurden, in der Absicht, den Laden vor dem Ruin zu retten. Man konnte Marmelade kaufen, die von Trappistenmönchen hergestellt war, aber kein Brot, auf das man sie hätte streichen können.

Etwas später kam Alvin auf die Idee, dass eine neue Art von Pudding die Wende herbeiführen könnte. »Der schafft eine leichte und fröhliche Atmosphäre«, sagte er zu Mary Montrose. »Na, das müssen Sie doch zugeben – das ist ein beliebtes Dessert.«

Mary wollte nicht, dass der Laden einging, deshalb wusste sie nicht so recht, ob sie ermutigend nicken oder eher lachen sollte. Sie und Alvin waren sich nie so ganz grün gewesen. Der Streit, den sie wegen seines Hundes King gehabt hatten, war kein Zufall gewesen.

»Es gibt wohl kaum einen Lebensmittelladen auf der ganzen Welt, der keinen Pudding verkauft«, sagte Mary.

»Aber nicht in diesen praktischen Bechern.«
»Ich fürchte, Sie haben Ihre Hausaufgaben nicht gemacht.«
»Nicht mit einem kleinen Löffel dabei.«
»Von einem Löffel wusste ich nichts«, sagte Mary.
»Der Löffel ist das Entscheidende«, sagte Alvin.

Dann versuchte er es mit einem Videoverleih. Zu diesem Zeitpunkt wurde der Laden bereits so geringgeschätzt, dass sich nur wenige Kunden die Mühe machten, die Videos zurückzugeben, die sie ausgeliehen hatten. Alvin verlor schon in der ersten Woche drei Exemplare von *Eine verhängnisvolle Affäre*, die ihm gar nicht gehörten. Eines Morgens im April, als Mary nach draußen ging, um die Post zu holen, sah sie, wie ein dicker Mann in einer Fan-Jacke der Chicago Cubs Alvins Kasse aus dem Laden hievte.

»Was ist denn hier los?«, fragte Mary.
»Wir haben geschlossen«, sagte der Mann.
»Und wo ist Alvin?«, fragte sie.
»Keine Ahnung.«
»Ist der Laden jetzt für immer zu?«
»Was glauben Sie denn?«
»Ich glaube schon.«

»Bei mir kriegen Sie einen Laib Brot für 5 Cent«, sagte der Mann. »So ein Geschäft machen Sie nie wieder. Könnten Sie mir die Autotür aufmachen? Ich hab auch noch ein paar schöne Rib Eye Steaks.«

»Zum Essen?«
»Nein, als Türstopper – natürlich zum Essen.«

Mary machte die Beifahrertür eines schwarzen Eldorado auf, und der Mann stellte die Kasse auf den Sitz. »Ich hab's gewusst, dass Alvin das nicht mehr lange macht«, sagte Mary.

»Ich kenne diesen Alvin gar nicht«, sagte der Mann. »Ich versuche auch immer, niemand von denen kennenzulernen. Ich bin das, was man in unserem Gewerbe einen Abwracker nennt. Mit anderen Worten, ich komme und räume alles aus. Das ist kein leichtes Leben. Die Leute lassen sich von ihren Gefühlen überwältigen, wenn alles, was sie haben, zur Versteigerung kommt. Einmal hat ein Typ sogar auf mich geschossen. Es ist besser für alle Beteiligten, wenn ich diese Leute gar nicht kenne.«

»Ich hatte gehofft, dass jemand anderes den Laden übernimmt«, sagte Mary. »Man braucht doch in jeder Stadt einen Lebensmittelladen.«

»Wer tut sich heutzutage schon einen solchen Stress an«, sagte der Abwracker. »Das Einzige, worauf man in einem Nest wie diesem hier hoffen kann, ist so ein fahrender Mini-Markt.«

»Na toll«, sagte Mary.

»Ich möchte nicht herzlos wirken«, sagte der Mann. »Ich bin immer der Böse in solch einer Situation. Ich weiß das.«

Mary holte ihre Post: einen Katalog für Blumenzwiebeln und einen Brief, in dem stand, sie habe ein Ferienhaus in Florida gewonnen oder einen Jeep Wrangler oder ein Radio. Sie ging niedergeschlagen zurück. Alle Dienstleister flogen aus Grafton davon wie die Samen einer Pusteblume. Vor 25 Jahren hatte es in der Stadt zwei Gastwirtschaften, drei Kirchen, einen Holzhandel, einen Friseur und eine Bank gegeben. Von all dem waren nur noch eine Gastwirtschaft und zwei Kirchen übrig. Hinzugekommen waren allerdings Lindsey Coale mit ihrem Schönheitssalon und ein Mann namens Carl Mallory, der einen Wellblechschuppen errichtet hatte, in dem angeblich Gewehrkolben auf Bestellung in Handarbeit hergestellt wurden. Ronnie Lapoint hatte den Karosseriebetrieb seiner Tankstelle ausgeweitet, aber da er eine Menge Gebrauchtwagen besaß und fuhr, war nicht immer klar, ob es sich, wenn man ihn etwas schweißen sah, um Broterwerb oder nur um Zeitvertreib handelte.

Mary besaß irgendwo eine Luftaufnahme von Grafton aus der glücklichen Zeit der frühen sechziger Jahre. Eigentlich wäre es doch aufschlussreich und sogar ergreifend, diese Aufnahme vergrößern zu lassen und sie bei der nächsten Stadtratssitzung den Leuten unter die Nase zu halten. Es war ja, als wären sie alle wie die Schlafwandler herumgelaufen, während ihre Stadt verfiel. Sie durchsuchte die Schachteln am Fuß der Kellertreppe. Sie fand Junes Barbiekoffer, Louises Brotzeitdose, die schwarzen Schlittschuhe ihres verstorbenen Mannes Dwight. Alle diese Gegenstände waren moderig und sahen ein wenig traurig aus, verglichen mit den Erinnerungen, die sie daran hatte. Sie blieb einen Augenblick auf der grünweißen Pappschachtel sitzen, in der einst die *World Book Encyclopedia* gekommen war, voller Bilder und wissenswerter Dinge für die Mädchen.

Nach einer Weile hatte Mary den Eindruck, etwas gehört zu haben. Sie stieg mit schmerzenden Knöcheln die Treppe hinauf. Das Wohnzimmer war erfüllt von Efeu und Nachmittagslicht. Sie blieb bei dem großen Panoramafenster stehen und sah draußen einen Zaunkönig am Boden liegen. So etwas war nicht ungewöhnlich. In letzter Zeit waren öfter Vögel gegen das Panoramafenster geflogen. Mary glaubte, das sei jahreszeitlich bedingt. Sie wollen sich paaren und schauen nicht, wo sie hinfliegen, und da knallen sie eben gegen die Scheibe. Sie hatte sich schon überlegt, ob sie eine künstliche Eule ins Fenster hängen sollte, aber ihr war zu Ohren gekommen, dass sich dann eventuell Krähen in den Bäumen vor dem Haus sammeln würden.

Sie ging zur Garage hinaus und suchte eine Schneeschippe, um den Zaunkönig aufzuheben, doch als sie zur Vorderseite des Hauses kam, hatte der sich offensichtlich wieder aufgerappelt und war davongeflogen. Oder ein Hund hatte ihn mitgenommen. Da fuhr ein Lieferwagen vor. »Pakete für Mary Montrose«, sagte der Fahrer. Er lud vier Kartons ab, die June aus Colorado geschickt hatte – gebrauchte Kleidung für das Baby, mit dem Louise im siebten Monat schwanger war.

Louise wartete in der Klinik von Mixerton auf eine Ultraschalluntersuchung. Die Klinik war im ehemaligen Rathaus von Mixerton untergebracht, etwa acht Kilometer südwestlich von Stone City. Das Gebäude war niedrig und weitläufig, aus Sandstein gebaut und seltsam modern für ein Bauwerk aus der Zeit um die Jahrhundertwende. Die Mixers hatten zwar nicht lange existiert, aber offensichtlich eine ganze Menge guter Ideen gehabt. So hatten sie zum Beispiel eine raffinierte Gebärdensprache entwickelt, wodurch sie die meiste Zeit schweigen konnten. Sie lehnten es ab, Getreide anzubauen, weil daraus Bier und Whiskey gemacht werden konnte, was in gewissem Sinne absurd war, da sie selbst Bier und Whiskey tranken. Die Gemeinschaft zerfiel kurz nach dem Ersten Weltkrieg, aber ein paar Nachkommen der Mixers sind noch am Leben, und hie und da sieht man eine Todesanzeige mit folgenden Zeilen:

FRAU IN PRINGSMAR GESTORBEN
STAMMTE VON DEN MIXERS AB

Louise trug ein weißes T-Shirt, ein rosaweißes Kleid und ein rostbraunes Leinenjackett. Ihre Blase war voll, und sie saß in einem Raum mit indirekter Beleuchtung, zusammen mit drei weiteren Schwangeren, die auch alle eine volle Blase hatten. In Vorbereitung für den Ultraschall wurde man gebeten, drei große Gläser Wasser auszutrinken und nicht zum Pinkeln zu gehen. Andernfalls würde Jimmy, der junge Mann, der das Ultraschallgerät bediente, von dem Baby vielleicht kein klares Bild bekommen. So viel Wasser in sich zu halten, war für niemanden eine leichte Aufgabe, vor allem nicht für eine schwangere Frau, und jetzt begann auch eine der Frauen leise zu schluchzen. Eine Schwester namens Maridee kam herein und legte ihr widerstrebend den Toilettenschlüssel in die Hand, mit der Anweisung, den Schlüssel an niemand anderen weiterzugeben. Eine andere Frau versuchte, die

Aufmerksamkeit von dem inneren Druck abzulenken, indem sie erzählte, dass sie ständig Spielkarten auf ihrem Grundstück finde. Sie trug ein blaues Stillhemd mit gekräuseltem Kragen. Ihre Augen waren groß und verschleiert. »Ich weiß auch nicht, was das ist«, sagte sie. »Ich kann es mir nicht erklären. Ich wäre froh, wenn es mir jemand erklären könnte. Andere Leute finden Münzen. Wenn sie Glück haben, finden sie einen Dollar. Mein Bruder hat einmal 10 Dollar gefunden, im Kino. 10 Dollar! Und ich, ich finde die Karo-Sieben. Ich finde den Kreuz-Buben unter meinem Schuh. Neulich dachte ich irgendwie an New Mexico, und wie ich ins Auto steige, was glauben Sie, was ich finde? Ein Streichholzbriefchen, auf dem ›New Mexico‹ stand.«

»Ich dachte, Sie sagen jetzt, eine Spielkarte«, sagte Louise.

»Das meine ich ja«, sagte die Frau. »Das war das einzige Komische, das ich je gefunden habe, was nicht eine Spielkarte war.«

Jimmy hatte lange Locken und einen Goldzahn. Er hatte früher die Krankenwagen frisiert, dann sein Leben aber ganz plötzlich geändert, als er in der Cafeteria ein Plakat über die wachsende Bedeutung des Ultraschalls sah. »Ich bin froh, dass ich das gemacht habe, verstehen Sie mich nicht falsch«, sagte er. »Aber mir fehlt doch die Kameradschaft mit den anderen. Wir Automechaniker haben immer hinter der Grundschule Softball gespielt. Ich war ein angriffslustiger Spieler und hab's irgendwie immer geschafft, zu punkten. Das fehlt mir jetzt.«

»Vielleicht würden die Sie ja immer noch mitspielen lassen«, sagte Louise, die auf dem Rücken lag, das Kleid über ihren straffen runden Bauch hochgezogen.

Jimmy schüttelte den Kopf und trug vorsichtig blaues Gel auf ihrem Bauch auf. »Hab ich ja versucht«, sagte er. »Sie würden staunen, was dort für ein ständiger Wechsel ist. Ich hab fast niemanden mehr gekannt. Und dann bin ich auch noch gestürzt, weil ich so einem sehr niedrigen Ball nachgerannt bin, und hab mir das Knie aufgeschlagen.«

»Oh weh«, sagte Louise.

»Das war wie ein Telegramm mit der Mitteilung: Jugend vorbei«, sagte Jimmy.

Er legte Filmplatten oben in das Gerät ein. Der Bildschirm war genau neben Louises rechter Schulter. Sie drehte den Kopf, um besser sehen zu können. Jimmy fuhr mit dem Messgeber auf ihrer Haut umher und wies sie auf die flatternden Herzkammern des Babys hin und auf die Krümmung des Rückgrats. Louise hätte sich gewünscht, dass Dan jetzt hereinkäme. Er musste sich gerade im Lions Club in Stone City einer Diskussion mit Johnny White stellen.

»Was genau wollen Sie denn wissen?«, fragte Jimmy.

»Das Datum«, sagte Louise. »Dr. Pickett findet, dass mein Bauch schon sehr groß ist.«

»Okay.«

Jimmy führte ein paar Messungen durch, indem er einen Cursor über den Bildschirm bewegte. »Bei mir kommt der 21. Mai heraus«, sagte Jimmy. »Ach, wissen Sie schon das Geschlecht?«

»Nein.«

»Wollen Sie es wissen?«

»Na, wissen Sie es denn?«

»Vielleicht.«

»Ich möchte es nicht wissen«, sagte Louise.

»Okay.«

»Nein, eigentlich will ich nicht.« Sie glaubte, es sei ein Mädchen.

»Das liegt bei Ihnen.«

»Ich meine, irgendwie wüsste ich es natürlich schon gern.« Es war für sie nur so ein Eindruck, und sie wollte es dabei belassen.

»Das da ist ihre Hand.«

Louise hielt den Atem an. Das Baby bewegte die Finger und verursachte damit weiße Funken auf dem blauen Bildschirm.

Nach dem Ultraschall besuchte Louise Cheryl Jewell, die am

Abend zuvor mit dem Flugzeug aus Kansas City gekommen war. Cheryls Tochter Jocelyn würde nämlich demnächst mit den Proben für ihre Hauptrolle beim Theaterstück der Abschlussklasse der Highschool von Morrisville-Wylie beginnen.

»Ich hab keinen Ultraschall machen lassen, als ich mit Jocelyn schwanger war«, sagte Cheryl. Sie stand an der Arbeitsplatte in der Küche ihrer Tante Nan und bereitete in einem alten grünen Mixer Schokoladenshakes zu.

»So was ist aber nicht schlecht«, sagte Louise.

»Hat man nicht ein komisches Gefühl dabei?«

»Eigentlich nicht«, sagte Louise. »Man gewöhnt sich daran.«

»Und hast du dieses andere Zeugs auch machen lassen?«

»Amniozenthese?«

»Genau.«

»Die Amnio war hart.«

»Hab ich schon manchmal gehört«, sagte Cheryl.

»Es stimmt auch.«

»Da hast du deine Schokolade«, sagte Cheryl. »Mein Arzt war da ziemlich rückschrittlich. Ich hatte nur einen Bluttest.«

»Ich habe nichts gegen dieses medizinische Zeugs«, meinte Louise. »Aber ich kann dir sagen, was ich nicht leiden kann.«

»Was denn?«

»Wenn einem Leute, die man kaum kennt, die Hand auf den Bauch legen wollen. Ich finde, das passiert immer öfter.«

»Au ja. Daran kann ich mich auch erinnern.«

»Und zwar Leute, die dich nie fragen würden, ob sie deinen Bauch anfassen dürfen, wenn du nicht schwanger wärst.«

»Na hoffentlich.«

»Weißt du, was ich dann mache?«, sagte Louise. »Wenn sie den Arm nach meinem Bauch ausstrecken, trete ich einen Schritt zurück und gebe ihnen die Hand.«

»Diesen klugen Trick solltest du Ann Landers schreiben«, sagte Cheryl.

»Der wäre doch viel zu höflich für Ann Landers. Sie würde einem eher raten zu sagen: ›Finger weg, Doofi!‹«

»›Lass den Scheiß, Mensch.‹«

Sie lachten und tranken ihre Schokolade aus vorgekühlten Aluminiumbechern. Cheryl sagte: »Und weißt du, was mich immer gestört hat? Als ich schwanger war, haben mich immer furchtbar viele Leute angeglotzt und gesagt: ›Na, da war aber jemand fleißig.‹ Als wenn sie sich vorstellen würden, wie ich im Bett bin oder so.«

»Die Leute wissen halt nicht, was sie sagen sollen«, meinte Louise.

»Na, so etwas sollten sie jedenfalls nicht sagen.«

»Es ist, als wenn sie verlegen wären. Wie wenn man in aller Öffentlichkeit etwas Peinliches tun würde, nur weil man schwanger ist.«

»Ja genau, nur deswegen«, sagte Cheryl.

Mary rief ihren Freund Hans Cook an, damit er die gebrauchten Babysachen zur Farm hinausfuhr. Er tauchte im Overall und mit einer Baseballmütze der St. Louis Cardinals bei ihr auf.

»Die trage ich an den Tagen, wo ich mir die Haare nicht wasche«, sagte er.

»Na, das hört man ja gerne«, sagte Mary. »Du verwahrlost langsam ein bisschen.«

»Lindsey Coale kriegt das bei den Männern nicht so gut hin«, sagte Hans. »Das ist nichts gegen Lindsey. Was Frauen betrifft, ist sie super. Nur bei einem Männerhaarschnitt hat sie irgendwie nicht so den richtigen Dreh raus.«

»Warum gehst du dann nicht nach Morrisville?«, fragte Mary. »Da geht doch jetzt jeder hin.«

»Ach weißt du, in der guten alten Zeit hat doch jeder die Haare so getragen«, sagte Hans.

»Dann geh doch zurück in deine gute alte Zeit«, sagte Mary.

Hans stellte die Kartons auf die Ladefläche seines Pickup. »Ich fahr die Sachen ja gerne, und es geht mich auch gar nichts an, aber mir kommt das doch sehr viel vor. Wie groß ist denn so ein Baby? Ungefähr so?«

Diese Frage diskutierten sie eine Weile, wobei sie die Hände bewegten, um die mögliche Größe zu zeigen. Schließlich gab Mary zu, dass June es vielleicht doch etwas zu gut gemeint haben könnte.

»Wie geht es June denn?«, fragte Hans.

»Anscheinend ganz gut«, sagte Mary.

»Wie heißt ihr Mann gleich wieder?«

»Dave Green.«

»Ach ja, genau.«

»Er hat gerade einen Anbau an ihrem Haus machen lassen.«

»Der stinkt ja vor Geld«, sagte Hans.

»Ich will dir mal was über Dave Green sagen«, sprach Mary. »Es stimmt, dass er mehr Geld hat, als du und ich je im Leben sehen werden. Aber was den gesunden Menschenverstand betrifft, da besitzen wir beide im Vergleich zu Dave Green geradezu unermessliche Reichtümer. Hast du mitgekriegt, dass er mal versehentlich nach Hawaii geflogen ist?«

»Nein.«

»Versehentlich. Ich meine, du großer Gott, denk nur mal an all die Menschen, die wirklich einen Grund hätten, nach Hawaii zu fliegen und sich nur das Ticket nicht leisten können.«

»Es heißt ja immer, dass reiche Leute unglücklich sind.«

»Das sind nur dumme Sprüche.«

»Ich würde gern mal den Versuch machen«, sagte Hans. »Ich wäre bestimmt die Ausnahme, die die Regel bestätigt.«

»Du wärest immer zufrieden, egal, was du machst. Du bist ein glücklicher Mensch. Manche würden sogar sagen, zu glücklich.«

»Aber ich werde bestimmt nie reich.«

»Nein, das ist nicht anzunehmen.«

»Der kleine Mann hat es ganz schön schwer auf dieser Welt.«

»Genau wie der große«, sagte Mary.

Hans gähnte. »Worüber haben wir gerade gesprochen?«

»Über Louise.«

»Ich bewundere sie sehr«, sagte Hans. »Nichts bringt Louise aus der Fassung. Alles prallt an ihr einfach ab.«

»Bis zu einem gewissen Grad. Manches zumindest. Sie hat ja Dan. Sie wird bald ein Baby bekommen. Ich habe keinen Zweifel, dass Louise und Dan sich lieben. Aber heißt das vielleicht, dass es keine Höhen und Tiefen gibt? Nein. In jeder Beziehung gibt es Höhen und Tiefen.«

»Ich habe gehört, sie wohnen gar nicht zusammen«, sagte Hans.

»Also echt, das ist der totale Quatsch«, sagte Mary. »Sie wohnen natürlich zusammen. Sie schläft vielleicht in ihrem kleinen Wohnwagen. Das ist zwar exzentrisch, aber schließlich kein Weltuntergang. Gerade du müsstest dafür mehr als alle anderen doch Verständnis haben. Und sie zieht auch wieder ins Haus, wenn das Baby kommt. Übrigens, wer hat dir das denn erzählt? Klingt ja wie so eine typische Übertreibung aus dem *Kalkeimer*.«

»Ich weiß nicht mehr, wer es gesagt hat«, antwortete Hans. »Sollen wir los?«

»Ich hole nur schnell meine Jacke.«

Der Wind fegte über die Landschaft, und der Pickup holperte über Schotterwege, die durch den Schnee im Winter und den Regen im Frühling »waschbrettartig« waren – wie Mary gesagt hätte. Auf halbem Weg zur Farm sprang die hintere Ladeklappe auf, und die Kartons fielen vom Wagen.

»Missgeschick im Paradies«, sagte Hans und fuhr an den Straßenrand. Er und Mary stiegen aus dem Kleinlaster. Zwei der Schachteln waren aufgeplatzt, ihr Inhalt war im Straßengraben verstreut. Rote, gelbe und graue Kleidungsstücke lagen überall im üppigen Gras herum.

»Hab wahrscheinlich nicht richtig zugemacht«, sagte Hans.

»Nein, vermutlich nicht«, sagte Mary.

Sie stiegen in den Graben hinunter und sammelten die Kleidungsstücke wieder ein. Das war auf der Südseite der Straße, wo die verwaisten Strommasten so krumm und schief standen, dass man sich bücken musste, um unter ihnen durch zu kommen.

»Mit denen müsste endlich mal was gemacht werden«, sagte Hans.

»Das sag ich schon seit Jahren«, antwortete Mary.

Hans hob einen Strampler aus Kordsamt auf. »Ein paar davon wird sie wahrscheinlich in den Wäschetrockner stecken müssen«, sagte er.

»Neben deinem Fuß liegt ein Schühchen«, sagte Mary.

Hans sicherte die Kartons mit einem Riemen und schlug die Heckklappe wieder zu. Dann fiel ihm noch etwas ein, und er stieg wieder in den Graben und schraubte sechs Isolatoren von den Masten ab. Die Isolatoren waren schwer und rund und bestanden aus blauem Glas.

»Wenn Louise die auswäscht, dann hat sie ein paar sehr brauchbare Trinkgläser«, sagte er.

Louise fand die Pappkartons in der Küche, als sie nach Hause kam. Anscheinend hatte June absolut jedes Kleidungsstück eingepackt, das von ihren beiden Kindern von frühester Kindheit an bis zum heutigen Tag jemals getragen worden war. Es waren auch viele Spielsachen dabei – Rollschuhe, Legosteine, Plastikbuchstaben.

Louise setzte sich und schüttelte den Kopf. Manchmal stand June mit der Realität offensichtlich nur in sehr geringem Kontakt. Außerdem waren einige Kleidungsstücke feucht, als wären sie auf der Fahrt in den Regen gekommen. Louise beschloss, alles zu waschen. Was sie von den Isolatoren halten sollte, wusste sie nicht. Sie reihte sie auf dem Küchentisch auf.

Als Dan nach Hause kam, ging er als erstes, nachdem er seine Dienstwaffe abgelegt hatte, an den Tisch und begutachtete die Isolatoren. »Was ist das denn?«

»Mom hat sie hier gelassen«, sagte Louise. »Ich vermute mal, dass das Briefbeschwerer sein sollen.«

»So viele Briefe bekommen wir doch gar nicht.«

»Was glaubst du denn dann?«

»Das sind Isolatoren«, sagte Dan.

»Ja logisch.«

»Sie sind von den Strommasten an der Straße.« Er nahm einen und drehte ihn in den Händen. »Vielleicht sind sie als Trinkgläser gedacht.«

»Würden sie denn nicht umfallen?«

»Man kann sie zurechtschleifen oder -feilen.«

»Na super, das machen wir auch sofort.«

»Ach ja, wie war's denn beim Ultraschall?«

»Ach, wenn du nur dabei gewesen wärst! Die Kleine hat ihre Hände angeschaut.«

»Ist alles in Ordnung?«

»Ja.«

»Wie ist es mit dem Herzschlag? Hat der Typ auch darüber gesprochen?«

»Jimmy hat gesagt, dass sie einen sehr guten Herzschlag hat.«

»Sie?«, fragte Dan. »Hat er ›sie‹ gesagt?«

»Er hat ›sie‹ gesagt.«

»Ehrlich wahr? Weißt du, vielleicht machen die das so, damit es auf keinen Fall sexistisch klingt.«

Louise zuckte mit den Schultern. »Könnte sein. Ich hab zu ihm gesagt, ich will es nicht wissen.«

»Dazu braucht man aber ganz schön viel Willensstärke.«

»Danke. Und, hast du deine Debatte gut hingekriegt?«

»Ja«, sagte Dan. »Und ich muss sagen, ich kann mir nicht vorstellen, dass irgendjemand in die Wahlkabine geht und dort tatsächlich für Johnny White stimmt.«

»Die Vorwahl gewinnst du auf jeden Fall«, sagte Louise.

»Dann lässt er sich bestimmt als Parteiloser aufstellen«, sagte Dan.

»Echt?«

»Garantiert«, sagte Dan. »Jack hätte nie so viel Geld locker gemacht, wenn Johnny jetzt einfach wieder rausfliegen könnte. Und das weiß jeder. Die Lions haben ihn derart mit Samthandschuhen angefasst, du würdest es gar nicht glauben.«

»Sag mal ein Beispiel.«

»Streife zu Fuß«, sagte Dan. »Wie du weißt, haben wir drei Leute für einen Bezirk von über 400 Quadratkilometern. Und Johnny sagt, sie sollten zu Fuß Streife gehen. Tolle Idee, was? Wir gehen zu Fuß von Morrisville nach Romyla, wenn jemand sein Auto um einen Baum gewickelt hat. Aber diese Lions, die fressen das. Johnny sagt, wir haben zu wenig Personal. Die Lions nicken ernsthaft. Wirklich, kein Witz! Aber ich habe ja schließlich keine Druckmaschine. Ich kann kein Geld drucken.«

Louise wusch einen Isolator aus, schenkte ein Bier ein und reichte Dan den Isolator. »Keine Sorge, Johnny gewinnt schon nicht.«

»Er nennt sich jetzt John«, sagte Dan. »John White.«

»Er kann sich auch John Wayne nennen, er wird trotzdem nicht gewählt«, sagte Louise.

»Mit Miles Hagen ist es eine andere Sache. Gegen Miles Hagen habe ich nichts einzuwenden. Wenigstens war der früher mal Polizeibeamter.«

»Wer ist denn Miles Hagen?«

»Das ist der Typ, den die Republikaner immer aufstellen.«

»Ist der nicht taub?«

»Nein.«

»Wen meine ich denn dann?«

Dan antwortete, er wisse es nicht.

»Johnny kommt über den ersten Wahlgang bestimmt nicht hinaus«, sagte Louise.

»Wie gesagt, er tritt dann als Parteiloser auf.«

»Das ist also der Trumpf, den er noch im Ärmel hat.«

»Ja, sag ich doch.«

Louise lächelte. »Ich glaube, ich passe nicht richtig auf«, sagte sie. »Ich denke immer noch an das Baby, wie es die Hände bewegt hat. Das war so ziemlich das Coolste, was ich je gesehen habe.«

»Schade, dass ich nicht dabei war.«

»Noch etwas anderes«, fuhr Louise fort. »Sie haben mir ein Merkblatt zur Anästhesie gegeben, und ich habe mich entschieden, dass ich keine PDA möchte. Ich möchte ganz wach sein. Egal, wie du es anstellst, erlaube es denen auf keinen Fall, dass sie mich wegtreten lassen.«

»Ich erlaube es denen auf keinen Fall, dass sie dich wegtreten lassen.«

»Du musst mein Anwalt sein«, sagte Louise.

Dan machte Hamburger mit Brokkoli, während Louise die Babykleidung in den Wäschetrockner warf. Nach dem Abendessen, als sie gerade beim Abspülen waren, kam Claude Robeshaw vorbei, um Dan Tipps zum Wahlkampf zu geben. Claude besaß immer noch sehr viel Einfluss unter den Demokraten im Bezirk.

Dan und Claude setzten sich an den Küchentisch, und Claude zündete sich eine Zigarre an und drehte sie langsam auf dem Rand des Aschenbechers. Er legte den Kopf zurück und schaute steil nach unten durch seine Brille, um Dans Wahlkampfbroschüre zu lesen. Er gab keinen Kommentar dazu ab, was in Dan die Befürchtung aufkeimen ließ, dass er sie bescheuert finde.

»Als erstes würde ich einen Termin für ein Pfannkuchenessen in Grafton festlegen.«, sagte Claude. »Grafton ist der zentrale

Punkt, was Ihre Wählerstimmen betrifft, und geographisch gesehen auch der zentrale Punkt des Bezirks.«

»Hab ich schon. Allerdings ist es ein Spaghettiessen, und Jean Jewell hat zugesagt, dass sie auf der Gitarre Folksongs spielt.«

Claude schüttelte den Kopf.

»Gitarre finden Sie wohl nicht so gut?«, sagte Dan.

»Ich habe nichts gegen Gitarre«, sagte Claude. »Ich habe Jean noch nie spielen hören, aber Musik kann nie schaden.«

»Jean ist der Wahnsinn«, sagte Dan.

»Nein, was ich nicht so gut finde, sind die Spaghetti, und ich kann Ihnen auch sagen, warum«, meinte Claude. »Erstens sind Pfannkuchen billiger. Auf diese Weise bleibt Ihnen mehr von dem gesponserten Geld, und darum geht es ja schließlich. Zweitens sind Pfannkuchen einfach zu machen. Wenn irgendjemand die ganze Nacht wach liegt, weil ihm Ihre Spaghettisauce nicht bekommen hat, dann erinnert der sich noch lange daran. Und schließlich, Spaghetti haben so einen ausländischen Beiklang, den Sie mit Pfannkuchen vollkommen vermeiden. Machen Sie aus genau demselben Grund auch keine Tacos.«

»Also, ich bitte Sie«, sagte Dan.

»Können Sie sich an Everett Carr erinnern?«, fragte Claude.

»Der Name kommt mir bekannt vor.«

»Er war Senator in unserem Staat, und einmal vor langer Zeit lud er zu einem Gulasch ein, an dem mehrere Leute erkrankt sind. Als der Wahltag vorbei war, hatte der Staat einen neuen Senator.«

Louise nahm einen Arm voll Kleidung aus dem Trockner. »Das ist das Dümmste, was ich je gehört habe«, sagte sie.

»Klar ist das dumm«, sagte Claude. »Sehr dumm sogar. Aber Politik ist nun mal dumm.«

Louise ging nach oben. Sie hatte bezüglich der Wahl ein etwas komisches Gefühl, weil sie mit Johnny White etwas gehabt hatte, mit Tiny verheiratet gewesen war und anschließend Dan geheiratet hatte. Sie hatte das Gefühl, sie übe irgendwie einen ungebührlichen Einfluss auf die Staatsgeschäfte aus. Sie kam sich vor wie die Sonne mit ihren sie umkreisenden Planeten.

Dan hatte das Kinderzimmer in einem warmen und weichen Farbton gestrichen, der Perl-Elfenbein hieß. Es war ein kleines Zimmer mit einer Kommode, einem Schaukelstuhl aus Korbgeflecht und einem Babybett, das noch nicht zusammengebaut war und in seinem Karton an der Wand lehnte.

Louise faltete die Babykleidung zusammen und legte sie in die Schubladen der Kommode. Sie fühlten sich so gut an. Ihr gefielen die weich aufgerauten Stoffe, die genoppten Gummisocken an einem Pyjama. Sie sah in den Spiegel über der Kommode. Konnte sie nach all ihren Fehlstarts und Wirrungen eine gute Mutter werden? Sie hegte ihre Zweifel. Aber andererseits hatte sie auch ein Gefühl, was bei ihr sehr selten war, dass ihr ganzes Leben ein Pfad sei, der genau zu diesem Augenblick führte. Sie schaukelte eben im Schaukelstuhl und dachte über diese Dinge nach, als Dan und Claude mit lautem Geklirr und Geklapper die Treppe heraufkamen, mit Bier und einem Satz Schraubenschlüsseln in den Händen.

»Wir bauen jetzt das Kinderbett zusammen«, sagte Dan.

Das dauerte länger, als man hätte denken sollen. Zwanzig Minuten, nachdem sie begonnen hatten, suchten sie immer noch in den Einzelteilen herum und lasen stirnrunzelnd die Bauanleitung. Dan sagte immer wieder: »Führen Sie den Federstecker A in den Pfostenflansch D ein«, und dann wiederholte er ganz langsam: »Federstecker A«; und ständig fragte er Claude, ob Federstecker A in der Anleitung nicht kürzer aussehe als die anderen Federstecker, und falls ja, wo das verdammte Ding denn geblieben sei. Aber sie machten weiter, fügten die Teile gewissenhaft, wenn auch etwas konfus zusammen, und plötzlich waren sie fertig und hatten noch ein paar Teile übrig.

»Vielleicht sind die doppelt, falls mal was verlorengeht«, sagte Claude, aber sie sahen nicht so aus, als wären sie doppelt, und das Gitter auf der einen Seite ließ sich nicht wie gewünscht nach unten schieben. »Stellt einfach diese Seite an die Wand«, sagte Claude. »Dann ist es egal, ob es aufgeht oder nicht.« Genau das taten sie auch, und dann setzten sie sich auf den weißblauen Flechtteppich auf dem Fußboden, tranken ihr Bier und sprachen über das Wetter, während Louise sacht schaukelte, eine Hand auf dem Bauch haltend. Das Baby strampelte im Bauch, drehte sich und beruhigte sich wieder.

Claude trank sein Bier aus und stand auf. »Euch beiden geht es offensichtlich gut«, sagte er. »Ich muss jetzt Howard LaMott aufsuchen, den Chef der Feuerwehr. Er will mit mir über meinen Sohn Albert sprechen.«

»Was hat Albert denn angestellt?«, fragte Dan.

»Er hat Kuchen in die Stiefel der Feuerwehrleute getan«, sagte Claude.

»Das sieht Albert ähnlich«, sagte Dan.

»Howard behauptet, sie sind dadurch verspätet zu einem Löscheinsatz gekommen.«

»Howard LaMott ist ein großer Windbeutel«, sagte Louise.

»Ich werde mir anhören, was er zu sagen hat«, meinte Claude.

Er verabschiedete sich. Louise und Dan begleiteten ihn hinunter in die Diele und gingen dann zu Bett. Dan las aus einem Buch mit dem Titel *Planeten, Sterne und Weltraum* vor, das er auf dem Dachboden gefunden hatte, mit einer Widmung darin: »Für Jeannie zu ihrem 9. Geburtstag in Liebe, den 20. Juli 1962.« Dan glaubte irgendwo gehört zu haben, dass Babys im Mutterleib es gern mögen, wenn man ihnen vorliest.

»Wenn man an seinen Einfluss auf das Leben von Menschen, Tieren und Pflanzen auf der Erde denkt«, las Dan, »dann ist der Mond der zweitwichtigste Himmelskörper. Er erhellt die Nacht. Er ist der Grund dafür, dass der Kalender in Monate eingeteilt ist, und zusammen mit der Sonne bewirkt er das bedeutsame Steigen und Fallen des Wassers auf der Erde – die Gezeiten. In früheren Zeiten richteten sich die Kalender ausschließlich nach dem Mond, und auch heute noch werden Mondkalender von vielen Menschen genutzt, hauptsächlich aus religiösen Gründen. Die Tage, auf die Ostern und Pfingsten fallen, werden vom Lauf des Mondes bestimmt.

Weil der Mond die Erde umkreist und nicht die Sonne, ist er kein Planet, obwohl er in vieler Hinsicht den Planeten gleicht. Er ist ein Trabant, einer von 31 innerhalb unseres Sonnensystems.«

* * *

Während dies draußen auf der Farm geschah, machte sich drinnen in der Stadt Mary auf den Weg zu Alvin Getty. Alvin wohnte in einem weitläufigen Haus fast ohne Anstrich, eine Querstraße nördlich des Parks und nicht weit entfernt von den »Drei Schwestern« der Jewells. Mary stolperte fast über ein aufgerolltes Slinky auf dem Gehsteig. Sie sah Alvin im trüben Licht einer Insekten abweisenden Lampe auf der Veranda stehen.

»Was ist denn nun mit Ihrem Laden?«, fragte Mary.

Er nahm einen tiefen Zug aus einer Flasche Falstaff-Bier. »Ich habe ein paar neue Investoren dazu gebracht, mir ein bisschen unter die Arme zu greifen«, sagte er.

»Aber Alvin, Sie sind doch bankrott.«

»Sagt wer?«

»Na, sind Sie's etwa nicht?«, fragte Mary.

»Pammy«, rief Alvin. »Wir haben Besuch.«

Pam Getty war in der Küche. Sie hatte schwarze Haare und bewegte sich schwerfällig in einem gesteppten Hauskleid. Mary sah sie durch die offene Tür.

»Es ist Mary Montrose«, sagte Alvin.

»Lass mich in Ruhe, Alvin«, sagte sie, wobei sie heftig in der

Speisekammer herumsuchte. »Ich mach mir gerade einen Sprudel, und dein blödes Gerede kannst du dir sparen.«

»Hallo, Pam«, sagte Mary.

»Pam, Mary redet mit dir«, sagte Alvin.

Pams Hände zitterten, als sie die Sprudeltablette ins Wasser gab. »Mir egal. War schließlich mein Geld.«

»Es war das Geld von uns beiden«, sagte Alvin. »Kannst du dich vielleicht mal für eine Sekunde abregen und einen Gast in unserem Haus begrüßen.«

»Nein – nicht nach dem, was sie King angetan hat«, sagte Pam. Sie verließ die Küche, und Mary sah sie nicht wieder.

»Pam ist heute Abend auf die ganze Welt sauer«, sagte Alvin.

»Ich hab ja schließlich keinen bissigen Hund frei herumlaufen lassen«, sagte Mary.

»Sie waren absolut grausam, was das Tier betrifft«, sagte Alvin.

»Ich finde nicht«, sagte Mary. »Aber ich bin ja nicht wegen King gekommen.«

»Es gibt keinen Grund zur Aufregung«, sagte Alvin. »Pam und ich arbeiten eng mit unseren Kreditgebern zusammen. Wir werden am Montag wieder aufmachen, und wenn nicht diesen Montag, dann nächsten. Jeder bekommt seine Lebensmittel rechtzeitig.«

»Aber die Leute haben jetzt Hunger«, sagte Mary. »Alvin, man hat doch schon Ihre Kasse fortgeschafft. Der Laden macht nicht wieder auf.«

Alvin setzte sich auf die Stufen. »Nein, wahrscheinlich nicht«, sagte er.

»Was war denn eigentlich los?«

»Die Leute haben nichts gekauft.«

»Auf Wiedersehen, Alvin«, sagte Mary.

Alvin gab ihr die Hand. »Lassen Sie sich's gut gehen«, sagte er.

»Sie auch.«

Mary ging im Dunkeln durch Grafton. Vor dem *Kalkeimer* standen zwei Autos, was irgendwie noch einsamer wirkte, als wenn gar keine dagestanden hätten. Die restliche Hauptstraße lag verlassen da, mit Ausnahme eines zerbeulten braunen Vans vor dem alten Opernhaus. Vans beunruhigten Mary immer, obwohl sie nicht hätte sagen können, warum. Sie wanderte durch das Geschäftsviertel bis zu ihrem Stadtteil. Durch die Fenster sah sie, wie Leute Geschirr spülten, sich vor dem flackernden Feuer des Fernsehers zusammenkuschelten, auf einem Stuhl eine Zeitschrift lasen. Als sie zu Hause ankam, sah Mary, dass ihre Hintertür offenstand. Sie schaltete wie immer das Licht in der Küche ein, legte ihre Schlüssel auf die Arbeitsplatte und ging ins Wohnzimmer. Keine drei Meter entfernt stand ein Reh und fraß die verschlungenen Triebe ihres Efeus.

In dem gebrochenen Licht sah Mary seine stählernen schwarzen Augen und das steif gesträubte Fell um die Schultern. Sie sah, wie das Maul die dunklen Blätter abriss, die sie jahrelang gehegt und gepflegt hatte. Das Reh hatte keine Angst vor Mary. Es wollte den Efeu und holte ihn sich, so einfach war das. Es sah sie aus dem Augenwinkel an. Es roch nach Fluss. Der Kopf stieß an den Kaffeetisch, während es mit den Zähnen sanft rupfte. Mary machte auf dem Absatz kehrt und ging den Weg zurück, den sie gekommen war. Sie zog das Garagentor hoch, stieg ins Auto, verschloss die Türen. Sie wusste nicht, was sie tun sollte. Früher einmal war sie Lehrerin gewesen und hatte den Kindern immer gesagt, dass die Antworten auf alle Fragen, wenn man nur richtig suchte, ganz in der Nähe lägen. Aber in diesem Moment wusste sie nicht, wo sie suchen sollte und was sie finden würde.

Dreizehn

Das Theaterstück der Abschlussklasse spielte im 15. Jahrhundert. Jocelyn Jewell hatte die Rolle der »vom Unglück verfolgten Maria« bekommen, die während des Stücks von einer Spinne gebissen wird, daraufhin bis zur Erschöpfung tanzt und sich schließlich zu Tode tanzt. Die Spinne wurde von Dustin Tinbane aus Morrisville gespielt.

Louise und Dan wären zu Hause geblieben, wenn Jocelyn nicht mitgespielt hätte. Louise sollte in 17 Tagen ihr Kind bekommen. Sie trug zu der Aufführung ein langes schwarzes Kleid und eine rote Perlenkette. Ihre Wangen waren rosig und ihr Haar hing üppig und lang über den Rücken hinunter. Unter dem Arm trug sie ein grünes Kissen, mit dem sie die Härte der dunklen Sitze in der Sporthalle von Grafton zu mildern hoffte.

Dan hielt Louise an der Hand, als sie den Gehsteig entlangkamen. Er war mit seinen Gedanken weit weg, und das Wetter konnte sich auch nicht so recht entscheiden. Die Sonne balancierte über den Rand der Felder und Wiesen. Das Licht, das auf die Ziegel der Schule fiel, war dünn und klar. Cheryl Jewell kam hinter ihnen her und legte Louise den Arm um die Schultern. Cheryl trug einen pinkfarbenen, hellgrün bestickten Hut. »Das erinnert mich daran, wie wir immer zum Schreibmaschinenunterricht zu spät gekommen sind«, sagte sie.

Die Schule von Grafton war eine der letzten alten Prärieschulen gewesen, und obwohl die Klassenzimmer jetzt leerstanden, sah das Gebäude noch ganz anständig aus. Drei Stockwerke, jedes mit einer durchgehenden Fensterreihe, erhoben sich zwischen turmartigen Eckbauten im Osten und Westen. Im obersten Stock des östlichen Eckbaus war das Büro des Direktors gewesen, im obersten des westlichen das Rotkreuzzimmer, in dem ein Stuhl, ein Schreibtisch und ein Bett gestanden hatten, für Kinder, denen schlecht war, oder junge Mädchen, die ihre Tage hatten. Die Sporthalle mit ihrem gerundeten Dach und ihrer demokratisch gemeinten Gliederung lag an der östlichen Ecke und war mit der Schule durch eine niedrige Eingangshalle mit Eichentüren verbunden. GRAFTON stand – für Piloten – in großen gelben Lettern auf dem schwarzen Dach. Vom Boden aus sah man nur einen Teil der Buchstaben.

Dan, Louise und Cheryl betraten die Eingangshalle. In Vitrinen standen rauchgrau oxidierte Pokale, deren Gewinner inzwischen entweder tot oder sehr alt waren. Der Hauswirtschafts- und Werklehrer, Richard Boster, verkaufte die Eintrittskarten unter einem Banner, auf dem stand: »*Tarantella* – Ein Musical – Besetzung und Regie Edith Jacoby«. Mr. Boster war im Unterricht oft geistesabwesend, kratzte sich ständig die Handrücken und hatte einmal eine neunte Klasse sehr in Verwirrung gebracht, als er sagte, beim Sex werde der Penis »hart und krustig«. Jetzt schob er die Tickets über den Tisch. »Diesmal haben sie eine super Inszenierung hingekriegt«, sagte er.

Aber so hieß es jedes Jahr, und tatsächlich konnte man sich keine Schulaufführung vorstellen, die so öde gewesen wäre, dass man sie nicht als hervorragend bezeichnet hätte. Dafür gab es mehrere Gründe. Da das Abschlussstück unmittelbar vor dem Eintritt der Schüler ins gefährliche Erwachsenenleben stattfand, gewann es die Kraft eines Omens. In dieser Situation eine bestimmte Aufführung als misslungen zu bezeichnen, hätte gewirkt, als würde man den jungen Leuten Unglück an den Hals wünschen, und das wollte natürlich keiner. Auch bekamen fast alle, die sich das Stück ansahen, sonst vielleicht das ganze Jahr über kein anderes Theaterstück zu sehen, und für sie war schon das ganze Drumherum einer Theateraufführung – Beleuchtung, Kostüme, ein hinter der Bühne abgefeuerter Schuss – höchst eindrucksvoll. Es war in gewissem Sinn eine verkehrte Welt – Jugendliche lieferten zur Unterhaltung der Erwachsenen eine anspruchsvolle Darbietung –, während allgemein im Grouse County, wie sonst überall auch, das Theater nicht als etwas Sinnvolles angesehen wurde, womit man sich nach Abschluss der Schule noch abgeben konnte. Sich Geschichten auszudenken und sie dann auf die Bühne zu bringen, das war den Leuten einfach nicht geheuer. Wenn draußen auf dem Land ein Mann zum Beispiel in eine Kneipe gehen und sagen würde, er könne diesen Abend nicht zum Kartenspielen kommen, weil er sich *Finians Rainbow* ansehen wolle, würde das für einen peinlichen Moment sorgen. Aber zu einer Schüleraufführung kann jeder gehen.

Die Handlung von *Tarantella* folgte im Großen und Ganzen dem bewährten Schema: zwei Liebende werden getrennt und sterben. Jocelyn Jewell spielte ein Mädchen, das sich in einen jungen Ladenbesitzer verliebt. Der Ladenbesitzer erklärt sich bereit, für einen überheblichen, mächtigen Richter ein großes Festmahl auszurichten, begleitet aber stattdessen das Mädchen zu einem Picknick, nachdem ihre ursprüngliche Verabredung ins Wasser gefallen ist. Auf dem Picknick finden sie eine faszinierende Spinne und sperren sie in ein Marmeladenglas. Währenddessen wird das Festmahl zum Desaster, die politischen Hoffnungen des Richters sind zunichte gemacht, und der frustrierte Richter tötet den Ladenbesitzer im Duell. Da wächst die Spinne zu menschlicher Größe heran und beißt Jocelyn, die dadurch in ihren Tanzwahn gerät.

Dank Jocelyn Jewell, der anscheinend alles, was sie anfing, auf Anhieb gelang, war es wirklich eine großartige Aufführung. Der Gesang war überzeugend, wenn auch manchmal etwas unsicher, während der Tanzeinlagen fiel keiner hin, und Edith Jacoby, die für ein Drittel der Zuschauer in den Kulissen sichtbar war, hielt die Handlung am Laufen und schien eine besondere Begabung dafür zu haben, laute Streitereien auf die Bühne zu bringen. Aber Dan schenkte dem Ganzen nicht viel Aufmerksamkeit und verlor den Faden. Am vorhergehenden Abend war etwas geschehen, woran er immer noch denken musste.

Das Telefon hatte spät geläutet – etwa um zehn oder halb elf. Es war Sheila Geer von der Polizei in Stone City. »Können wir uns bei Westeys Farm treffen?«, flüsterte sie. Dan fuhr hin. Das dauerte etwa 20 Minuten. Der Hof war spärlich beleuchtet, und Sheila hatte das Standlicht an ihrem Streifenwagen eingeschaltet. Dan sah den Umriss ihres Kopfes im Auto.

Sheila schlug vor, ein Stück zu gehen. Der Hof war von einem Maschendrahtzaun umgeben, doch Sheila hatte einen Schlüssel, wie man das bei jemandem, der in der Gegend Streife fährt, durchaus erwarten konnte. Sie führte Dan an Hohlblocksteinen, Wäscheständern und den schweren schwarzen Rippen von Traktorreifen vorbei.

Schließlich setzten sie sich auf eine Hollywood-Schaukel. »Ich würde gerne mit dir über die Wahl sprechen«, sagte Sheila.

»Okay.«

»Hör zu, es arbeitet jemand bei dir, dem du nicht trauen solltest«, sagte Sheila.

»So sehr viele Leute arbeiten ja nicht bei mir«, sagte Dan.

Da erzählte ihm Sheila, dass der Hilfssheriff Earl Kellogg Akten aus dem Sheriffbüro an Johnny White weitergebe. »Vor Gericht könnte ich das nicht beweisen«, sagte Sheila. »Aber sie gehen davon aus, dass es ein paar wunde Punkte bei dir gibt. Sie glauben, dass man verschiedene Fälle gegen dich verwenden kann. Kannst du dich an die schweren Maschinen erinnern, die verschwunden sind?«

»Allerdings.«

»Und das mit den Spielern.«

»Klar.«

»Und Quinn. Das Baby Quinn.«

»Was ist mit dem?«, fragte Dan.

»Ich weiß nicht«, sagte Sheila. »Sie finden, dass die Mutter vor Gericht gestellt hätte werden müssen.«

»Wir haben die Mutter doch gar nicht gefunden.«

»Klar, nur weiß jeder, dass du sie sehr wohl gefunden hast.«

»Na schön«, sagte Dan. »Das war eine Frau, die schon seit Jahren in geistiger Umnachtung gelebt hatte. Sie war nicht fähig, selbst Entscheidungen zu treffen. Und die willst du vor Gericht stellen? Wozu? Damit ihr Namen groß in der Zeitung steht? Dafür gibt es keinen Grund ... Und außerdem, lies doch mal die Satzung. Eine Anklage ist nicht Sache des Sheriffs.«

»Sie wissen ihren Namen. Sie wissen alles über sie.«

»Wenn sie daraus einen Fall machen, dann wird ihnen das noch leid tun«, sagte Dan. »Und du kannst Johnny ruhig erzählen, dass ich das gesagt habe.«

»Wir stehen nicht in Kontakt.«

»Für jemand, der nicht mit ihm in Kontakt steht, weißt du aber sehr viel.«

»Na ja, ich kann dir nichts sagen. Ich kann dir wirklich nichts sagen.«

»Earl arbeitet jetzt seit sieben Jahren bei mir«, sagte Dan.

»Ich habe mich immer schon gefragt, warum.«

»Er kennt den Bezirk besser als jeder andere, und er kann sehr gut Schlägereien beenden.«

»Ich glaube, er verkauft pornographisches Material.«

»Verkaufen tut er es nicht«, sagte Dan. »Er hat eine Sammlung für den Eigenbedarf, aber verkaufen, nein.«

»Er geht in einen Club, der *Basement* heißt, in Morrisville, und schaut sich Striptease an.«

»Woher weißt du das?«

Sheila zuckte mit den Schultern. »Das hört man so.«

»Das *Basement* ist ein ganz legales Unterhaltungslokal« sagte Dan. »Man kann davon ja halten, was man will, aber das ist kein Grund für eine Entlassung.«

»Und seine arme Frau, die zu Hause sitzt und Decken strickt.«

»Patchworkdecken steppt«, sagte Dan.

»Ich glaube, du hast ihn zu lange behalten «, sagte Sheila.

»Falls es stimmt, was du sagst.«

»Du kannst dir ja seinen Streifenwagen mal genauer ansehen.«

»Warum hast du mir das erzählt?«

»Ich will einfach nicht, dass dir was passiert.«

Sie standen auf und gingen weiter, während das Licht von Sheilas Taschenlampe über Sägeböcke und Schubkarren streifte. Ein Kellerfenster an Westeys Haus war eingeschlagen. Mit gezogenen Revolvern gingen sie zur Hintertür hinein, fanden aber niemanden vor.

»Das müssen spielende Kinder gewesen sein«, sagte Sheila.

Hier und jetzt in der Turnhalle griff Louise gerade nach seinem Arm. Jocelyn hatte ihren letzten Tanz begonnen, in einem langen dunklen Rock und einer weißen Bluse. Der Rock zeichnete scharfe Kreise in die Luft.

Dies war die letzte von fünf Aufführungen, und es gab viele Vorhänge. Jocelyns Augen glänzten, während sie die Hände ihrer Mitspieler in die Luft hob. In einer Sporthalle voller Rosen und weinender Jugendlicher gingen die Lichter wieder an, Jocelyn war der Mittelpunkt einer Gruppe, die sich wohl nicht so schnell auflösen würde. Cheryl sagte, sie werde warten, doch Louise und Dan könnten ruhig gehen. Louise lächelte unsicher und schritt in Richtung Bühnentreppe.

»Nicht da lang«, sagte Dan. Er nahm sie bei der Hand.

Zu Hause aßen sie getrocknetes Wildbret und Salat. Louise nahm nur ein paar Bissen. Sie legte ihre Gabel neben den Teller und griff sich in den Nacken, um die rote Perlenkette auszuhaken.

»Ich glaube, ich habe heute zu viel gemacht«, sagte sie.

Dan sah von den Ordnern auf, die er aus Earls Streifenwagen genommen hatte. »Was hast du denn alles gemacht?«, fragte er.

»Mom und ich waren im *Leuchtturm* essen«, sagte Louise. »Und wir haben Stoßstangen für das Kinderbett gekauft. Und jetzt noch das Theaterstück.«

Dan nahm einen Schluck aus einer Bierflasche. »Dann leg dich doch hin«, sagte er.

»Sei nicht sauer auf mich.«

»Ich bin doch nicht sauer.«

»Du bist schon den ganzen Abend sauer.«

»Ich will eigentlich nur, dass du dich hinlegst und gut auf dich aufpasst.«

Louise schob ihren Stuhl zurück und blieb am Herd stehen. Sie legte die Hände auf ihren Bauch. »Weißt du, woran es, glaube ich, liegt? Ich glaube, es hat sich gesenkt. Es fühlt sich nämlich an, als würde das Baby jetzt viel tiefer liegen. Das passiert, wenn die Geburt nahe ist. Das Baby rutscht hinunter in den Geburtskanal. Das habe ich gelesen.«

»Gesenkt«, sagte Dan.

»Fühl doch mal meinen Bauch.«

»Dann dauert es nicht mehr lange, oder?«

»Nein, Schatz. Ich leg mich jetzt hin.«

»Tu das.«

Dan las eine Weile und saß dann nur noch da und schaute lange auf die Schalter des Herdes. Lichtwellen schienen über ihn hinzufluten. Wie oft noch würde er sich an diesen Augenblick erinnern, an diese Lichtwellen in der Küche. Er ging nach oben und massierte Louise den Rücken.

»Mir ist ein bisschen übel«, sagte Louise. »Das kommt davon, dass ich im *Leuchtturm* gegessen habe.«

»Vielleicht würdest du dich nach einem Bad besser fühlen.«

»Kann sein«, sagte sie.

Der Wasserhahn quietschte laut, als er aufgedreht wurde, und das Wasser donnerte in die Wanne. Als Louise hineingestiegen war, schloss sie die Augen und lies den Kopf am Rand der alten Badewanne mit den Klauenfüßen ruhen. Sie lächelte leicht, und ihr dunkles Haar lag wie ein Schleier über das Porzellan der Wanne gebreitet.

»Dan, es kann sein, dass es jetzt losgeht«, sagte sie leise. »Ich glaube, das sind schon die Wehen, und ich habe ein bisschen Angst.«

»Echt«, sagte Dan.

»Es tut sehr weh«, sagte Louise. Er half ihr vorsichtig auf und wickelte sie in ein großes grünes Badetuch, ihr liebstes. Aber noch bevor sie sich abgetrocknet hatte, bat sie ihn, aus dem Bad zu gehen, und er blieb draußen stehen und hörte, wie sie sich übergab.

»Louise«, sagte er.

»Warum hab ich bloß dieses verfluchte Zeugs gegessen.«

Dan ging ins Schlafzimmer und rief das Krankenhaus an. Eine Schwester kam ans Telefon. Sie hatte die tiefe und feste Stimme eines Menschen, der sein Geld damit verdient, dass er den Leuten nachts Mut macht. »Kommen die Wehen in Schüben, oder würden Sie eher sagen, sie sind anhaltend?«

»Ich weiß es nicht«, sagte Dan. »Sie übergibt sich gerade. Sie hat etwas gegessen, das ihr nicht bekommt.«

»Bei welchem Arzt ist sie?«

»Bei Beth Pickett.«

»Ist Louise in der Nähe?«, fragte die Schwester. »Kann ich sie sprechen?«

Louise stand in der Tür, das grüne Badetuch um die Schultern. Dan brachte ihr das Telefon. Sie horchte. Sie berührte ihren Bauch mit gespreizten Fingern.

»Ja«, sagte sie. »Sehr sogar.«

Um zum Krankenhaus zu kommen, mussten sie fünf Kilometer weit auf Schotterstraßen fahren; das ließ sich nicht vermeiden. Ab Chesley konnten sie dann die Teerstraße benutzen. Louise ging es schlecht, und die Fahrt bekam ihr gar nicht. Sie hatte das Kleid an, das sie während des Theaterstücks getragen hatte. Auf ihren Knien stand ein Kochtopf, falls sie erbrechen musste. Der Topf hatte schwarze Flecken auf dem Boden, von den Gelegenheiten, wo sie darin Popcorn gemacht hatten. Dan schaltete das Blaulicht ein, fuhr aber sehr langsam, um Louise keine Schmerzen zu verursachen. Trotzdem stützte sie sich schwer auf die Armlehne des Streifenwagens und bat ihn manchmal, langsamer zu fahren.

Wegen eines Umbaus, dessen Logik nicht leicht zu erkennen war, hatte man inzwischen die Zufahrt zur Notaufnahme verlegt. Sie folgten einem behelfsmäßigen Schild und fuhren in engen Kurven bergauf zu zwei dunklen Türen. Louise blieb im Auto sitzen, während Dan sie zu öffnen versuchte. Eine ging nicht auf, die andere schon, aber der Raum dahinter war leer, und Dan kehrte wieder um. Da ging die Tür wieder auf, und ein Sicherheitsmann erschien. Er war nur als Silhouette zu sehen, und Dan konnte sein Gesicht nicht erkennen. »Hier sind Sie schon richtig«, sagte der Mann. Dan führte Louise hinein und einen Gang entlang bis zur Notaufnahme. Louise sank auf einen kleinen Stuhl neben dem Aufnahmeschalter, und ein Mann mit verschlafenen Augen schaute erst auf sie und dann auf einen Computerbildschirm. »Haben Sie Wehen?«, fragte er.

»Ich weiß es nicht«, sagte Louise.

»Bei welcher Versicherung sind Sie?«

»Danny, mir wird schlecht«, sagte Louise.

»Was soll das denn?«, sagte Dan. »Beim Blauen Kreuz – Herrgott noch mal, lassen Sie sie doch jetzt nicht wegen solchem Papierkram warten.«

»Tun wir auch nicht«, sagte der Mann. »Sobald die da drin so weit sind, wird sie geholt.«

Kurz darauf half eine große, bleiche Schwester mit platinblondem Haar und rotem Lippenstift Louise in einen Rollstuhl und fuhr sie darin in einen großen Behandlungsraum, der durch Vorhänge unterteilt war. Das Licht war dämmerig. In einer Ecke stöhnte jemand leise. Die Schwester half Louise auf eine Trage, maß ihren Blutdruck und hörte sich an, was passiert sei.

»Kommen die Wehen in Zyklen, wie ein Rhythmus?«, fragte die Schwester.

»Ich weiß gar nichts mehr«, sagte Louise. Sie lag auf dem Rücken und blickte zur Decke. »Ich glaube nicht.«

»Na gut«, sagte die Schwester. »Hören wir uns das Baby mal an.« Sie berührte Louises Bauch mit einem Stethoskop. Der Herzschlag war oft erst etwas verspätet festzustellen. »Wie weit sind Sie?«, fragte sie.

»In der 36. Woche«, sagte Louise.

»Mhm.« Die Schwester bewegte den Kopf des Stethoskops. Ihre dunklen Brauen zogen sich zusammen, und ein verwirrtes Lächeln erschien auf ihrem Gesicht. »Das Baby versteckt sich vor uns.« Ihre Stimme klang melodisch, hilflos. »Das Baby versteckt sich vor uns.«

Die blasse Schwester verließ den Raum und kehrte mit einer stämmigen, flinken Schwester zurück, die kein Wort zu Louise oder Dan sagte. Sie nahm ein Stethoskop aus ihrer Kitteltasche und horchte auf den Herzschlag.

Dan stellte sich auf die andere Seite der Trage. »Was ist denn los?«, fragte er.

»Ich kann es Ihnen noch nicht sagen«, antwortete sie. Sie drehte sich zu der blassen Schwester um und sagte: »Holen Sie einen Monitor.« Sie faltete ihr Stethoskop zusammen und steckte es ein. Die Schwester rollte einen Fötenmonitor herein. Da kam Dr. Pickett.

»Beth, wir sind so froh, dass Sie da sind«, sagte Dan. »Sie sagen irgendetwas davon, dass das Baby sich versteckt.«

»Psst«, sagte Dr. Pickett. Sie befestigte den Gürtel des Monitors an Louises Bauch und schaute angestrengt auf das grünschwarze Muster auf dem Bildschirm des Monitors. Dann sagte sie: »Da ist kein Herzschlag.«

»Manchmal dauert es eine Weile, bis man ihn findet«, sagte Dan.

»Das Baby … ist nicht mehr am Leben.«

»Nein«, schrie Louise.

»Es tut mir leid.«

»Holen Sie sie zurück«, sagte Louise, und ihre Stimme war so voll und tönend wie ein Glockenspiel.

»Louise …«

»Großer Gott«, sagte Dan. »Was ist denn passiert?«

»Ich weiß es noch nicht«, sagte Dr. Pickett. »Manchmal geht einfach etwas schief. Aber wir werden es herausfinden, bevor das hier vorbei ist.«

Louise setzte sich auf, zog sich ihr schwarzes Kleid über den Kopf und schleuderte es wild in den Raum. »Sie versuchen es ja nicht mal!«

»Ich werde es mit allen Kräften versuchen«, sagte Dr. Pickett. »Bitte beruhigen Sie sich jetzt.«

»Wie kann das denn sein?«, fragte Dan. »Was passiert jetzt?«

»Louise wird Wehen bekommen und das Kind zur Welt bringen«, sagte Dr. Pickett.

»Ich kann keine Wehen bekommen«, sagte Louise. »Ich kann kein totes Kind zur Welt bringen.«

»Und ich werde Sie nicht wegen eines toten Kindes operieren«, sagte Dr. Pickett. »Ich werde Sie nicht in noch größere Gefahr bringen, als Sie schon sind.«

Louise drückte die Hände über die Augen. »Es tut weh«, sagte sie. »Oh, es tut mir so weh.«

»Wir fahren jetzt nach oben, Louise«, sagte Dr. Pickett. »Wir sorgen gleich dafür, dass es nicht mehr so weh tut.«

Die stämmige, schweigsame Schwester legte Louise eine Infusionsnadel an. Dann eilten die beiden Schwestern, Dr. Pickett und Dan mit Louise zum Aufzug. Dan rollte den Infusionsständer nebenher, während sie durch die Eingangshalle rannten.

Ein großer Aufzug aus Edelstahl brachte sie in den dritten Stock hinauf. Das Zimmer für Louise war das letzte auf einem langen, breiten Gang mit Zimmern auf der linken Seite und großen Fenstern auf der rechten. Louise wurde in ein Bett gelegt.

»Ich will nach Hause«, sagte sie.

»Das geht jetzt erst mal nicht«, sagte Dan.

Sie gaben ihr ein Mittel, das den Geburtsvorgang einleiten sollte, und als die Wehen kamen, waren sie so schlimm, dass sie sie nicht ertragen konnte. Die Schmerzen zerrissen ihr fast das Kreuz, und sie schrie nach einem Schmerzmittel. Dan hatte von Rückenwehen gelesen und nahm an, dass dies Rückenwehen seien. Wie unbegreiflich, wie abwegig, dass der Körper jetzt zu gebären versuchen sollte, obwohl das Kind schon tot war. Ein Anästhesist gab ihr Morphium, das aber keine Wirkung zeigte. Etwas später kam er noch einmal zurück, um ihr eine Spritze in die Wirbelsäule zu geben, was Epiduralanästhesie genannt wurde.

»Lassen Sie sie nicht wegtreten«, sagte Dan. »Sie möchte nicht wegtreten.«

»Sie schläft jetzt vielleicht ein bisschen, weil der Schmerz nachlässt«, sagte der Anästhesist. »Aber sie wird nicht wegtreten. Aber gehen Sie jetzt bitte hinaus, wenn ich die Spritze setze. Bitte gehen Sie.«

»Sie will mich aber dabeihaben«, sagte Dan.

»Dan, gehen Sie hinaus, das ist schon in Ordnung«, sagte Dr. Pickett.

Dan verließ das Zimmer, und die Tür fiel hinter ihm zu. Er blieb im Gang stehen und schaute auf den Parkplatz hinunter. Bäume bewegten sich im Dunkeln, und der Regen sprenkelte die

Scheiben. Ein Auto wendete langsam auf dem Asphalt. Im Gras neben der Straße verlief eine Reihe von Lichtern, und als das Auto daran vorüber fuhr, gingen sie eins nach dem anderen aus.

* * *

Die Epiduralanästhesie zeigte Wirkung, und Louise sank in Schlaf. Jetzt musste gewartet werden, wie bei einer Geburt immer gewartet werden muss. In der Ecke stand ein gelber Sessel, und Dan zog ihn sich ans Bett. Er war schwer und sperrig, als wäre ein verstellbarer Lehnsessel ein Wunderwerk der Schwermechanik. Dan legte die Füße auf das Bettgeländer und versuchte in einen Traum zu versinken, aber die Angestellten der Klinik kamen und gingen ständig in ihren weichen Schuhen und ihrer leise raschelnden Kleidung. Sie nahmen eine Tür, die dem Gang gegenüber lag, von dem aus er die Lichter hatte ausgehen sehen. Dan träumte, er trage den gelben Sessel über eine leere Autobahn. Er ging im Traum in eine Tankstelle, wo ein Mann mit weißen Haaren sagte: »Ich mache Skulpturen aus Stahlrohr, und die gefallen jedem.« Aber Dan wusste, dass das ein Traum war und dass das Krankenhaus kein Traum war, deshalb wachte er erschöpfter auf, als wenn er den Sessel tatsächlich getragen hätte, und ihm war, als würde das Licht im Zimmer sein Herz ausbluten lassen.

Louise schlief, doch er wusste, wenn er ihren Namen sagte, würde sie reagieren. Um halb fünf gaben sie ihr ein Mittel, um ihren Blutdruck zu senken. Dr. Pickett kam herein und befestigte mit Klebeband einen Plastikbeutel an der Wand und einen weiteren am Bettgestell. Sie sagte, die Beutel enthielten Antiepileptika. Sie erklärte Dan, dass Louise an einer Präklampsie leide; die Plazenta habe sich offensichtlich von der Wand des Uterus gelöst, und der Fötus sei wohl sofort tot gewesen.

»Sie ist sehr krank«, sagte Dr. Pickett. Ihr Gesicht glühte, ihre

Augen waren hellblau. »Die einzige Rettung für sie ist, das Kind zu gebären.«

Es dauerte noch zwei Stunden, bis sich Louises Gebärmutterhals ausreichend geöffnet hatte. Dan ging von Zeit zu Zeit auf den Gang hinaus. Über Stone City wurde es langsam hell. Das Entbindungszimmer füllte sich mit Ärzten, Schwestern, Wägelchen mit leuchtenden Instrumenten.

»Also gut, Louise«, sagte Dr. Pickett. Sie sagte es sehr laut. »Ich weiß, dass das jetzt nicht leicht ist, dass es nicht das ist, was wir geplant hatten. Ist es doch nicht, Louise? Oder?«

»Nein, ist es nicht.«

»Ganz bestimmt nicht«, sagte Dr. Pickett. »Aber wir müssen jetzt etwas machen, und damit wir das schaffen, müssen Sie mithelfen. Wir haben ja schon darüber gesprochen, wie man richtig atmet und presst und wieder ausruht. Ich möchte, dass Sie mitmachen, so gut Sie können. Wir sind darauf angewiesen, dass Sie pressen, jetzt noch nicht, aber gleich. Glauben Sie, dass Sie das können?«

»Ja.«

»Sind Sie sicher?«

»Ja, bin ich.«

»Also gut. Dann los.«

Dan hielt ihre Hand so fest, dass er gar nicht mehr spürte, wo seine Hand endete und ihre begann. Sie presste nach unten, wenn es ihr gesagt wurde, die Lippen und die Augen fest zugedrückt, und rang danach immer nach Luft, als würde sie aus tiefem Wasser auftauchen. Ihre grünen Augen sahen lebhaft aus, ihre braunen Haare klebten an den Schläfen. »Bleib bei mir«, sagte Dan. Er wischte ihr das Gesicht mit einem Tuch ab. Nach einiger Zeit konnte sie nicht mehr pressen. Dr. Pickett benutzte eine Saugglocke, um das Baby herauszuholen. Dan hatte Angst, dass das Kind zerrissen herauskommen könnte, aber das war nicht der Fall. Es fiel der Ärztin in ihre sehnigen Arme, und erst, als man es weggebracht hatte und ein paar Minuten verstrichen waren, hörte Dan auf zu hoffen, dass das Herz doch schlug und sie es bisher einfach nur überhört hatten.

»Ist es ein Mädchen?«, fragte Louise.

»Ja«, sagte Dr. Pickett. »Ein wunderhübsches Mädchen.«

Wenn Dan sich später zurückerinnerte, wusste er nie, wie viel Zeit verstrichen war, als Beth Pickett ihm ein Formular zum Unterschreiben vorlegte, auf dem er sich mit einer Bluttransfusion einverstanden erklären sollte. »Sie hat zu viel verloren«, sagte die Ärztin. »Wissen Sie, sie hatte eine Blutung, und das Blut hat sich hinter der Plazenta gestaut. Deshalb war auch ihr Bauch so hart, wegen dieser Blutung.«

»Sie haben doch gesagt, durch die Entbindung würde alles in Ordnung kommen«, sagte Dan.

»Sie hat während der Entbindung eine Menge Blut verloren, und was sie jetzt noch hat, gerinnt nicht«, sagte Dr. Pickett.

»Was sagen Sie da? Soll das heißen, sie verblutet?«

»Es steht sehr ernst. Ich denke, sie wird es schaffen, wenn wir tun, was wir tun müssen. Aber es steht, wie gesagt, sehr ernst.«

»Mein Gott«, sagte Dan.

»Geben Sie die Hoffnung nicht auf«, sagte Dr. Pickett. »Ich habe schon öfter Fälle von Präklampsie behandelt, und ich weiß, dass wir Louise durchbringen können. Aber jetzt braucht sie auf der Stelle gutes Blut und Plasma, deshalb bitte, Dan, machen Sie schnell.«

Er unterschrieb das Formular zur Bluttransfusion und wandte sich wieder dem Bett zu. Der ganze Fußboden war voll mit dunklem Blut. Jeder hatte es beim Gehen im Raum verteilt. Er sah die Fußabdrücke, die Zickzackwege der Krankenhausschuhe. Louise war blass und still. Er trat zu ihr und flüsterte ihr das mit der Transfusion zu.

»In Ordnung, Dan«, sagte sie. Ihre Augen waren schrecklich

geschwollen. Er küsste sie, und sie lächelte traurig, und er setzte sich wieder in den gelben Sessel.

Die Blutung hielt an. Der ersten Transfusion folgten mehrere weitere. Ein Behälter voller Blut nach dem anderen hing am Infusionsgestell und tropfte in Louises Arm. Man hatte einen Katheter gelegt, um ihren Urin zu sammeln, aber der Beutel daran blieb leer, und mehrere Ärzte und Ärztinnen traten ein, um die unbegreifliche Leere in dem Beutel zu begutachten. Dan sah Dr. Pickett an einer Wand lehnen und etwas sagen, das niemand hörte.

Louise wusste, dass man Blut in sie hineinpumpte. Daraus wurde wohl auch gar kein Geheimnis gemacht. Ihr Herz raste, um Schritt zu halten, konnte es aber nicht. Und ihr Sehvermögen ließ nach. Vor ihren Augen stand ein großer grauer Fleck. Der Fleck war dicht und uneben, wie ein Wespennest, und sie konnte nicht an ihm vorbeischauen. Sie zog Dan an sich.

»Ich liebe dich«, sagte sie. »Aber mir tun die Augen weh, und ich mach sie jetzt zu.«

»Gut«, sagte er. »Ich bin hier.«

Sie strich ihm übers Gesicht, das sehr heiß war. Als sie die Augen geschlossen hatte, sah sie in ihrer Vorstellung ein rotes Licht unter ihrem blassen Morgenmantel glühen. Sie kannte dieses Licht so gut, dass sie hätte lachen mögen. Es war die Sicherheitsbeleuchtung aus Kleeborgs Dunkelkammer, in der sie sehen konnte, was sie tat, ohne die Abzüge zu verderben. Jetzt hob sich dieses Licht von ihrer Brust, und es war, als wäre sie in ihm. In diesem Licht zu sein, war für sie so natürlich wie zum Fenster zu gehen, um nach dem Wetter zu sehen. Sie sah die Ärzte, die Schwestern und Dan aus einer Position nicht weit über ihnen. Dan umklammerte das Geländer des Betts und starrte verständnislos auf einen Blutdruckanzeiger. Er sah grauenhaft aus, war aber in warmes rotes Licht getaucht, ohne es zu merken. Louise schwebte immer höher. Die Decke war kein Hindernis für sie. Sie fühlte sich kraftvoll und schmerzfrei. Sie konnte fortgehen oder bleiben, die Entscheidung lag ganz bei ihr. Es machte ihr keine Angst, fortzugehen. Vielmehr war sie darauf gespannt. Sie hatte ja ohnehin das Kind verloren, und dann würde ihr nichts mehr Schmerzen bereiten. Sie sah ein Haus an einer Landstraße. Es war dunkel und von Bäumen schützend umgeben. Sie kannte das Haus, hatte es im Traum gesehen, in der Nacht, bevor sie und Dan geheiratet hatten. Die Zufahrt führte von der Landstraße zu ihm hinauf und war mit Tannennadeln gepolstert. Es besaß eine Veranda aus Holzplanken und einen Türklopfer aus Messing, der wie ein Reh geformt war. Was auch immer in dem Haus war, es summte. Sie konnte hineingehen oder auch nicht, das war ihre Entscheidung, aber sobald sie durch die Türe getreten wäre, würde sie nicht mehr zurückkönnen. Sie wandte den Blick von dem Haus ab. Die Lichter über den Ärzten warfen ein gezacktes Glühen in die Dunkelheit. Dan hielt immer noch ihre Hand. Das Haus summte lauter, und die Bretter bebten unter ihren Füßen. Aber sie wollte nicht ohne ihn gehen, wollte nicht gehen, ohne ihn wirklich zu kennen.

So würde sie bis an ihr Lebensende glauben, dass es ihre eigene Entscheidung gewesen sei, zurückzukommen. Und ihr Körper gewann innerhalb der nächsten drei, vier Stunden wieder sein Gleichgewicht. Ihre Nieren arbeiteten wieder, ihr Blut gerann. Es gab einen Schichtwechsel, und eine Frau in sauberer grüner Kleidung wischte den Fußboden auf. Louise hatte alles in allem zwölf Einheiten Blut und Plasma erhalten. Dr. Pickett rauchte in der Cafeteria eine Zigarette. Dan blickte versunken in den Staub, der durch den Gang schwebte. Louise konnte nur leise und heiser sprechen, ihre Augenlider waren zugeschwollen. Am späten Vormittag brachten Schwestern das Kind ins Zimmer. Sie hatten die Kleine gewaschen und in eine Decke gewickelt und ihr ein weißes Mützchen aufgesetzt. Dan hielt sie im Arm.

Sie hatte feine Gesichtszüge; ihre Augen waren geschlossen. Sie schien keine Schmerzen gelitten zu haben. Ihre Hände wären stark geworden. Dan legte das Kind neben Louise aufs Bett, aber wegen der Schläuche und der Blutdruckmanschette konnte Louise es nicht auf den Arm nehmen. Dan saß lange Zeit mit der Kleinen in dem gelben Lehnsessel. »Sag ihr, was passiert ist«, sagte Louise. Dan hielt sie noch eine Weile im Arm. Er wusste nicht, was er machen sollte. Er gab sie den Schwestern zurück.

Mary Montrose und Cheryl Jewell kamen Louise besuchen. Sie strichen ihr sanft das Haar aus dem Gesicht und hielten ihre Hand, durften aber nicht lange bleiben. Sie verließen das Zimmer wieder; sie konnten das Ganze einfach nicht glauben und waren fassungslos.

Louise blieb noch mehrere Tage auf der Entbindungsstation, weil Dr. Pickett fand, dass die Geräte und die Mitarbeiter dort besser geeignet seien, für ihr Wohl zu sorgen. Ihr Blutdruck war noch immer zu hoch. Im ganzen Krankenhaus interessierte man sich für sie. Augenärzte und Nierenärzte und Fachärzte für Blutkrankheiten kamen, um sie zu untersuchen und ihr Fragen zu stellen. Einmal geschah es, dass Dr. Pickett alle hinzugekommenen Ärzte bat, den Raum zu verlassen, weil sie mit Dan und Louise allein sprechen müsse. Dan dachte, er wisse, worum es gehe, und das Herz schlug ihm bis zum Hals. Ohne Zweifel gehörte es zu Frau Picketts Pflichten nachzuforschen, warum sie an dem Abend, als das Kind starb, nicht früher ins Krankenhaus gekommen waren, um herauszufinden, wer die Schuld trug. Aber sie sagte ihnen nur, dass sie eine Therapie machen sollten.

Am dritten Tag saß Dan gerade auf dem Gang in der Sonne, als Joan Gower mit einem Blumenstrauß um die Ecke kam.

»Es tut mir entsetzlich leid«, sagte sie.

»Hallo, Joan«, sagte Dan.

»Haben Sie dem Kind einen Namen gegeben?«, fragte sie.

Dan sah hinaus auf einen blauen Himmel mit kleinen Wölkchen. »Warum fragen Sie?«

Joan trug das Haar zurzeit zu einem Pferdeschwanz gebunden, mit ein paar losen Strähnen, die sich nach vorne lockten. »Sie müssen einen Namen haben, um in den Himmel zu kommen. Sonst werden sie ein Geist in den Wäldern, ein Taran.«

»Hören Sie auf«, sagte Dan.

»Es kann ein geheimer Name sein, den nur Sie kennen.«

»Bitte gehen Sie.«

»Es hat mir so leid getan, als ich es hörte.«

»Danke.«

»Sie konnten es nicht verhindern.«

»Danke.«

»Ganz bestimmt nicht.«

»Das werden wir nie wissen.«

»Ich weiß, dass Sie glauben, Sie hätten es können, aber das stimmt nicht«, sagte Joan. »Ich habe Ihnen diese Blumen mitgebracht. Sie sind von mir und Charles.«

»Nehmen Sie sie wieder mit.«

»Laden Sie sich nicht die ganze Schuld auf.«

»Bitte, würden Sie sie jetzt wieder mitnehmen.«

»Ich lasse sie an der Rezeption, für den Fall, dass Sie sich's noch anders überlegen.«

Er sah ihr nach. Sie hatten dem Kind einen Namen gegeben. Sie hatten es Iris Lane Norman genannt.

Als Dan nach Hause kam, fand er die Bierflasche noch immer im Bad, wo er sie stehen gelassen hatte. Er trug sie in die Küche und schmetterte sie mit aller Kraft an die Wand. Die Flasche zerbrach nicht, sondern hinterließ im Verputz ein Loch, das heute noch zu sehen ist. Dan ging nach draußen und setzte sich auf die Stufen. Der weiße Hund rannte vor ihm davon.

Ed Aiken holte ihn ab, und sie fuhren zu Emil Darnier nach Morrisville. Das Bestattungsinstitut Darnier war das größte

Haus in der Stadt, mit weißen Säulen und roten Ziegeln, und wenn Darnier eine Beerdigung arrangierte, dann war es, als würde das Holiday Inn eine Beerdigung veranstalten. Emils Tochter empfing sie an der Eingangstür und führte sie ins Untergeschoss, wo Emils Sohn sie übernahm und die beiden Männer durch einen langen Saal aus Hohlziegeln mit purpurfarbenen Metallsärgen geleitete. Schließlich standen sie Auge in Auge mit Emil selbst, der ein Schreibbrett in der Hand und ein Hörgerät im Ohr trug. Die drei Männer setzten sich an einen runden Tisch. Emil rauchte eine kleine Zigarre.

»Ich möchte ein ganz einfaches Holzkästchen«, sagte Dan.

»Für Säuglinge gibt es nur eine Sorte Sarg«, sagte Emil. Er paffte Rauch und sprach mit der Zigarre im Mund. »Der ist weiß und ungefähr so groß.« Er zeigte es mit den Händen.

»Woraus ist er?«, fragte Dan.

»Hmm, das weiß ich nicht. Jedenfalls nicht aus Sperrholz. Ich würde sagen, aus Pressspan, aber das stimmt auch nicht. Schauen wir mal, ob ich einen da habe. Tony! Tony! Wo ist der Junge denn schon wieder? Normalerweise muss ich so etwas erst bestellen, aber manchmal haben wir auch einen hier. Ich geh mal nachschauen.«

Während Emil weg war, berichtete Ed, wie er, Earl und Paul Francis das Sheriffsbüro am Laufen hielten.

»Da bin ich ja froh«, sagte Dan.

Emil kam mit einem Behältnis zurück, das wohl kaum größer als ein Schuhkarton war. Dan öffnete und schloss den Deckel.

»Also, ich weiß nicht«, sagte er.

»Wieso?«, fragte Emil.

»Sieht irgendwie unsolide aus«, sagte Dan. »Ich weiß wirklich nicht. Ich könnte selber zu Hause etwas Stabileres bauen.«

»Wenn Sie einen anderen Sarg nehmen wollen, ist das völlig in Ordnung«, sagte Emil. »Wenn Sie diesen hier wollen, ist es auch in Ordnung. Sie können einfach nehmen, womit Sie sich am wohlsten fühlen. Wir müssen nur wissen, wo und wann. Das hier ist jedenfalls der Standardsarg für Säuglinge. Es gibt nur den einen. Wir wollen ja nur helfen. Wir nehmen auch kein Geld, wenn ein Säugling gestorben ist.«

Dan und Ed standen auf und schüttelten Emil die Hand. Sie verließen das Haus des Bestattungsunternehmens. Es war kalt und windig.

»So schlecht ist der kleine Sarg doch gar nicht«, sagte Ed.

»Weiß ich schon«, sagte Dan.

»Der Sarg ist jetzt eigentlich nicht das Wichtigste.«

Als Dan an diesem Abend ins Krankenhaus kam, lag Louise in ihrem neuen Zimmer im fünften Stock im Dunkeln.

»Ich hatte heute den Milcheinschuss«, sagte sie. Ihre Brüste waren groß und heiß. Aber Dr. Pickett hatte gesagt, dass die Milch nach kurzer Zeit wieder zurückgehen werde, sobald der Körper erkenne, dass kein Bedarf bestehe. »Ist das nicht beruhigend?«, sagte Louise. »Sie geht wieder zurück.« Ihre Stimme hatte vom vielen Weinen etwas Gerötetes und Reiferes bekommen. Dan umarmte sie, und als er sie losliess, war die Vorderseite ihres grünen Morgenmantels nass.

Dan fuhr diesen Abend nach Hause und versuchte einen Sarg zu bauen. Er schnitt die Teile aus Kiefernholz zu, aber die Maße differierten gerade um soviel, dass nichts zusammenpasste. Er hätte das Kästchen schon irgendwie zusammensetzen können, aber es wäre nicht das Richtige gewesen. Also ließ er es sein. Er stapelte die Teile in einer Ecke des Kellers und ging nach oben. Dann fuhr er zu Earl Kelloggs Wohnung in Wylie. Earl saß in einem Klubsessel. Die Nachrichten waren gerade zu Ende, und er sah fern. Paula, seine Frau, saß auf der Couch. Überall an den Wänden hingen ihre Patchworkarbeiten, auch die mit dem Porträt von Kirby Puckett, die in der *Stone City Tribune* abgebildet gewesen war.

»Entschuldigung, dass ich euch so spät noch störe«, sagte Dan.

Earl drehte den Ton ab. »Das ist sowieso nur eine Wiederholung. Wie geht's dir denn, Mann?«

»Wir konnten es gar nicht glauben, als wir es gehört haben«, sagte Paula. »Wir haben nur dagesessen und uns angesehen. Wie geht es Louise?«

»Sie ist über den Berg«, sagte Dan.

»Wie konnte das denn passieren?«, fragte Earl.

»Das wissen sie nicht«, sagte Dan. »Es heißt Präklampsie, und sie wissen selber nicht, warum so etwas passiert.«

»Unbegreifliches Universum«, sagte Paula.

»Ich kann es immer noch nicht glauben«, sagte Dan. »Ich meine, ich weiß, dass es passiert ist, aber ich kann es nicht glauben.«

»Du siehst ganz schön mitgenommen aus. Magst du ein Bier?«

Dan nickte. »Ja«, sagte er.

»Kriegst du«, sagte Earl.

»Danke«, sagte Dan.

Das Kind wurde auf dem Friedhof im Norden von Grafton beigesetzt, der gemeinhin Nordfriedhof genannt wird. Er hat eigentlich einen anderen Namen, den aber niemand benutzt, nämlich Sweet Meadows.

Louise und Dan trafen am Morgen bei Darniers Haus ein. Das Kind trug ein weißes Kleid und ein Spitzenhäubchen. Unter die gefalteten Hände des Mädchens hatten sie ein Kästchen gesteckt, in dem Sand vom Michigansee von ihrer Hochzeitsreise war und ein Foto der beiden, als Louise schwanger war. Jetzt küssten sie das Mädchen und schlossen den Deckel des weißen Sarges.

Emil Darnier brachte das Kind in seinem langen schwarzen Leichenwagen zum Friedhof. Die Hecktür glitt nach oben und enthüllte den winzigen Sarg. Die Wände im Innern des Leichenwagens waren burgunderrot. Das Grab lag unter einer Weide, nicht weit entfernt vom Grabstein von Louises Vater und ihren Großeltern. Es war der 14. Mai, ein warmer und milder Tag.

Emil nahm an, um den Sarg in die Erde zu senken, würden er und Dan sich zu beiden Seiten aufstellen und ihn an den zwei Seilen hinunterlassen, die unter ihm durchliefen. Doch Dan sagte: »Ich will nicht, dass er kippt.«

»Das kommt auch nie vor«, sagte Emil.

»Warum?«

»Ich mache das schon seit vielen Jahren.«

»Ich lasse sie lieber mit den Händen hinunter. Das Loch ist ja nicht so tief.«

»Es ist tiefer, als es aussieht.«

»Ich möchte nicht, dass der Sarg kippt.«

»Bei so etwas verletzt man sich leicht die Wirbelsäule.«

»Ich bin ganz gut in Form.«

»Es liegt nicht so sehr am Gewicht, sondern daran, dass man sich so verrenken muss.«

»Streiten wir doch nicht darüber«, sagte Dan.

»Nein«, sagte Emil.

Dan kniete sich neben dem Grab auf ein Handtuch. Die Grube war tatsächlich nicht sonderlich tief. Das war bei einem so kleinen Sarg auch nicht nötig. Er musste unwillkürlich an den Winterfrost denken, der ohne weiteres 50 bis 60 Zentimeter tief gehen konnte. Doch jetzt war es warm, und das Licht fiel vom Himmel.

Es waren sehr viele Trauergäste aus Grafton, Pinville und Wylie gekommen, Menschen, die Dan und Louise aus der Stadt kannten, und Menschen, die sie durch ihren Beruf kannten. Louise hatte Henry Hamilton gebeten, aus der Heiligen Schrift zu lesen, und er hatte seine Familienbibel mitgebracht, ein riesiges goldenes Buch, das ihm aus den Händen zu fallen drohte. »Siehe, der Hüter Israels schläft noch schlummert nicht«, las Henry. »Der Herr behütet dich, der Herr ist dein Schatten über deiner rechten Hand, dass dich des Tages die Sonne nicht steche, noch der Mond des Nachts.«

Louise saß auf einem Gartenstuhl im Schatten. Dan hielt während des gesamten Gottesdienstes den Sarg in den Armen und legte ihn dann ins Grab. Louise stand auf und warf eine weiße Rose auf das Kästchen. Hummeln summten in den Zweigen der Büsche, die in der Nähe standen. Alle stellten sich in eine Reihe, um eine Schaufel Erde ins Grab zu werfen. Das Baby versteckt sich.

Dan und Louise gingen nach dem Begräbnis als letzte. Louise setzte eine Sonnenbrille auf. Sie hatten keine Lust, nach Hause zu gehen, deshalb fuhren sie zu dem Naturwanderweg bei Martins Woods. Sie gingen zwischen den Bäumen am Fluss entlang und kamen in Grasland heraus, das in der Sonne leuchtete. Dann fuhren sie an den Walleye Lake, parkten am Ufer und sahen zu, wie der Wind das Wasser bewegte. Sie sprachen nichts, sie hielten sich zwischen den Sitzen des Vega an den Händen. Die Farben waren leuchtend und lebhaft, aber irgendwie hatten sie das Gefühl, dass sie dies alles zwar sahen, aber doch nicht mehr dazugehörten.

Vierzehn

Louises Zustand besserte sich allmählich, aber sie ging noch nicht wieder zur Arbeit. Perry Kleeborg stellte für den Sommer Maren Staley ein und brachte ihr das Fotografieren bei. Maren kam von Zeit zu Zeit raus auf die Farm, denn es gab so vieles, was Kleeborg über das Führen eines Fotostudios nicht wusste, obwohl sein Name an der Tür stand.

Maren berichtete Kleeborg jedes Mal, dass Louise blass sei und ihre Augen immer noch verschwollen aussähen, oder dass sie unter Kopfschmerzen leide und noch immer blutdrucksenkende Mittel nehme. Kleeborg bestellte dann Grapefruits aus Texas oder Orangen aus Kalifornien und ließ sie in Obstkartons auf die Farm liefern, wo sie ungeöffnet in der Garage stehen blieben, mit den glänzenden Abbildungen ihres Inhalts beklebt.

Louise schlafwandelte. Sie ging immer wieder in den Keller und wachte am Morgen mit schmutzigen Füßen auf. Sie nahm die Lebensmittel aus den Schränken und sortierte sie um. Ein paar Mal wachte sie mitten in der Nacht auf, weil sie glaubte, sie habe ein Baby schreien hören. Sie war schon aus dem Bett und stand barfuss da, bevor ihr alles wieder einfiel. Sie spürte ein Ziehen in den Brüsten, obwohl die Milch längst schon wieder versiegt war.

Sie stellte das Kinderbett nicht in den Keller und funktionierte das Kinderzimmer auch nicht wieder in ein Gästezimmer um. Immer wieder bot ihr jemand an, die Babysachen wegzuräumen, sogar Leute, die sie gar nicht gut kannte – was ja wohl bedeuten sollte, dass es gemacht werden musste, gleichgültig, wer es tat. Sie vermutete, dass es früher so der Brauch gewesen sei, weil es für die Mutter unerträglich wäre, es selbst zu tun. Aber die Decken und der Schaukelstuhl und das Kinderbett und die Wickelkommode waren der einzige tagtägliche Beweis, dass es überhaupt ein Baby gegeben hatte. Louise spürte – oder glaubte zu spüren –, dass ihre Umgebung ungeduldig wurde. Sie und Dan wachten jeden Tag sehr früh auf, wenn das Licht ins Zimmer kroch und die Trauertauben im Hof ihren dreisilbigen Ruf erklingen ließen. Zu dieser Stunde schien die Zeit stillzustehen und die beiden deshalb auch nicht weiter voranzutragen.

Dan war stets mit irgendetwas beschäftigt. Er räumte den Wohnwagen aus und vertäute ihn hinter dem Schuppen. Dan sagte, der Wohnwagen komme ihm jetzt vor wie ein schauerlicher Witz, obwohl der Verlust des Kindes ja offensichtlich nicht das Geringste mit dem Wohnwagen zu tun hatte. Als Sheriff machte er Überstunden. Er sprach mit jedem über alles Mögliche. Er erstellte einen neuen Dienstplan, weil der alte im Lauf der Jahre zerknittert und lächerlich geworden war. Dan engagierte sich stark im Wahlkampf um die Vorwahl für den Sheriffsposten. Manche Leute fanden, dass er leicht überdreht sei und einen etwas wirren Blick habe. Aber am ersten Juni gewann er die Vorwahl, und Johnny White brachte, wie vorhergesehen, genügend Stimmen zusammen, um sich als Parteiloser aufstellen zu lassen.

Nicht lange nach diesem ersten Wahlgang schlenderte Louise eines Sonntags zur Rückseite des Schuppens, um dem Wohnwagen einen Besuch abzustatten. Drinnen war die Luft heiß und stickig. Sie saß da, betäubt von der Hitze und schweißgebadet, und trank ein Bier, was sie eigentlich nicht tun sollte. Eine Wespe summte an der Fensterscheibe. Während sie durch das staubige Glas blickte, fiel ein Strohballen durch die Tür des Heubodens herunter. Sie ging in den Schuppen. Hier drin war es kühler und dunkel und es roch nach Ammoniak und altem Holz. Sie kletterte die Leiter hinauf, an den Bodenplanken des Heubodens und mehreren Lagen von Strohballen vorbei hinauf in neue Hitze. In dem durch die Tür hereinströmenden Sonnenlicht kämpfte Dan gerade mit einem Strohballen.

»Was machst du denn da?«, fragte sie.

Er hielt inne und ruhte sich einen Moment aus. »Ich setze das Stroh wieder richtig auf.«

Louise sah ihn an. Er glänzte vor Schweiß und war über und über mit kleinen Strohstückchen bedeckt. »Was war denn damit?«, fragte sie.

»Es war nicht ordentlich aufgeschichtet, und an der einen Ecke ist es fast schon umgekippt«, sagte Dan.

»Das kann dir doch egal sein«, sagte Louise. »Es ist ja Les Larsons Stroh.«

»Ich weiß«, sagte Dan. »Das weiß ich schon. Ich kann es einfach nicht sehen, wenn etwas so unordentlich gemacht ist.«

»Warum bist du denn überhaupt hier heraufgestiegen?«

»Wer soll das denn sonst machen?«

Im August verließ Louise die Farm, um mit Mary an den Seldom Lake nach Minnesota zu reisen. Mary fuhr jedes Jahr zwei Wochen lang dahin, weil ihre Schwester und ihr Schwager, Carol und Kenneth Kennedy, dort ein Camp am See betrieben.

An einem Freitagabend kamen Louise und Mary an. Die Luft war frisch, und sie fuhren eine gewundene ungeteerte Straße zwischen hohen schwarzen Bäumen entlang. Louise war seit Jahren nicht mehr hier gewesen. Als Kind hatte sie Kenneth und Carol ziemlich seltsam gefunden.

Das Haus kam in Sicht, so groß, wie Louise es in Erinnerung hatte, und in den Fenstern brannte Licht. Kenneth und Carol erhoben sich aus ihren Schaukelstühlen auf der dunklen Veranda.

Sie begleiteten Mary und Louise zu ihren Hütten, dann kehrten sie alle vier wieder zum Haus zurück. Carol, Mary und Louise setzten sich an den Küchentisch, und Kenneth reichte ihnen Dosenbier aus dem Kühlschrank.

»Also, ich freue mich wirklich sehr, euch beide zu sehen«, sagte Carol. Sie war ebenso groß wie Mary, aber fülliger, und hatte auf der Wange eine ovale Narbe, weil sie in ihrer Jugend einmal mit einem Lötkolben gespielt hatte.

»Weißt du, ich hatte vieles schon vergessen«, sagte Louise.

»Bei uns sieht es auch wirklich nicht mehr so aus wie damals, als du es zuletzt gesehen hast«, sagte Carol.

»Wir haben 1982 das Fitnesscenter gebaut und 86 die Schwimmhalle«, sagte Kenneth. »Innerhalb von fünf Jahren haben wir unsere Bootsanlegestellen mehr als verdreifacht.«

»Wow«, sagte Louise.

»Ich freue mich schon aufs Angeln«, sagte Mary.

Kenneth hatte bis jetzt auf eine Stuhllehne gestützt gestanden, nun zog er den Stuhl vor und setzte sich. Er war einer jener mageren, ältlichen Hausverwalter, wie man sie im ganzen Land in allen Motels und Camps Kisten und Rechen und alle möglichen Sachen hin und her tragen sieht. »Darüber wollten wir mit dir schon reden«, sagte er.

»Worüber?«, fragte Mary.

»Wir … wie soll ich sagen? Wir haben einen Fehler gemacht«, sagte Kenneth. »Es war im Frühjahr. Wir sind ja seit jeher mit Fischreichtum gesegnet. Also, das weißt du ja, Mary. Und wahrscheinlich haben wir einfach …«

»Wie ihr sicher schon bemerkt habt, sind dafür, dass gerade Hochsommer ist, nicht gerade viele Autos da«, sagte Carol. »Deswegen können wir euch auch beiden eine einzelne Hütte geben.«

»Lässt du mich jetzt mal ausreden?«, fragte Kenneth.

»Ja, sprich doch«, sagte Carol.

»Wir haben unser Glück herausgefordert«, sagte Kenneth. »Ja, das haben wir. Wir haben es herausgefordert. Wie ihr vielleicht wisst, waren wir letztes Jahr in Finnland.«

»Ihr habt mir eine Karte geschickt«, sagte Mary.

»Mary, es war so wunderschön«, sagte Carol.

»Jedenfalls, wir sind da hingefahren«, sagte Kenneth. »Natürlich wollten wir auch sehen, wie es dort mit dem Angeln ist. Tatsächlich konnten wir die Reise sogar von der Steuer absetzen. Aber darum geht es jetzt nicht. Also. Am meisten hat uns ein Fisch beeindruckt, der Bandfisch hieß. Das ist so richtig ein Fisch für den Angler, wenn du verstehst, was ich meine, und wir haben organisiert, dass wir solche Fische lebend hierher geschickt bekommen, um sie hier einsetzen zu können.«

»Langer Rede kurzer Sinn: Sie haben alle anderen Fische aus dem See verdrängt«, sagte Carol.

»Stimmt«, sagte Kenneth. »Der einzige, den wir noch haben, ist der Scrup.«

»Der was?«, fragte Louise.

»Scrup«, sagte Kenneth.

»Das ist ein aasfressender Fisch hier aus der Gegend«, sagte Carol.

»Bei uns, Louise, nennt man den Scrup Wels oder Saugfisch«, sagte Mary.

»Ich verstehe«, sagte Louise. »Und was ist aus den Bandfischen geworden?«

»Also, das ist ja das, was uns so ärgert«, sagte Carol. »Als alle anderen Fische weg waren, sind sie plötzlich auch weg gewesen.«

»Nachdem wir so viel geblecht haben, um sie herzubringen«, sagte Kenneth.

»Wo sind sie denn hin?«, fragte Louise.

»Wissen wir nicht«, sagte Carol.

»Sie können überall hin sein«, sagte Kenneth. Er lachte, und die anderen stimmten mit ein. »Es wäre ja lustig, wenn wir nicht von diesen Einnahmen leben müssten.«

»Kannst du dir vorstellen, dass ich jetzt Zeitungen austrage?«, sagte Carol.

»Das hast du doch früher auch schon gemacht«, sagte Mary.

»Ich habe ein furchtbar schlechtes Gewissen, dass ihr so weit gefahren seid«, sagte Carol. »Natürlich haben wir gedacht, dass bis zu diesem Zeitpunkt einige Fische wieder da wären. Denn die fressen nämlich Scrups. Deswegen haben wir euch auch nicht angerufen und es euch erzählt, damit ihr euch nicht ärgert.«

»Das ist kein Grund zum Ärgern«, sagte Mary. »Wir sind froh, dass wir hier sind.«

»Was möchtet ihr denn gerne machen?«, fragte Carol.

»Was möchte ich gerne machen?«, sagte Mary. »Mir ist es eigentlich egal. Wir brauchen überhaupt nichts zu machen. Ich hätte gern, dass Louise sich ein bisschen erholt, und darüber hinaus möchte ich das machen, was ihr möchtet.«

»Aber irgendetwas muss es doch geben«, sagte Carol.

»Gibt es aber nicht«, sagte Mary.

»Louise, wie steht es mit dir?«, fragte Kenneth.

»Och, mir ist es eigentlich auch egal«, sagte Louise. »Ich hab gedacht, es wäre vielleicht ganz nett, ein bisschen Rad zu fahren, so lange wir hier sind.«

»Wir haben jede Menge Radwege«, sagte Carol.

Mary und Louise gingen einen mäandernden Pfad aus Zementsteinen entlang bis zu der Stelle, wo er sich gabelte, und wünschten einander eine gute Nacht. Louises Hütte war aus Stein und hatte über der Tür eine bläuliche Lampe, die gegen das obere Ende hin ringsum mit sechs roten Glasscheiben bedeckt war. Louise strich mit der Hand über die rauhen kühlen Mauern und ging nach drinnen. Zu beiden Seiten eines großen offenen Raumes lagen Kamine aus Sandsteinquadern. An den Wänden standen Bücherregale, und auf den Fenstersitzbänken lagen leinene Sitzkissen. Über dem einen Kamin hing ein präparierter Rehkopf an einem Holzschild. Die Decke bestand aus breiten Bohlen, die auf rauhen runden Holzstämmen ruhten. Louise hängte ihre Tasche an eine Hutablage, die aus Rehläufen gefertigt war. Sie wusch sich das Gesicht und putzte sich die Zähne. Carol schrieb Gedichte für die Regionalzeitung, und im Medizinschränkchen klebte eins ihrer Werke, das *Erster Mai* hieß und so lautete:

Auf der ganzen Welt jubeln die Arbeiter;
In den Vereinigten Staaten bekommen die Mädchen
Geschenkkörbe!
Was ist besser?
Keine Ahnung –
Es ist dennoch
Interessant!

Für das Bett waren keine Rehteile verwendet worden, und die Bettwäsche fühlte sich an ihren Füßen steif und kühl an. Sie dachte an Mary und Carol, die nicht immer gut miteinander ausgekommen waren. Louise hatte den Eindruck, dass sich die beiden in den letzten Jahren noch weiter voneinander entfernt hatten, aber es konnte auch sein, dass sie es nur deutlicher wahrnahm. Der eigentliche Wendepunkt, dachte Louise, war die Tischdecke gewesen, die Carol Mary zum 60. Geburtstag geschickt hatte. Es war eine weiße, bestickte Tischdecke. Mary sagte, sie sei wunderschön, und das Muster erinnere sie an die blauen Servietten, die sie einst besessen habe. Darüber dachte Louise nicht weiter nach, aber ein paar Tage später rief Mary sie an und bat sie, zu ihr herüberzukommen. Sie hatte das Tischtuch blau gefärbt – oder zumindest zu färben versucht – und in ausgefranste Stücke zerschnitten.

»Was soll ich denn jetzt machen?«, fragte Mary.

»Was hast du da bloß gemacht?«, fragte Louise.

»Ich weiß nicht, was ich Carol sagen soll.«

Louise begutachtete die Überreste der Tischdecke. »Sag ihr einfach, dass du vorsätzlich die Tischdecke zerstört hast, die sie dir geschenkt hat.«

»Es war nicht vorsätzlich«, sagte Mary.

»Na ja, du lässt daran kaum einen Zweifel«, sagte Louise.

»Etwas zu färben heißt ja nicht, es zu zerstören«, sagte Mary. »Die Leute färben doch ständig alles Mögliche. Die Farbe muss nicht in Ordnung gewesen sein. Ich sollte zu dem Laden gehen und mein Geld zurück verlangen.«

»Du bist wirklich sonderbar.«

»Irgendetwas könnte auch mit dem Stoff nicht in Ordnung sein«, sagte Mary.

»Erzähl Carol einfach nichts davon«, sagte Louise.

Aber aus irgendwelchen Gründen tat sie es doch. Als Carol und Kenneth in diesem Jahr zu Thanksgiving herunterkamen, holte Mary die blauen Vierecke hervor und legte sie auf den Tisch. »Wie kommt dir das vor?«, fragte sie Carol.

»Dein ganzes Leben lang konnte man dir niemals etwas Wertvolles anvertrauen«, sagte Carol. »Das hat jeder immer gesagt. ›Lass bloß Mary nichts in die Hände kommen, was für dich einen Wert besitzt.‹ Was glaubst du wohl, warum ich eine umfangreiche Aussteuer bekam, als Kenneth und ich geheiratet haben, und du und Dwight habt nur einen Schuhständer gekriegt? Einen Schuhständer! Hast du jemals überlegt, was für einen Grund das haben könnte?«

»Wir haben nicht nur einen Schuhständer bekommen«, sagte Mary.

»Ihr habt einen Schuhständer bekommen.«

»Du weißt ganz genau, dass wir auch sehr schönes Porzellan bekommen haben«, sagte Mary.

Natürlich waren die beiden Schwestern auch zu freundschaftlichem Umgang imstande. Sie spielten sehr gern zusammen Karten und versuchten sich dabei zu erinnern, was aus allen möglichen Leuten geworden war, die sie von der alten Schule in Grafton her kannten, aus den vierziger Jahren, bevor der Krieg die Jungen wegholte.

»Rate mal, wen ich neulich gesehen habe«, sagte Mary dann zum Beispiel.

»Wen denn?«

»Bobby Bledsoe.«

»Hat der nicht mit Dwight Baseball gespielt?«

»Ja genau. Damals hatte jede Stadt ihre eigene Mannschaft.«

»Boris nicht.«

»Na ja, nicht absolut jede Stadt.«

»Sind Dwight und Bobby nicht mal eingesperrt worden?«

»Ja, in Davenport.«

»Und warum?«

»Das haben sie nie erzählt.«

»Bobby Bledsoe ...«

»Ach, und kannst du dich an Nick Bledsoe erinnern? An Bobby kannst du dich ja erinnern. Und wie ist es mit Nick?«

»Ja! Der arme Nick hatte geschiente Beine.«

»Stimmt. Bobby war ein guter Baseballspieler und Nick hatte geschiente Beine.«

»Ich mochte Nick lieber als Bobby.«

»Bobby hat ständig eine Show abgezogen.«

»Aber Nick nicht. Nick war nett und aufmerksam.«

»Nick hat eigentlich immer Gutes getan, ohne nach Anerkennung zu schielen.«

»Ich möchte ja gern wissen, was aus Nick geworden ist.«

Am anderen Morgen wachte Louise zeitig auf und ging im Morgenmantel nach draußen. Das Gras fühlte sich an ihren Füßen kalt und feucht an, als sie hinter der Hütte zu einem Bach hinunterging, der wohl in den See floss. Die Ufer waren mit Moos bedeckt, und eine Brücke aus Tauen und Brettern führte über den Bach, ganz dicht über dem Wasser und den runden Steinen im Bachbett. Louise ging zu der Brücke, legte sich mit dem Gesicht nach unten darauf nieder und ließ die Stirn auf den Fäusten ruhen. Zwischen den Brettern der Brücke konnte sie das Wasser über die ausgewaschenen Steine strömen sehen.

Die Sonne kam durch die Bäume und klirrte auf dem Wasser. Louise zitterte in ihrem Morgenmantel. Sie hörte das Rauschen des Wassers und ihren eigenen Atem, der wie Dampf neben ihren Ohren aufstieg. Ihre Brüste fühlten sich übergroß und unvertraut an, wie sie sich da gegen die Holzplanken drückten. Sie fragte sich, ob sie wohl je wieder ihre ursprüngliche Größe wiedergewinnen würden. Sie spürte – vielleicht bildete sie es sich auch nur ein – einen Sog vom dem Wasser des Bachs zu dem Wasser in ihrem Körper. Sie dachte darüber nach, wie sehr es als selbstverständlich gilt, dass das Wasser seinen Weg findet, wo und wie es will. Manchmal kam Wasser in den Keller der Farm, und sie und Dan hatten ihn einmal von der Feuerwehr auspumpen lassen müssen. »Was können wir tun, damit es nicht hereinkommt?«, hatte sie Howard LaMott gefragt. »Ach, es wird immer wieder hereinkommen«, hatte er geantwortet. Jetzt schwebte eine Libelle unter der Brücke. Louise sah einen Augenblick lang die blauen Adern auf ihren Flügeln. Dann war sie weg.

Louise stand auf und ging in die Hütte. Aus ihrem Koffer nahm sie die Blutdruckmanschette und das Stethoskop – beides hatte sie auf Anweisung von Beth Pickett mitgebracht. Sie steckte sich die Stöpsel des Stethoskops in die Ohren, befestigte die Manschette am linken Oberarm, nahm den schwarzen Gummiball in die linke Hand, pumpte die Manschette auf einhundertsechzig auf und ließ dann die Luft langsam daraus entweichen. Der Punkt, von dem an der Herzschlag zu hören war, ergab den oberen Wert, der, von dem an er nicht mehr zu hören war, den unteren. Danach legte sie sich auf das ungemachte Bett und nahm sich einen schmalen grünen Band vom Nachttisch. Das Buch, das den Titel *Das Versprechen der Unsterblichkeit* trug, war 1924 erschienen und stammte von einem gewissen Harry Emerson Fosdick. Sie schlug es auf und stieß auf folgende Stelle: »Ein Mann, der die Schweiz bereist hat, erzählt uns, wie er einmal, da er sich des Weges nicht sicher war, einen kleinen Jungen am Straßenrand gefragt habe, wo Kandersteg liege, und die, wie er sagt, wohl eindrucksvollste Antwort bekommen habe, die er je gehört hatte. ›Ich weiß nicht, Herr‹, sagte der Junge, ›wo Kandersteg liegt, aber das hier ist die Straße dorthin.‹«

Am zweiten Tag ihres Urlaubs fand Louise ein Paar Anglerstiefel im Wandschrank ihrer Hütte, und am dritten Tag zog sie sie an und schritt im Bachlauf aufwärts. Das kalte Wasser drückte gegen den Gummi der hüfthohen Stiefel, und das steinige Areal in der Nähe der Brücke ging in weichen Sand über, als der Bach breiter wurde. Vor der Sonne zogen Wolken rasch vorbei, Louises Weg lag abwechselnd in Licht und Schatten getaucht. Eine Bisamratte sprang ins Wasser, und ein ins Wasser gefallener orangeroter Verkehrskegel war von irgendwoher angespült worden. Sie watete unbeholfen ans Ufer und blieb dort bestimmt eine halbe Stunde lang weinend stehen. Ihre Tränen fielen in den Bach. Sie wischte sich mit dem Handrücken die Nase ab und wusch sich dann die Hände im Bach.

Als sie zurückkam, warteten Carol und Mary schon auf sie, um sie zum Angeln mitzunehmen. Carol hatte den Verdacht, dass die Bandfische noch im See wären, sich aber irgendwo ganz eng zusammengedrängt hätten, als würden sie einen Gegenangriff der anderen Fische erwarten, die sie vertrieben hatten. Deshalb fuhren die drei Frauen in einer kleinen Boston-Jacht über den See und gingen am anderen Ufer in der Nähe einer schattigen Stelle unter einer Trauerweide vor Anker. Wenn sie zum Camp hinüberschauten, sahen sie die winzige Gestalt von Kenneth, der etwas durchs Gras trug.

»In Richtung Baum auswerfen«, sagte Carol.

»Ich hab Angst, dass ich mich in den Zweigen verheddere«, sagte Louise.

»Niemals«, sagte Carol. »Dazu hab ich viel zuviel Blei an die Schnur gehängt. Du könntest den Baum gar nicht erreichen, selbst wenn du wolltest.«

Lange Zeit warfen sie ihre Angeln immer wieder aus, ohne dass sich irgendetwas tat. Eine leichte Brise kam auf, und Schwalben streiften das Wasser im Flug.

»Wie geht es dir, Louise?«, fragte Carol.

»Gut«, sagte Louise.

»Mary hat erzählt, dass du immer so früh aufstehst.«

Louise kniff die Augenlider zusammen und warf ihren Köder in das dunkle Wasser unter dem Baum. »Stimmt.«

»Na, hast du dann nicht Lust, mich mal beim Zeitungaustragen zu begleiten?«, fragte Carol. »Ich würde mich über Gesellschaft freuen.«

»Ich glaube nicht, dass das ratsam wäre«, sagte Mary.

»Wann gehst du denn los?«, fragte Louise.

»Um vier«, sagte Carol. »Das ist eine schöne Tageszeit.«

»Könnte lustig sein«, sagte Louise.

»Louise, du hast jetzt quer über meine Schnur ausgeworfen«, sagte Mary. »Na macht nichts. Nicht bewegen. Gib mir deine Angel.«

»Wo denn?«

»Gib sie mir.«

»Ihr seid gar nicht verheddert«, sagte Carol.

»Und das wird mir auch nicht passieren«, sagte Mary.

Es dauerte nicht lange, und Louise machte Carols Runde allein. 17 Zeitungen waren auszutragen, außer sonntags, da waren es 48. Mit einer Blechschere in der Gesäßtasche holte sie die Zeitungen auf dem Parkplatz einer Biogasanlage ab, die einsam und verlassen neben einem Bohnenfeld lag. Sie mochte das Geräusch, mit dem das gelbe Nylonband, das das Bündel zusammengehalten hatte, aufsprang. Oft wartete sie schon, wenn der Typ kam, der die Zeitungen zu der Biogasanlage brachte. Er hieß Monroe, war kahlköpfig und stieg mit einer weißen Leinenschürze auf die Ladefläche seines Transporters. Manchmal erkundigte er sich nach Carol. Er schien nie so ganz zu begreifen, warum Louise diese Tour übernommen hatte. Louise war das egal. »Carol macht ein bisschen Urlaub«, pflegte sie zu sagen und lächelte dabei zu Monroe hinauf, während sie auf die Zeitungen wartete wie jemand, der die Kommunion empfangen will. Monroe warf dann die Zeitungen herunter, und sie landeten jedes Mal mit einem Knall auf dem Pflaster.

Sämtliche Kunden wohnten auf dem Land und hatten einen direkt an der Straße stehenden Briefkasten, so dass Louise, wenn sie die Zeitungen aufgehoben und das Band durchschnitten hatte, kein einziges Mal aussteigen musste. Sie fuhr Carols beigefarbenen Nova, der eine durchgehende Sitzbank hatte und eine Automatikschaltung am Lenkrad. Carol hatte ihr vorgemacht, wie man im Fahren die Zeitungen ausliefern konnte. Man saß in der Mitte der Sitzbank, die Linke am Lenkrad, den linken Fuß an den Pedalen, riss mit der Rechten den Briefkasten auf und steckte die Zeitung hinein. Louise liebte es, so zu fahren. Sie hatte ein viel besseres Gespür für das Auto und den Abstand zum Straßengraben.

Während fast der gesamten Fahrt erhellte die Sonne den Himmel, ohne schon über den Horizont gekommen zu sein. Dieses Licht war entweder weiß oder blau, und die Bäume hoben sich schwarz davor ab. Louise hörte Radio. Sie musste immer erst die süßliche, von keinem Moderator unterbrochene Musikberieselung wegdrehen, die Carol immer hörte. Sie und Carol waren dazu verurteilt, eine ganze Weile einen Krieg der Kanäle auszufechten. Louise fand einen Sender, der irgendwo in Wisconsin stationiert war und wilde irische Lieder brachte, die von den Schwierigkeiten dieses armen Landes und seiner geplagten Bewohner handelten.

Nördlich des Seldom Lake lag eine kleine Stadt, und wenn die Zeitungen ausgeliefert waren, fuhr Louise dorthin, um Kaffee zu trinken und Rösti zu essen. Manchmal ging sie in einen Laden mit Kommissionsware in der Nähe des Diners und sah sich Kinderbekleidung an. Sie entdeckte ein paar unglaubliche Sonderangebote und kaufte ein winziges gelbes Kleidchen, das sie in ihrer Hütte an einem Rehhuf aufhängte. Der Frau an der Kasse schien es gleichgültig zu sein, was im Laden vor sich ging und ob Louise etwas kaufte oder nicht, sie schien es nicht einmal zu bemerken. Einmal klingelte im Laden das Telefon, die Frau hob ab, hörte zu und sagte dann: »Ruf mich hier nicht an, Susan. Ich mein's ernst … das verstehe ich, aber nicht hier. Tschüss.« Ein paar Sekunden später läutete das Telefon wieder. »Jetzt pass mal auf, Susan«, sagte die Frau. »Ich mache keine Witze. Es ist mein völliger Ernst.« Louise schob sich zur Tür, sie wusste, wie jeder gewusst hätte, dass das Telefon gleich wieder läuten würde. »Ich halt's nicht aus. Großer Gott, Susan, das muss jetzt aufhören!«

Als Louise zum Camp zurückkam, erwartete Carol sie schon vor ihrer Hütte mit einem Bündel Overalls, die mit einer Schnur zusammengebunden waren. »Das sind welche von mir«, sagte sie. »Sie passen mir seit Jahren nicht mehr, aber dir müssten sie einigermaßen passen. Damit kriegst du keine Druckerschwärze an die Klamotten, jetzt, wo du das jeden Tag machst.«

Nach den zwei Wochen, die Mary gewöhnlich blieb, beschlossen sie weitere zwei Wochen zu bleiben. Louise wollte das gern, und Mary sagte, was immer Louise auch wolle, es sei in Ordnung. Irgendwie war sich Louise bewusst, dass ihr Fernbleiben Dan kränken würde, aber sie vermied es, sich darüber Klarheit zu verschaffen, indem sie die Briefe an ihn in einem eher unpersönlichen Stil hielt. Sie berichtete einfach nur über ihren Tagesablauf. Er rief manchmal an, um zu erfahren, wann sie heimkomme, aber sie gab nie eine eindeutige Antwort.

Als eine der älteren Zeitungsausträgerinnen war Carol auch für die Einweisung der Zeitungsjungen und -mädchen in den Städten rings um den Seldom Lake verantwortlich. Eines Abends bat sie Louise, zum Haus hinauf zu kommen und ihr beim Zusammenstellen des Materials für eine Abo-Werbekampagne zu helfen. Jeder Zeitungsausträger sollte einen großen Umschlag mit Informationsblättern erhalten. Sie hatten gerade damit angefangen, als das Telefon läutete und Carol hinausging. Da kam Mary herein, um sich einen Drink zu machen, und sah, dass Louise im Wohnzimmer allein arbeitete.

»Na, was lässt sie dich denn jetzt schon wieder machen?«, fragte Mary.

Louise erklärte es ihr.

»Also echt, du großer Gott«, sagte Mary.

»Was ist denn dagegen einzuwenden?«, fragte Louise. Sie leckte einen Umschlag an.

»Du bist doch hier, um dich auszuruhen«, sagte Mary.

»Ich stecke Blätter in Kuverts«, sagte Louise. »Was hast du damit denn für ein Problem?«

»Ich habe überhaupt kein Problem«, sagte Mary.

»Du machst aber sehr den Eindruck«, sagte Louise.

»Na, dann verstehst du mich anscheinend wieder mal falsch.«

»Was ist denn los mit dir?«

»Was glaubst du wohl?«, fragte Mary.

»Ich weiß es nicht.«

»Glaubst du eigentlich, du bist die Einzige, die traurig ist?«

»Nein, das glaube ich keineswegs.«

»Die Kleine sollte jetzt hier sein.«

»Ich fasse es nicht.«

»Sie sollte hier sein, Louise.«

»Sie ist mein Kind. Untersteh dich, sie da mit hineinzuziehen.«

»Ich glaube, sie ist schon mit drin«, sagte Mary. »Ich wollte mit dir hierher fahren, weil du krank warst – nicht, damit du Zeitungen austrägst und so tust, als wäre alles in Ordnung.«

»Also echt, ich rede nie mehr ein einziges Wort mit dir«, sagte Louise.

Genau in diesem Moment kam Carol wieder ins Zimmer. »Kommt mit«, sagte sie. »Das war Kenneth. Er ist unten am Bootshaus. Die Fische sind wieder da.«

»Was für Fische denn?«, sagte Mary.

»Beeilt euch«, sagte Carol. Und Louise und Mary waren so verlegen, dass sie mitten im Streit überrascht worden waren, dass sie mitgingen.

Die Bootsstege lagen so unübersichtlich angeordnet, dass sie sich, obwohl sie Kenneth gegen das dunkle Wasser dort draußen deutlich sehen konnten, durch ein regelrechtes Labyrinth kämpfen mussten, um ihn zu erreichen.

Dicht unter der Wasseroberfläche schwammen Hunderte von Fischen und bildeten im Mondschein einen silbernen Strom.

»Was sind das für Fische?«, fragte Louise.

»Nordhechte«, sagte Kenneth.

»Ich fahre morgen früh nach Hause«, sagte Mary. »Gute Nacht allerseits.«

Louise und ihre Mutter hatten sich natürlich auch früher schon öfter gestritten, aber noch nie unmittelbar danach die Möglichkeit gehabt, Hunderte von Kilometern zwischen sich zu bringen. Louise blieb am Seldom Lake. Ihre Hütte hatte eine Gasheizung, die sie ab September zu benutzen begann, als die roten und gelben Blätter gegen die Fenster schlugen. Sie trug immer noch Zeitungen aus und leitete die Werbekampagne für die Abonnements jetzt selbst. Sie verteilte alle Umschläge und setzte sich mit den einzelnen Zeitungsausträgern in Carols Auto, um die Preise durchzusprechen, die sie eventuell verlangen konnten.

»Darf ich Sie mal was fragen«, sagte einmal ein Junge mit einer Brille, die ihn wie eine Eule aussehen ließ. »Ich und so ein Mädchen, wir hatten den ganzen Sommer über eine Brieffreundschaft. Deswegen hat sie ihre Briefe jedes Mal unterschrieben mit ›Ich werde dich immer und ewig lieben‹, und ich habe das Gleiche gemacht. Aber jetzt, wo wir wieder in der Schule sind, schaut sie mich nicht einmal mehr an. Ich glaube nicht nur nicht, dass sie mich immer und ewig lieben wird, ich glaube nicht einmal, dass sie mich überhaupt jetzt liebt. Deswegen wollte ich ihr etwas schenken, und ich habe gesehen, dass ich, wenn ich drei neue Abonnenten werbe, als Prämie einen Plüschhund mit eingebautem Radio bekomme.«

Louise sah sich das Bild von dem Hund an. »Ja, aber schaffst du es denn, bis zum Abgabetermin drei neue Abonnenten zu finden?«, fragte sie. »Das ist schließlich eine ziemlich kleine Stadt, und hier in der Broschüre steht, man soll nicht zu hoch hinaus wollen.«

»Ich glaube schon, dass ich das schaffe«, sagte der Junge. »Aber wie finden Sie die Idee? Würde Ihnen ein Radiohund gefallen, wenn Sie ein Mädchen wären? Ich meine, Sie sind ja ein Mädchen. Aber was würde Ihnen gefallen, wenn Sie in meinem Alter wären?«

»Mal überlegen«, sagte Louise. Sie war der Meinung, dass bei dem Gewinn auf der Abbildung höchstwahrscheinlich weder der Hund noch das Radio viel taugten. Sie sah den Zeitungsjungen an und sagte: »Wenn ich in deinem Alter wäre, würde ich so etwas ganz bestimmt haben wollen.«

Da Louise jetzt die Zeitungen austrug, hatte Carol gehofft, wieder mehr Gedichte schreiben zu können. Ihr fiel eine Menge zum Thema Herbst ein. Aber als die Hechte in den See zurückgekehrt waren, kehrten auch die Gäste zurück, und Carol und Kenneth hatten vom Morgengrauen bis neun oder zehn Uhr abends zu tun, um das Camp am Laufen zu halten. Und Louise, die nun einmal so war, wie sie war, tat, was sie konnte, um den beiden zur Hand zu gehen.

REBELLIN AUS LIEBE

Fünfzehn

Im Grouse County begann jetzt die Wahlphase und brachte höchst ungewöhnliches Wetter mit sich. Die Blätter verfärbten sich kaum, sondern fielen einfach ab, fast über Nacht. Miles Hagen, der republikanische Sheriffkandidat, führte seinen üblichen Wahlkampf, ohne jede Chance zu gewinnen, sogar ohne den Wunsch zu gewinnen, und auch ohne ein richtiges Konzept, außer dem Vorschlag, am nördlichen Ufer des Rust River in Chesley ein neues Gefängnis zu bauen.

Der Grund und Boden dort gehörte einem seiner Verwandten, doch Miles war ein gutaussehender und ehrwürdiger alter Herr, der jahrelang das Zweiparteiensystem funktionsfähig gehalten hatte und dessen Kandidatur ohnehin zu nichts führen würde, deswegen störte sich niemand daran.

Dan Norman engagierte sich ziemlich stark im Wahlkampf, aber mit einer gewissen Distanz zu den Wählern. Eines Montagmorgens fuhr er zur Glashütte Valiant in Wylie und schüttelte den Männern und Frauen der 7.30-Uhr-Schicht die Hand. Es war ein klarer Oktobertag, und den Arbeiterinnen und Arbeitern widerstrebte es, zu dieser späten Jahreszeit das Tageslicht hinter sich zu lassen.

»Jetzt, wo der Winter kommt«, sagte ein dicker Mann in abgewetztem Overall, »ist meine größte Sorge wahrscheinlich wieder mein Briefkasten. Ich wohne westlich von Boris, und jedes Mal, wenn es geschneit hat, kommt unweigerlich ein Schneepflug vom Bezirk angewalzt und schmeißt mir den Briefkasten um. Aber wenn ich dann im Bezirksamt anrufe, habe ich grundsätzlich nur so eine unverbindliche junge Frau am Apparat, die mich in die Warteschleife verlegt.«

Die richtige Reaktion darauf war eigentlich offenkundig. Dan hätte sich den Namen des Mannes geben lassen müssen. Er hätte gar nichts damit anzufangen brauchen. Er hätte ihn wegwerfen können, sobald der Mann außer Sicht war. Aber dort am Werktor hätte er sich den Namen aufschreiben müssen. Stattdessen sagte er: »Ja, wissen Sie, Sie rufen bei der falschen Stelle an. Das Bezirksamt hat nicht das Geringste mit dem Schneepflug zu tun. Versuchen Sie es mal bei den Stadtwerken.«

Indessen sah es so aus, als hätte Johnny White, der parteilose Kandidat, doch eine Chance. Sein Wahlkampfthema, nämlich, dass Dan als Sheriff nicht richtig zupacke, brachte ihm zwar nicht viele Wählerstimmen ein, weil die meisten Leute gar keinen aufgedrehten und hyperaktiven Sheriff wollten. Aber Johnny konnte sehr viel Geld in den Wahlkampf stecken, und dass man ständig seinen Namen las und sein Gesicht sah, machte ihn in gewisser Weise überzeugend. Auch gab er sich immer empört und hintergangen, was manche Leute ansprach.

Als der Wahltag nahte, überlegte Johnny, wie er das einsetzen sollte, was er für seine größte Trumpfkarte hielt: Margaret Lynn Kane, die Mutter des ausgesetzten Babys Quinn. Nach der Akte zu schließen, die Earl Kellogg ihm hatte zukommen lassen, war sie von einem Familienrichter in eine Anstalt im Osten des Bundesstaats eingewiesen worden. Sie war neununddreißig Jahre alt und hatte in Romyla die Schule besucht. Ihre Eltern waren tot, sie hatte Cousinen oder Cousins in San Diego, die nie an sie dachten, und ihre Denkfähigkeit war eingeschränkt.

Nun hatte Johnny, als er noch auf der Schule war, nebenbei ein bisschen geboxt: ein paar Freunde hatten sich immer hinter der Schule getroffen und trainiert und so getan, als würde es ihnen

Spaß machen. Einmal hatte Johnny einen besseren Boxer niedergeschlagen, wusste aber gar nicht, wie er das geschafft hatte – mit welcher Hand, mit was für einem Schlag. Dass der andere zu Boden ging, war einfach ein Geschenk des Himmels gewesen, und genauso verhielt es sich jetzt mit den Informationen über Margaret Lynn Kane. Er hatte das Gefühl, dass ihm diese schmutzigen Geheimnisse nützlich sein würden. Noch wusste er allerdings nicht, wie. Die Frau in der Anstalt wollte er damit nicht konfrontieren. Er mochte nicht mit ihr sprechen. Er wollte nichts anderes, als irgendwie theatralisch von ihrer Existenz zu künden.

Tiny und Johnny besprachen bei einem Bier im *Kalkeimer* in Grafton ihre Strategie. Ohne Shannon Key, die Redakteurin, die auf Kanal 4 für Gesundheit, Landwirtschaft und Politik zuständig war, ließ sich kaum etwas ausrichten. Sie war Dan Norman wohlgesonnen, wie man aus den Fernsehinterviews, die sie mit ihm führte, schließen konnte. Selbst wenn sich ein schwerer Unfall ereignet hatte, lächelte sie bedauernd, als wäre sie am liebsten mit Dan ein Paar. Sie hatte sich bereits geweigert, in ihrer Sendung etwas von Johnnys Vorwürfen gegen Dan zu bringen, weil die, wie sie sagte, »aus der Luft gegriffen« seien.

»Mann, wenn ich irgendetwas sage, dann ist es doch ganz egal was, es gehört einfach in die Nachrichten«, sagte Johnny.

»Genau«, sagte Tiny.

»Auch wenn ich sagen würde, der Mond ist, sagen wir mal, aus Glasfiber.«

»Genau.«

»Also, wenn sie dazu dann noch eine andere Meinung hören will, damit kann ich leben. Aber zuerst einmal muss sie meine Vorwürfe doch bringen. Sie vertritt schließlich die Medien. Das ist ihr Job. Sie wird doch nicht dafür bezahlt, irgendwelche feinen Unterschiede zu machen.«

Tiny trank sein Bier aus und schwenkte den Schaum am Boden

des Glases. »Warum fahren wir nicht einfach mal in die Anstalt?«

»Die würden uns nicht reinlassen«, sagte Johnny.

»Wir könnten eine Pressekonferenz geben. Wir könnten was auf der Straße oder auf dem Gehsteig aufbauen, mit dem Gebäude im Hintergrund.«

»Das klingt gut …«

»In gewisser Weise«, sagte Tiny, »wäre es sogar besser, wenn sie uns nicht reinlassen.«

»Ich will auch gar nicht rein«, sagte Johnny. »Eine Cousine von mir war mal in so einer Anstalt. Ich weiß noch, dass sie sich immer in die Handgelenke gebissen hat. Sie hatte so Narben, wo sie sich gebissen hatte. Echt gespenstisch, das Mädchen.«

»Wie hieß sie denn?«

»Connie Painter.«

»Ich kenne Connie.«

»Die war vielleicht fertig, Mann«, sagte Johnny und schien Erinnerungen nachzuhängen. »Na, wie auch immer, ich bin mir nicht sicher, ob Shannon Kane auf so etwas anspringt. Sie wird sagen, das mit Quinn sind olle Kamellen. Sie wird alles Mögliche sagen, nur um mir nicht zu helfen.«

»Du brauchst ihr ja nicht zu sagen, um was es geht«, sagte Tiny.

Am nächsten Tag, als sie gerade mit Johnnys Bronco in Morrisville unterwegs waren, sahen sie Shannon Kane auf einer Bank im Roosevelt Park sitzen und einen Apfel essen, während die Fernsehcrew um sie herum aufbaute. Johnny fuhr an den Straßenrand und sagte, er wolle einen Termin für eine Pressekonferenz außerhalb der Stadt.

»Erstens fahren wir nicht aus unserem Sendegebiet heraus«, sagte Shannon. »Zweitens gehört es zu den Regeln der politischen Berichterstattung, dass Sie eine Presseerklärung einreichen. Drittens parken Sie auf unserem Kabel.«

Johnny ließ den Kleinlaster an und rollte ein Stückchen nach vorn. »Es würde Ihnen leid tun, wenn Sie das versäumen würden.«

Shannon biss in ihren Apfel. »Vielleicht, vielleicht aber auch nicht.«

»Das wird alles, was von Dan Normans Wahlkampf noch übrig ist, vom Tisch fegen«, sagte Johnny.

»Na klar«, sagte Shannon.

»Nicht einmal Sie können ihn dann noch retten«, sagte Tiny.

»Hey, Charles – ich bin unparteiisch«, sagte Shannon.

»Einen Scheiß sind Sie«, sagte Tiny.

Shannon seufzte. »Wann soll's stattfinden?«

»Wie sieht denn Ihr Terminkalender aus?«

»Am Freitag habe ich Zeit. Am Samstag geht es nicht. Montag ist fraglich. Der Dienstag passt überhaupt nicht.«

»Am Freitag.«

»Also gut, ich bring mal alles mit. Ich schau dann, ob wir dazu etwas machen wollen. Sie sind sich aber schon darüber im Klaren, dass nach dem Gesetz der Fairness Dan die Chance bekommen würde, sich ebenfalls dazu zu äußern.«

»Gut«, sagte Johnny.

An diesem Abend trat Johnny zusammen mit seinen Kindern in der Stadthalle von Pringmar in einer Wahlkampfveranstaltung auf. Er ließ die beiden, wann immer es möglich war, aus Cleveland einfliegen. Manchmal kam ihre Mutter Lisa mit, manchmal nicht. Ihre Einstellung zu Johnny hatte sich durch eine Therapie gebessert.

Die Kinder verbesserten Johnnys Image. Er galt bei vielen Leuten als Dünnbrettbohrer. Das wusste er und hatte sich damit abgefunden, obwohl er immer noch den Verdacht hegte, dass eine Wahlkampffirma, die für ihn arbeitete, unbeabsichtigt dazu beigetragen hatte, diese Ansicht zu verbreiten. Seine Kinder aber bewiesen, dass er immerhin das bisschen Substanz besaß, das man brauchte, um Vater zu sein.

Er interviewte sie bei den Veranstaltungen und fragte sie, ob sie sich Sorgen um die Welt machten. Und es stellte sich heraus, dass sie sich große Sorgen um die Welt machten. Johnny tat überrascht. Diese beiden Kinder, zwölf und neun Jahre alt, waren der Meinung, dass die Welt unmittelbar am Abgrund hintaumle. Manchmal ließ er sie in kleinen Sketchen auftreten, die Gesetzesverschärfungen zum Thema hatten. Auf der Bühne der Stadthalle in Pringmar spielte Megan an diesem Abend den Hilfssheriff und Stefan einen Drogenabhängigen.

»Was hast du denn bei dir, mein Sohn?«, fragte Megan. »Gras, Koks, Angel Dust, Heroin …«

»Ich habe überhaupt nichts bei mir.«

»… Speed, 'nen Joint, Mandrax, Crack …«

»Sind Sie taub? Ich habe keine Drogen bei mir.«

»Na, dann brauchst du ja auch keine Angst vor einem Deutschen Schäferhund zu haben, der auf Drogen abgerichtet ist.«

»Pah – das Grouse County hat überhaupt kein Spürhunde.«

»Hat es wohl, und zwar seit John White zum Sheriff gewählt worden ist.«

In diesem Moment kam Jack Whites Beagle auf die Bühne gesprungen, bellte laut und umkreiste Stefan, der einen Hamburger in einer Plastiktüte unter der Jacke trug.

Megan fand die Tüte und hielt sie ans Licht. Sie legte ihrem Bruder Handschellen an. »Hab ich mir doch gedacht – Drogen.«

»Seit John White Sheriff ist, hat sich alles geändert«, klagte Stefan.

»Jetzt wanderst du ins Gefängnis und bekommst die Therapie, die du brauchst.«

Megan zog Stefan von der Bühne, während der Hund zurückblieb und den Hamburger auffraß. Den Zuschauern machte das

Spaß, und vielleicht behielten sie auch die Botschaft im Gedächtnis. Dann trat Johnny auf die Bühne und hielt seine Rede. »Manche Leute behaupten, mein Wahlkampf ist zu negativ«, sagte er. »Aber was heißt negativ denn anderes, als dass ich dagegen bin? In diesem Bezirk haben wir einen Sheriff, der drei von vier Verbrechen nicht aufklärt. Wir haben einen Sheriff, der Spieler und Dealer frei herumlaufen lässt. Sehe ich diese Tatsachen negativ? Ja …«

Hinterher lud Johnny Megan und Stefan zum Abendessen ein, in einem Restaurant in Stone City mit Eichentischen und naiven ländlichen Wandbemalungen. Johnny bestellte Wein und machte vor dem Kellner ein großes Getue mit dem Verkosten, obwohl er die Flasche sicherlich nur dann hätte zurückgehen lassen, wenn etwas ganz Fürchterliches mit ihr los gewesen wäre.

Er lehnte sich zurück und bat die Kinder, ihm von ihrem Leben in Ohio zu erzählen. Eine Zeitlang taten sie das auch, aber bald versandeten ihre Geschichten, und sie begannen sich zu streiten. Megan beschuldigte Stefan, zu lügen und sein Leben schönzureden. Stefan sagte, Megan bringe ihre Mutter ständig zum Weinen. Megan stach Stefan mit der Gabel in den Arm.

Johnny versuchte ihre Aufmerksamkeit in eine andere Richtung zu lenken. »Schaut, hier kommt unser Essen«, sagte er, doch da boxte Stefan gerade Megan in den Rücken. Megan rang nach Luft. Schließlich brüllte Johnny los: »Also, das reicht jetzt! Ich habe gesagt, das reicht!« Denn er hatte herausgefunden, dass die Kinder es noch mehr hassten, vor anderen bloßgestellt zu werden, als sie einander hassten.

Es kam der Freitag. Johnny und Tiny fuhren quer durch den Bundesstaat, hielten an, um einen Kaffee zu trinken, streckten die Beine von sich wie alte Männer. Die Anstalt war in einem ehemaligen Gefängnis untergebracht, in einer hübschen Stadt, 15 Kilometer vom Mississippi entfernt. Bei dem Begriff »Anstalt«

hatte Johnny sich einen kleinen Flachbau, einen überwucherten Hof, zerbrochene Rollos vorgestellt. Aber das hier war ein großes Backsteingebäude mit Kastanien und einem mit Laub bedeckten Hof. Johnny parkte an der Straße vor dem Gefängnis, das eine staatliche Einrichtung gewesen war, bis die Gelder gestrichen wurden. Ein halbes Dutzend Leute waren auf dem Hof mit Gartenarbeit beschäftigt. Sie bewegten sich schwerfällig und sahen gequält aus.

»Ich nehme an, das sind die Insassen«, sagte Johnny.

»Die reinste Sklavenarbeit«, sagte Tiny.

»Vielleicht ist das eine Arbeitstherapie.«

»Ja, könnte sein.«

»Du solltest versuchen, positiver zu denken.«

Sie waren zu früh dran. Johnny schaltete das Radio ein und hörte sich ohne Interesse einen Bericht über die Schweinemast an. »Ich hab gestern Abend eine witzige Show im Fernsehen gesehen«, sagte er.

Tiny kaute an seinem Daumennagel herum. »Ah ja?«

»Der Typ dort hat ein paar echt gute Witze gebracht.«

»Zum Beispiel?«

»Also, es waren eigentlich gar keine Witze. Sondern nur so was wie, na ja, Kommentare. Ich kann mich eigentlich gar nicht richtig erinnern.«

»Aha«, sagte Tiny. Sie saßen zehn Minuten lang schweigend da. Tiny las Zeitung. Johnny holte eine Mappe hinter der Sonnenblende vor und sah sie durch.

»Moment mal«, sagte Johnny. »Schau dir mal das an.« Er reichte Tiny die Kopie eines Fotos von Margaret Lynn Kane. Es war ein Bild mit harten Kontrasten. »Und jetzt schau dir die Frau da drüben bei dem Schubkarren an«, sagte Johnny. »Mein Gott, ich kann es kaum glauben.«

Die Frau trug einen roten Pullover, ausgebeulte braune Hosen mit aufgerollten Hosenbeinen und schmutzige weiße Sportschuhe. Sie sah auf, während sie das Laub rechte, unbedacht, mit dunklen Augen.

»Das könnte sie sein«, sagte Tiny.

»Sie hat genau das Alter«, sagte Johnny. »Ich mein, schau dir nur mal dieses Gesicht an. Daran sieht man's. So ein Gesicht kriegt man nicht wegen nichts.«

»Da könntest du recht haben.«

»Und ob ich recht habe«, sagte Johnny und drückte sich ein großes blaues Taschentuch an die Stirn. »Wir sprechen aber auf keinen Fall im Fernsehen, wenn sie dabeisteht. Ich mein, großer Gott, sie würde ja hören, was wir sagen. Und dann dreht die vielleicht durch.«

»Ich darf mir gar nicht vorstellen, was sie dann machen würde.«

Johnny steckte die Mappe wieder hinter die Sonnenblende. »Ich kann es gar nicht glauben, dass wir sie gefunden haben.«

»Sie schaut genau zu uns herüber«, sagte Tiny. »Jetzt kommt sie her.«

»Was könnte sie bloß wollen?«

»Keine Ahnung.«

»Hallo«, sagte die Frau. Tiny drehte das Fenster herunter. »Hallo, hören Sie mal zu. Sie müssen Ihr Auto wegfahren. Gleich kommt nämlich ein Lastwagen wegen dem Laub. Und der fährt genau hier durch. Sie können hier nicht parken.«

»Für wen arbeiten Sie denn?«, fragte Tiny.

»Für Rudy Meyers«, sagte die Frau. »Das versuche ich Ihnen ja gerade zu erklären. In ungefähr zwei Minuten kommt er hier an, um seinen Laster zu beladen. Deswegen müssen Sie wegfahren.«

»Sie wohnen nicht da drin?«, fragte Johnny.

»Großer Gott, nein, ich wohne nicht da drin«, sagte die Frau. »Das ist die Irrenanstalt. Sehe ich wie eine Irre aus?«

»Überhaupt nicht«, sagte Johnny. »Haben die da drin eine Margaret Kane?«

»Das wissen wir nicht«, sagte die Frau. »Wir halten nur den Hof in Ordnung. Mehr nicht. Das da drin, das sind gefährliche Leute, Mister. Wenn Sie die Namen wissen wollen, müssen Sie reingehen.«

Johnny wendete den Transporter und parkte auf der anderen Straßenseite vor der Anstalt. Die Leute mit den Rechen begannen ihre einzelnen Haufen zu einem großen Haufen zusammenzurechen. Johnny starrte hinüber. »Weißt du, je mehr ich darüber nachdenke, desto weniger möchte ich es machen.«

»Ich wollte gerade dasselbe sagen«, antwortete Tiny.

»Die Frau hat schon Ärger genug.«

»Hauen wir lieber ab.«

»Das ist einzig und allein die Schuld von Dan Norman. Höchste Zeit, dem den Strom abzuschalten.«

»Die von Kanal 4 werden jeden Moment hier sein.«

»Jetzt sind wir so weit gefahren!«, sagte Johnny. »Aber eines haben wir dabei doch gelernt. Wir haben gelernt, dass das keine gute Idee war. Mein Dad wird nicht begeistert sein. Das lässt sich aber nicht ändern. Na ja, sei's drum.«

Johnny rammte den Schaltknüppel nach unten, stieß zurück und brauste los. Auf dem Weg aus der Stadt hinaus sahen sie den Van des Fernsehteams gerade noch rechtzeitig, um unbemerkt in eine Seitenstraße abzubiegen. Sie lachten, als sie sich Shannon Keys Verwirrung vorstellten, und fuhren wieder auf die Bundesstraße zurück. Der Bronco hatte jedoch nicht mehr viel Benzin, und Johnny musste nach ein paar Kilometern noch einmal anhalten und tanken. Das Auto besaß einen großen Tank, und außerdem einen Reservetank, und als beide voll waren, betrug die Rechnung 45 Dollar. Dieser Betrag schien die Schwachsinnigkeit ihrer Bemühungen noch zu unterstreichen, und niedergeschlagen fuhren sie fast 30 Kilometer lang schweigend, dann hielten sie an einer Kneipe. Sie tranken Tuborg und spielten Billard, bis sie sich wieder etwas erholt hatten. Es gab schließlich noch andere Möglichkeiten, Dan Norman aus dem Rennen zu schlagen. Sie vergaßen Quinns Mutter vollständig.

Sie hatte sich tatsächlich in der Anstalt befunden. Sie sah den Gartenarbeitern etwa zur selben Zeit zu wie Tiny und Johnny. Sie stand am Fenster ihres Zimmers im ersten Stock, sah durch das Glas und die Gitterstäbe hinunter, ging dann zu ihrem Schreibtisch, schlug ein Schreibheft auf, das in blaues Papier gebunden war, und begann zu schreiben. Dieses Schreibheft hatten ihr die Ärzte gegeben, dazu einen Spiegel und eine Puppe. Sie wollten, dass sie die Puppe ansah und sich dadurch an das Baby erinnerte. Sie waren überzeugt, dass Gedächtnistraining und Beruhigungsmittel für sie der richtige Weg seien, um gesund zu werden. Aber sie hatte gar keine Lust, sich zu erinnern, und sie interessierte sich auch nicht für Puppen. Die eine, die man ihr gegeben hatte, hatte sie unter ihr Bett gelegt, genau in die Mitte.

»Ich habe zurzeit andauernd Hunger«, schrieb sie. »Wir haben Essen versprochen gekriegt, aber wir bekommen nie genug. Die Leute für den Hof sind schon seit dem Morgen hier. Sie lassen so viele Blätter liegen, dass es hinterher schlimmer aussieht als vorher. Sie setzen sich auf den Gehsteig und essen ihre Brotzeit, und ich hätte gerne ihre Chips. Ich würde gern hinausgehen und mit ihnen zusammen rechen. Sie haben sich wahrscheinlich noch nie ganz allein um einen Garten gekümmert. Sie haben wahrscheinlich noch nie ein eigenes Haus gehabt. Zu rechen wäre für mich eine Möglichkeit, etwas Geld zu verdienen und mir einen Radiowecker zu kaufen. Ich weiß, dass ich das schon einmal erwähnt habe, aber ich hätte so gerne einen. In mir ist es irgendwie so, dass ich beim Aufwachen eine Uhr sehen und ein Radio hören möchte. Ohne das kommt man schwer aus einem Traum heraus.«

Sechzehn

Sheriff Dan Norman pinselte am Samstagabend vor der Wahl in seinem Büro noch in Straßenkleidung Wahlplakate. Einige seiner Plakate im Bezirk waren abgerissen oder übermalt worden, und deshalb brauchte er neue. Die Plakate waren nicht gerade phantasievoll. Es standen darauf Sätze wie DAN NORMAN IST IN ORDNUNG und ENTSCHEIDEN SIE SICH FÜR ERFAHRUNG – ENTSCHEIDEN SIE SICH FÜR DAN. Es ging einfach nur darum, seinen Namen überall stehen zu haben.

Während er am Malen war, kam ein Anruf von der Polizeistation in Morrisville. Bei denen waren ein paar Leute an Grippe erkrankt, und sie baten um Unterstützung bei einem Einsatz in dem Striplokal *Basement*. Dort randalierte ein Mann und machte Ärger. Eigentlich hatte Ed Aiken Dienst, wegen eines Einbruchs war er aber gerade in Lunenburg unterwegs, und so entschloss sich Dan, den Einsatz zu übernehmen.

Das *Basement* lag im Westen der Stadt, im Untergeschoss des alten *Hotel Union*. In Morrisville gibt es ein Gesetz, wonach Striplokale im Keller sein müssen, damit sie nicht so leicht einsehbar sind. Das *Hotel Union* war inzwischen mit Brettern vernagelt, aber das *Basement* war keine so rauhe Kneipe mehr wie früher. Damals kamen die Arbeiter aus der Nadelfabrik herunter, die gleich um die Ecke lag; sie trugen Nadeln bei sich und suchten Streit. Neben der Eingangstür hängt noch heute ein Magnetstab und darüber steht der Satz »Nadeln hier abgeben«, obwohl die letzte echte Nadel 1969 vom Fließband ging.

Dan fuhr zum Hotel, ging die Stufen hinunter und zeigte am Eingang seine Dienstmarke vor, um keinen Eintritt zahlen zu müssen. Irv London und Chris Doren von der Morrisviller Polizei hatten dem Typen schon Handschellen angelegt. Er trug Jeans und ein graues Sweatshirt. Er hieß Sterling und war die Sorte Mann, die man öfter mal in einem Striplokal findet – der betrunkene, sentimentale harte Kerl, der die Tänzerin retten oder ihr ihre Unschuld zurückgeben will, ohne sich dabei im Geringsten um ihre eigene Meinung zu dieser Sache zu kümmern.

Als London und Doren Sterling abführen wollten, riss er sich los und begann Tische umzuwerfen. Dan und die beiden Polizisten nahmen Sterling in die Mitte und ließen ihn sich austoben. »Barbara, lass nicht zu, dass sie mich mitnehmen«, schrie er wild.

Draußen suchten sie ihn nach Waffen ab. »Wer ist denn diese Barbara?«, fragte Irv London. »Auf dem Plakat steht ja Pamela Ardent.«

»Das ist doch nur ihr Künstlername«, sagte Sterling. »Kapiert ihr denn gar nichts?«

»Sie sind festgenommen und haben das Recht, zu schweigen«, sagte Chris Doren.

»Wir würden es sogar sehr begrüßen, wenn Sie schweigen«, sagte Dan.

»Ich hab mir die Lippe aufgeschlagen«, sagte Sterling. »Na super. Ich blute.«

Irv und Chris brachten Sterling ins Gefängnis und fragten Dan, ob nicht er sich mal mit der Tänzerin unterhalten wolle. Also kehrte Dan in den heißen, verrauchten Clubraum zurück, wo die Gäste und die Rausschmeißer gerade wieder die Tische und Stühle aufstellten. Pamela Ardent stand mit der Hand in der Hüfte an der Jukebox und drückte Songs.

Dan ging an die Bar und bestellte sich einen Martini. Seit Louise in den Norden verschwunden war, hatte er eine Schwäche für den Gin entwickelt, den sie so schätzte. Er stand mit dem Rücken zur Bar und beobachtete die Geschehnisse. Der Saal war nicht voll, und da er lang und schmal war, fühlte sich Dan an die billigen Drucke von Bildern des Letzten Abendmahls erinnert, die oft in Häusern an der Wand hingen, in denen es Ärger gegeben hatte. Während des Abendmahls wurde den Jüngern das Schauspiel von Bränden, Einbrüchen und häuslicher Gewalt geboten.

Im *Basement* roch es wie in einem Zigarrenmuseum, und an der Decke hing ein Scheinwerfer mit einer Scheibe aus buntem Glas, die sich langsam drehte, so dass das Licht auf der Bühne von Rot über Blau zu Gelb wechselte. Die Tänzerin wirkte geschmeidig und gelangweilt, mit kurzem braunem Haar, das sich hinter den Ohren lockte. Sie tanzte, als hätte sie ihren Tanzunterricht schon vor Ewigkeiten gehabt. Sie setzte sich rittlings auf einen umgedrehten Stuhl, stieß die eine Hüfte nach vorn und zog dabei einen imaginären Hut schräg über die Augen, sie schritt über die Bühne, die Daumen unter den Achselhöhlen eingehakt. Sie trug ein winziges schwarzes Kleid mit glitzernden Spiralen.

Nach ihrer Show ging Dan hinter die Bühne, um mit ihr zu sprechen. Die Garderobe war gleichzeitig der Lagerraum, und sie saß inmitten von Aluminiumfässern und blickte in einen zersprungenen Spiegel, der an einem Draht an der Wand hing. Sie trug jetzt Cordsamtjeans und einen Pullover und wischte sich das Gesicht gerade mit runden Wattebäuschen ab.

»Kennen Sie diesen Mann?«, fragte Dan.

»Nein, Sie müssen wissen, ich bin aus Florida«, sagte sie.

»Heißen Sie zufällig Barbara?«

»Ich heiße Marnie Rainville. Ich komme aus Fort Myers in Florida. Und ich weiß nicht, was der Typ für ein Problem hat, und ich kenn ihn jedenfalls nicht.«

»Könnte es irgendeinen Grund dafür geben, dass jemand Sie Barbara nennt?«

»Na klar, den, dass er verrückt ist. Was ich hier nicht ausschließen würde.«

»Das glaube ich«, sagte Dan. »Haben Sie einen Schein?«

Sie lachte. »Ich brauch doch keinen Schein, um zu tanzen.«

»Einen Führerschein, meine ich.«

Sie seufzte und begann in ihrem Geldbeutel zu wühlen. »Ich mach das jetzt seit drei Jahren«, sagte sie. »Überall in den Staaten und in Kanada. Den Süden mag ich sehr gern. Im Mittleren Westen gefällt es mir auch, aber ich könnte sehr gut ohne diese Kälte auskommen. Sind Sie mal in eine komplett ausgekühlte Wohnung heimgekommen? Da könnt ich drauf verzichten, echt. Ich meine damit nicht, dass ich Gesellschaft suche. Das ist das Letzte, was ich brauche. Ich rede nur vom Wetter.«

»Wie ist es denn in Fort Myers?«

»Wie es dort ist?«

»Mhm.«

»Oh Mann. Es ist wunderschön? Es ist warm? Die Sonne scheint jeden Tag? Was sonst noch? Die Supermärkte sind sehr sauber, mit einem wunderbaren Obstsortiment? Eines Tages kehre ich mit Glanz und Gloria wieder dorthin zurück, und dann kommen sie alle aus ihren Löchern, um mich zu begrüßen. Das ist Fort Myers, so wie ich es kenne. Eines Tages geh ich zurück in dieses Land mit dem anständigen Wetter und verschwinde endlich aus diesem gottverdammten Tiefkühlschrank.«

»Ich hoffe, dass Ihr Wunsch in Erfüllung geht«, sagte Dan.

»Oh, ganz bestimmt, das können Sie glauben.«

Sie gaben sich zum Abschied die Hand, und Dan fuhr zurück zum Sheriffbüro. Er ergriff das Funkgerät. »Morrisville, bitte kommen, Morrisville.«

»Bitte sprechen.«

»Okay, hier spricht Dan Norman. Würden Sie Chris oder Irv

sagen, dass ich mit der Stripperin im *Basement* gesprochen habe, dass sie den Mann aber nicht kennt. Sie heißt weder Pamela noch Barbara, sondern Marnie.«

»Marnie?«

»Genau«, sagte Dan. »Sie kommt aus Florida und will so schnell wie möglich wieder nach Hause zurück.«

»Vielleicht sollten wir für sie sammeln?«

»Warum nicht.«

»Alles klar – Ende.«

Er machte sich wieder ans Pinseln seiner Wahlplakate. Es kam ihm so vor, als hätte sie jemand während seiner kurzen Abwesenheit anders gelegt. Derzeit war er in Gedanken aber oft weit weg von der Wahl, und so hatte er vielleicht nur vergessen, wie er die Plakate gelegt hatte. Da tauchten Mary Montrose und Hans Cook auf.

»Wir kommen gerade aus dem Kino«, sagte Mary.

»Was habt ihr denn gesehen?«, fragte Dan.

»Den Film, wo dieser Typ seine Kinder klein werden lässt«, sagte Mary.

»Und?«, sagte Dan.

»Hans hat es gefallen. Ich war etwas enttäuscht.«

»Es war nichts Besonderes, einfach nur eine nette Geschichte«, sagte Hans.

»Ich fand, sobald man kapiert hatte, dass sie jetzt klein geworden waren, konnte eigentlich nichts Überraschendes mehr kommen.«

»Wie findet ihr meine Plakate?«, fragte Dan.

»Sehr gut«, sagte Hans.

»Es heißt, Johnny White hat eine ziemliche Anhängerschaft«, sagte Mary.

»Habt ihr seine Werbespots gesehen?«, fragte Dan.

»Lässt sich ja kaum vermeiden«, sagte Hans. »Sie prasseln ja nur so auf einen ein.«

»Die Menschen bekommen den Sheriff, den sie wollen«, sagte Dan. »Deswegen haben wir ja eine Demokratie.«

Mary setzte sich auf eine Bank, und Hans ging nach hinten und stellte sich in eine Zelle, die Hände an den Gitterstäben.

»Ich bin unschuldig, ich schwör's«, rief er.

»Für Johnnys Truppe würde ich keinen Pfifferling geben«, sagte Mary. »Neulich war er abends in den Nachrichten zu sehen und hat alles Mögliche über Alkoholiker geredet. Also, er ist auch kein größerer Alkoholiker als der Mann im Mond. Mein Onkel war Alkoholiker, und ihr könnt mir glauben, ich weiß, wie die sind.«

Dan tauchte den Pinsel in die Farbe und blieb dann damit stehen, auf halbem Weg zu dem Plakat, an dem er gerade arbeitete. »Genau das hab ich denen im ›Wählerbund der Frauen‹ auch klarzumachen versucht. Ich weiß nicht, ob sie mich verstanden haben. Und dann bringt er auch noch diesen Fall von Trunkenheit am Steuer von 1982 in Cleveland. Also, das beweist doch auch nicht, dass er Alkoholiker ist.«

»Natürlich nicht«, sagte Mary. »Du musst ihn einfach wieder auf seine eigentliche Größe zurechtstutzen, so wie es der Typ im Film mit den Kindern gemacht hat. Wenn ich du wäre, würde ich ihm direkt in die Augen schauen und sagen: ›Johnny, du bist ein gottverdammter Schwindler.‹«

»Ich hab im Wählerbund der Frauen schon Tacheles geredet«, sagte Dan.

»Ich würde aber wetten, dass du ihn nicht einen gottverdammten Schwindler genannt hast.«

»Nein, das stimmt«, sagte Dan. »Ich habe es satt, auf diesem Alkoholproblem herumzureiten.«

»Das verstehe ich«, sagte Mary. »Irgendwie ist das aussichtslos.«

»Ich hab vor, mit Claude Robeshaw zu reden«, sagte Dan.

»Vielleicht weiß der ja was«, sagte Mary.

Sie schwiegen kurz und hörten Hans »Una Paloma Blanca« summen.

»Hast du was von Louise gehört?«, fragte Dan.

»Nicht viel«, sagte Mary. »Carol meint, es geht ihr gut, aber ich weiß nicht. Meine Familie, also, da sollten alle mal so eine Langzeit-Therapie machen. Deswegen bin ich auch ausgestiegen, Dan. Ich glaube, du solltest versuchen, sie zurückzuholen.«

»Hab ich doch schon«, sagte Dan.

»Na, dann versuchst du's eben noch mal«, sagte Mary.

»Ich bin vor ein paar Wochen hinaufgefahren«, sagte Dan. »Ich habe sie gebeten zurückzukommen. Ich hab ihr das Problem wirklich deutlich gemacht. Aber sie war nicht bereit dazu. Also, ich nehme an, du weißt, dass sie Zeitungen austrägt.«

»Ja«, sagte Mary.

»Offensichtlich beaufsichtigt sie so eine Anzahl von jüngeren Zeitungsausträgern«, sagte Dan. »Und eine von denen hat Pfeiffersches Drüsenfieber bekommen. Deswegen möchte sie die Tour dieses Mädchens übernehmen, bis es wieder gesund ist.«

»Verflucht, Dan, das kann Monate dauern«, sagte Mary.

»Ich weiß.«

»Das hat alles Carol eingefädelt«, sagte Mary. »Ich will ja nicht behaupten, dass das Mädchen gar kein Drüsenfieber hat. Vielleicht hat sie's ja. Ich bin kein Arzt. Aber man muss Carol verstehen. Carol ist ein Rätsel. Carol ist eine sehr einsame Frau. Sie wollte eigentlich Kinder, aber statt Kinder zu kriegen, hat sie ihre ganze Energie in dieses Anglercamp gesteckt.«

»Es ist ein sehr hübsches Camp«, sagte Dan.

»Das bestreitet ja niemand«, sagte Mary.

Der nächste Tag war Sonntag, und Dan machte eine Fahrt mit Louises Vega. Das Wetter war klar und kalt, die Windschutzscheibe zugefroren. Louise hatte immer ein sehr unordentliches Auto, und auch jetzt lagen auf dem Boden und den Rücksitzen mit den Holzperlendecken Taschentuchpackungen, Taschenbücher und Bierflaschen herum. Es kam Dan vor, als habe er sie geheiratet, ohne sie zu kennen, als kenne er sie auch jetzt noch nicht und werde sie vielleicht niemals richtig kennenlernen, als würden aber diese Dinge, die überall herumlagen, irgendeine magische Wirkung auf ihn ausüben.

An der Kreuzung von Highway und Jack White Road stand wie jeden Sonntag ein Typ und verkaufte Blumen. Dan hatte fast noch nie jemanden Blumen kaufen sehen. Man konnte an dieser Stelle eigentlich nirgends anhalten.

Dan kaufte eine Mischung aus violetten, orangeroten und weißen Blumen.

»Ich wette, dass die für dieses Mädchen sind«, sagte der Mann.

»Wie bitte?«, sagte Dan.

»Sie war vorige Woche mit Ihnen da. Ungefähr so groß.«

»Sie täuschen sich«, sagte Dan.

»Klar war sie dabei.«

Er fuhr hinauf zum Nordfriedhof. Die Firma Gebrüder Larkin aus Romyla hatte im Spätsommer den Grabstein gesetzt. Brian Larkin hatte die Inschrift gemeißelt, die lautete:

IRIS LANE NORMAN
IHRER MÖGE AN DIESEM 1. MAI
GEDACHT WERDEN
7. MAI 1992

Es war ein kleiner, flacher Stein aus blaugrauem Schiefer, dessen Oberfläche etwa auf derselben Höhe wie der Erdboden lag. Brian Larkin hatte gesagt, dass man das bei einem Kindergrab so mache. Es war ein schöner Stein, aber da er waagrecht lag, hatten Blätter und Erde, die sich im normalen Verlauf eines Friedhofslebens ansammelten, die Neigung, dort liegen zu bleiben.

Ameisen wanderten über die Vertiefungen der Buchstaben. Man hätte meinen sollen, dass der Regen den Stein reinwaschen würde, stattdessen wurde dabei aber Sand auf den Schiefer gespült und blieb, wenn der Regen verdunstet war, in zierlichen Spiralen liegen.

Dan nahm die Blumen aus dem Auto, dazu einen Eimer und ein Wischtuch. In der Mitte des Friedhofs gab es eine eiserne Wasserpumpe, und er pumpte Wasser in den Eimer. Am Grab nahm er die Blumen weg, die er vorige Woche gebracht hatte, und tauchte das Wischtuch ins Wasser. Er wischte den Stein ab, trocknete ihn mit einem roten Taschentuch und legte die frischen Blumen hin. Er brachte die alten Blumen zu dem Eisenzaun, der den Friedhof umschloss, und ließ alle bis auf eine über den Zaun in einen mit Gras überwucherten Graben fallen. Die eine Blume, die er behalten hatte, warf er in Louises Auto, so wie alles Übrige auch. Dann ging er wieder zurück, um einen letzten Blick auf das Grab zu werfen. Schon war wieder ein Blatt auf dem Stein gelandet. Diese Aufgabe war eine Sisyphusarbeit. Er setzte sich an einen Baum und überlegte, ob Iris wohl Schmerzen gehabt habe oder vielleicht nur das Gefühl, dass etwas sich ändere. Er erinnerte sich, dass sich in ihrem Gesicht keine Qual gezeigt hatte. Tatsächlich vergaß er langsam ihr Gesicht. Die Schwestern hatten ihnen Polaroids gegeben, aber die wurden ihr überhaupt nicht gerecht.

Dan kam zum Sonntagsessen zu Claude und Marietta Robeshaw. Wenn man von Grafton nach Pinville fährt, kann man die Farm der Robeshaws nicht übersehen. Die Scheunen sind hellblau und eine Veranda führt rings um das große weiße Haus. Jahrelang war die Farm dafür bekannt, dass eine Fahne mit der Aufschrift »Zieht Reagan zur Verantwortung« auf dem Maschinenschuppen wehte, doch als Reagan nach Kalifornien zurückgekehrt war, wurde sie beseitigt. Das Haus war innen schlicht und sparsam möbliert, abgesehen von Erinnerungsstücken an JFK, dem Claude in Waterloo einmal persönlich begegnet war. Zu der Sammlung der Robeshaws zählten zwei Dutzend Kennedy-Essteller, ein signierter Band *Why England Slept* und ein seltener Wandteppich, der das Patrouillenboot PT 109 zeigte. Sohn Albert sagte gern zu seinen Freunden, Kennedy selbst befinde sich auf dem Dachboden.

Von den sechs Kindern der Robeshaws lebte nur Albert noch zu Hause. Die übrigen waren längst erwachsen und ausgezogen. An den Sonntagen kamen sie gewöhnlich in verschiedenen Gruppierungen zum Essen nach Hause. An diesem Tag waren Rolfe, Julia, Nestor und Susan mit Ehegatten und Kindern heimgekommen.

Deshalb musste es ein großes Essen geben, und das Kochen wurde hauptsächlich von den Frauen bewältigt. Die einzige Ausnahme war vielleicht Nestor, der immer Schweizer Mangold kochte, aber das täuscht etwas. Nestor kochte einfach gern Mangold, und wenn er einmal aus irgendeinem Grund vom Herd weg musste, dann war klar, dass eine der Frauen den Mangold würde übernehmen müssen, bevor er anbrannte. Auch hätte nie jemand Nestor darum gebeten, etwas anderes als Schweizer Mangold zu kochen. Mit anderen Worten, seine Schwestern, seine Frau und seine Mutter kochten vielleicht gerade Seite an Seite mit ihm, aber im Gegensatz zu ihm hatten sie nicht die Freiheit, sich auszusuchen, was sie kochen wollten. Zum Beispiel Susan. Ihre Aufgabe war heute, die Süßkartoffeln zu kochen. Falls sie etwa keine Lust hatte, Süßkartoffeln zu kochen: ihr Pech – sie musste trotzdem. Der Nachteil dieser Arbeitsteilung bestand für die Männer darin, dass sie nichts zu tun hatten. Sie saßen herum, hörten Schallplatten von Vaughn Meader und tranken Claudes Cocktail namens Olympia. Früher waren sie immer zum Dreschen draußen gewesen.

Am Tisch der Robeshaws begegneten sich das Essen und die

Esser wie feindliche Armeen, und wenn man sich nicht überaß, wurde man als Verräter betrachtet. Auf die Worte »Nein danke« reagierte Marietta mit einem verletzten und irritierten Lächeln, als hätte man ihr in einer fremden Sprache Schimpfworte an den Kopf geworfen. Sie hatte auch feste Regeln, wie und wann ein Gericht weitergereicht werden musste, aber da niemand diese Regeln verstand, wurde ständig dagegen verstoßen.

Man sprach wenig in das Klappern und Kratzen des Bestecks hinein. Nestor und Rolfe debattierten über neue Getreidesorten.

»Sie haben jetzt einen Weizen, der auf Steinen wächst.«

»Das ist doch schwachsinniges Gerede.«

Claude strich sich Butter aufs Brot und sagte: »Ich habe Sachen gesehen, die ich nie für möglich gehalten hätte. Denkt bloß an das Projekt, das sie da im Westen durchziehen.«

»Was für ein Projekt denn, Papa?«, fragte Julia.

»Na ja, das mit der Biosphäre«, sagte Claude. »Dieses riesige Kissen da in Arizona.«

»Ein Kissen?«, fragte Susan, die ewig Ungläubige.

»Das ist eine völlig in sich geschlossene Lebenswelt, in der sie eine neue Gesellschaft entwickeln wollen«, sagte Albert.

»Was ist denn falsch an der, die wir haben?«, fragte Marietta.

»So etwas wäre noch vor ein paar Jahren einfach nicht möglich gewesen«, sagte Claude. »Kein Mensch hätte sich vorstellen können, so etwas wirklich zu machen.«

»Hieß es nicht, dass das Ding ein Leck hat?«, fragte Dan.

»Ein Leck?«, sagte Susan. »Und was entweicht da?«

»Keine Ahnung«, sagte Dan. »Gas vielleicht.«

Rolfe ließ sich noch eine Kartoffel auf den Teller kullern. »Kohlenmonoxid«, sagte er mit solcher Bestimmtheit, dass jeder wusste, das war nur geraten.

»Ist das nicht interessant?«, sagte Helen, Rolfes Frau, die Lehrerin war. »Wie bei einem Auspuff.«

»Genau.«

»Haben die denn da drin Autos?«, fragte Nina, die mit Nestor verheiratet war.

»Ja«, sagte Nestor.

»Sie versuchen, ohne Autos auszukommen«, sagte Claude. »Das ist ja der Grundgedanke.«

»Sie fahren dasselbe Modell von Buick wie wir«, sagte Nestor. »Den Skylark.«

»Das Essen schmeckt super, Mama«, sagte Julia.

»Mit diesen Gabeln schmeckt das Essen besser als mit allen anderen«, sagte Nestor.

»Warum denn das?«, fragte Julia.

»Das liegt an einem Giftstoff, der im Silber enthalten ist«, sagte Albert.

Nach dem Essen spülten Marietta und Helen einen Berg Geschirr, während Claude ein Mittagsschläfchen hielt und seine Kinder auf dem Rasen Football spielten. Die Spielregel war, den Ball immer mit beiden Händen zu berühren, was eigentlich allen völlig klar hätte sein müssen, doch Rolfe attackierte Dan ohne jeden Grund ziemlich hart.

Dadurch war bei Dan die Luft raus, und obwohl Rolfe sagte, es tue ihm leid, wurde die Sache dadurch nicht aus der Welt geschafft. Später, als Dan den Football so warf, dass er Rolfe an der Stirn traf, musste man die beiden zurückhalten, damit sie nicht aufeinander losgingen. Albert sprang Dan zur Seite. »Hauen Sie Rolfe um«, sagte er.

Das Spiel war zu Ende. Claude hatte sein Schläfchen beendet und stand auf der vorderen Veranda, die Hände im Latz seines Overalls. Er und Dan machten einen Spaziergang den Feldweg hinunter, wo sie die Ventilatoren an einigen Getreidesilos laufen hörten, die während des Sommers aufgestellt worden waren.

»Es sieht nicht gut für Sie aus«, sagte Claude.

»Ich weiß«, sagte Dan.

»Die Whites haben mehr im Fernsehen gemacht, als das in

unserem Bezirk jemals der Fall war«, sagte Claude. »Es würde mich nicht wundern, wenn jeder zweite Johnny sowieso schon für den Sheriff halten würde.«

»Ich habe aber einen guten Walkampf gemacht«, sagte Dan.

»In gewissem Sinne ja«, sagte Claude.

»Was die Leute denken, kann ich nicht beeinflussen«, sagte Dan.

»Wissen Sie, sie reden oft über die alten Zeiten und die verrauchten Hinterzimmer, in denen so manches entschieden wurde«, sagte Claude. »Und ich sage ja gar nicht, dass wir nicht manchmal rücksichtslos waren. Aber in gewisser Weise hatten wir das Wohl der Gemeinde im Auge. Und warum? Etwa nur, weil wir das Herz auf dem rechten Fleck hatten? Zum Teufel, nein. Wir hatten das Herz auf demselben Fleck wie jeder andere auch. Aber wir brauchten Leute, die für uns waren, und wir kannten keine andere Methode, das hinzukriegen. Heutzutage aber sind die Parteien nutzlos, und es geht nur noch ums Fernsehen. Claude Robeshaw ist Jack White doch scheißegal.«

»Ich glaube, die westliche Hälfte des Bezirks ist auf meiner Seite«, sagte Dan.

Claude nahm eine Zigarre aus seiner Jackentasche. »Darf ich Sie mal was fragen? Wo ist eigentlich Louise?«

»Bei ihrer Tante Carol in Minnesota.«

»Die Leute wundern sich nämlich«, sagte Claude. »Sie kommen auf alle möglichen Ideen. Sie haben so ihre Vermutungen.«

»Das geht die Leute gar nichts an«, sagte Dan.

Claude zündete die Zigarre an und lächelte nachsichtig. »Nein, das stimmt. Das stimmt. Aber trotzdem …«

»Auch wenn sie zurückkommen würde, würde ich sie nicht mit in den Wahlkampf reinziehen«, sagte Dan. »Die Leute wissen doch, wer ich bin.«

Claude blies einen Rauchring und klopfte Dan auf den Rücken. Er schloss die Augen und schnupperte in die Luft. »Da verbrennt jemand Maiskolben«, sagte er. Sie gingen weiter bis zu dem Tannenwäldchen, in dem alte Maschinenteile im weißen Gras vor sich hinrosteten.

Am Tag vor der Wahl rief Marnie Rainville spätnachmittags im Sheriffbüro an. Marnie sagte, der Typ, der ihren Auftritt unterbrochen hatte, komme gerade mit einem schweren Koffer bei ihr die Hintertreppe herauf.

»Wo sind Sie denn?«, fragte Dan.

»Zu Hause«, sagte sie. »Ich geh erst um halb sieben rein. Normalerweise esse ich früh zu Abend und mach dann bis zum Auftritt noch ein bisschen Yoga. Ich hab gerade die Milch weggestellt, da seh ich ihn auf mein Haus zukommen.«

»Lassen Sie ihn nicht rein«, sagte Dan.

»Soll ich so tun, als wäre ich nicht zu Hause?«, fragte Marnie.

»Ja, gute Idee«, sagte Dan.

»Dann mach ich lieber das Radio aus.«

»Tun Sie das.«

Sie tat es und kam wieder ans Telefon. »Ich bin in der East River Street Nummer 246, Appartement 9. Kommen Sie über den kleinen Weg zwischen dem Fluss und den Schienen. Ich bin oben an der Treppe.«

»Machen Sie die Tür nicht auf«, sagte Dan.

Er raste mit Blaulicht und Sirene quer durch die Stadt. Er schaltete den Polizeisender ein, aber statt des Notrufkanals bekam er nur den Lokalsender herein. Schon seit längerem hatte er dieses Radio mal überprüfen lassen wollen.

»Gehören Sie zu den Menschen, die nie ein Gesicht vergessen?«, sagte der Sprecher. »Bleiben Ihnen die Gesichtszüge eines Menschen monatelang im Gedächtnis? Oder fangen sie schon nach Tagen an, zu verblassen? Wenn Letzteres der Fall ist, dann gehören Sie, wie die Wissenschaft herausgefunden hat, zur überwiegenden Mehrheit. Bestellen Sie in diesem Fall doch eine wunderschöne Erinnerung an den Menschen, den Sie lieben, nämlich ein Fotoporträt aus dem Fotostudio Kleeborg in Stone City.«

Marnie Rainville wohnte neben dem Bahndamm in einem Gebäude, von dem Dan nicht einmal gewusst hatte, dass es ein Wohnhaus war. Er rannte die Feuertreppe hoch, die sie die Hintertreppe genannt hatte. Er wünschte sich zwar nicht, dass die Frau in Gefahr sei, aber sie zu retten, würde ihm in seinem momentanen Zustand bestimmt gut tun. Die Tür zu Appartement 9 stand offen, und er rannte hinein, nur um einen Mann vorzufinden, der auf einem fadenscheinigen Teppich kniete.

»Alles in Ordnung, Sheriff«, sagte Marnie. Sie saß auf einem Stuhl in einer Ecke des Raumes, umgeben von Umzugskartons. »Ich habe mich getäuscht. Ich hab Sie noch zu erreichen versucht. Das ist nur ein Mann, der Staubsauger verkauft. Es tut mir leid, dass Sie jetzt extra deswegen herkommen mussten, aber ich hab diesen riesigen Koffer gesehen, und da hab ich wohl einfach Angst gekriegt.«

»Sie haben genau das Richtige gemacht«, sagte Dan.

Der Mann auf dem Teppich sah Dan über die Schulter an. »Sie dürfen sich gerne zu uns gesellen«, sagte er. »Das ist kein, ich wiederhole: kein Verkaufstrick. Ich bin nur in diese Maschine so vernarrt, dass ich sie einfach vorführen muss. Ich könnte mir vorstellen, dass so eine Bodenreinigung für Sie spannender ist als eine Verschärfung der Gesetze.«

»Sagen Sie einfach Ihr Sprüchlein«, meinte Dan.

»Stellen Sie sich vor, dass Sie sich nie wieder über einen schmutzigen Teppich ärgern müssen«, sagte der Vertreter. »Ich habe gerade eine Mischung aus Asche und Ruß auf Marnies Teppich gekippt, so in der Art, wie man sie wohl am Ende eines Arbeitstages an den Schuhen eines Schornsteinfegers findet. Obwohl, wenn man es sich recht überlegt, man sieht eigentlich kaum noch Schornsteinfeger. Ich frage mich, woran das wohl liegt.«

»Ich weiß es auch nicht«, sagte Marnie.

»Weil, Schornsteine gibt es ja noch.«

»Wie lange soll das denn noch dauern«, sagte Dan.

»Aber ich denke, wir sind uns einig, dass ein herkömmlicher Staubsauger einen solchen Schmutz niemals schaffen könnte«, sagte der Vertreter. Er schaltete den Staubsauger ein und fuhr damit mehrmals über den Teppich. Das Gerät dröhnte und zischte und sprühte Wasser in alle Richtungen. Der Ruß und die Asche hatten einen Schatten hinterlassen, der nicht verschwand.

»So«, sagte der Vertreter.

»Es ist noch zu sehen«, sagte Marnie.

»Im Großen und Ganzen ist es weg«, sagte der Vertreter. »Ich glaube, jeder vernünftige Mensch würde bestätigen, dass kein herkömmlicher Staubsauger so weit kommen würde wie dieser hier.«

Dan forderte den Mann auf, seine Sachen zu packen und zu gehen. »Alles in Ordnung bei Ihnen?«, fragte er Marnie.

»Ja«, sagte sie. »Wenn Sie noch einen Moment Zeit haben, könnten Sie mir helfen, ein paar Sachen hinunter zum Auto zu tragen. Wie Sie wahrscheinlich schon erraten haben, ziehe ich weg.«

»Wohin denn?«, fragte Dan.

»Nach Hause«, sagte sie.

»Nach Florida?«

»Ich war noch nie in Florida«, sagte sie. »Ich wollte Sie eigentlich gar nicht anschwindeln. Aber wenn man in seiner Rolle drin ist, fällt es einem manchmal schwer, im Gedächtnis zu behalten, wer man wirklich ist.«

Dan trug ein paar Sachen für sie hinunter. Nach mehreren Gängen ließ er einen Karton mit Geschirr am Fuße der Feuerleiter fallen. Er und Marnie schauten in den Karton hinein, um zu sehen, was zerbrochen war.

»Tut mir leid«, sagte Dan.

»Macht nichts.«

Sie beugten sich aufeinander zu, stoppten aber, kurz bevor es zum Kuss gekommen wäre.

Dan kehrte ins Büro zurück. Seine Schicht ging zu Ende. Er übergab das Sheriffbüro an Ed Aiken, sammelte seine Plakate ein und legte sie hinten in den Streifenwagen.

Er fuhr im Bezirk herum und hielt immer wieder an, um seine Plakate anzuschlagen. Er brachte sie mit Vorliebe an exponierten Stellen an – an Maisspeichern, Brücken, Bäumen –, die ohnehin den Blick auf sich zogen. Die Temperatur war den ganzen Tag stetig gefallen. Der Boden war gefroren und der Wind heftiger geworden. Auf der Hochebene nördlich von Mixerton schaukelte der Streifenwagen im Wind.

Dan ließ eine regelrechte Spur von Plakaten hinter sich, in Lunenberg, Romyla, Chesley. Er kam an die Kreuzung, von der aus er entweder nach Westen zu seinem Haus oder in Richtung Süden nach Boris fahren konnte. Die Sonne war fast schon untergegangen. Er hatte noch ein paar Plakate übrig, fragte sich aber, ob sie in Boris und Pringmar, die keine Städte Dan Normans waren, lange hängen würden.

Als er so am Straßenrand stand und über diese Frage nachdachte, schaute er zufällig über eine Wiese und sah eine Windmühle, die »Melvin Heilemans Windmühle« hieß, obwohl Melvin Heileman schon tot war. Die Windmühle pumpte kein Wasser mehr hoch, aber die dunklen Flügel drehten sich immer noch im Wind.

Dan stieg aus dem Streifenwagen. Er überquerte den tiefen Graben und stieg über einen Stacheldrahtzaun, in der Hand einen Hammer und ein Plakat, auf dem stand: DAN NORMAN VON DEN DEMOKRATEN. Während er zu der Windmühle hinauf ging, riss ihm ein Windstoß das Plakat aus der Hand. Er ließ den Hammer fallen und rannte, aber das Plakat segelte wie ein Vogel über die Prärie. Es flog sehr weit und landete schließlich in einem Sumpf, wo Dan es nicht mehr erjagen konnte. Außer Atem blieb er stehen, die Hände auf die Knie gestützt. Am Himmel glitzerten blaue Sterne, und er dachte an seine Tochter in der kalten Erde. Er sprach ihren Namen vor sich hin – Iris, Iris –, hörte aber nur das Heulen des Windes.

Siebzehn

Sechzehntausend Menschen gingen zur Sheriffwahl – eine gute Wahlbeteiligung. Der Kandidat der Republikaner, Miles Hagen, der seit 28 Jahren bei jeder Sheriffwahl antrat, bekam 9 Prozent der Stimmen. In der Rede zu seiner Wahlniederlage erklärte er wie gewöhnlich, dass die Steuererhebung des Bezirks nach Artikel I und VI der Verfassung der Vereinigten Staaten verfassungswidrig sei.

Die übrigen Stimmen verteilten sich ziemlich gleichmäßig auf Dan und den parteilosen Kandidaten Johnny White. Dan schlug Johnny mit 337 Stimmen bei der maschinellen Auszählung. Johnny verlangte eine zweite Auszählung, die zwei Tage dauerte und Dans Vorsprung um ein paar Stimmen verringerte. Auch mussten die Briefwähler berücksichtigt werden, die gewöhnlich dem Unterlegenen zugute kommen. Es entstand kurz Panik – die Briefwahlzettel waren nicht zu finden. Schließlich tauchten sie in einer Schuhschachtel im Büro des Schriftführers auf. Sie wurden gezählt, Johnny räumte seine Niederlage ein, und Dan wurde als Sieger im dritten Wahlgang zum Sheriff des Bezirks erklärt.

Tiny fuhr zu einem »Hayride« – einer Ausflugsfahrt in einem großen, teilweise mit Heu gefüllten Wagen –, das die Familie White in Walleye Lake organisiert hatte. An diesem Freitagabend war es höllisch kalt, da der Wind vom See her blies. Die

Sache war ursprünglich als Sieges-Hayride geplant gewesen und dann in ein Abschieds-Hayride umgewandelt worden. In Walleye Lake gab es ziemlich oft Hayrides. In einem der letzten Jahre hatte man einen Herbst lang versucht, sie ohne Heu durchzuführen, aber da hatte es viele Beschwerden gegeben.

Diese Fahrten begannen und endeten immer an dem Park gegenüber dem städtischen Strand. Als Tiny ankam, standen schon einige Leute herum, hauptsächlich solche, die von Johnnys Vater Jack in der einen oder anderen Weise finanziell abhängig waren. Johnny stand an den Stufen zur Orchestermuschel.

»Ich hab nicht die geringste Lust, da hinauf zu steigen«, sagte er.

»Dann lass es doch«, sagte Tiny.

»Findest du, es ist gar nicht notwendig?«

»Wenn du nicht rauf willst, warum solltest du dann?«

»Erwarten es die Leute nicht vielleicht?«

»Wen interessiert es schon, was die erwarten?«, sagte Tiny. »Du bist ihnen doch nichts schuldig. Ich sag das so, obwohl – je länger du dastehst, desto mehr erwarten sie es natürlich.«

»Ich hab wirklich gedacht, dass ich die Wahl gewinne. Das wurmt mich jetzt derartig. Ich hab gedacht, dass ich heute eine ganz andere Rede halten könnte. Ich hab sie sogar schon vorbereitet. Schau her – drei Seiten, enger Zeilenabstand. Daraus kann ich jetzt Papierflieger falten.«

»Das wär doch lustig.«

»Glaubst du eigentlich, dass ich ein guter Sheriff geworden wäre?«

»Klar.«

»Ich glaube, ich wäre ein echt guter Sheriff geworden. Und offensichtlich waren eine Menge Leute der gleichen Meinung.«

»Aus dem Herzen sprechen«, sagte Tiny. »Das hast du mir doch immer gesagt.«

Jack White kam durch den Park, von dort, wo seine Zugpferde

angeschirrt und aufbruchbereit an der Straße standen. »Mach endlich«, sagte er.

»Ich weiß nicht, was ich sagen soll«, meinte Johnny.

»Rauf jetzt, zum Donnerwetter.«

»Und was soll ich sagen?«

»Erzähl ihnen das mit deinem Rücken.«

»Ach Dad. Das mit dem Rücken möchte ich nicht überstrapazieren.«

»Irgendeinen Grund musst du ja vorschützen«, sagte Jack.

»Was ist denn mit deinem Rücken?«, fragte Tiny.

»Siehst du?« sagte Johnny. »Tiny hat's nicht mal gemerkt.«

»Er hat sich am Rücken verletzt, in der letzten Woche vor der Wahl«, sagte Jack.

In diesem Augenblick trat Lenore Wells zu den drei Männern und sagte: »Können wir jetzt langsam loslegen? Ich hab eiskalte Füße. Mein Kreislauf ist nämlich nicht so gut. Das hab ich schon mein Leben lang. Meine Mutter hat mich immer ›Mein Weißfingerchen‹ genannt, und ich weiß nicht, wie lange ich hier noch herumstehen kann. Wenn Johnny reden will, dann, würde ich sagen, soll er jetzt da rauf.«

»Er kann die Stufen so schlecht steigen, wegen seinem Rücken«, sagte Jack.

»Was ist denn mit seinem Rücken?«, fragte Lenore.

»Nichts ist damit«, sagte Johnny.

»Ich weiß nicht, was mit Johnnys Rücken ist, aber meine Füße, das kann ich Ihnen sagen, die sind gerade dabei, zu Eisblöcken zu erstarren.«

»Ich werd ihn ankündigen«, sagte Tiny. Er stieg die Stufen hinauf und trat in die Orchestermuschel, quer durch einen ganzen Wald aus Notenständern und gefallenen Blättern. »Ich kann mich gut erinnern, wie mir Johnny zum ersten Mal gesagt hat, dass er Lust hätte, für das Amt des Sheriffs zu kandidieren«, sagte Tiny zu den versammelten Leuten. »Um ehrlich zu sein, hab ich gleich skeptisch reagiert. Ich hab gesagt: ›Machst du Witze?‹ Und er hat die Wahl verloren. Er hat sie tatsächlich verloren. Allerdings nicht sehr hoch. Und vergessen Sie nicht, wir haben versucht, einen im Amt stehenden Sheriff durch jemanden zu ersetzen, der zwar gute Ideen hatte, aber, wenn wir ehrlich sind, nicht viel Erfahrung mit der Durchsetzung von Gesetzen. Das ist aber kein Grund, jetzt den Kopf hängen zu lassen. Natürlich würden wir alle lieber einen Sieg feiern, aber auf jeden Gewinner kommt eben auch ein Verlierer. Seien wir also guter Dinge und geben Johnny White an einem so kalten Abend einen warmen Applaus.«

Tiny trat beiseite und überließ Johnny die Bühne. Die Leute klatschten, aber zögerlich und halbherzig, was den ohnehin allgemein verbreiteten Eindruck unterstrich, dass Johnny seine Chance vertan habe und nie wieder einen aussichtsreichen Wahlkampf führen werde. Während Tiny auf Johnnys schmalen Rücken in der grünen Windjacke blickte, wurde er plötzlich von dem boshaften Gedanken in Versuchung geführt, ihn von der Bühne zu stoßen.

Johnny erzählte irgendeine Geschichte, dass er sich den Rücken verletzt habe, als er mit seinen Kindern spielte. Er sagte, es sei eine etwas ernstere Verletzung als die üblichen Allerwelts-Rückenschmerzen, und der Chiropraktiker habe ihm dringend empfohlen, sich für zwei Wochen ins Bett zu legen, aber er habe trotzdem den Wahlkampf durchgezogen, auch wenn sein Rücken ihn jeden Morgen beim Aufstehen und jeden Abend beim Zubettgehen ziemliche Schmerzen bereitet habe. Er sagte, dass dieser Wahlkampf trotzdem die beste und lebendigste Zeit seines Lebens gewesen sei. Johnny bedankte sich und sagte, er liebe sie alle.

Dann winkte er, und alle klatschten wieder und eilten über das Gras dorthin, wo Jack die Zugpferde Molly und Polly vor den Heuwagen gespannt hatte. Die Leute mussten sich anstellen und auf das Einsteigen warten und fragten sich vernehmlich, warum Jack nicht zwei oder drei Wagen bereitgestellt habe, sodass sie die Fahrt schneller hinter sich bringen und in ihre warmen Häuser zurückkehren könnten. Aber es gab eben nur den einen Wagen, und die Pferde gingen eben nur so schnell, wie sie gingen. Tiny krümmte in den Handschuhen die Finger und trat von einem Bein aufs andere. Von den breiten Rücken der Pferde stieg Dampf auf, und durch den Dampf sah Tiny weiter oben an der Straße die blauen Lichter der *Lake House Taverne*. Er hätte sich gewünscht, dort drin zu sitzen, Karten zu spielen und einen großen Brandy zu trinken. Nun stieg er aber auf den Wagen und setzte sich zu einer Gruppe seltsam festlich gestimmter Menschen, die Weihnachtslieder sangen, obwohl es bis Weihnachten noch fast zwei Monate hin war und man nur schwer eine Verbindung zwischen der kleinen Stadt Bethlehem und Johnnys ja doch ziemlich hinterlistigem Wahlkampf um den Posten des Sheriffs erkennen konnte. Tiny stierte die glücklichen Sänger an und zündete sich eine Zigarette an.

»Machen Sie die sofort aus«, sagte ein Mann mit einer Zipfelmütze, der den Gesang leitete. »Das ist doch Heu, Himmelherrgott nochmal.«

Als das Hayride vorbei war, fuhren noch ein paar Leute mit zu Jack Whites Farm nordöstlich von Grafton. Tiny schloss sich an – einfach, weil es ihm niemand verwehrte. Er hatte immer schon zu einer kleinen Gruppe gehören wollen, die sich irgendwohin bewegte, wo etwas Größeres passierte. Ihm schien darin ein Hauch von Sex zu liegen. Tiny war noch nie in Jacks Haus gewesen. Der Grundriss war recht seltsam und in der Aufteilung nicht sehr praktisch. Alle Gerätschaften standen oder hingen so, als wären sie gar nicht für den menschlichen Gebrauch bestimmt, und Küche, Esszimmer und Wohnzimmer stießen in einem offenen Raum aufeinander, in dem ständig jeder jeden anrempelte.

Tiny stand in einer Ecke, trank und hielt sich zurück, hatte aber immer stärker den Eindruck, er sei hier unerwünscht. Johnnys Exfrau Lisa, die mit Megan und Stefan im Haus war, sah ihn immer wieder finster an. Tiny war anständig gekleidet, aber irgendetwas schien der Frau definitiv zu missfallen. Einmal hatte sie mit Johnny gesprochen, quer durchs Zimmer auf Tiny und dann auf die Tür gezeigt und dabei schaufelnde Handbewegungen gemacht, deshalb war Tiny völlig klar, was da vor sich ging.

Eine Weile darauf mixte er einen Margerita und brachte ihn ihr als Friedensangebot. »Trinken Sie was«, sagte er. »Und übrigens, das ist ein sehr hübsches Kleid, das Sie da anhaben.«

»Ich will keinen Drink.«

»Es passt sehr gut zu Ihren Schuhen.«

»Was?«

»Das Kleid zu den Schuhen.«

»Wer hat Sie nach Ihrer Meinung gefragt?«

»Das war nur eine spontane Bemerkung.«

»Johnny und ich hatten früher ein Restaurant«, sagte Lisa. »Wir hatten ein Restaurant in Cleveland, Ohio. Und da waren auch immer so Leute wie Sie, die den ganzen Tag bei uns herumhingen.«

»Und das waren Ihre Freunde?«

»Oh nein. Keineswegs. Die wollten erreichen, dass wir unser Restaurant zumachen. Sie hatten den Auftrag, zu tun, was sie konnten, um uns aus diesem Geschäft rauszukriegen. Sie haben uns die Fensterscheiben eingeschmissen. Sie haben uns das Besteck verbogen. Sie haben uns den Mülleimer angezündet.«

»Ich würde Ihnen nie die Fenster einwerfen«, sagte Tiny.

»Sie würden mir vielleicht nicht die Fenster einwerfen. Sie würden meine Fenster vielleicht in Ruhe lassen, weil Sie Geld vom Vater meines Exmannes kriegen. Aber ich habe gehört, dass Sie in diesem Wahlkampf dafür zuständig waren, Dan Normans Plakate herunterzureißen. Sie brauchen es gar nicht zu leugnen. Und ich habe Johnny sehr deutlich wissen lassen, was ich von so etwas halte. Ich habe ihn gefragt, wie er es jemals im Leben fertigbringen konnte, unsere Kinder in seinen Wahlkampf mit einzubeziehen, während er gleichzeitig Leute angestellt hat, die überall anderer Leute Eigentum zerstören mussten, so wie es uns damals in Cleveland passiert ist.«

»Und was hat er gesagt?«

»Ach, irgendeine Entschuldigung.«

»Ein Wahlplakat ist nicht das Gleiche wie ein Fenster«, sagte Tiny.

»Ich hätte niemals hierher zurückkommen sollen. Ich hätte auf gar keinen Fall erlauben sollen, dass die Kinder hierher kommen. Das war alles ein Fehler. Geben Sie mir den Drink jetzt doch, Sie Clevelander Hurensohn.«

Tiny gab ihr den Drink und ging weg. Da bat ihn Jack White, mit in den Stall hinauszukommen. Der war ein warmer, sanft beleuchteter Schuppen mit glänzenden Geschirren und Halftern. Molly und Polly blockierten den Gang zwischen den zwei Boxenreihen. Ihre Augen waren so groß wie Teller, ihr Winterfell zottig und weiß. Jack ging jetzt um sie herum, klopfte ihnen die Beine und säuberte ihre Hufe mit einem Metallkratzer. Die Pferde atmeten friedlich.

»Würden Sie bitte da hochsteigen und etwas Stroh herunterwerfen?«, sagte Jack leise.

Tiny tat es. Als er wieder herunter kam, sagte er: »Ich glaube, Lisa kann mich nicht leiden.«

»Ach, die spinnt«, sagte Jack. »Wegen der würde ich mir keine Gedanken machen. Mit Johnny verheiratet zu sein, das war einfach zuviel für sie.«

Tiny klappte ein Taschenmesser auf und kappte die Schnur an einem der Ballen. »Wollten Sie mit mir reden?«

»Wenn man einen Stein hat, der zum Pflaster gehört und der mit dazu beiträgt, dass die Straße an Ort und Stelle bleibt, dann erfüllt dieser Stein einen Zweck. Aber wenn er sich aus dem

Pflaster löst und sich im Huf eines Pferdes verkeilt, dann muss er herausgeholt und ausrangiert werden.«

»Die Wahlkampagne ist doch vorbei«, sagte Tiny.

»Stimmt.«

»Johnny hat gesagt, egal, wie die Wahl ausgeht, ich behalte auf jeden Fall meinen Job im *Zimmer*.«

»›Johnny hat gesagt‹«, sagte Jack. »Wenn Johnny vom Sears Tower springt, dann springen Sie wohl als Nächster.«

»Ich habe Ziele, die ich erreichen möchte.«

»Wir alle haben Ziele. Was wir jetzt brauchen, sind Leute, die eine Ausbildung haben.«

»Ich könnte eine Ausbildung machen.«

»Ich meine Leute, die schon eine Ausbildung haben, die sofort einsatzbereit sind.«

»Was für eine Ausbildung denn?«

»So was wie auf dem College.«

»Dann hat Johnny aber keine Ausbildung.«

»Doch, hat er wohl.«

»Aber nicht vom College.«

»Johnny war eine Weile auf dem College.«

Tiny verteilte Stroh in den Boxen der Pferde. »Sie sind mir einen Scheck schuldig«, sagte er.

»Haben Sie den noch nicht gekriegt? Na, keine Sorge. Danke, dass Sie mir mit den Strohballen geholfen haben. Ich glaube, Sie sollten jetzt nach Hause gehen.«

»Ich denke darüber nach.«

»Da gibt es nichts nachzudenken. Das ist keine Situation, die Denken erfordert. Ich kehre jetzt ins Haus zurück. Und Sie müssen leider gehen.«

»Sagen Sie mir nur mal eines«, warf Tiny ein. »Sie mögen doch Pferde. Wenn man sich die Größe von so einem Zugpferd ansieht, warum trampeln die eigentlich nicht alles nieder?«

»Die Menschen haben die Kontrolle über den Hafer.«

»Wenn ich so eine Ausbildung machen würde, könnte ich dann wieder beim *Zimmer* mitmachen?«

»Wenn Sie eine Ausbildung gemacht hätten, hätten Sie dieselbe Chance wie jeder andere, der auch eine Ausbildung gemacht hat.«

»Das heißt, was Sie wirklich sagen wollen, ist ›Verpiss dich‹.«

Jack führte Molly in ihre Box und schloss die Tür. »Genau.«

Tiny reichte Jack die Hand. Dann ging er hinaus zu seinem Parisienne und fuhr nach Hause. In diesen Tagen wohnte er mit Joan Gower in einer Kellerwohnung der *Kleinen Kirche des Erlösers.* Zunächst hatten Joan und Tiny dieses Arrangement vor Vater Christiansen geheimgehalten, aber dann war Tiny einmal auf das Kirchendach gestiegen und hatte eine lecke Stelle abgedichtet, und danach war Vater Christiansen bereit gewesen, ein Auge zuzudrücken. Man muss allerdings sagen, dass die abgedichtete Stelle nicht lange hielt. So ungewiss Tinys Leben auch war, eines wusste er gewiss: dass die einzige zuverlässige Möglichkeit, ein Dach zu reparieren, die ist, das ganze Dach neu zu decken. Über dem Chor bildeten sich bereits manchmal Tropfen, wenn es regnete. Aber Tiny ging nicht davon aus, dass er noch hier sein würde, wenn das Ding endgültig zusammenbrach.

Es war schon spät, als Tiny nach Hause kam, aber Joan war nicht nur wach geblieben, sie arbeitete sogar gerade verbissen daran, grüne Farbe von einem Stuhl abzulösen. Nachdem sie einen Artikel über Adoption gelesen hatte, hatte sie beschlossen, ein Kind zu adoptieren. Tiny war sich über die Einzelheiten nicht im Klaren; aber wenn er richtig verstanden hatte, würde irgendwann jemand vom Staat vorbeikommen und Joan ein paar Fragen stellen. Doch dieser Besuch war jetzt schon mehrfach verschoben worden, und Joan schien ununterbrochen damit beschäftigt zu sein, die Wohnung für diesen mystischen Menschen vom Staat herzurichten, der nie erschien. Sie scheuerte den Stuhl in der Küche mit Stahlwolle. Mitten auf dem Fußboden stand ein

Abfalleimer voller farbdurchtränkter Stahlwollbäusche. Der Geruch des Abbeizmittels durchdrang die ganze Wohnung. Tiny öffnete den Kühlschrank, nahm eine Dose Old Milwaukee heraus und setzte sich. »Beim *Zimmer* haben sie mich rausgeschmissen«, sagte er.

»Was willst du jetzt machen?«, fragte Joan.

»Ich weiß es nicht.«

»Früher hättest du wieder mit dem Stehlen angefangen.«

»Gute Gelegenheit, rückfällig zu werden.«

»Au contraire. Ich meine, im Gegenteil. Das hast du früher gemacht, aber ich glaube nicht, dass du es je wieder machen wirst.«

»Da hast du recht, wenn du das glaubst.«

»Dabei schien es doch gut zu laufen.«

»Sie wollen jetzt jemand mit richtiger Schulausbildung.«

»Du bist doch schließlich durch die harte Schule des Lebens gegangen.«

»Ich sag dir was, ich glaube, bei dem Scheißladen, da bin ich immer noch eingeschrieben«, sagte Tiny. »Ich überlege schon, ob wir nicht eine Fensterscheibe einschlagen sollten, solange du mit diesem Zeugs beschäftigt bist.«

»Bitte sprich anständig.«

»Du riechst diese Abbeize vielleicht gar nicht mehr, aber wenn man von draußen reinkommt, dann ist das echt heftig.«

»Ich hatte ja die Tür eine Weile offen, aber es war zu kalt. Ich wollte eigentlich was zu essen machen, aber dann hab ich damit angefangen, und weißt du was? Ich hab kein bisschen Hunger.«

»Du bist ja auch total high, schwebst ganz weit oben wie ein Vogel. Deswegen.«

Joan lachte und strich sich eine blonde Locke aus der Stirn. »Ich bin vielleicht ein bisschen melo.«

»›Melo‹? Was soll das denn heißen?«

»Das weißt du doch. Einfühlsam.«

»Das hast du gerade erfunden.«

»Hast du das Wort tatsächlich noch nie gehört? Du lebst wohl auf dem Mond?«

Tiny nahm einen Schluck Bier. »Ich sag's dir ja ungern, Joan, aber deine Adoptionsleute werden einen einzigen Blick in die Kirche werfen und dann sagen: ›Diese Frau gehört einer Sekte an.‹«

Sie rieb die Armlehne des Stuhls mit Stahlwolle ab. »Du bist doch kein Hellseher.«

»Ich meine, du gehörst ja wirklich einer Sekte an.«

»Warum sind wir dann von den Steuern befreit? Wenn wir eine Sekte sind, wie du sagst. Hmm? Kannst du mir das mal sagen?«

»Ich bin kein Rechnungsprüfer. Ich weiß nicht, warum ihr von der Steuer befreit seid. Ich wusste nicht einmal, dass ihr von der Steuer befreit seid. Ich hab nicht die Ausbildung, um so etwas zu wissen.«

»Der Stuhl wird phantastisch, wenn er fertig ist.«

»Ja klar, Joan«, sagte Tiny. »Der Stuhl wird denen so irre gut gefallen, dass sie dir sofort ein kleines Kind darauf setzen.«

Joan suchte so lang unter der Spüle, bis sie ihre weiße Bibel fand. »Schauet unter den Heiden, sehet und verwundert euch; denn ich will etwas tun zu euren Zeiten, welches ihr nicht glauben werdet, wenn man davon sagen wird.«

Tiny nahm Joan die Bibel aus der Hand.

»He«, sagte sie. »Das ist Habakuk.«

»Du benützt dieses Teil wie eine Gehhilfe«, sagte er. »Hier drin ist doch absolut jeder Standpunkt zu finden. Hör zu: ›Das Gebirge ist seine Weide, und er sucht nach jeglichem Grün.‹«

»Das ist aber wunderschön«, sagte Joan.

»Ja, aber was beweist es?«, fragte Tiny.

»Es muss überhaupt nichts beweisen. Es ist das Wort Gottes.«

»Und du bist von dieser Abbeize völlig benebelt.«

»Oh nein, es ist wunderschön, Tiny. Bitte lies es mir noch einmal vor.«

Tiny nahm sich Jack Whites Bemerkung über die Ausbildung zu Herzen. Er ging an die Volkshochschule am Rande von Stone City, um einen Abendkurs über Drogen und ihre Wirkung zu belegen. Das Schulgelände war in den sechziger Jahren erbaut worden, nach der egalitären Doktrin der damaligen Architekten, dass kein Gebäude besser aussehen dürfe als irgendein anderes Gebäude. Tiny musste sich anstellen und wartete hinter zwei jungen Frauen – die eine groß und in bestickten Jeans, die andere mit glatten schwarzen Haaren –, die das Kursangebot durchblätterten.

»Ich überlege, ob ich die Rock-Poeten belege«, sagte die größere.

»Wen nehmen sie denn in diesem Semester durch?«

»Tom Petty und Wallace Stevens.«

»Und was noch?«, fragte das Mädchen mit dem schwarzen Haar.

»Na ja, es käme noch Psychologie in Frage.«

»Du kannst ja gut mit Leuten umgehen. Das würdest du locker hinkriegen.«

»Und dann gibt es auch noch etwas über die Ludditen.«

»Und was sind Ludditen?«

»Die Ludditen waren so Leute in England, die überall die Webstühle zerstört haben.«

»Warum das denn?«

»Keine Ahnung. Aber es klingt interessant, oder?«

»Sehr.«

Endlich war Tiny an der Reihe. »Sind Sie sicher, dass Sie diesen Kurs belegen wollen?«, fragte die Sekretärin, die die Einschreibungen vornahm.

»Jep.«

»Das ist nämlich kein Kurs, der Sie von den Drogen wegbringt. Dafür gibt es einen anderen Kurs, in einem anderen Gebäude. Dieser Kurs hier ist eher wissenschaftlich.«

»Was wollen Sie mir damit sagen?«, fragte Tiny.

»Ich sag Ihnen auch noch Folgendes: Wenn Sie den Kurs belegen, um Frauen kennenzulernen, das können Sie vergessen«, sagte die Sekretärin. »Die Leute haben manchmal merkwürdige Vorstellungen von Abendkursen, aber so eine Art von Einrichtung sind wir nicht.«

Der Kurs fand dienstagabends statt. Der Dozent war ein Doktor mit Namen Duncan. Er kam in die Klasse und schob einen Diaprojektor mit sich herein. Zwei Dutzend Leute saßen an kleinen Schreibtischen.

Er stellte sich vor und begann zu sprechen, wobei er an die Wandtafel schrieb. »Amphetamine gehören zur chemischen Gruppe der Alkylamine. Sie haben die Formel $C_9H_{13}N$ und in der Grundform ein Molekulargewicht von 135.20. Die meisten Amphetamine sind Isomere dieser Grundstruktur. Eine weitere Gruppe, die dadurch entsteht, dass man diese Basisamphetamine neu zusammensetzt, bezeichnet man als Amphetaminderivate; sie ergeben eine lange Liste chemischer Namen, die absolut niemandem außer vielleicht einem Pharmakologen etwas nützt. Diese Drogen unterscheiden sich von ihren Vorgängern insofern, als das NH_2 umgedreht und mit der Alpha-Carbongruppe verbunden wird, und zwar so. Das ist ein ganz schlauer Trick …«

In dieser Art sprach der Doktor noch lange weiter, und Tiny merkte, dass er die ganze Zeit auf den Rücken der jungen Frau vor sich starrte. Sie hatte sehr kurz geschnittene Haare, und ihr bloßer Hals hatte etwas Betörendes und sogar Rührendes an sich. Ihm war danach, das abstehende dunkle Haar hinter ihren Ohren zu berühren, und das tat er dann auch.

Sie sah sich nach ihm um. »Lassen Sie das«, flüsterte sie.

Dr. Duncan schaltete das Licht aus und zeigte Dias. Tiny

fragte sich, was ihn dazu gebracht habe, das Haar der Frau zu berühren. Er entwickelte anscheinend Gefühle. Neulich, als er *Der Untergang der Edmund Fitzgerald* im Radio gehört hatte, hatte ihn das so schwermütig gemacht, als wären seine eigenen Verwandten auf dem untergehenden Schiff.

Dr. Duncan klickte das Diakarussell weiter. Das Foto eines Hamsters im Hamsterrad erschien auf der Leinwand. »Wir finden auch erhöhte Erregung, erhöhte Motorik, verminderten Appetit und Verbesserung der Stimmung, auch Glück genannt«, sagte der Doktor. »Dieses Glücksgefühl ist allerdings trügerisch. Bei Überdosierung kann es zu Paranoia oder sogar zu einer Amphetaminpsychose kommen.« Das Dia wechselte zu einem von der Freiheitsstatue. »Wie ist das denn hier reingekommen?«

Als der Unterricht zur Hälfte um war, begann Tiny sich ernsthaft zu fragen, was er denn hier verloren habe. Er wusste, dass ihn die Whites nie wieder einstellen würden. Es ging sogar das Gerücht, dass Jack White jede Verbindung zum *Zimmer* abbrechen werde. Ohne wirkliche Hoffnung auf eine Anstellung hatte sich Tiny für diesen Kurs eigentlich nur eingeschrieben, um seiner Lage so etwas wie einen Dreh in eine positive Richtung zu geben. Er war jetzt über Vierzig. Irgendetwas musste geschehen, wenn er noch das Zeichen setzen wollte, zu dem er sich eigentlich imstande fühlte.

Das Licht ging an. Es gab eine Pause, und alle tranken Kaffee. Tiny versuchte mit der kurzhaarigen Frau zu reden, aber sie lächelte nur und entschlüpfte ihm. Dann ging der Unterricht weiter.

»Wie wirken Amphetamine?«, sagte Dr. Duncan. »Stellen Sie sich ein großes Königreich vor, in dem über eine spezielle Gruppe von Kurieren kommuniziert wird. Was würde geschehen, wenn nun alle diese Kuriere sich gleichzeitig verirren würden? Im Königreich würde das Chaos ausbrechen, nicht wahr? Die Kuriere würden von Haus zu Haus gehen und jedes Mal die gleiche Botschaft übermitteln. Wie Zombies.«

Eine ältere Frau hob die Hand. »Entschuldigung – dem konnte ich jetzt überhaupt nicht folgen.«

»Okay«, sagte der Doktor. Er hielt eine graphische Darstellung des Gehirns in die Höhe und versuchte es noch einmal. Ein dicker schwarzer Strich bildete die Außenlinie des Gehirns; die Darstellung sah wie der Grundriss eines Gefängnisses aus. Die anderen machten sich Notizen und kratzten sich nachdenklich am Kinn. Tiny fühlte sich im höchsten Grade einsam. Die Frau mit den kurzen Haaren hatte sich an einen anderen Tisch gesetzt. Er stellte sich vor, wie sie nach Hause zurückkehrte. Sie würde im Trans Am zu ihrer Wohnung in einem hübschen alten Gebäude in Stone City fahren. Es gäbe da eine Katze, einen Morgenrock und Pantoffeln, Schallplatten auf einem Wandbrett. Sie hätte genauso gut auf dem Mars leben können.

An diesem Abend gab es ein großes Feuer. Tiny sah das rote Licht von der Bundesstraße 8 zwischen Chesley und Margo aus. Er bog an der Ecke von Jack Whites Farm ab und folgte dem Lichtschein nach Süden. Es stellte sich heraus, dass es bei Delia und Ron Kessler brannte. Da er von oben kam, sah er die gelben Flammen vor dem Hintergrund des North Pin River. Eine Anzahl Schaulustiger parkte bereits an dem Maisschuppen auf der anderen Straßenseite von der Farm der Kesslers. Man sah Löschfahrzeuge und Feuerwehrleute aus Grafton, Wylie und Pringmar, doch in allen Fenstern des Hauses, im Erdgeschoss wie im ersten Stock, zeigten sich Flammen. Es brannten auch zwei Schuppen, und die Familie stand wie hypnotisiert zwischen der Gartenschaukel und den Löschfahrzeugen. Ein Käfig mit Hühnern stand am Boden. Die Hühner waren still, und in ihren Augen tanzte der Widerschein des Feuers. Drei Fenster zerbarsten gerade, als Tiny hinter die Kesslers trat, und da hörte er ganz leise eine seltsame Melodie. Ron Kessler sang: »If that mockingbird don't sing, Papa's going to buy you a diamond ring. And if that diamond ring gets broke, Papa's going to buy you a billy goat …«

Dan Norman und der Leiter der Graftoner Feuerwehr, Howard LaMott, standen zusammen in schwarzen Gummimänteln da, gelbe Streifen an den Ärmeln, die Gesichter vom Rauch geschwärzt.

»Was ist passiert?«, fragte Tiny.

»Das wissen wir nicht«, sagte Howard LaMott.

»Sind alle raus?«

»Wir denken schon.«

»Guten Abend, Sheriff«, sagte Tiny.

»Howard, wie wäre es, wenn Sie das Wasser auf den Maschinenschuppen lenken würden?«, sagte Dan. »Das Haus ist eh hinüber. Retten wir, was noch zu retten ist. Meinen Sie nicht auch?«

»Einverstanden«, sagte Howard LaMott.

»Entschuldigen Sie, Tiny«, sagte Dan. »Was haben Sie gesagt?«

»Nur guten Abend.«

»Ach so. Guten Abend.«

»Wie geht es Louise?«

»Gut.«

»Es hat mir leid getan, als ich von ihren Schwierigkeiten gehört habe. Joan und ich haben Blumen geschickt.«

»Ich weiß.«

»Kann ich irgendwie helfen?«, fragte Tiny.

»Nein«, sagte Dan.

Tiny ging von dem brennenden Haus fort. Ihm kam es vor, als würde es in seinem Inneren ebenfalls brennen. Als er nach Hause kam, lag Joan auf ihrer Seite des Bettes, das Gesicht vom Licht abgewandt. Sie weinte.

»Was ist denn los?«, fragte Tiny.

»Der Typ von der Adoptionsbehörde war hier.«

»Was hat er gesagt?«

»Er ist nicht mal reingekommen. Er hat mir ein paar Formulare gegeben, die ich ausfüllen soll, aber er wollte gar nicht in die Wohnung, und er hat gesagt, auch wenn es funktionieren würde, würde es neun Jahre dauern, bis ich ein Baby kriegen könnte.«

»Das hat er gesagt? Neun Jahre?«

»Wenn es funktioniert.«

»In neun Jahren könntest du deine Meinung ändern.«

»Ich hab so geschuftet, und er ist nicht mal reingekommen.«

»Vielleicht hat er ja gesagt: in fünf Jahren.«

»Ich hab gesagt, bitte kommen Sie doch herein. Ich hab gesagt, möchten Sie nicht eine Tasse Kaffee. Er hat gesagt, zu diesem Zeitpunkt sei das alles noch völlig belanglos.«

»Hat er irgendetwas über die Kirche gesagt?«

»Er hat gesagt, das ist aber komisch, in so was zu wohnen.«

»So ein Arschloch, was weiß denn der.«

Joan drehte sich auf den Rücken und griff nach Tinys Hand. »Sie machen es den Leuten, die an komischen Orten wohnen, nicht gerade leicht, oder, Charles?«

»Nein, Joanie, wirklich nicht, kann man echt nicht sagen«, antwortete Tiny.

Dann verließ Tiny das Schlafzimmer. Er ging in die Küche hinüber und setzte sich auf den Stuhl, den Joan bis auf das blanke Holz abgebeizt hatte. Er saß da und trank, bis er einschlief, und als er schlief, träumte er von den Flammen in den Fenstern des Kesslerschen Hauses. Als er aufwachte, war es fast schon Morgen, und auf den Fenstern der Kirche lag bereits Licht.

Achtzehn

In diesem Winter in Minnesota schlief Louise immer mit einem Paar Kniestrümpfen unter dem Kopfkissen, und wenn sie aufwachte, zog sie die Kniestrümpfe an und stand auf. Sie setzte sich an die Eichentischplatte, die auf Böcken stand, trank Kaffee und hörte dem Wind zu, der um ihre Hütte heulte.

Sie stellte ihren Radiowecker so, dass er um vier Uhr früh zu spielen begann. Dann kam oft »Brandy (You're a Fine Girl)« oder »Knock on Wood« oder »The Long Winding Road«.

Das Anziehen dauerte eine Weile. Es waren viele Schichten, und nach und nach wurden ihre Bewegungen immer unbeholfener. Sie hatte Winterkleidung schon immer geliebt. Sie mochte Wintersocken, wattierte Unterwäsche, Spaltlederfäustlinge mit Pelzbündchen. Sie waren ihr lieb und teuer, sie waren lebensrettend.

Sie trank den Rest ihres Kaffees schon in Handschuhen aus und ging nach draußen. Der Winter lag wie ein Ozean über allem. Es knickten Zweige, es knarzten die Hütten. Der Nova, der in einem Wellblechschuppen stand, sprang immer an, allerdings musste sie manchmal erst die Motorhaube öffnen, den Luftfilter herausnehmen und Äther in den Vergaser sprühen.

Sie erledigte erst Carols Fahrt und fuhr dann in die Stadt, um die Zeitungen für das Mädchen auszutragen, das an Pfeifferschem Drüsenfieber erkrankt war. Die Fenster waren dunkel, die Straßen vereist und hart. Der Nordwind brauste über Pfützen von Straßenlicht. Die Häuser, bei denen sie die Zeitungen einwarf, hätten genauso gut schon seit hundert Jahren leer stehen können.

Die Leute auf dem Land überwiesen ihre Abogebühren direkt an die Zeitung, aber in der Stadt musste man das Geld einkassieren. Louise ging mit einer grünen Reißverschlusstasche für das Geld von Tür zu Tür. Manche Leute fragten dann: »Wann kommt denn Alice wieder?« – als hätte ihr Louise etwas angetan. Oder sie suchten die Quittung heraus, die sie ihnen vergangene Woche gegeben hatte, um sicherzugehen, dass sie nicht übers Ohr gehauen wurden. Es kam Louise so vor, als wären die Leute der eigenen Gegend im Allgemeinen freundlich und die in fremden Regionen des Landes auch, die Leute in den benachbarten Bundesstaaten jedoch kalt und grausam.

Das Mädchen mit dem Pfeifferschen Drüsenfieber hieß Alice Mattie. Nach dem Abkassieren brachte Louise das Geld zu ihr nach Hause. Die Matties wohnten in einem kleinen Haus am Fluss, und ihr Hof war wie eine Schlittschuhbahn. Alices Vater arbeitete beim Straßenbauamt, und ihre Mutter hatte einen kaputten Rücken, einen sehr kaputten Rücken. Sie lag gewöhnlich in einem Gartenstuhl mitten in der Küche. Sie hatte ein kleines Gesicht und drehte und reckte den Hals, um zu sehen, was vor sich ging. Alice war eine Dreizehnjährige mit glänzendem rotem Haar. Sie spielte ständig Nintendo und versuchte Louise auch dazu zu bringen, aber Louise schaffte es nie ins zweite Level.

Eines Tages kurz vor Weihnachten machte Alice ihr ein Geschenk. Louise riss die Verpackung auf und fand einen Adventskalender.

»Sie müssen jeden Tag ein neues Türchen aufmachen«, erklärte Mrs. Mattie von ihrem Gartenstuhl aus.

»Ich kann es kaum erwarten«, sagte Louise.

An diesem Abend spielten Louise und Kenneth nach dem

Abendessen Backgammon in der Küche des Haupthauses. Kenneth sprach mit den Würfeln. »Los jetzt, die Sechs und die Drei«, sagte er zum Beispiel. Louise konnte sich nicht entscheiden, ob sie sich gleich aus dem Staub machen oder lieber abwarten sollte, um Kenneths ungeschützte Figuren noch zu schlagen. Während sie spielte, aß sie Cheetos und wischte sich geistesabwesend die Finger immer wieder an den Schultern ihres Sweatshirts ab. Bald waren alle Cheetos weg, und Kenneth hatte nur eine Handvoll abbekommen. Sie sagte Kenneth und Carol gute Nacht und stapfte zu ihrer Hütte. Nachdem sie Feuer gemacht hatte, ging sie ins Bad, und im Spiegel sah sie die Streifen orangeroter Krümel an ihrem Sweatshirt.

»Wie weit ist es bloß mit mir gekommen?«, fragte sie sich.

Sie ließ Wasser in die Badewanne ein und setzte sich auf den Toilettendeckel, während der Dampf zur Decke stieg. Sie rauchte mit Genuss eine Zigarette und aschte ins Waschbecken. Als die Wanne voll war, zog sie sich aus und stieg hinein. »Auuuh«, machte sie. Sie war bei den Matties auf dem Eis ausgerutscht und hatte sich die Hüfte geprellt. Nach dem Bad saß sie da, schaute lange ins Feuer und trocknete sich die Haare. Dann legte sie sich aufs Bett und sah sich den Adventskalender an. Er zeigte eine Krippenszene. Maria hatte einen Lichtkreis hinter dem Kopf, und die Heiligen Drei Könige sahen ungeduldig aus, als müssten sie noch irgendwo anders hin. Sie nahm den Kalender in die rechte Hand und bog das Handgelenk mehrmals langsam hin und her, um zu zielen. Dann warf sie den Kalender quer durch den Raum ins Feuer, wo er kurz in einem grünen Licht aufflammte, bevor er verbrannte. Sie stellte den Ofenschirm vor das Feuer und ging schlafen.

Das Eisfischen und das Jagen brachten dem Camp auch in den Wintermonaten viel Betrieb. Louise ging öfter den Berg hinauf und schaute auf die kleinen Hütten hinunter, die den See sprenkelten. Sie konnte nicht verstehen, wie jemand, der nicht unmittelbar vor dem Verhungern stand, zum Eisfischen gehen konnte. Die Männer verschwanden im Morgengrauen in ihren eiskalten kleinen Verschlägen und kamen am Nachmittag wieder heraus. Manche tranken viel; Louise machte ihre Hütten sauber und musste die Flaschen wegbringen. Die Eisfischer waren nicht so gesellig wie die Jäger, die oft Partys feierten und bis spät in die Nacht ihr lautes Gelächter hören ließen. Wenn Louise wach lag und dem fernen Gelächter lauschte, das durch die vereisten Bäume drang, dann wusste sie, dass dort draußen ein Jäger war.

Sie hatte eine seltsame Gewohnheit entwickelt, die sie oft im Schlaf störte. Es war so weit gekommen, dass sie immer mit unter der Brust gekreuzten Handgelenken schlief, wie Dracula, nur auf dem Bauch. Diese Stellung schnitt ihr die Blutzirkulation so sehr ab, dass sie häufig erschreckt auffuhr, in der Überzeugung, dass so etwas wie ein Schlaganfall ihr jetzt die Hände für immer unbrauchbar gemacht habe. Es dauerte gut fünf Minuten, ehe das Gefühl wieder so weit in die Finger zurückgekehrt war, dass sie das Licht anschalten oder sich im Bett umdrehen konnte, worauf sie dann auf dem Rücken liegenblieb, keuchte und sich ihre Hände ansah.

Johnny White tauchte kurz vor Weihnachten auf, um sich eine Woche lang dem Eisfischen zu widmen. Er schien völlig überrascht zu sein, sie hier zu sehen. Carol und Kennneth sagten, dass Johnny schon seit vielen Jahren heraufkomme, zunächst als Kind mit Jack und dann allein. Er besaß eine aufwendig ausgestattete kleine Eisfischerhütte, mit einem Generator, einem Kühlschrank und einem Kerosin-Heizgerät. Louise und Carol und Kenneth halfen ihm an einem stürmischen, kristallklaren Morgen bei fast 15 Grad Minus, die Hütte über das Eis zu ziehen. Eines Tages zeigte Johnny Louise die Schnüre zum Eisfischen. Sie fand es trotzdem langweilig. Sie tranken zusammen einen

Brandy, und Louise lachte über seine Geschichten vom Wahlkampf, und dann fragte Johnny sie: »Was machst du eigentlich hier oben?«

»Die Leute denken immer, es gibt nichts außer Grafton«, sagte Louise. »Das stimmt aber nicht. Man kann monatelang von Grafton weg sein, ohne dass die Welt untergeht.«

»Du solltest heimgehen«, sagte Johnny.

Louise hatte während ihrer Schwangerschaft ein paar kleine Fehler gemacht, sie glaubte aber nicht, dass diese Fehler das Kind getötet hätten, oder dass sie es deswegen verdiente, das Kind verloren zu haben. Erstaunlich viele Menschen waren anscheinend der Meinung, dass es für Louise ein Trost sei zu hören, ihr Kind könnte heute am Leben sein, wenn sie selbst damals nur irgendeine Kleinigkeit beachtet hätte, von der diese Leute gerade in einer Zeitschrift gelesen hatten. Man mochte sich einfach nicht vorstellen, dass manches eben einfach schwierig und gefährlich sein kann. Eine Geburt wurde als etwas klar Vorherbestimmtes angesehen. Nachdem Iris gestorben war, kam immer noch Werbung für Babyspielsachen und Babynahrung und -kleidung. Die Firmen wussten ja bestimmt, dass ihre Werbung zum Teil auch Leute erreichen würde, die ihr Kind verloren hatten. Das ist dann halt Pech, dachten sie vermutlich.

Auf Alices Tour gab es ein Haus, in dem Louise ein wenig ausruhen konnte. Es war ein großes Haus mit einer geschlossenen Veranda, wo Louise sich öfter hinsetzte und die Titelseite der Zeitung las. Diese Zeitung schien sich auf Katastrophen rund um den Globus und auf ungewöhnliche Tiergeschichten spezialisiert zu haben. So las Louise eines Tages von einem Habicht in Florida, der mit dem Handy eines Mannes davongeflogen war und offensichtlich herausgefunden hatte, wie man die Wahlwiederholungstaste drückt. Die Mutter des Mannes bekam seitdem mitten in der Nacht zahlreiche »aufgelegte Anrufe«. »Das ist eine äußerst ungewöhnliche Angelegenheit, die wir sehr bedauern«, sagte ein Sprecher. Während Louise das las, ging die Vordertür leise auf. Sie stand auf, als sie die Wärme aus dem Innern des Hauses spürte, und betrat die Küche. Sie zog ihre Wollmütze und ihre Fäustlinge aus und strich sich das Haar zurück. Von der Küche aus führte eine Treppe nach oben, und sie ging hinauf. Sie machte eine Tür auf, und dann noch eine, und schließlich sah sie einen Mann und eine Frau im Bett liegen und schlafen. Die Luft war feucht. Jemand schnarchte. Ein Luftbefeuchter schäumte und dampfte. Louise ließ ihre Hand auf einer Kommode neben der Tür ruhen und stellte fest, dass sie vor Nässe ganz glitschig war. Die Frau drehte sich um und schlang ihren Arm um den Mann. Louise nahm an, der Luftbefeuchter müsse kaputt sein, da er so viel Wasser ausstieß.

Am nächsten Samstag fand Louise beim Kassieren der Gebühren das Paar zu Hause in der Küche sitzend. Sie musste laut auflachen, als sie dachte, sie könnte ja jetzt fragen, ob der Luftbefeuchter wieder repariert sei.

»Was ist denn so lustig?«, fragte der Mann.

»Nichts.«

»Wann kommt Alice wieder?«

»Bald, hoffe ich.«

Später gab Louise das Geld bei den Matties ab, und Alice lud sie ein, mit ihr fernzusehen. Sie saßen im Schneidersitz auf dem Teppichboden in Alices Zimmer und tranken Cream Soda. Die Show, die Alice sehen wollte, kam nicht. Stattdessen sagte ein Sprecher: »Wir unterbrechen jetzt unser Programm, um Ihnen ein Feiertagskonzert des Chors der Highschool von Applefield unter der Leitung von Warren Monson zu bringen.«

Die Schüler kamen sofort auf die Bühne, räusperten sich und strichen ihre bodenlangen rotweißen Gewänder glatt. Louise und Alice hörten, wie Warren Monson mit dem Taktstock an einen Notenständer schlug.

»Kennst du diese Kids?«, fragte Louise.

»Die sind älter als ich«, sagte Alice.

Die Stimmen der Mädchen waren klar und kräftig, und die Jungen trugen die Bass- und Baritonstimmen mit großem Ernst vor sich her, wie Holz, dass aufgeschichtet werden muss. Im Chor klangen die Stimmen für Louise unerträglich schön, und bei »Oh komm, oh komm, Emanuel« begann sie zu weinen. Sie beugte sich vor, bis sie mit Stirn und Armen den Teppich berührte. Weiß der Himmel, was Alice sich dachte. Aber sie sagte nur: »Ist ja gut, Louise. Sei nicht unglücklich. Oh je.«

Zu Silvester übernahm Alice ihre Route wieder. Mrs. Mattie fuhr sie herum, sie trug eine Rückenschiene. Louise begleitete die beiden, um zu sehen, wie sie zurechtkamen.

Carol und Kenneth hatten vor, diesen Abend auf eine Party zu gehen, und Louise wollte mit dem Nova nach Süden fahren. Sie würde in Hollister den Bus nehmen und das Auto am Busbahnhof stehen lassen, damit die Kennedys es am Neujahrstag wieder abholen konnten.

Sie saß auf einem Korbstuhl bei Carol im Schlafzimmer, während Carol Kleider für die Party anprobierte. Louise sagte ihr, welches ihr gefiel und welches nicht.

»Ich möchte dir noch für all die Hilfe danken, die du uns in den vergangenen Monaten geleistet hast«, sagte Carol. »Wir werden dich schrecklich vermissen.«

»Ich weiß gar nicht, was ich ohne meine Zeitungen anfangen soll«, sagte Louise.

»Ich kann es einfach nicht fassen, dass schon Neujahr ist.«

»Ich auch nicht.«

»Wo ist die Zeit nur hin?«

»Fort.«

»Hast du Dan Bescheid gesagt?«

»Nein.«

»Solltest du aber.«

»Ich hab für ihn ein Hemd mit Pferden drauf.«

»Das ist ja hübsch.«

»Es wird ihm bestimmt nicht gefallen.«

»Du darfst dich nicht wundern, wenn dir am Anfang alles ein bisschen fremd vorkommt.«

»Das wird wahrscheinlich so sein.«

»Nächsten Juli werden es 27 Jahre, dass wir dieses Camp führen«, sagte Carol. »Und gleich nach der Eröffnung kam mal ein Typ auf mich zu. ›Carol‹, hat er gesagt, ›Sie kennen doch den Weg von den Hütten zum Wasser hinunter?‹ Und ich sag: ›Klar kenn ich den.‹ Und er: ›Warum habt ihr den denn nicht gerade angelegt? Er ist ja krumm und schief, Carol.‹ Weißt du, er war Ingenieur, und wo er auch hinschaute, er sah immer nur, welche geraden Linien man hätte machen können, aber nicht hingekriegt hatte. Und da sag ich: ›Ich dachte, der ist gerade‹, und er: ›Nein, ist er nicht.‹ Und ich hab gesagt: ›Bauen Sie sich doch selber ein Camp auf, dann können Sie alle Wege so machen, wie Sie es gern hätten.‹«

Louise lachte. »Du hast aber nicht wirklich gedacht, dass der Weg gerade ist.«

»Er war damals jedenfalls gerader als jetzt«, sagte Carol.

Louise ging noch einmal zur Hütte, um einen letzten Blick auf alles zu werfen. Der Nova war gepackt und lief. Sie stieg ein und fuhr nach Hollister. Das dauerte ungefähr eine Dreiviertelstunde. Sie parkte das Auto und brachte ihre Sachen zum Busbahnhof, wo ein alter Mann Abfall zusammenkehrte. Sie setzte sich zum Warten auf eine Bank, aber der Bahnhof war leer, bis auf diesen Hausmeister.

»Wo wollen Sie denn hin, Miss?«, fragte er.

»Nach Stone City«, sagte sie. »Um zwanzig nach sechs müsste ein Bus gehen.«

»Nicht an Silvester, Miss«, sagte der Mann mit dem Besen.

»An Silvester fahren überhaupt keine Busse, außer dem Prärieliner nach Manitoba, der um halb fünf gefahren ist.«

»Oh Scheiße, das soll wohl ein Witz sein«, sagte Louise. »Es hat geheißen, dass es einen Bus gibt.«

»Gab es ja auch – den Prärieliner.«

Louise trat vor Verzweiflung gegen ihre Tasche. »Wann geht denn dann einer nach Stone City?«

»Morgen früh um neun Uhr dreiunddreißig«, sagte der Mann. »Und es tut mir leid, aber Sie können hier nicht übernachten. Ich kehre noch aus, und wenn ich fertig bin, schließe ich ab.«

Louise nahm ihre Schultertasche und die Schachtel mit dem Hemd für Dan und ging zur Tür hinaus. Der Stadtplatz von Hollister lag in dem scheidenden Licht verlassen da, mit Ausnahme von ein paar Kindern, die auf die Statue einer griechischen Göttin mit Flügeln und großen Brüsten hinaufkletterten. Während Louise zusah, setzten sie ihr einen Karnevalshut auf und steckten ihr eine Zigarette in den Mund. Da sprangen die Jungen plötzlich geschickt zu Boden und stoben auseinander, denn auf den Platz kam ein Polizeifahrzeug gerauscht, mit eingeschaltetem Blaulicht, das in den dunklen Fenstern der Stadt glitzerte. Es dauerte einen Moment, bis Louise registrierte, dass auf der Seite des Polizeiwagens »Grouse County« stand. Und auch dann noch hatte sie die verrückte gedankliche Fehlzündung, dass es sich um einen Zufall handeln müsse –, dass Dan oder einer der Hilfssheriffs diesen weiten Weg auf sich genommen hätten, um einen Verbrecher oder eine heiße Spur zu verfolgen. Aber da war Dan schon aus dem Auto heraus. Er umarmte sie, hob sie in die Höhe. »Komm, ich bring dich nach Hause«, sagte er.

Neunzehn

Und so kehrten sie also nach Hause zurück. Dort hielten an einem Tag im Januar Albert Robeshaw und Armageddon auf der Bühne der Mensa der Highschool von Morrisville eine Probe ab. Sie spielten gerade einen Song über ein Schneemobil mit dem Titel »(Gib acht auf die) Wäscheleine«. Albert drosch eben eine Folge von Mollakkorden in die Saiten seiner Gitarre, als er abrupt aufhörte, da plötzlich Marty Driver, der für den Schüleraustausch zuständige Mann, herankam und auf den Bühnenboden klopfte.

Für die Augen eines jungen Menschen war alles an Marty Driver unerträglich. Er hatte einen unerträglichen Gang, eine unerträgliche Mimik, trug unerträgliche Klamotten. Er war einfach so eine Art von Erwachsenem, und er kam aus Kansas City. An diesem leeren Nachmittag mitten im Winter trug er einen zeltartigen Daunenmantel und eine absurde Pelzmütze.

»Ich suche Miss Lu Chiang«, sagte Marty.

»Auf Ihrem Kopf sitzt ein Kaninchen«, sagte Albert.

»Soll ich jetzt lachen?«, fragte Marty.

»Würde ich nicht«, sagte Albert.

»Niemand mag spöttisches Gerede«, sagte Dane Marquart.

»Vor allem nicht, wenn er damit selber gemeint ist«, sagte Errol Thomas.

»Sie könnten versuchen, so zu tun, als ob Sie überrascht wären«, sagte Albert. »Wissen Sie, die Mütze abnehmen und sagen:

›Großer Gott! Es ist wirklich ein Kaninchen!‹ und so versuchen, unser Vertrauen zu gewinnen, indem Sie mitspielen.«

»Wobei das allerdings nicht funktionieren würde«, sagte Dane.

»Es wäre zu, äh, wie heißt gleich wieder das Wort, das ich suche?«, sagte Errol.

»Jämmerlich«, sagte Dane.

»Genau.«

»Und was ist jetzt mit Miss Lu Chiang?«, fragte Albert.

»Er ist nämlich ihr Freund«, sagte Errol. »Was Sie ihr zu sagen haben, können Sie auch ihm sagen.«

»Ach ja?«, sagte Marty.

»Wollen Sie sie wohl nach Hause schicken?«, fragte Albert. »Sie will nämlich nicht gehen.«

»Bist du Albert Robeshaw?«, fragte Marty.

»In der Tat, der bin ich«, sagte Albert.

Marty öffnete seine Aktentasche und nahm eine Ausgabe der Schülerzeitung heraus. »Du wirst in diesem Artikel zitiert: ›Chiang, die Rebellin aus Liebe, stellt die Autoritäten in Frage.‹«

»Das steckt voller Unrichtigkeiten«, sagte Albert. »Außerdem haben wir auch nicht gewusst, dass es aufgezeichnet wird.«

»Sag mir einfach nur, wo ich sie finde«, sagte Marty.

»Wir sind ja keine Austauschschüler«, sagte Dane. »Uns haben Sie gar nichts zu sagen.«

Marty Driver zog seinen Daunenmantel aus und verließ die Mensa. Er kehrte mit dem Schuldirektor Lou Steenhard zurück, der sich in seinem Pullover mit V-Ausschnitt und seiner schmalen Fliege mit herunterhängenden Enden flink bewegte. Albert, Errol und Dane hatten den Eindruck, dass Marty Driver Mr. Steenhard irgendwie unter Druck gesetzt habe.

»Ihr Jungs werdet jetzt gehen müssen«, sagte der Schuldirektor. »Hier findet gleich ein Gespräch statt.«

»Wo sollen wir denn hingehen?«, fragte Dane.

»Das ist mir völlig schnuppe«, sagte der Schuldirektor.

»Das letzte Mal, als wir in die Turnhalle wollten, hieß es, das geht nicht«, sagte Errol.

»Stimmt genau, wegen dem Trampolin«, sagte der Schuldirektor.

»Chiang möchte aber nicht zurück«, sagte Albert.

»Halt die Klappe«, sagte der Schuldirektor.

In der Tat hatte Chiang keine Wahl. Sie war jetzt seit zwei Jahren Austauschschülerin und hatte einen Antrag auf Verlängerung gestellt. Der war abgelehnt worden. Marty trug ihr Flugticket in der Tasche.

Armageddon verließ die Mensa, und bald darauf trafen sich Chiang und ihre Gastfamilie, die Kesslers, mit Marty und Lou Steenhard an einem Tisch unter einem Banner mit der Aufschrift: NEHMT, SO VIEL IHR WOLLT, DOCH WAS IHR NEHMT, DAS ESST AUF.

Die Kesslers – Ron, Delia, Candy, Randy und Alfie – saßen da und lächelten Chiang zu. Seit ihr Haus abgebrannt war, wohnten sie bei Delias Mutter in Wylie. Da war es eng, und in diesem Sinne konnte man es ein Glück nennen, dass Chiang jetzt heimkehren musste. Die Beziehung zwischen der Austauschschülerin und ihrer Gastfamilie war manchmal etwas heikel gewesen. Zunächst hatte Chiang den Eindruck gehabt, dass die Familie sie schamlos als Arbeitstier ausnutze. Aber dann gewöhnte sie sich an die Versorgung der Hühner und empfand den Hühnerstall als ihr eigenes Revier.

Jetzt stellte sich das taiwanesische Mädchen ans Kopfende des Tisches, in braunem Rock und rotem Pullover, hübsch und gefasst. Wenn sie sich ihrer Heimkehr tatsächlich so sehr widersetzte, wie Albert gesagt hatte, dann zeigte sie es jedenfalls nicht.

»Den Kesslers möchte ich meine Dankbarkeit ausdrücken und meine ehrliche Hoffnung, dass der Wiederaufbau rasch vonstatten gehe«, sagte sie.

»Wird schon, meine Kleine«, sagte Delia. Sie hatte Tränen in den Augen. Ein Abschied kann so manche Differenzen überdecken. Sie schenkte Chiang ein T-Shirt, auf dem stand »Mais & Bohnen & Rock & Roll«.

Umgekehrt schenkte Chiang den Kesslers ein Bild, das sie von den Hühnern gemalt hatte. Ron nahm das Gemälde entgegen. Er trug die Standarduniform des Farmers: eine Baseballkappe mit dem Logo einer Saatfirma, ein enges langärmliges Hemd mit Knöpfen und eine auf den Hüften hängende Jeans.

»Das kommt über das Klavier«, sagte er.

Lou Steenhard stand auf und schüttelte Ron Kessler ohne ersichtlichen Grund die Hand. Er erwähnte Chiangs ausgezeichnete Leistungen in Naturwissenschaften, Musik und Basketball. Da war die Mannschaft der Pflügerinnen von Morrisville-Wylie in der AA-Klasse Meister geworden, mit Chiang im Angriff. Es könnte sein, dass dies für ihr ungewöhnlich langes Bleiben eine gewisse Rolle gespielt hatte.

»Chiang wird uns fehlen«, sagte der Schuldirektor. »Sie hat am Jahrbuch mitgearbeitet, war im Schulchor und bei den *Künftigen Farmern von Amerika.* Sie nahm an Mrs. Thorsens Wissenschaftskolleg teil, das die Sonnenfinsternis zum Thema hatte. Ich möchte eine kurze Stelle aus ihrem Bericht über dieses Phänomen vorlesen, in dem sie einen chinesischen Philosophen namens Hsün-tzu zitiert. Das kommt jetzt zwar ein bisschen zusammenhanglos, aber ich möchte Ihnen einfach einen Eindruck von dieser jungen Dame vermitteln. ›Wenn Sterne fallen oder Bäume ächzen, dann bekommen alle Leute in diesem Staat Angst und fragen, warum. Ich antworte: Es gibt keinen Grund, zu fragen, warum. Das sind die Veränderungen des Himmels und der Erde, die Transformation von Yin und Yang und seltene Geschehnisse. Man kann darüber staunen, aber man sollte keine Angst davor haben. Denn es hat noch kein Zeitalter gegeben, in dem dies alles nicht vorgekommen ist: Sonnen- und Mondfinsternisse, unmäßige Regenfälle oder Stürme oder das gelegentliche Auftreten unbekannter Sterne.‹«

Dann ging der Schuldirektor zu den Türen der Mensa und winkte die Cheerleader herein, die die Schulfarben Blau und Gold trugen.

An diesem Abend kam es Albert und Dane zu Ohren, dass Marty Driver im Holiday Inn in Morrisville übernachte. Sie fuhren hin, fanden ein Auto mit einem Kennzeichen aus Missouri und verbogen die Antenne zu einer Vier. So viele waren sie bei Armageddon gewesen, wenn Chiang mitgemacht hatte, und das hatte sie manchmal getan. Aber diese Aktion kam ihnen selber unsinnig und auch ein wenig gemein vor, und unbefriedigt zogen sie wieder ab.

Jetzt, wo es feststand, dass Chiang fort musste, schien Albert Robeshaw von Tag zu Tag an Elan zu verlieren. Er blätterte die Ausgaben der Jagdzeitschrift *Fell-Fisch-Wild* durch, die ihm in seiner frühen Jugend eine aufregende und wundervolle Welt verheißen hatten, konnte dieses zuversichtliche Gefühl aber nicht mehr in sich erwecken. Er lag quer auf seinem Bett, die Füße an der Wand, nahm Kautabak und hörte sich Schallplatten von Joe Cocker an. Wenn eine Platte zu Ende war, stand er auf, spuckte den Tabak in eine Limodose und legte eine neue Platte auf. Seine alternden Eltern konnten den Text von »The Moon's a Harsh Mistress« schon auswendig. Marietta sagte, wenn sie Joe Cocker höre, werde sie ganz depressiv.

Eines Abends rief sie die Treppe hinauf: »Komm herunter, Albert. Stell diesen Lärm ab und komm herunter. Dein Vater möchte mit dir reden.«

Claude war gerade in der Küche und fummelte an der alten Eismaschine der Familie herum – einem Eimer aus Holzlatten mit einer Kurbel auf dem Deckel.

»Das verdammte Dings geht einfach nicht«, sagte er.

»Hast du gesagt, du willst mit mir reden?«, fragte Albert.

»Hab ich.« Sie setzten sich an den Tisch. Albert hielt das Plattencover von Mad Dogs and Englishmen in der Hand. »Was hast du eigentlich für ein gottverdammtes Problem«, sagte Claude.

»Gar keins.«

»Rede keinen Stuss.«

»Warum? Weil ich Musik höre? Zufällig mag ich Musik.«

»Ich mag Boxen, aber ich würde nicht zuschauen wollen, wie zwei Leute in meinem Schlafzimmer vier, fünf Stunden lang ununterbrochen boxen.«

»Guter Vergleich.«

»Warum setzt du dich nicht mit Mutter und mir ins Wohnzimmer?«, fragte Claude. »Zurzeit läuft wieder *Mod Squad*. Ich wollte uns Eiscreme machen, wenn ich nur dieses Ding zum Laufen kriegen würde.«

Marietta ergriff Alberts Hand. »Möchtest du nicht Linc sehen, Liebling? Möchtest du nicht Julie sehen? Und diesen anderen Typen.«

»Ich hab alle Folgen gesehen«, sagte Albert.

»Chiang ist ein prächtiges Mädchen«, sagte Claude. »Deine Mutter und ich, wir wissen das. Aber sie ist nicht der einzige Pfirsich im ganzen Obstgarten.«

»Mit so einer Einstellung kann ich nichts anfangen«, sagte Albert. »Sie kommt mir unmoralisch vor.«

»So denkst du heute«, sagte Marietta. »Morgen ist ein anderer Tag.«

»Morgen denk ich genauso.«

»Dann am darauffolgenden Tag«, sagte Claude.

»An keinem Tag.«

»Was soll man zu so einem Jungen nur sagen«, meinte Claude.

»Erzähl ihm doch, wie wir damals Pappmachée gemacht haben«, sagte Marietta.

»Das kannst du ihm ja genauso gut erzählen wie ich.«

»Ich weiß es nicht mehr.«

»Ich geh nach oben«, sagte Albert.

»Möchtest du kein Eis?«, fragte Claude.

Albert seufzte und betrachtete das Bild der Backup-Sängerin Rita Coolidge auf dem Plattencover. Ihr Haar umgab den Kopf wie ein Heiligenschein. Er hatte das Gefühl, dass das Hippie-Zeitalter faszinierend gewesen sein müsse. »Ich möchte nach Taiwan«, sagte er.

»Das kannst du vergessen«, sagte Claude.

»Nein, kann ich nicht.«

»Liebling, du weißt doch gar nichts über Taiwan«, sagte Marietta.

»Ich kann die Sprache.«

»Da lach ich ja nur«, sagte Claude.

Also sprach er chinesisch, und Claude und Marietta sahen ihn an, als wären Vögel auf ihren Ohren gelandet.

»Das heißt: ›Ich mag dich, trinken wir noch ein kaltes Bier.‹«

»Wir sind dabei, unseren Jungen zu verlieren«, sagte Marietta.

»Sind wir nicht«, sagte Claude. »Also wirklich, was glaubst du denn, wie weit er mit solchen Sätzen kommt?«

»Chiangs Onkel kann mir einen Job in einer Fahrradfabrik verschaffen.«

»Du hast doch noch gar nicht mit ihrer Familie gesprochen«, sagte Claude.

»Warum nicht?«

»Ach du großer Gott«, sagte Claude.

»Was?«

»Wenn wir uns dazu entschließen, dich nach Taiwan zu schicken, brauchen wir von niemandem Hilfe.«

»Heißt das, dass ich fahren darf?«

»Nein.«

»Von der Regierung nimmst du doch auch Hilfe an. Du beteiligst dich an dieser Quotenregelung bei der Ernte.«

Claude starrte Albert an, stand auf und schmetterte den Deckel auf den Eiseimer. »Weißt du, was dein Großvater gemacht hätte, wenn ich so mit ihm geredet hätte?«

»Dich verprügelt«, sagte Albert finster.

»Genau. Und wenn der zugeschlagen hat, da hat man auch echt gewusst, dass er zugeschlagen hat.«

»Kann es sein, dass du ihn nicht so besonders gern gehabt hast? Ganz tief im Innern?«

»Ich hatte Respekt vor ihm.«

»Ja, kann ich mir vorstellen. So wie man Respekt vor einem Skorpion hat.«

»Du gehst auf die Universität von Iowa«, sagte Claude. »So wie Rolfe, so wie Julia, so wie Albert.«

»Ich bin Albert.«

»Was habe ich gesagt?«

»Albert.«

»Du weißt schon, wen ich meine.«

»Du meinst Nestor«, sagte Albert. »Susan war nicht auf dem College.«

»Susan war schwanger.«

»Echt?«

»Na, sie hatte dann das Kind. Das eine folgt gewöhnlich auf das andere, du großer Gott. Lernt ihr denn gar nichts auf der Schule?«

»Wir lernen, was eine Oligarchie ist und wodurch sie sich von einer Plutokratie unterscheidet.«

»Wodurch denn?«, fragte Marietta.

»Ach, das weiß ich nicht mehr«, sagte Albert.

Sie saßen eine Weile stumm da. Claude drehte die Kurbel an dem ausgeblichenen grünen Eimer.

»Kann ich am Freitagabend das Auto haben?«, fragte Albert.

»Was ist am Freitag?«, fragte Claude.

»Das ist das letzte Mal, dass ich mit Chiang ausgehen kann«, sagte Albert.

»Ich wüsste nicht, was dagegen spräche«, sagte Claude. Er sah nach, wie weit die Eiscreme gediehen war. »Oh Mann«, sagte er. »Marietta, schau dir das an.«

»Was?« Sie kam zu ihm und schaute.

»Die ist innen ja völlig verrostet. Jetzt ist Rost auf meiner Eiscreme.«

»Das stimmt doch gar nicht«, sagte sie.

Albert ging nach oben und machte die Tür zu. Er senkte die Nadel seines Plattenspielers auf den Song »Space Captain«.

Als ich durch den Himmel flog
Dieser reizende Planet mich an sich zog
Neugierig senkte ich mein Flugboot
Jetzt sitz ich hier fest bis zu meinem Tod

Claude klopfte unten an die Decke. Albert seufzte, schaltete die Musik aus, ging im Raum hin und her und öffnete schließlich ein großformatiges grünes Taschenbuch des Autors Han Shan mit dem Titel *Der kalte Berg*.

In den blühenden Wipfeln lässt der Pirol Kuan
Kuan, sein klares Lied erschallen.
Das Mädchen mit dem Gesicht wie Jade schlägt
dazu die Laute.
Nimmer wird sie des Spielens müde – Jugend ist
die Zeit der zärtlichen Gedanken.
Wenn die Blumen verwehen und die Vögel
entschwinden werden ihre Tränen in Frühlingswinden fließen.

Albert suchte Ned Kuhlers auf, den bekannten Rechtsanwalt aus Stone City, und handelte sich dabei einen Strafzettel wegen überhöhter Geschwindigkeit ein, auf der Straße nördlich von

Walleye Lake. Kuhlers Büro befand sich im sechsten Stock eines Gebäudes am Park. Albert ging hinauf und betrat das Büro. An der Wand hingen Diplome und eine Broschüre zu den Kampfsportkursen, die der Rechtsanwalt gab.

Albert musste lange warten, und was noch schlimmer war, er hatte nicht den Eindruck, dass jemand anderes Kuhlers Zeit in Anspruch nehme, während er wartete. Die Räume waren überheizt. Auf Alberts Gesicht bildeten sich Schweißperlen. Eine Frau in einem gelben Kostüm ging hinein, kam etwas später wieder heraus und weinte dabei in ein rotes Taschentuch. Dann wurde Albert hineingerufen, um sein Anliegen vorzubringen.

»Da gibt es so ein Mädchen, das jeder gern hat, und plötzlich soll sie wieder nach Taiwan zurück, obwohl sie gar nicht will«, sagte er.

»Mhm«, sagte Kuhler. Er sah zum Fenster hinaus und hörte anscheinend überhaupt nicht zu. »Mein Gott. Der Typ dort unten hat den größten Hund, den ich je gesehen habe.«

»Das könnte ein Fall mit ziemlich viel Aufsehen werden«, sagte Albert.

»Mein Gott, was ist das bloß für eine Rasse? Ein Eskimohund? Die Eskimohunde sollen ja sehr groß sein. Ich weiß nicht, was das ist, aber er ist jedenfalls riesengroß. Er ist so groß wie ein Pferd.«

»Wenn Sie sich das mal genauer ansehen würden, dann würden Sie merken, dass Marty Driver das alles sehr lax gehandhabt hat, da bin ich mir sicher.«

»Nur so aus Neugier, besitzt das Mädchen die chinesische Staatsbürgerschaft?«

»Sie ist aus Taiwan.«

»Mhm«, sagte Ned. Er knackte mit den Knöcheln und schüttelte den Kopf. »Weißt du, was ich denke, Albert? Ich denke, du solltest dich der allgemeinen Meinung anschließen. Ich behaupte nicht, ich wäre Experte in internationalem Recht. Hab ich nie behauptet. Aber ich wette mit dir um einhundert Mäuse, dass dieser Monty aus Kansas City …«

»Marty.«

»… dass dieser Marty, oder wer auch immer, wenn er sie nach Hause schicken will, das auch machen kann. Das klingt mir ganz nach einem, wie wir das nennen, Auf-Zu-Fall. Und du weißt, was ich damit meine, oder? Ich meine damit: sobald ich den Mund aufmache, sagt der Richter, ich soll ihn gleich wieder zumachen.«

»Sie glauben also nicht, dass das ein Fall für Sie ist.«

»Ich glaube, dass es nur für dich ein Fall ist, ein Fall von Liebeskummer«, sagte Ned Kuhlers. »Ich möchte dir eine kleine Geschichte erzählen. Mein erstes Mädchen war echt toll zu mir. Ich habe sie einfach geliebt. Weißt du, ich war noch nie mit jemand im Bett gewesen, und sie brachte es mir bei. Geduldig und sanft, weißt du. Sie hat gesagt, Liebling, mach dir doch keine Sorgen, um nichts. Ich liebe sie immer noch. Aber einmal hat sie mich nachts mit ihrem Anruf geweckt und hat gesagt, verstehst du, dass sie unbedingt zu mir kommen will. Und ich hab zu ihr gesagt, ich will heute niemanden sehen. Ich weiß auch nicht, was da in mich gefahren war. Ein Kobold von der perversen Sorte, nehme ich an. Sie hieß Maureen. Ich versuchte sie wieder anzurufen, aber sie wollte nichts mehr hören. Man kann ihr daraus auch keinen Vorwurf machen. Wie lange ist das jetzt her? 30, 40 Jahre, egal wie lang. Ich denke immer noch an sie.«

Albert blickte auf seinen Strafzettel. Der Polizist hatte versehentlich Alberts Geburtsdatum anstelle des Datums der Verkehrsübertretung eingesetzt. Albert zeigte es Ned.

»An dem Tag kann ich kein Gesetz übertreten haben. Ich war im Krankenhaus und wurde gerade geboren«, sagte Albert. »Sie können nicht verlangen, dass ich das zahle.«

Aber Ned enttäuschte Albert abermals, indem er sagte, dass

bei einem Schreibfehler die Polizei den Strafzettel jederzeit neu schreiben darf. »Anders ausgedrückt, zahl die 2 Dollar.«

»Es sind 60«, sagte Albert.

»Zahl sie!«

Am Freitag regnete es. Seit Tagen schon gab es eine Vorhersage für Schnee, aber inzwischen nahm sie niemand mehr ernst. Niemand war mehr auf der Hut. Es war, als würde sich der Winter in den Frühling hineinregnen.

Albert erledigte seine Aufgaben gegen Sonnenuntergang. Er musste die Schweine füttern und an drei verschiedenen Stellen das Bewässerungssystem überprüfen. Er kam nach Hause, duschte und rasierte sich. Er zog dünne blaue Hosen an, ein weißes Hemd und ein graues Jackett. In der Küche fiel er fast über die neue elektrische Eismaschine, die Claude gekauft hatte. Der Kühlschrank war bereits voller Eiscreme, trotzdem surrte das Ding noch weiter.

Er holte Chiang ab, und sie fuhren die ungeteerte Straße hinaus, die Wylie mit Boris verband. Hier hatten sie eine Kühltasche im Graben versteckt. Albert rannte mit einem Schirm dorthin und holte eine Flasche Boone's Farm. Während sie nach Chesley fuhren, nippten sie ihren Wein und hörten dabei Radio.

In einem Luxusrestaurant namens *Lifetime* aßen sie Garnelen, das Gericht des Freitagabends. Ruby Jones führte dort die Bar. Sie war eine Cousine der Krankenschwester Barbara Jones und dafür bekannt, dass sie sich nur selten einen Ausweis vorzeigen ließ. Bei Jugendlichen, die sich betrinken wollten, war sie sehr beliebt.

Trotzdem hatte das *Lifetime* eine ruhige und fast elegante Atmosphäre. Es gab nicht viele Auseinandersetzungen, und wenn doch, gingen sie eher gentlemanhaft vor sich, und hinterher sagten die Beteiligten gewöhnlich: »Worüber haben wir uns eigentlich gestritten? Wir haben letztendlich gar nicht gestritten.« Es ist schwer zu sagen, wie ein Lokal es schafft, dass darin ein bestimmtes Flair herrscht. Zehn Jahre zuvor waren das *Lifetime* und das *Rack-O's*, das bei Romyla liegt, mehr oder weniger auf dem gleichen Stand gewesen. Sie waren beide nahe genug an der relativ großen Stadt Stone City, um von deren Einwohnerzahl zu profitieren, aber gleichzeitig entfernt genug, um als ländlich zu gelten. Wie soll man sich also erklären, dass das *Lifetime* richtig vornehm wurde, während das *Rack-O's* zu einem Auffangbecken für Junkies verkam?

Schwer zu sagen. Es ist einfach nur interessant.

Das *Lifetime* hatte eine indirekte warmgelbe Beleuchtung, rote Nischen mit Kunstledersitzen und blaugrüne Klapptische für Billard und Kartenspiele. Die jungen Leute, die hierher kamen, hofften insgeheim, dass sie in dieser Umgebung besonders erwachsen wirken würden. Es gab eine Jukebox mit fettem, wummerndem Sound, voller Platten von Al Green. Albert und Chiang spielten diese Songs in dem Bewusstsein, dass sie nicht zusammenbleiben konnten.

»Wir könnten uns ein Loft in Morrisville nehmen, und ich könnte in der Nadelfabrik arbeiten«, sagte Albert.

»Gibt es denn so etwas in Morrisville?«, fragte Chiang.

»Es gibt jedenfalls stillgelegte Fabriken, das steht fest. Man müsste halt nur eine finden, in der Wohnräume sind.«

»Du musst aber deine Schule weitermachen.«

»Warum?«

»Weil du ein kluger Kopf bist.«

»Manchmal komme ich mir nicht besonders klug vor.«

»Dürften wir denn überhaupt noch zur Schule gehen, wenn wir zusammenleben würden?«

»Wenn du schwanger bist, schon. Ravae Ross ist doch der eindeutige Beweis dafür.«

»Ich bin aber nicht schwanger.«

»Wenn du es wärest, würden sie uns nicht trennen.«

»Albert, diese Leute vom Schüleraustausch lassen sich doch durch nichts beeindrucken.«

»Andererseits könnte die Arbeit in der Nadelfabrik ganz schön langweilig sein.«

»Komm nach Taiwan«, sagte Chiang. »Ich möchte dir so gern mein Zimmer zeigen. Ich möchte dir mein Bett zeigen. Ich möchte dir den Weg zu meiner alten Schule zeigen, den ich immer gegangen bin.«

»Und ich möchte das alles so gern sehen«, sagte Albert. »Ich weiß, dass ich Fahrräder bauen könnte. Ich habe einmal eine Fahrradlampe gebastelt. Da waren kleine Metallstreifen dran. Das ist natürlich nicht das Gleiche wie ein Fahrrad, aber trotzdem, ich würde das höchstwahrscheinlich ganz gut hinkriegen.«

»Wenn mein Onkel das kann, dann kannst du es erst recht«, sagte Chiang.

Im Lokal gab es eine mit Sägespänen bestreute Tanzfläche, und dort bewegten sie sich zur Musik. Sie wirkte in seinen Händen gleichzeitig leicht und stark. Auch während der schnellen Songs ließen sie einander nicht los.

Später wurden sie zu einem Kartenspiel überredet. Das Spiel war eine hier übliche Variante von Poker und hieß »Der Russ hat g'schrien«. Niemand weiß, wie das Spiel zu diesem Namen kam, obwohl es darüber manche Vermutungen gibt. Es wurde linksherum gegeben, und wer die Karten verteilte, durfte auch ansagen. In einer Runde mit niedrigem Einsatz versuchte man all das nicht, was man normalerweise versucht hätte.

Chiang war das einzige weibliche Wesen, das mitspielte, ging aber so geschickt mit den Karten um, dass sie rasch bei den Spielern Respekt und Ritterlichkeit wachrief. Man merkte, dass sie sich ungewöhnliche Mühe gaben, bestimmte Ausdrücke zu vermeiden, die ihnen sonst selbstverständlich waren. Einer der Spieler war ein Mann, der Mr. Steak hieß, weil man, wie es hieß, von ihm immer genug Geld gewann, um sich ein Steak bestellen zu können.

Inzwischen verwandelte sich der Regen in Schnee. Als Albert und Chiang gingen, Albert mit 9 Dollar Gewinn und Chiang mit 23, fiel der Schnee in dicken Flocken, die ihnen in den Wimpern hängen blieben.

»Schau«, sagte Albert. Es war die Art von Schnee, bei der man den Eindruck hat, dass er aus einer besonders großen Höhe fällt.

»Das ist der Schnee des Abschieds«, sagte Chiang.

Im Nachhinein betrachtet hätten sie lieber in Chesley bleiben sollen. Bei irgendjemand wären sie schon untergekommen. Tausende von Menschen blieben in dieser Nacht irgendwo stecken. Doch der Ortskern von Chesley war zu diesem Zeitpunkt noch windgeschützt. Und aus diesem Grund ahnten Albert und Chiang nicht, was auf sie zukam.

Sie verließen Chesley in Claudes Kombi. Zu dem Zeitpunkt, als sie die Melvin-Heilemans-Kreuzung erreichten, war die Sicht schon so schlecht, dass sie nicht einmal mehr die Windmühle sahen. Der Wind hatte sich mit dem aufgepeitschten Schnee verbunden und nach allen Seiten hin einen Vorhang geschaffen, der blind machte. Albert bog nach Westen in die Schotterstraße ein, die nach Grafton führte. Manche fragten später, warum sie da nicht umgekehrt waren. Sie hatten getrunken und deshalb vielleicht nicht mehr das beste Urteilsvermögen; außerdem waren es nur noch 14 oder 15 Kilometer von dort, wo sie sich gerade befanden, bis zur Farm der Robeshaws. Jeder, der einmal auf einem Pferd gesessen hat, weiß, wie stark der Trieb zurück in den eigenen Stall ist.

Es gab weit und breit keine anderen Autos. Chiang sagte, von ihrer Seite aus könne sie die Straße ziemlich gut sehen. Sie schlug vor, dass Albert sie lenken lasse. Albert konnte nicht verstehen, wieso die Sicht auf ihrer Seite besser sein sollte. Er hatte den Verdacht, dass sie das nur sage, weil sie seiner Fahrtüchtigkeit nicht traute. Er sagte, wenn etwas passierte und man würde später erfahren, dass sie gelenkt habe, während er die Pedale bediente, dann würden sie wie die Idioten dastehen. Sie, die ans pure Überleben dachte, begriff nicht, was für eine ernste Sache es im Grouse County ist, wie ein Idiot dazustehen.

Sie fuhren in den Graben.

»Ich glaube, wir müssen laufen«, sagte Albert.

»Wenn wir das machen, dann kommen wir um«, sagte Chiang. »Wir müssen uns zusammenkuscheln und auf Hilfe warten.«

»Und an wen denkst du dabei, Chiang?«, fragte Albert.

»Ich weiß nicht«, sagte Chiang. »Irgendwer kommt bestimmt zufällig vorbei. Diese ganzen Kartenspieler. Irgendjemand muss doch den gleichen Weg haben wie wir. Ich kann das Auto nicht verlassen.«

So saßen sie eine Weile da, ihre Meinungsverschiedenheit wie einen Eisblock auf dem Sitz zwischen sich. Der Wind packte und schüttelte das Auto. Albert kletterte nach hinten. Er fand eine Decke, eine Mütze, ein Paar Handschuhe und einige Warnfackeln.

»Ich gehe jetzt los«, sagte er. »Ich suche ein Haus und komme dann zu dir zurück.«

»Wie weit ist es?«

»Ich weiß es nicht«, sagte Albert. »Ich bin mir nicht sicher, wo wir sind. Wir können an verschiedenen Stellen sein.« Er legte Chiang die Decke um die Schultern. »Ich suche ein Haus, wo wir bleiben können, und dann bin ich gleich wieder da. Denk ja nicht, dass ich nicht zurückkomme. Und stell den Motor nicht ab, dann springt er nicht mehr an. Stell auf keinen Fall den Motor ab. Ich lass dieses Fenster ein kleines bisschen offen.«

»Adieu«, sagte Chiang.

»Ich bin wirklich so froh, dass du ausgerechnet an unserer Schule gelandet bist«, sagte Albert.

Die Mütze flog ihm vom Kopf und verschwand im Sturm. Er

überquerte eine Brücke, hatte aber keine Ahnung, welche. Der Wind heulte, ein tausendstimmiger Chor. Er bedeckte die Ohren mit den Händen und merkte, dass er am Hinterkopf bereits eine dicke Eisschicht hatte.

Er betete, dass er nicht sterben müsse, und versprach dafür, in Zukunft alle Menschen anständig zu behandeln. Seine Hände und Füße starben ab, und er merkte, wie die Grenze zwischen dem Sturm und ihm selbst verschwamm. Er stellte sich Chiang im Wagen vor, in warmes orangerotes Licht getaucht. Er stellte sich das orangerote Licht auf ihrem Haar vor. Sie hatte die Augen geschlossen. Seine große Liebe.

Dann fiel ihm eine Situation ein, als er sehr klein und sehr krank gewesen war. Er wusste nicht mehr, was er gehabt hatte. Er war jedenfalls mit trockenem Mund und schwindlig vom Fieber aufgewacht. Die Jalousien waren heruntergelassen, und das Licht, das durch sie drang, hatte deren orangeroten Farbton angenommen. Seine Geschwister waren draußen und warfen Steine ans Fenster. Er lief nach unten und sagte es Marietta. Sie ging nach draußen und kam gleich darauf wieder zurück. Ein Strom von Kälte drang ins Haus. »Schau, Albert«, sagte sie. In der Hand hielt sie mit der Öffnung nach oben eine von Claudes Mützen, die mit Hagelkörnern gefüllt war. »Das ist nur das schlimme Wetter«, sagte sie.

Albert stolperte und fiel auf ein Knie. Er war müde, und durch das Hinfallen wusste er nicht mehr genau, in welche Richtung er gelaufen war. So passiert das also, dachte er. Da stieß etwas gegen seine Schulter. Er drehte sich um und sah einen großen Hund, dessen weißes Fell fast vollkommen mit dem Schnee verschmolz.

Louise und Dan knutschten gerade, als der Schneesturm begann. Der Wind fand seinen Weg durch die Abdichtungen der Schlafzimmerfenster, und auf dem Nachttisch begann eine Kerze zu flackern. Sie empfanden Wärme und Verlangen in dem Haus, an dem ganze Wogen von Schnee im Hoflicht vorbeitrieben. Sie hatten einander vermisst, aber nicht einmal das konnte die Begierde erklären, die sie jetzt ergriff.

Seit Louise aus Minnesota zurück war, hatten sie einander zärtlich und zuvorkommend behandelt. Wenn sie in der Küche waren, sagte einer zum anderen: »Möchtest du Rührei? Ist dir danach?« Oder Dan sah, wenn er mal wieder länger unterwegs sein musste, schon beim Einbiegen in die Einfahrt das Licht im Schlafzimmerfenster brennen und wusste, dass sie aufgeblieben war und auf ihn gewartet hatte.

Jetzt schlüpften sie aus ihren Kleidern und liebten sich langsam und zärtlich. Dan war verliebt in die Farben ihres Haars und ihrer Haut, den schmalen glatten Bogen ihres Rückens, den Klang ihres Atems. Er dachte, jemandem wie ihr werde er nie wieder begegnen. Sie kamen in einem Augenblick der Stille, fest umarmt und im Bewusstsein all dessen, was ihnen je geschehen war, von Gutem und Bösem. Ihr Leben brauste auf sie ein, und auf diese Weise konnten sie ihm standhalten. Sie schlummerten ein. Die Kerze brannte immer weiter herab, bis sie ausging.

Ungefähr um zwei Uhr wachte Louise auf, weil sie etwas gehört hatte, was sie für eine in den Sturm verschlagene Katze hielt. Es war ein klagender Laut, dem das Geräusch des zersplitternden Glases der Vordertür folgte. Sie zogen ihre Morgenmäntel an und gingen nach unten und ließen Albert Robeshaw ein. Er war fast ohnmächtig und halb erfroren.

Louise trocknete ihm das Haar mit einem Handtuch, machte ihm Tee, schälte das gefrorene Jackett von seinem Rücken. Sie schaltete die Backröhre ein und setzte ihn davor auf einen Stuhl. Dan klaubte das zerbrochene Glas aus der Fensterscheibe, wie damals bei seinem Wohnwagen, als Louise eingebrochen war, und befestigte mit Klebeband ein Stück Pappe an der Stelle, wo das Glas gewesen war.

Als Albert nicht mehr mit den Zähnen klapperte und wieder fähig war, etwas Verständliches von sich zu geben, berichtete er Dan und Louise, dass Chiang noch im Auto sitze. Er hielt die Hände eng um die Teetasse. Er wusste nicht, wie weit er gelaufen war.

Dan brachte Albert einen Mantel, Handschuhe und eine große rote Jagdmütze, und sie zogen sich alle drei an und gingen zum Streifenwagen hinaus. Sie waren noch nicht weit gekommen, als der Motor ruckelte und erstarb.

»Was machen wir jetzt?«, sagte Louise.

»Wir haben nicht viel Auswahl«, sagte Dan.

»Wie weit ist es, Albert?«, fragte Louise.

»Keine Ahnung«, sagte Albert.

»Was war denn in der Nähe?«

»Ich konnte überhaupt nichts sehen.«

»Zu laufen wäre Wahnsinn – da hat Chiang schon recht«, sagte Louise. »Henry hat doch einen Traktor mit Kabine.«

»Der geht vielleicht auch aus«, sagte Dan.

»Das ist doch ein Diesel«, sagte Louise. »Er kann gar nicht. Er hat ja keine Zündkerzen.«

Henry Hamilton war wach und lauschte dem Sturm. Er ließ sie eintreten und kramte in der Küchenschublade herum, bis er den Traktorschlüssel fand.

»Albert, möchtest du nicht lieber hier bleiben«, sagte er.

»Nein, das kann ich nicht, Mr. Hamilton«, sagte Albert.

Louise fuhr, Dan und Albert saßen links und rechts von ihr. Die Kabine hatte eine gute Heizung, und so hoch über der Straße war die Sicht besser, wenn man zwischen den Scheinwerfern nach unten schaute. Nach weniger als einem Kilometer fielen die Scheinwerfer bereits auf die Seitenfläche von Claudes gelbem Kombi.

Das Auto war im rechten Winkel zum Straßenverlauf in den Graben gefahren, wodurch man sich ein Bild davon machen konnte, wie desorientiert Albert und Chiang gewesen sein mussten. Die Scheinwerfen waren aus. Der Wagen hätte auch schon seit Tagen hier stehen können.

Albert und Dan stiegen vom Traktor herunter und wateten durch die Schneewehen. Der Kombi lief nicht; tatsächlich war er bereits fünf Minuten nach Alberts Weggehen ausgegangen. Dan öffnete die Tür. Chiang lag quer über den Sitz, in die Decke gewickelt, die Albert ihr gegeben hatte.

»Ich dachte schon, du hast mich vergessen«, weinte sie.

Dan trug sie zum Traktor. Er spürte, wie sie zitterte. Er schob sie die Trittleiter hinauf und in die Kabine hinein, wo Louise sie in die Arme nahm und lachte und sagte, ja was haben wir denn da.

Der Schneesturm dauerte drei Tage. Viel Vieh kam um, zum Teil wegen der Kälte, zum Teil, weil man vielerorts nicht zu ihm durchkam. Der Bestand an Fasanen und Rotwild wurde ebenfalls stark dezimiert und brauchte Jahre, um sich wieder zu erholen.

Am Samstag, dem zweiten Tag, gingen Dan und Albert durch das Schneetreiben auf die Straße hinaus zu der Stelle, wo der Streifenwagen den Geist aufgegeben hatte. Sie machten die Motorhaube auf und sahen, dass der Motor dick mit Schnee bedeckt war. Sie schoben und wischten ihn beiseite, bauten die Batterie aus und schafften sie zur Farm, um sie aufzuladen. So konnten sie wenigstens das Auto von der Straße wegbringen. An diesem Nachmittag ließ das Schneetreiben ein wenig nach. Dan fuhr nach Morrisville, wo er die nächsten zwei Abende damit verbringen würde, sich mit Autounfällen und Herzattacken und anderen Notfällen zu beschäftigen, die durch den Sturm verursacht waren.

Henry kam herüber, mit Brot, das er selbst gebacken hatte. Er, Louise, Chiang und Albert aßen dicke Scheiben und spielten den ganzen Nachmittag und weit in den Abend hinein Monopoly.

Louise gewann, mit Hotels, die sie geschickt auf den grünen und gelben Grundstücken plazierte. Henry widmete sich den günstigen Standorten und schien ganz zufrieden mit den niedrigen Einsätzen, die sie erforderten. Albert gehörte zu den Spielern, die ständig auf dem Ereignisfeld und dem Gemeinschaftsfeld landen, ein interessantes Spiel spielen und ganz schnell draußen sind. Chiang nahm die Eisenbahn und die öffentliche Versorgung in Besitz.

Um neun Uhr brachten sie Henry nach Hause, kehrten zurück und sahen sich im Schlafzimmer von Louise und Dan im Fernsehen einen Film an, der *Asphaltrennen* hieß. Er war lustig und inhaltslos, und es wurde darin viel Auto gefahren. James Taylor sagte nie etwas, sondern sah die Leute immer nur mit absolut ausdruckslosem Gesicht an. Louise, Albert und Chiang tranken Bier, machten Witze über den Film und dösten auf dem Bett ein. Als der Film zu Ende war, stand Louise auf, um den Fernseher abzuschalten, und Albert und Chiang hoben verschlafen den Kopf und wussten nicht, wo sie waren. »Ist schon gut, bleibt nur liegen«, sagte Louise. Sie holte eine Decke aus dem Wandschrank, deckte sie zu und kroch selbst mit unter die Decke. Sie schliefen tief und traumlos in dem Bett, das Dan gebaut hatte.

Zwanzig

Der Frühling war verregnet, und die Farmer konnten ihre Saat nicht rechtzeitig ausbringen. Sie beklagten sich bitterlich und prophezeiten eine schlechte Ernte. Für die Farmer sei es immer entweder zu nass oder zu trocken, sagte Mary Montrose. Man werde nie einen Farmer sagen hören: »Ja, es passt alles.« Sie arbeitete derzeit an einem Gesetzentwurf zum Anleinen von Hunden für Grafton, von dem sie hoffte, dass er auch für andere Städte ein Vorbild sein könne. Statt »Würgehalsband« benutzte sie den Ausdruck »Trainingshalsband«.

Perry Kleeborg fuhr eines Tages zur Farm hinaus, in der erklärten Absicht, Louise dazu zu bringen, dass sie wieder bei ihm arbeitete. Der kleine Mann trug seine große Sonnenbrille, am Steuer eines lavendelblauen Chrysler New Yorker. Es war unbegreiflich, wie er es schaffte, Jahr für Jahr seinen Führerschein wiederzubekommen, und genaugenommen schaffte er es auch gar nicht. Er kam auf das Haus zu, in der Hand eine Schachtel mit Abzügen, die Louise sich anschauen sollte. Das Geschäft in dem alten Studio lief nicht besonders. Das meiste von dem, was er Louise zeigte, sah unscharf aus, und das sagte sie ihm auch.

»Maren wächst das Ganze über den Kopf«, sagte Kleeborg. »Sie beherrscht kaum die Grundzüge der Fotografie, und schon will sie den Raum hinter dem Laden umorganisieren. Sie möchte das Vergrößerungsgerät dorthin stellen, wo jetzt der Trockner steht. Sie möchte den Leuchttisch dort haben, wo jetzt das Vergrößerungsgerät steht. Ich weiß gar nicht, warum sie das alles will. Ich frage sie, aber sie kann es mir nicht sagen. Sie glaubt einfach, dass es dadurch irgendwie praktischer würde, wie durch Zauberhand. Ich sag zu ihr, es gibt da keine Zauberei, sondern nur tüchtige Arbeit, und zwar jeden Tag in der Woche. Sie ist ja noch sehr jung und hat eine Menge Ideen. Gute und schlechte. Ich hatte schon den Verdacht, dass diese Bilder hier verschwommen sind, aber so wie es jetzt um meine Augen steht, übersehe ich etwas Derartiges nur zu leicht.«

»Erlauben Sie ihr nicht, die Sachen umzustellen«, sagte Louise. »Sie kann das vielleicht nicht richtig einschätzen, aber die Anordnung ist wirklich zweckmäßig, so wie sie jetzt ist.«

»Das habe ich ihr auch gesagt«, antwortete Kleeborg. »Das Problem ist, dass ihre Aufgabe gar nicht klar definiert ist. Wir sind ja von der Vorstellung ausgegangen, dass Sie jeden Moment zurückkommen würden. Als dem dann nicht so war, habe ich ihr, ohne es zu wollen, immer mehr Kompetenzen übertragen, und jetzt will sie einfach ihren eigenen Stil zeigen.«

»Darf ich Sie etwas zu den Abzügen von der Pferdeparade fragen«, sagte Louise.

»Ich hab mir schon gedacht, dass Sie das vielleicht tun werden.«

»Die Pferde laufen aus dem Bild hinaus«, sagte Louise.

»Ja genau«, sagte Kleeborg. »Ja, darüber hab ich mit ihr auch gesprochen. Und wir haben den Leuten von diesen Pferden einen Sonderrabatt gegeben. Aber darum geht es ja. Maren ist noch nicht so weit. Sie braucht noch ein bis zwei Jahre. Und das auch nur, wenn sie bleibt. Sie redet andauernd von Kalifornien. Kalifornien ist für sie das Größte. Kalifornien ist das Ideale. Louise, Sie müssen zurückkommen. Ich habe es ernst gemeint, als ich gesagt habe, dass Sie den Laden erben, aber wenn Sie nicht bald zurückkommen, gibt es gar keinen Laden mehr. Ich kann Ihnen gar nicht sagen, wie oft wir Sie dort oben in Minnesota anrufen wollten, uns dann aber doch dagegen entschieden haben, weil es ein so teurer Anruf geworden wäre.«

Sie hatten bisher auf den Stufen vor dem Haus gesessen, und nun standen sie auf und gingen den Weg entlang, den Dan aus großen Kieselsteinen gelegt hatte. Rote, gelbe und violette Blumen wuchsen unter dem Küchenfenster. Ein Rotschulterstärling flog in die Büsche am Ende des Hofes.

»Ich komme zurück«, sagte Louise.

Also fing sie wieder zu arbeiten an. Und an einem sonnigen Tag – sie und Maren beluden gerade den Van für ein Fotoshooting an der Grundschule – sagte Louise: »Du, nur so aus Neugier, warum wolltest du das Vergrößerungsgerät eigentlich woanders hinstellen?«

»Was für ein Vergrößerungsgerät?«, fragte Maren. »Ich will doch kein Vergrößerungsgerät umstellen.«

»Na ja, weißt du«, sagte Louise und wiederholte, was Maren Kleeborgs Worten nach zu tun beabsichtigte.

Maren klappte ein Stativ zusammen und schob es hinten in den Van. »So etwas hab ich nie gesagt. Als wenn ich das Vergrößerungsgerät umstellen wollte! Es steht meiner Meinung nach gerade richtig, wo es steht. Als wenn ich den Leuchttisch umstellen wollte! Mir ist es egal, wo der Leuchttisch steht. Perry spinnt.«

Sie fuhren zur Grundschule von Walleye Lake und verbrachten den Vormittag damit, die Kinder zu fotografieren. Maren brachte sie zum Lachen, und Louise drückte auf den Auslöser. Auf dem Weg zurück nach Stone City kurbelten sie im Van die Fenster herunter und ließen die Arme draußen in der Sonne baumeln. Maren schloss die Augen, lächelte und sagte: »So ist es in Kalifornien an jedem einzelnen Tag des Jahres.«

Wie Mary Montrose vorausgesagt hatte, kam Jean Klar eines Tages auf die Farm zurück. Sie wollte den ehemaligen Hof der Klars allerdings nicht zurückhaben, sondern verkaufen. Das Gebäude und zwei Morgen Land gingen an Louise und Dan, der Rest an Les Larsen.

Es hatte schon jahrelang ein Problem mit dem Keller gegeben, weil Wasser eindrang, und jetzt, da sie die Besitzer des Hauses waren, ließen Louise und Dan Hans Cook mit einem Bagger kommen und Drainagerohre rund um das Fundament legen. Sie hatten erst den Rohrdoktor Tim Leventhaler angerufen, aber der hatte sie immer wieder vertröstet, bis Dan irgendwann kapierte, dass Tim sich mit einem so kleinen Auftrag nicht abgeben würde.

Also machten es Hans und Dan. »Mensch«, sagte Hans, »weißt du noch, wie wir damals dein Wohnmobil versetzen wollten?«

»Nee nee«, sagte Dan. »Damit hatte ich nichts zu tun.«

Hans lachte. »Weißt du was, dieses alte Wohnmobil hab ich neulich gesehen«, sagte er.

»Es steht auf der Schutthalde, stimmt's?«, sagte Dan.

»Die Typen benutzen es als Schutzhütte«, sagte Hans. »Und sie sind davon begeistert. Weil, verstehst du, diese Spinner haben bisher immer bei Regen draußen gesessen.«

»Haben sie wieder Fenster eingesetzt?«, fragte Dan.

»Sie haben das zerbrochene Glas rausgenommen.«

»Wie lange ist es jetzt her, dass das passiert ist?«, fragte Dan.

»Na ja, wie lange«, sagte Hans. »Mindestens zwei Jahre.«

»Länger«, sagte Dan.

»Stimmt, es hat geschneit«, sagte Hans.

Louise kam mit Sandwiches und Kaffee heraus, und sie machten Pause und setzten sich neben den Bagger. »Der Kaffee ist ziemlich dünn, weil wir kein Pulver mehr haben«, sagte Louise.

»Ich wollte euch eh zum Abendessen einladen«, sagte Hans. »Ich weiß nicht, ob Mary es euch schon erzählt hat, aber ich mache seit neuestem meinen Käse selber. Ihr habt keine Vorstellung, was man alles braucht, um Käse zu machen.«

»Milch«, sagte Louise. »Was noch?«

»Ich habe auch einen CD-Player«, sagte Hans.

»Jetzt mal ehrlich«, sagte Dan. »Ist da wirklich ein Unterschied?«

»Ich kann dir sagen, das ist wie Tag und Nacht.«

Das Verlegen dauerte bis spätnachmittags. Es war eine schmutzige Arbeit, aber die mattbraunen Terrakottarohre gaben ein behagliches Geräusch von sich, wenn sie in dem ausgehobenen Graben gegeneinanderstießen, bereit, das Wasser dorthin zu führen, wo Dan und Louise es haben wollten. Hans fuhr den Bagger nach Hause, fütterte seine Katze und nahm ein Bad. Er ließ sich vorsichtig in die Wanne sinken. Das erwies sich manchmal als etwas schwierig, weil er so dick war. Er zog sich an, warf einen kleinen Trip ein und fuhr hinüber zu Mary, wo sie in dem Frühlingslicht, das jetzt über den Wiesen verblich, Hamburger grillten.

»Hab heute bei Dan und Louise ein paar Rohre verlegt«, sagte er.

»Ja, Louise hat's schon erzählt«, antwortete Mary.

Hans drehte die Hamburger um und löschte ein paar Flammen mit der Sprühflasche, die er zu diesem Zweck bereitstehen hatte.

»Wie ist es denn gelaufen?«, fragte Mary.

Hans sah über den Hof. »Wunderbar«, sagte er. Die Dunkelheit brach ein. Der Stamm einer weißen Birke glänzte sanft im Gras. »Irgendwann mach ich mir doch noch ein Birkenrindenkanu.«

»Und warum?«, sagte Mary.

»Och, ist so ein alter Traum von mir«, sagte Hans. »Als ich noch jung war – ja, das ist schon lange her –, da dachte ich, das wäre doch mal was, den Spuren der französischen Pelzhändler zu folgen. Den Mississippi hinunterzufahren bis Cloquet, La Crosse, Prairie du Chien, zu all diesen Orten.«

»Das klingt ja, als würdest du es tatsächlich noch machen«, sagte Mary.

»Es ist vielleicht etwas übertrieben«, sagte Hans. »Was ich aber jetzt wirklich gerne machen würde, das ist, ein Kanu zu bauen und wegzufahren.«

Nach dem Essen fuhren sie zum Walleye Lake und umrundeten ihn mit dem Auto. Hans saß zurückgelehnt auf dem Fahrersitz und fuhr langsam, die riesigen Hände unten ins Lenkrad gelegt. Vom Parkplatz des Restaurants am westlichen Ende des Sees aus sahen sie die Lichter der Häuser am nördlichen Ufer. Die Lichter glänzten gleich zweimal, einmal in der Luft und einmal im Wasser.

»Schöne Nacht«, sagte Mary.

Das Restaurant hieß *Meeresbrise*, obwohl es mehr als tausend Kilometer von jedem Ozean entfernt lag.

Dies war auch die Woche, in der Tiny im Supermarkt stürzte und sich an den Knöcheln die Haut aufschürfte. Er ging in dem blau-goldenen Kordsamtjackett der *Künftigen Farmer Amerikas* durch den Laden und schob einen Einkaufwagen vor sich her. Ihn überkam plötzlich die Anwandlung, sich mit seinem ganzen Gewicht auf den Wagen zu werfen und wie auf einem Roller dahinzugleiten. Aber der Wagen kippte um und schleifte ihn durch den Gang. Sofort stürzten Leute herbei, um ihm auf die Beine zu helfen, als wäre er das Opfer von etwas anderem als seiner eigenen Verrücktheit gewesen.

Nachdem er seine Einkäufe getätigt hatte, musste Tiny Joan Gower abholen und nach Hause bringen. Sie wohnten noch immer im Keller der Kirche in Margo, und Joan arbeitete drei Abende die Woche ehrenamtlich im Sankt-Franziskus-Haus, dem Tierheim von Wylie. Es war ein ganz schönes Stück von Margo bis Wylie, und Tiny wünschte, sie hätte ein Tierheim oder auch ein anderes ehrenamtliches Betätigungsfeld mehr in der Nähe gefunden. Andererseits, wenn sein Auto nicht den Geist aufgegeben hätte, dann würde er nicht ihr Auto benützen und sie überall abholen müssen, wo sie gerade war. So lag es also an ihm, und trotzdem war er wütend auf sie. Er fuhr deshalb mit dem bedrückenden Gefühl seiner eigenen Ungerechtigkeit nach Wylie. Die Hunde bellten und drückten sich gegen die Gitterstäbe, als er hereinkam. »Platz, Spotty«, sagte Tiny. »Platz, Spike.«

Als Ehrenamtliche des Sankt-Franziskus-Hauses musste Joan einen weißen Kittel tragen, und mit der großen Brille, die sie seit neuestem immer aufhatte, sah sie richtig professionell aus. Tiny vermutete, obwohl er sich bisher noch nicht davon hatte überzeugen können, dass die Gläser aus Fensterglas seien. Sie hatte das Haar oben auf dem Kopf festgesteckt und trug ein leeres Klemmbrett unter dem Arm.

»Das da ist Tuffy«, sagte sie zu Tiny. »Das ist Rebel. Das ist Eleanor Rigby.«

Joan öffnete Tuffys Käfig und kniete sich an der Tür hin. »Tuffy ist erst sechs Wochen alt. Sie ist eine Mischung aus Labrador und Belgischem Griffon, und das letzte von ihren Wurfgeschwistern hat gerade ein Zuhause gefunden. Wenn sie heute also ein bisschen niedergeschlagen wirkt – und ich glaube, das ist sie auch – dann liegt es daran. So, Tuffy, kommst du dir heute Abend ein bisschen verlassen vor? Sag: ›Ich komme mir ziemlich verlassen vor.‹ Sag: ›Ich komme mir ziemlich verlassen vor und frage mich, wo plötzlich alle hin sind.‹«

»Lass mich sie mal streicheln«, sagte Tiny.

Ein paar Minuten später sperrte Joan das Gebäude ab, und sie gingen über die dunkle Einfahrt. Die Sterne standen am kalten schwarzen Himmel. Tiny fuhr Joans Torino rückwärts aus der Einfahrt, während Joan den weißen Kittel auf ihrem Schoß ordentlich zusammenfaltete.

»Erinnere mich daran, dass ich den wasche, wenn wir zuhause sind«, sagte sie.

»Dafür, dass du unentgeltlich arbeitest, legst du dich aber ganz schön ins Zeug für dieses Sankt-Franziskus«, sagte Tiny.

»Stimmt«, sagte Joan. »Aber überleg doch mal: Die Hunde haben ja keine Ahnung, wer am Ende des Monats einen Scheck bekommt und wer nicht. Ich meine, sie wissen nicht einmal, was ein Scheck ist. So muss man die Sache sehen.«

»Wahrscheinlich«, sagte Tiny.

Sie fuhren über Grafton nach Margo zurück, und als sie durch die Stadt kamen, sahen sie Louises Auto vor Hans Cooks Haus an der Hauptstraße parken. Hans wohnte in einem alten Betonbau gegenüber dem Getreidesilo. Vor vielen Jahren war das Gebäude eine Tankstelle gewesen, und es standen immer noch zylindrische rote und grüne Benzinpumpen mit zersplitterten Anzeigen da, zwischen denen das Gras wucherte.

Tiny fuhr langsamer. »Rate mal, wem dieses Auto gehört«, sagte er.

Joan berührte den Rahmen ihrer Brille. »Keine Ahnung.«

»Louise«, sagte Tiny.

»Ich dachte, die ist weg.«

»Das hab ich auch gedacht, aber neulich hab ich sie auf der Bank gesehen, also ist sie offensichtlich wieder da.«

»Bist du zu ihr hingegangen und hast sie begrüßt?«, fragte Joan.

»Das kannst du glauben.«

»Hättest du aber sollen«, sagte Joan. »Du musst ihr zeigen, dass du darüber hinweg bist. Die geschiedenen Paare, die ich wirklich bewundere, sind diejenigen, die immer noch miteinander telefonieren. Die sich Geburtstagskarten schicken.«

Tiny schnaubte leise und lenkte den Wagen auf die Bundesstraße. Die Felder glitten an ihnen vorbei, endlos und dunkel und leer. »Wer dir so was erzählt, der lügt«, sagte er.

»Du kannst nicht alle Paare über einen Kamm scheren«, sagte Joan.

»Aber 99 Prozent«, sagte Tiny.

Dem rechten Hinterreifen ging auf der Bundesstraße nach

Margo die Luft aus, und das Auto kam schlingernd zum Stehen. Tiny machte den Kofferraum auf, in dem drei Lämmer aus Plastik lagen. »Das sind meine«, sagte Joan. Es waren die üblichen Lämmer, die man für religiöse Zwecke oder als Gartendekoration benutzt. Tiny nahm die Lämmer aus dem Kofferraum und legte sie an den Straßenrand. Er holte den Wagenheber und das Reserverad heraus. Joan brachte ihm das Handbuch. Dass sie das Handbuch noch hatte, obwohl das Auto vor zwanzig Jahren gebaut worden war und seit gut zehn Jahren immer mehr auseinander fiel, war ein mindestens ebenso deutliches Zeugnis ihres Glaubens wie alles, was sie je in einem Gottesdienst getan hatte. Tiny machte sich daran, das Rad zu wechseln, und Joan wühlte im Kofferraum herum.

»Das kannst du nicht machen, während ich den Wagen aufbocke«, warnte sie Tiny. In seiner Stimme lag die ganze Selbstgerechtigkeit dessen, der sie bei etwas ertappt hatte, was für den Ablauf des Verfahrens falsch und möglicherweise auch gefährlich war.

»Mach ich ja auch nicht«, sagte Joan.

»Doch.«

»Du hast doch den Wagenheber noch nicht mal berührt.«

»Ich fang aber gleich an.«

»Sobald du anfängst, hör ich auf.«

»Jetzt lass das, Joan«, sagte Tiny.

»Ich hol doch nur die Warnleuchten heraus.«

»Brauchst du nicht.«

»Doch.« Sie lud sich die Warnfackeln auf den Arm, als wären es Dynamitstangen, ging dann los und steckte die Metallanker einen nach dem anderen in den Sand am Straßenrand. Darauf entfernte sie die Kappen und rieb, bis das Feuer sich entzündete. Die Warnfackeln zischten und brannten mit einem trüben roten Licht. Tiny kniete neben dem Auto, inmitten der Schäfchen, und das trübe Licht fiel auf ihn und auf sie. Joan wusste, egal, wie lange sie leben würde, oder wie bald Tiny und sie getrennte Wege gehen würden, daran würde sie sich für immer erinnern.

Inzwischen brachte Hans das Essen auf den Tisch. Er hatte ein Hühnchen gegrillt, dazu gab's eine Soße und Kartoffeln und Zwiebeln und Möhren. Mary und Dan und Louise saßen an einem Klapptisch im Wohnzimmer. Es brannten Kerzen, während die Vier das köstliche Mal verzehrten.

Dan berichtete von einem Programm, das gerade verabschiedet worden war und das bei den Staatsangestellten Gelassenheit und Höflichkeit fördern solle.

Mary hatte im *Readers' Digest* von einem Inder gelesen, der allein durch Konzentration seinen Herzschlag bis zum Stillstand verlangsamen könne.

Louise sagte, sie frage sich manchmal, ob sie oder Dan nicht auch übernatürliche Kräfte besäßen, weil so viele Stücke ihres Silberbestecks verbogen seien.

Hans sagte, er habe neulich geträumt, er habe auf dem Parkplatz des Burger King in Morrisville gestanden und sei dann ganz plötzlich davongeflogen.

Nach dem Essen bestand Hans darauf, dass sie sich einer nach dem anderen mit geschlossenen Augen auf die Couch legten und sich seinen neuen CD-Spieler über Kopfhörer anhörten. Er sagte, das sei die einzige Möglichkeit, die Klangqualität wirklich zu würdigen. Als Dan an der Reihe war, legte er sich hin, und Hans setze ihm die Kopfhörer auf. Die Musik kam von einer einzelnen Flöte, deren Töne sich brachen und im offenen Raum widerhallten.

»Das ist R. Carlos Nakai«, sagte Hans hinterher.

Dan und Louise sagten Mary und Hans gute Nacht und fuhren heim. Sie sahen sich noch einen Film im Fernsehen an, der schon angefangen hatte, über eine Gruppe von Bergsteigern, die wegen einer Lawine gezwungen waren, sich zu entscheiden, ob sie entweder eine waghalsige Route zum Gipfel nehmen oder das Ganze abblasen und zum Basislager zurückkehren sollten.

»Bist du schneeblind? Das ist doch Wahnsinn«, sagte der Wissenschaftler.

»Wenn es Wahnsinn ist, dann bin ich wahnsinnig«, sagte der gutaussehende Bergführer.

»Ein Wahnsinn, den ich teile«, sagte die kühne Frau, die einen weißen Pelzkragen trug.

»Und wenn ihn die ganze Welt teilen würde, es wäre trotzdem Wahnsinn«, sagte der Wissenschaftler.

Louise legte sich aufs Bett und streifte sich mit den Zehen die Schuhe ab. »Puh, ich bin gespannt, was sie machen«, sagte sie.

»Der Wissenschaftler kommt um.«

Personenregister *(In der Reihenfolge des Auftretens)*

Dan Norman *Sheriff des Bezirks*
Louise Darling *Assistentin eines Fotografen*
Charles (Tiny) Darling *Dieb*
Earl Kellogg Junior *Erster Hilfssheriff*
Ed Aiken *Zweiter Hilfssheriff*
Rollie Wilson *Fahrer des Krankenwagens*
Henry Hamilton *Notar*
Jerry Tate *Postler*
Paul Francis *Pilot des Flugzeuges für Unkrautvernichtungsmittel*
Mrs. Thorsen *Lehrerin für Naturwissenschaften*
Mary Montrose *Mutter von Louise*
Hans Cook *Marys Verehrer*
Heinz und Ranae Miller *Marys Nachbarn*
Tim Thompson *Tonnenrennreiter*
Pete *Kampfsportkünstler*
Perry Kleeborg *Fotograf*
Maren Staley *Azubi*
Johnny White *parteiloser Kandidat*
Lisa White *geschiedene Frau*
Megan und Stefan White *Kinder*
Howard LaMott *Feuerwehrhauptmann*
Alvin Getty *Ladenbesitzer*
Nan Jewell *Matriarchin*
Mrs. Spees *Besitzerin einer Zoohandlung*

Joan Gower *Proselytin*
Lenore Wells *traurige Frau*
Quinn *ausgesetztes Kind*
Albert Robeshaw *Erster Gitarrist, Sänger*
Claude und Marietta Robeshaw *Farmer und Mitglieder der Demokraten*
Nancy McLaughlin *Nachtaufsicht*
Beth Pickett *Frauenärztin*
Lu Chiang *Schülerin aus Taiwan*
Ron und Delia Kessler *Gastfamilie*
Jocelyn Jewell *Reiterin*
Cheryl Jewell *Erbin*
June Montrose Green *Schwester von Louise*
Roman Baker *Tierarzt*
Jack White *Pferdeliebhaber*
Russell Ford *Vorsitzender des Bezirksverwaltungsrates*
Pansy Gansevoort *Airbrushspezialistin*
Dianne Scheviss *Airbrushspezialistin*
Shannon Key *Fernsehreporterin*
Ronnie Lapoint *Gebrauchtwagenfahrer*
Beverly Leventhaler *Beauftragte für ländliche Entwicklung*
Colette Sandover *Steuerflüchtige*
Bettina Sullivan *Pflichtverteidigerin*
Pater Zene Hebert *Rundfunkprediger*
Marie Person *Frau in einem Pickup*
Lindsey Coale *Friseurin*
Larry Longhair *Spieler*
Dave Green *Immobilienmakler in Colorado*
Frank Ray *Verkäufer von Werbeflächen*
Grace Ray *Mitfahrerin*
Lee P. Rasmussen *Anwalt des Bezirks*
Tim Leventhaler *der Rohrdoktor*
Lydia Kleeborg *Perrys verstorbene Schwester*

Sheila Geer *Polizistin*
Robin Otis *Eheberaterin*
Mrs. England *Handleserin*
Vince Hartwell *Mordopfer*
Joseph Norman *Vater von Dan*
Ken Hemphil *Richter am Gericht für Umweltschutz*
Miles Hagen *Scheinkandidat der Republikaner*
Paula Kellogg *Quiltnäherin*
Carol und Kenneth Kennedy *Campbesitzer*
Alice Mattie *Zeitungsmädchen*
Margaret Lynn Kane *Mutter von Quinn*
Marnie Rainville *Stripteasetänzerin*